gelesen

BASTEI
LÜBBE

Von Katherine Sutcliffe sind außerdem folgende Taschenbücher lieferbar:

18 188 Dunkle Blüten der Leidenschaft
18 227 Betört von deiner Liebe
18 285 Wenn deine Hände mich berühren
18 291 Entführt ins Reich der Sinnlichkeiten

»Die glühende Kraft und die intensiven Gefühle in Katherine Sutcliffes Liebesromanen flößen dem Leser größten Respekt ein. Wilde Mississippi-Träume *wird sich für lange Zeit in ihrem Gedächtnis und Herzen einbrennen. Es ist ein Roman für diejenigen, die nach einem besonderen Lesegenuss Ausschau halten und sich danach sehnen, in eine andere Zeit und an einen anderen Ort versetzt zu werden.* Wilde Mississippi-Träume *ist eines der Pageturner in meinem Bücheregal – ein weiterer unvergesslicher Liebesroman von Katherine Sutcliffe.« Kathe Robin,* Romantic Times

Über die Autorin:

Katherine Sutcliffe wurde in Texas geboren, wo sie auch heute noch mit ihrem Mann Neil und ihren beiden Kindern lebt. Schon als Kind gehörten das Lesen und Schreiben zu ihren größten Leidenschaften. Ihr erstes Buch verfasste sie im Alter von 13 Jahren.
Katherine Sutcliffe wurde im Jahr 2000 beim *Romantic Times Award* als »Historical Storyteller of the Year« ausgezeichnet (Preis für die beste Autorin historischer Liebesromane in den USA).
Mehr Informationen zu Katherine Sutcliffe finden Sie unter: http://www.katherinesutcliffe.net

KATHERINE SUTCLIFFE

Wilde Mississippi-Träume

ROMAN

Ins Deutsche übertragen von
Katja Thomsen

BASTEI
LÜBBE

BASTEI LÜBBE TASCHENBUCH
Band 18 648

1. Auflage: März 2003

Vollständige Taschenbuchausgabe

Bastei Lübbe Taschenbücher ist ein Imprint der
Verlagsgruppe Lübbe

Deutsche Erstveröffentlichung
Titel der amerikanischen Originalausgabe: FEVER

This edition published by arrangement with the original publisher,
Pocket Books, a division of Simon & Schuster, Inc., New York.

Titelillustration: John Ennis/Agentur Thomas Schlück GmbH
Einbandgestaltung: Beate Stefer
Satz: Fanslau, Communication/EDV, Düsseldorf
Druck und Verarbeitung: AIT Trondheim, Norwegen
Printed in Norway
ISBN 3-404-18648-6

PROLOG

Ein Kloster in Frankreich, 1853

An sonnigen Tagen empfand sie an diesem einsamen Ort ein Gefühl der inneren Ruhe und Zufriedenheit. Von ihrem Platz in luftiger Höhe, auf einer der Ecken der tristen Klostermauern, blickte die nachdenklich wirkende Statue der Schmerzensreichen Jungfrau aus stumpf gewordenen Augen hinab. Hier oben wurde die tiefe Stille nur vom Krächzen der Krähenschwärme und den Schreien der Möwen durchbrochen, die über dem Wasser schwebten.

Sie saß im Schneidersitz, die Beine unter dem weiten Rock übereinander geschlagen, sodass ihre nackten Zehen unter dem ausgefransten Saum hervorlugten. Mit dem Rücken lehnte sie sich an den grauen behauenen Stein hinter sich, der einen grimmigen Wasserspeier mit großen Zähnen und ausgebreiteten Schwingen darstellte.

Der auffrischende Wind spielte in ihrem Haar, sodass die Strähnen wie Flammen um ihr Haupt loderten. Die Kälte schmerzte auf ihren Wangen und ließ ihre Augen tränen. Unter dem Glockenturm, auf dessen knarrendem, mit jedem Windstoß zitterndem Kuppeldach sie balancierte, breitete sich Frankreich aus, in sanft geschwungenem Grün und rauen Klippen, deren Steilwände in die schaumgekrönte See abfielen. Ganz in der Nähe lag der Friedhof, eingerahmt von uralten, zerbröckelnden Steinmauern; düstere

Gräber und verwitterte Grabsteine, auf denen die Seevögel vor den Stürmen Schutz suchten.

Wie sie doch die Kälte verabscheute. In den vergangenen neun Jahren im Kloster hatte sie sich nie an die frostigen Temperaturen gewöhnen können, die ihre Zelle selbst an sonnigen Tagen in ein kühles Grab zu verwandeln schienen. Doch dafür liebte sie die Gewitter, die regelmäßig vom Meer heraufzogen. Die Blitze sahen aus, als wohne im Himmel eine riesige Schlange, deren feurige Zunge zwischen den Wolken hervorschnellte.

Juliette wandte das Gesicht dem düsteren Himmel zu, betrachtete das Spiel der Blitze in den Wolken und spürte, wie ihr Herz schneller klopfte, als die ersten Donnerschläge die Welt zu erschüttern schienen. Der Turm bebte. Das Gebälk, an dem die alte Glocke lastete, die einst ein Geschenk des Papstes gewesen war, knarrte und ächzte, als sei es lebendig.

Vorsichtig richtete sie sich auf, suchte einen sicheren Stand. Dann atmete sie tief und legte die Hand an die Stirn, um ihre Augen vor den ersten Regentropfen zu schützen, die der Wind ihr ins Gesicht peitschte. Mit jedem Atemzug sog sie den Duft der nassen Erde ein und wartete auf das Kribbeln der Elektrizität in ihrem Körper.

Da! Es lief ihren Rücken hinauf bis in die Haarspitzen und schoss an ihren Armen und Beinen entlang, als die Feuerzunge durch die Wolken brach und Funken sprühend am Horizont leckte.

Lieber Himmel, wie sie doch diese Kraft liebte. Und den Geruch. Den Geschmack des Regens auf ihrer Zunge, so salzig wie das Meerwasser. Wie üblich stiegen mit dem Gewitter Bilder in ihr auf. Bruchstücke, Farben, Gesichter, Gelächter und Schreie. Feuer und Regen. Die Bilder ließen sie erzittern und raubten ihr den Atem. Ihr Herz klopfte zum Zerspringen, und das Blut schien ihr mit derselben unbezähmbaren Wildheit durch die Adern zu fließen, mit der sich die Wellen an den Klippen brachen.

Mit weit ausgebreiteten Armen wandte sie das Gesicht in den Wind und schloss die Augen. Sie stellte sich vor, vom Sturm mitgerissen und immer höher getragen zu werden und auf der Strömung des Windes zu schweben wie eine Daunenfeder – weit über die Felsen und die aufgepeitschte See hinaus an einen golden schimmernden Ort inmitten blühender Gärten.

»Juliette! Komm augenblicklich herunter! Juliette! Helft uns! Schnell, bevor sie in Flammen aufgeht. Dieses schreckliche, ungezogene Mädchen! Sie wird noch mein Untergang sein!«

Juliette hörte sie stöhnend über die regennassen Steine der Simse klettern – die Dorftrottel –, die tauben und stummen Eunuchen, die von der Ehrwürdigen Mutter als Gärtner beschäftigt wurden. Falls sich je auch nur ein Hauch von Männlichkeit in ihren Hosen geregt hätte, wären sie von der mürrischen Ehrwürdigen Mutter mit ihren eigenen Rechen kastriert worden – wenn sie dies nicht bereits getan hatte.

Zwei der Handlanger starrten zu Juliette empor, während sie den Turm hinauf kletterten. Ihre Haare und Kleider waren triefend nass, die Münder standen ihnen offen, und in ihren Augen leuchtete kein Fünkchen von Intelligenz. Die Ehrwürdige Mutter stand am Fenstersims und hielt ihren Rosenkranz umklammert, als wolle sie den Teufel selbst bekämpfen. Entschlossen blickte auch sie zu Juliette hinauf, bereit, jeglichen Dämon auszutreiben, von dem ihr Schützling besessen war.

Ein Mann stand an ihrer Seite. Er war groß und von

beeindruckender Statur – distinguiert, dachte Juliette, als das Beben des Donners sie durchfuhr. Dunkles Haar, von silbrigen Strähnen durchzogen, den Mund zu einem rätselhaften Lächeln verzogen. Anerkennung vielleicht? Belustigung, zweifellos. Und etwas anderes. Sie spürte es ebenso deutlich wie den Regen auf ihrem Gesicht, als sein Blick die Regenschleier durchdrang und auf den ihren traf.

Sie erwiderte das Lächeln.

Juliettes Mutter, Maureen Jarod, war eine Hure gewesen. Jedoch keine gewöhnliche Hure, sondern eine große Dame der *demi-monde*. Eine Prostituierte, eine ziemlich kostspielige sogar, wenn man Lester Roswell, dem Anwalt ihres Vaters, Glauben schenkte, einem kleinen Mann mit strohblondem Haarschopf und dicken Brillengläsern. Diese Prostituierte hatte es fertig gebracht, das Herz des jungen, attraktiven Plantagenbesitzers Jack Broussard zu erobern, der geglaubt hatte, Liebe und Reichtum würden seine Gemahlin dazu bringen, ihr lasterhaftes Leben aufzugeben.

Dennoch blieb es dabei: einmal eine Hure, immer eine Hure.

Anwalt Roswell hatte erklärt, dass Maureens kostspieliger Lebenswandel ihren Gatten ruiniert und ihre Treulosigkeit ihm das Herz gebrochen hatte.

Der Anwalt hatte Juliette angestarrt, als stünde er Auge in Auge mit einem Geist. Offenbar war sie ihrer verstorbenen Mutter wie aus dem Gesicht geschnitten.

Dieser Umstand erklärte zumindest einiges. Zunächst hatte die Erkenntnis Juliettes Schmerz und Verwirrung über das seltsame Verhalten ihres Vaters gelindert, dann jedoch empfand sie nichts als bitteren Groll gegen ihren Vater und sein erbärmliches gebrochenes Herz.

In der Tat, Juliettes Ähnlichkeit mit ihrer Mutter erklärte so manches.

Zum Beispiel die Tatsache, dass ihr Vater sie in ein Kloster gesperrt hatte, als sie sich zu einer jungen Frau entwickelte.

Als er sie zum letzten Mal besucht hatte, war er bei ihrem Anblick leichenblass geworden und hatte zu zittern begonnen. Jegliche Zuneigung, die er seiner Tochter gegenüber an den Tag gelegt hatte, war von unbändigem Zorn und Hass verdrängt worden, als Juliette den Besucherraum betreten hatte, voller Vorfreude, endlich ihren Papa in die Arme schließen zu können. Sie hatte sich vorgenommen, ihn so zu bezaubern, dass er sie aus der Enge des tristen Klosters befreien würde.

Juliette hatte gehofft, mit der Zeit seine Liebe zu gewinnen.

Das war vor drei Jahren gewesen. Nun war Jack Broussard seit acht Monaten tot. Er hatte sich mit einer Pistole die Hälfte seines Kopfes weggeschossen, so sagte zumindest die Ehrwürdige Mutter, die einen Hang zu dramatischen Übertreibungen hatte – zumal sein Selbstmord bedeutete, dass Jacks Seele für immer in der Hölle schmoren würde. Juliette war nun eine Waise. Eine mittellose obendrein. Laut Auskunft des Anwalts hatte ihr Vater nichts hinterlassen außer seinem goldenen Ehering und einem verfallenen Besitz in den Sümpfen Louisianas, den Juliette erben würde, wenn sie einundzwanzig war. Es sei denn, sie heiratete vorher.

Mit gerade 19 Jahren bedeutete ihr ein Stück Sumpfland überhaupt nichts, auf dem es vermutlich vor Schlangen nur so wimmelte.

Und heiraten? Eine Ehe war nicht eben wahrscheinlich, solange sie in einem Kloster eingesperrt war, das allein zu einem Dorf voller Dummköpfe nachbarschaftliche Beziehungen pflegte.

Juliette vermutete, dass eine solche Lage jede andere junge Frau zur Verzweiflung getrieben hätte. Doch dank des skandalösen Rufs ihrer Mutter und der Behandlung durch ihren Vater unterschied sich Juliette von anderen Mädchen – sehr zum Kummer der Ehrwürdigen Mutter, die Juliette für gewöhnlich aus der Ferne beobachtete und ihre schmalen Lippen immerfort in stummen Gebeten für ihre ins Fegefeuer verdammte Seele bewegte. Dabei zitterte sie in ihrem weißen wollenen Gewand und der Flügelhaube so sehr, dass man hätte glauben können, die fromme alte Frau blicke geradewegs in Luzifers Antlitz.

Offenbar handelte es sich um eine ernste Angelegenheit. Man wurde nicht in die Gemächer der Ehrwürdigen Mutter gebracht, wenn nicht etwas Schwerwiegendes vorgefallen war – schlechte Nachrichten, schwere Vergehen. Die Kammer schien so kalt und düster wie eine Gruft zu sein und grenzte an die Klosterschule, wo andere Mädchen, die meisten von ihnen jünger als Juliette, gerade in der Gesangsstunde die Werke des Herrn priesen und dabei klangen wie ein Schwarm frohlockender Elstern.

Juliette tat ihr Möglichstes, die bittere Kälte nicht zur Kenntnis zu nehmen, welche noch durch die Zugluft verschlimmert wurde, die durch den Raum strich. Sie blickte die Ehrwürdige Mutter mit spöttisch gehobener Braue an, schob das Kinn vor und straffte die Schultern, sodass ihre wohl gerundeten Brüste aufs Verführerischste betont wurden. Der Gentleman, der um sie herum schritt, um sie von allen Seiten zu betrachten, hielt bei diesem Anblick inne.

Max Hollinsworth, Juliettes Patenonkel, legte ihr die Fingerspitzen unter das Kinn und musterte ihre Züge. Etwas wie Verwunderung lag im Blick seiner tief blauen Augen. Er wirkte überaus attraktiv, wohlhabend und weltmännisch.

Und sein Atem roch nach Alkohol.

»Bei Gott«, flüsterte er rau, »du bist ... außergewöhnlich, Juliette. Noch schöner als deine Mutter, und schon sie erschien mir unvergleichlich.«

»Sie ist trotzig, ungehorsam und gewöhnlich«, erklärte die Ehrwürdige Mutter und senkte dann die Stimme zu einem vertraulichen Flüstern. »Ich schwöre Ihnen, dass sie besessen ist. Sie haben es ja selbst gesehen, *Monsieur*, wie sehr sie auf Chaos und Höllenfeuer versessen ist. Und wirkt sie nicht wie die Fleisch gewordene Versuchung?«

Juliette bedachte die Nonne mit einem Blick, der sie zurückweichen und nach ihrem Rosenkranz greifen ließ.

Hollinsworth hob eine Braue, als er seinen Blick von Juliettes Gesicht zu ihren Brüsten hinunter gleiten ließ, die für gewöhnlich mit einem Leintuch so flach wie nur möglich abgebunden waren. Im Augenblick jedoch drängten sie sich in üppiger Pracht gegen das Oberteil ihres Kleides, was vor allem daran lag, dass der Stoff gänzlich vom Regen durchweicht war.

»In der Tat«, sagte er belustigt. »Vielleicht hast du doch mehr mit deiner Mutter gemeinsam als nur das hübsche Gesicht, *oui*?«

»Sie verfügt über das Herz und den Charakter einer Dirne«, verkündete die Ehrwürdige Mutter. »Dreimal schon hat sie sich nachts ins Dorf geschlichen. Wir fanden sie bei einem Hahnenkampf, bei dem sie sogar um Geld wettete, über dessen Herkunft ich nicht einmal nachzudenken wage.«

»Stimmt das?« Hollinsworth lächelte Juliette an.

»Ja«, antwortete Juliette.

»Woher hattest du das Geld?«

»Ich habe es gestohlen, *Monsieur.*« Mit einem vernichtenden Blick auf die Ehrwürdige Mutter fügte sie hinzu: »Aus dem Opferstock. Es war nur recht und billig. Nachdem ich die letzten Jahre damit zubrachte, die Fußböden zu schrubben und in der brütend heißen Küche zu arbeiten, und dabei von sauertöpfischen Frauen beaufsichtigt wurde, die nichts lieber taten, als mich im Namen des Herrn mit dem Rohrstock zu traktieren, hatte ich eine Entschädigung verdient – so schäbig sie auch war. Andererseits gäbe es in allen Truhen des Klosters nicht genug Geld, um das Elend wieder gutzumachen, das mir an diesem Ort seit Jahren zuteil wird.«

»Ja, du besitzt wahrhaftig die Furchtlosigkeit deiner Mutter. Und ihren Widerspruchsgeist. Ihr ... Feuer. Diese Dinge hat dein Vater so sehr an ihr geliebt.«

Juliette blickte ihm in die Augen und lachte auf. Es war ein rauer Laut tief in ihrer Kehle, der Hollinsworth die Röte in die Wangen trieb. In Juliette breitete sich eine Empfindung aus, die urplötzlich jegliches Kältegefühl vertrieb und durch etwas ersetzte, das heißer flammte als die Blitze, die hinter dem Fenster aus Buntglas tanzten. Der Hass, den sie in diesem Augenblick für ihre Mutter empfand, raubte ihr schier den Atem und ließ ihre Augen so zornig funkeln, dass sogar sie Zweifel an ihrem Geisteszustand zu hegen begann.

»*Monsieur* Hollinsworth«, erwiderte sie mit gepresster Stimme, »ich weiß wohl, was mein Vater an meiner Mutter liebte. Und ich darf Ihnen versichern, dass es nicht ihr Mut und ihr Widerspruchsgeist war.«

Hollinsworth stand lange regungslos da und sagte nichts; alle Farbe war ihm aus den Wangen gewichen, sodass die

Haut seines Gesichts nun bleich und von feinen Äderchen durchzogen war. Sein Blick hielt den seiner Patentochter, wenn auch auf eine seltsame, beunruhigende Weise, als betrachte er sie durch einen Nebelschleier.

»Wussten Sie eigentlich«, fragte er unvermittelt mit einem Seitenblick auf die Ehrwürdige Mutter, »dass Juliette während eines Gewitters zur Welt kam? Ein Kind, geboren in Donner und Blitz, verfügt über einen wachen Geist, ein hitziges Temperament und eine übermächtige Leidenschaft für ... das Leben.«

»Ein Kind, das während eines Gewitters geboren wird, ist die Brut des Bösen«, erklärte die Nonne und deutete mit dem Finger auf Juliette. »Ihr eigener Vater erkannte das. Leichenblass wurde er, als er seiner Tochter angesichtig wurde. Sie trägt die Verdorbenheit ihrer Mutter in sich, und je eher sie von diesem heiligen Ort verschwindet, desto besser.«

Ein heftiger Donnerschlag ertönte, und Blitze zuckten über den Himmel und erleuchteten das Fensterbild des gekreuzigten Heilands, das hoch über der Ehrwürdigen Mutter angebracht war. Juliette blickte die Nonne starr an und vergaß das Gewitter und den Mann, der so dicht neben ihr stand, dass der Geruch seines Atems sie an die betrunkenen Bauern erinnerte, die johlend um zwei blutüberströmte Hähne herum knieten. Die Striemen auf Juliettes Rücken pochten noch schmerzhaft – sie hatte einmal mehr bei der Vesper nicht die nötige Ehrfurcht an den Tag gelegt.

Sie trägt die Verdorbenheit ihrer Mutter in sich ...

Verdorbenheit? Es stimmte, manchmal fühlte sich Juliette verdorben bis ins Mark, weil sie die alte, gebeugte Nonne nicht ausstehen konnte, weil sie ihren Vater dafür verabscheute, dass er sie allein gelassen hatte – und weil sie ihre

Mutter hasste, die alle Menschen zerstört hatte, von denen sie geliebt wurde.

Dennoch war es nicht die Schande, die Juliette erröten und erbeben ließ, sondern die Erkenntnis, dass tief in ihrer Seele ein Funke jener gefürchteten Verdorbenheit schlummerte, der nur entfacht zu werden brauchte.

Nur allzu oft wurde sie von sündigen Gedanken geplagt.

Juliette schluckte, wagte jedoch nicht, Maxwell anzusehen, als würde ein einziger Blick all ihre Charakterschwächen enthüllen. »Erklären Sie mir, weshalb Sie gekommen sind, Monsieur. Mein Vater erwähnte Sie nie.«

»Das überrascht mich nicht. Wir waren enge Freunde, beinahe wie Brüder, bis deine Mutter starb. Danach … kehrte dein Vater allem den Rücken zu. Er kehrte nach Frankreich zurück, und wir verloren einander aus den Augen. Vielleicht wollte er sein früheres Leben und alle Erinnerungen daran hinter sich lassen.«

»Offensichtlich.«

Juliette bemühte sich, die Demütigung zu verbergen, die ihr die Röte in die Wangen steigen ließ. Niemals würde sie die Ehrwürdige Mutter merken lassen, dass sie litt. Es hätte der alten Nonne zu viel Genugtuung verschafft.

Max umfasste ihr Kinn und hob ihren Kopf, sodass Juliette schließlich gezwungen war, ihm in die blauen Augen zu sehen, mit denen er sie prüfend musterte.

»Sag mir, Juliette, woran kannst du dich aus deiner Kindheit erinnern, ich meine, aus der Zeit bevor dein Vater dich nach Europa brachte?«

»An nichts.«

Er hob die Brauen. »An gar nichts?«

Natürlich gab es einige wenige Erinnerungen, Fetzen von

Stimmen und Bildern, die jedoch so schwierig festzuhalten waren wie Rauch oder Nebel. Diese Erinnerungen ängstigten Juliette. In all den Jahren war sie oft nachts aufgewacht, zitternd, mit Schweißperlen auf der Stirn, und ihr Körper schien dann jedes Mal in hellen Flammen zu stehen – zweifellos das Fegefeuer, von dem die Ehrwürdige Mutter immer wieder sprach.

Manchmal stiegen jedoch auch andere Bilder in ihr auf – insbesondere ein männliches Gesicht, das die Flammen löschte und die Furcht vertrieb, wenn sie nur lange genug davon zu träumen vermochte. Es waren diese verschwommenen Züge, die sich Juliette ins Gedächtnis rief, wenn die Verzweiflung und Trostlosigkeit sie zu überwältigen drohten.

Sie schüttelte den Kopf. »Nein, Monsieur. Ich war erst vier Jahre alt, als meine Mutter starb.«

»Du hast sogar ihre Augen«, sagte er gedankenverloren. Ein Schatten schien sich einen Augenblick lang über seine Züge zu legen. Es war, als sei er in Gedanken weit entfernt, bevor er sich einen Weg zurück in die Wirklichkeit bahnte. Mit zitternden Fingern berührte er eine der Locken, die Juliettes Wangen umrahmten.

»Dein Haar ... wie ein Feuerstrom. Wenn deine Mutter über Belle Jarod ritt, schien es, als verwandle das Sonnenlicht ihr Haar in ein Flammenmeer. Selbstverständlich weigerte sie sich, eine Kopfbedeckung zu tragen, und der Wind ließ ihr offenes Haar wie ein Banner hinter ihr her wehen. Dein Vater verbrachte viele Stunden damit, es zu bürsten, bis es wie poliertes Kupfer glänzte. Sie legte dann immer ihren Kopf sanft und zufrieden auf seinen Schoß.«

Juliette hob spöttisch eine Braue. »Wie überaus romantisch. Und überraschend, angesichts der Tatsache, dass meine Mutter doch wohl den Ehebruch zu ihrem liebsten Zeitvertreib erkoren hatte.«

Stolz schob sie das Kinn vor und fügte hinzu: »*Monsieur*, mögen Sie sich auch wohlwollende, wenn nicht gar verklärende Erinnerungen an meine Mutter bewahrt haben, so ist und bleibt sie doch für mich der Grund für meines Vaters Verzweiflung und dafür, dass er nun auf ewig in der Hölle schmoren muss. Wenigstens nach der Meinung jener barmherzigen Schwester dort, deren Scheinheiligkeit ebenso wenig in Zweifel zu ziehen ist wie Maureen Jarods Lasterhaftigkeit.«

Die Ehrwürdige Mutter schnappte nach Luft und umklammerte ihren Rosenkranz.

Juliette lächelte.

Hollinsworth machte eine kurze Verbeugung und lachte. »Ob du nun willst oder nicht, Juliette, du besitzt neben der Schönheit deiner Mutter auch ihr Taktgefühl. Nun gut, wir wollen nicht länger in Erinnerungen schwelgen, sondern zur Sache kommen. Ich bin hier, um dich nach Hause zu holen.«

Sie blickte starr in sein lächelndes Gesicht und weigerte sich, ihren beschleunigten Herzschlag zur Kenntnis zu nehmen. Es schien, als strecke und entfalte sich ihre Seele in reiner und so übermächtiger Freude, dass ihr die Knie zu versagen drohten. Doch sie hatte ihn sicherlich falsch verstanden. Hätte die Ehrwürdige Mutter nicht das Geschehen beobachtet und dabei einer alten Nebelkrähe geähnelt, wäre Juliette in Versuchung geraten war, sich heftig zu kneifen, um festzustellen, ob sie sich nicht wieder einmal in einem ihrer verwirrenden Träume befand.

»*Pardon, Monsieur*? Ich verstehe nicht . . .«

»Als dein Taufpate ist es meine Pflicht, für dich zu sorgen, nun, da dein Vater nicht mehr ist. Holly House, mein Besitz in Baton Rouge, entbehrt das fröhliche Lachen einer Frau, seit meine Gemahlin starb, also kann ich nicht verhehlen, dass mein Vorhaben nicht ganz uneigennützig ist. Mein Sohn Tylor ist erwachsen, und so sind meine Tage einsam und leer. Ich sehne mich nach Frohsinn, nach Jugend ...« Maxwell zögerte. »Es wird dir an nichts fehlen, meine Liebe. Wir werden dir hübsche Kleider kaufen und Kämme, um dein Haar zu schmücken. Prächtige Hüte, elegante Schuhe und Bänder, die zum Grün deiner Augen passen. Du wirst die schönste junge Frau in ganz Louisiana sein. Und die Verwöhnteste. Wir werden Feste zu deinen Ehren geben, und junge Männer werden von überall her nach Holly House strömen, um dir den Hof zu machen.«

Er wandte sich ab, ging zum Fenster und blickte auf den aufgewühlten Ozean hinaus. »Mein Haus ist mit allen Bequemlichkeiten ausgestattet, und von deinem Zimmer aus kannst du den Fluss sehen. Meine Dienstboten werden dich umsorgen, und du musst nie wieder die Fußböden schrubben.«

Ungläubiges Staunen machte Juliette so schwindlig wie der Wein, den sie bei ihren heimlichen Ausflügen zu den Hahnenkämpfen im Dorf getrunken hatte. Sollte sie es wagen, ihm zu glauben? Gewiss wäre es unverschämt, sich auch nur im Entferntesten anmerken zu lassen, welche Hoffnung und Freude sie in ihrem Innern spürte.

»Das kann ich nicht tun«, hörte sie sich leise antworten und klammerte sich dabei mit den Händen an ihrem nassen Rock fest. »Sie sind für mich ein Fremder, *Monsieur* Hollinsworth.«

»Was bleibt dir übrig?« Sein Mund lächelte zwar, doch seine Augen taten es nicht. »Ich fürchte, dein Vater hat dich gänzlich mittellos zurückgelassen. Wenn du glaubst, dieses kalte, zugige Kloster sei trostlos, dann kann ich dir versichern, *ma petite*, dass dir ein weitaus schlimmeres Schicksal beschieden sein könnte.«

»Ein Leben wie das meiner Mutter, nehme ich an?« Juliette lächelte bitter. Die Kehle war ihr wie zugeschnürt, und ihre Augen brannten. Wieder rang sie mit der altbekannten Verzweiflung – dem Gefühl, verloren zu sein, ziellos dahin zu treiben, ohne jemals einen sicheren Hafen zu erreichen. »Ich brauche etwas Zeit, um über diese plötzliche Wendung nachzudenken.«

»Selbstverständlich«, sagte Maxwell mit einem freundlichen Lächeln. Da verstand Juliette, dass es nichts gab, worüber sie nachzudenken hätte.

Mit einem Federstrich und einigen Tropfen Weihwasser war sie vor neunzehn Jahren der Obhut eines Fremden anvertraut worden.

1

Baton Rouge, Louisiana

Boris Wilcox blinzelte durch die Strähnen seines schneeweißen Haars, die ihm ins Gesicht hingen. Er hatte die Zähne gebleckt, und Blut strömte aus seiner gebrochenen Nase, als er seine Faust zum dritten Mal gegen Chantz' Kinn schnellen ließ. Er wurde immer ärgerlicher, zumal die bier- und schweißgetränkte Zuschauermenge offensichtlich auf Chantz' Seite war und ihn aus Leibeskräften anfeuerte. Die Männer boxten in die Luft, schlugen sich mit den Hüten auf die Schenkel. Der ohrenbetäubende Lärm ließ die Pferde in den Boxen des Mietstalls ängstlich mit den Augen rollen.

Chantz stand breitbeinig da und wich keinen Zentimeter zurück. Er lächelte Boris an, einschüchternd und siegesgewiss.

Boris fuhr sich mit dem Handrücken über den Mund und verteilte dabei Blut und Speichel auf seinem Kinn, das bereits Form und Farbe einer roten Rübe angenommen hatte. »Boudreaux, ich schlag dir jeden einzelnen Zahn aus dem Maul, du wirst schon sehen.«

»Abwarten, Wilcox.« Chantz lachte und blinzelte sich einige Schweißperlen aus den Augen, während Boris über seine eigenen Füße stolperte und nur mit großer Mühe aufrecht stehen blieb. »Es überrascht mich, dass du so viele Kämpfe gewonnen hast, da du wie ein Mädchen schlägst.«

Die Zuschauer johlten und erschreckten eine dreibeinige gestreifte Katze, die unter einem Heuhaufen geschlafen hatte.

»Ich setze auf Chantz«, rief jemand, und etliche Männer schlossen letzte Wetten auf den Ausgang des Kampfes ab.

Boris runzelte die Stirn und hob die Fäuste. Sein großer, kräftiger Körper bebte bis in die schmutzigen Stiefel hinein. Chantz wusste nur zu gut, dass für Wilcox viel von dem Kampf abhing – er hatte einen guten Teil des Geldes seines Arbeitgebers verwettet, mit dem er eigentlich neue Vorräte hätte kaufen sollen. Für gewöhnlich war dies eine sichere Sache. Doch diesmal würde Boris wohl einiges zu erklären haben, wenn er nicht mehr mit nach Hause brachte als eine geschwollene Nase und einige Zahnlücken.

»Das sind ja große Worte, Boudreaux, besonders von einem Kerl, der dumm genug ist zu glauben, dass Fred Buley einen hergelaufenen Bastard um seine Tochter anhalten lässt, der nicht mehr besitzt als das Schwarze unter seinen Fingernägeln.«

Die Anfeuerungsrufe verebbten, und die Zuschauer traten näher an die Kontrahenten heran, die Blicke auf Chantz gerichtet, dem die Zornesröte ins Gesicht stieg. Plötzlich brannte ihm die Wolke aus Sägemehl in den Augen und schien ihm den Atem zu nehmen. Er spürte, dass die Männer ihn gespannt beobachteten.

Boris lachte und spuckte Blut auf den Boden. »Da habe ich wohl einen Nerv getroffen.« Er schüttelte die blutverschmierten Fäuste. »Was ist denn, Boudreaux? Du hast dir doch wohl keine ernsthaften Hoffnungen auf Phyllis Buley gemacht?«

Wilcox legte den Kopf in den Nacken und lachte wiehernd, dann richtete er den Blick seiner kleinen, runden

Augen wieder auf Chantz. »Jeder hier hat gesehen, wie du Kalbsaugen gemacht hast, wenn sie in der Kutsche ihres Daddys vorbeifuhr. Hast du etwa gedacht, sie meinte es ernst, als sie dir zuzwinkerte? Sie hat nur mit dir gespielt, mein Junge. Ich hörte, dass sich Horace Carrington heute Morgen erklärt hat. Die Hochzeit soll im September sein.«

Grinsend hielt sich Boris die Fäuste vors Kinn. »Sieh es ein, Chantz, du bist eben keine gute Partie. Was du zwischen deinen Beinen hängen hast, mag vielleicht gut genug sein für Flussratten wie deine Mama eine ist, aber in die gute Gesellschaft bringt es dich nicht.«

Boris holte aus und schlug zu.

Chantz wich ihm aus und versetzte ihm einen mächtigen Schlag in die Rippen. Der Box-Champion verlor das Gleichgewicht und taumelte rückwärts in die eigentümlich stillen Zuschauer hinein, die ihm sogleich aus dem Weg gingen. Chantz schlug wieder zu und spürte, dass Boris' Rippen wie trockene Zweige zersplitterten. Ein weiterer Schlag, diesmal aufs Kinn, und noch einer, der die ohnehin gebrochene Nase des Mannes traf.

Boris ging stöhnend zu Boden, und sein Kopf ruhte in einem Haufen frischer, dampfender Pferdeäpfel.

Außer sich vor Zorn setzte Chantz nach, wurde jedoch plötzlich zurückgerissen. Jemand hielt seine Arme fest und umfasste seine nackte, schweißnasse Brust. Einige Männer knieten sich neben Boris und tätschelten ihm die blutigen Wangen, um ihn wieder zu beleben.

»Ist er tot?«, fragte eine aufgeregte Stimme.

»Wenn er es nicht ist, hat er verdammtes Glück gehabt«, lautete die besorgte Antwort.

Einer der Männer goss einen Eimer Wasser über Boris'

Gesicht aus. Er spuckte, hustete und ruderte wie ein Ertrinkender mit Armen und Beinen. Dann schnappte er nach Luft und hielt sich mit einem Schmerzensschrei die Nase. Er hob die geschwollenen Lider und blickte Chantz an, während er versuchte, sich aufzusetzen.

Chantz deutete mit dem Finger auf ihn und sagte drohend: »Wenn du meine Mutter noch einmal als Flussratte bezeichnest, Wilcox, bringe ich dich um. Das ist ein Versprechen.«

Bud Bovier, der Besitzer von Boviers Mietstall und der Veranstalter der wöchentlichen Boxkämpfe, drückte Chantz ein Bündel Geldscheine in die Hand und schob ihn auf die Stalltür zu. »Nimm dein Geld und geh, Chantz. In meinem Stall wird niemand umgebracht, merk dir das.«

Er hob Chantz' Hemd vom Boden auf und warf es ihm zu. »Besänftige deine Wut anderswo. Kauf dir eine Flasche Whiskey oder nimm dir eines von Meeshas Mädchen.«

Dann blickte er Chantz besorgt an und senkte die Stimme. »Nimm ihn nicht so ernst, mein Junge. Boris verfügt nicht einmal über den Verstand, den Gott einem Mistkäfer mitgegeben hat.« Er lächelte gezwungen. »Und jetzt geh. Niemand hier will dich wegen eines Kerls wie Boris hängen sehen. Er ist nicht einmal den Pferdemist wert, der jetzt an seine Ohren klebt.«

Draußen vor dem Stall begann Chantz' Kiefer plötzlich schmerzhaft zu pochen, und der metallische Geschmack von Blut in seinem Mund drohte, ihm den Magen umzudrehen. Er tauchte Kopf und Schultern in einen Trog, in der Hoffnung, das kühle Wasser würde seinen Zorn besänftigen, bevor er die Tür zu Boviers Stall eintreten und Boris mit etwas Tödlicherem als seinen Fäusten bearbeiten würde.

Er war sich nicht sicher, was ihn am meisten erzürnte, dass Boris seine Mutter beleidigt und ihn wegen seiner Abstammung verspottet hatte, oder die Nachricht, dass Phyllis Buley einen anderen Mann heiraten würde. Erst in der vergangenen Nacht hatte er zwischen Phyllis' Schenkeln gelegen, wie schon so viele Male zuvor, wenn sie an seine Tür geklopft hatte. Immer wieder hatte sie ihm geschworen, nur ihn zu lieben und ohne ihn nicht leben zu können. Und nun wurde der Lump Horace Carrington ihr Bräutigam.

Chantz trat gegen den Wassertrog, dann gegen einen Pfosten, an dem ein Maulesel angebunden war. Das Tier wandte sein langes, trauriges Gesicht in Chantz' Richtung und zuckte mit den Ohren.

Der Lump Horace Carrington.

Wenn man vom Teufel sprach …

Carringtons Kutsche stand vor *La Madeleine*. Helles Licht fiel aus den hohen Fenstern des Hotels auf das polierte Messing des Wagens, auf dem Nathan, Carringtons schwarzer Kutscher, in seiner roten Livree saß und in der Hitze ein Schläfchen hielt.

Das Hotel *La Madeleine* beherbergte das einzige vornehme Restaurant der Stadt und servierte das beste Essen jenseits von New Orleans. Jedenfalls war es Chantz so berichtet worden. Er würde sich wohl nie selbst davon überzeugen können. Selbst wenn er die Absicht hätte, sein Geld für französische Küche, serviert auf feinem Porzellan, zu verschwenden, verlangte der Besitzer Nelson Barlow von seinen Gästen, dass sie sein Etablissement in »angemessener Kleidung« aufsuchten. Einen Anzug besaß Chantz nicht. Teufel auch, wenn er sich anstrengte, gelang es ihm, sich alle zwei Jahre ein Paar anständiger Stiefel zu kaufen. Er vermutete, dass ein Zimmer für eine Nacht in Barlows *La*

Madeleine mehr kostete als die Monatsration an kümmerlichen Bohnen und käferverseuchtem Maismehl, das Charlie Johnson von *Johnson's Mercantile* seinen weniger geschätzten Kunden verkaufte.

Chantz umklammerte das Preisgeld in seiner Tasche. Er hatte nicht übel Lust, es Johnson unter die Nase zu halten und zur Abwechslung einmal sauberes Maismehl zu verlangen.

Zum Teufel damit. Das Geld war ohnehin knapp, und außerdem störte sich Chantz nicht an einigen Kornkäfern in seinem Maisbrei. Seine Mutter pflegte zu sagen: »Wir brauchen jedes Stückchen Fleisch, das wir kriegen können, und die Käfer geben wenigstens etwas Geschmack.«

Er zog sich das Hemd an und wischte sich mit dem Ärmel die Wassertropfen vom Gesicht. Dann strich er sich das Haar aus der Stirn – nicht, dass es ihm etwas genützt hätte. Die kräftigen, dunklen Locken schienen ein Eigenleben zu besitzen. Sie fielen ihm in leichten Wellen in die Stirn und auf den Hemdkragen. Die meisten Männer verwendeten Pomade, um ihr Haar ordentlich zu frisieren, doch nicht so Chantz Boudreaux. Er würde sich den guten Sitten niemals beugen, zumal er ja nichts als ein vaterloser Bastard war.

Es donnerte in der Ferne, und die Ankündigung eines weiteren heftigen Schauers erschien gleichzeitig wie eine Prophezeiung, als Chantz auf das Hotel zuging. Schlamm spritzte unter seinen Stiefeln auf, und die schwüle Luft schien so zäh wie Zuckerrohrsirup. Einige Leute drehten sich nach ihm um, wohl wissend, dass dieser Ausdruck auf Chantz' Gesicht nichts Gutes bedeutete. Erst im vergangenen Monat hatte ihn der Sheriff verhaftet, weil er Silas Stuckshead einen Schlag versetzt hatte, der den Mann durch das Fenster des Kurzwarenladens hatte fliegen lassen. Sicher war es ein bedauerlicher Zwischenfall gewesen, dass Silas in aller Öffentlichkeit einen kleinen schwarzen Jungen verprügelte, doch Chantz hatte die Nacht im Gefängnis verbracht, weil er der Grausamkeit ein Ende gesetzt hatte.

Überall auf den hölzernen Gehsteigen flanierten Frauen in ihren besten Kleidern aus Seide und Taft über weiten Reifröcken. Sie flüsterten miteinander hinter ihren reich verzierten Fächern und warfen Chantz verführerische Blicke zu, als er durch den knöcheltiefen Schlamm schritt. Für gewöhnlich fand er das Geplänkel der Damen amüsant, doch im Augenblick fachte es nur seinen Zorn an. Ebenso wie Phyllis Buley würde nicht eine einzige dieser Ladys öffentlich zugeben, dass sie Chantz nur zu gern eine Nacht lang in ihrem Bett hätte.

Die Empfangshalle des Hotels war getäfelt, und an den Wänden hingen riesige Ölgemälde, die französische Jagdszenen darstellten, einige Wandteppiche und Porträts von Königen. Es roch nach kaltem Zigarrenrauch und Blumen. Auf den mit rotem Samt bezogenen Sitzmöbeln häuften sich Brokatkissen, und überall standen riesige Farne in geflochtenen Körben. Kristalllüster, die man aus Versailles hatte kommen lassen, hingen von der Decke herunter und warfen Lichtpunkte auf den polierten Holzboden.

Die Gäste in der Hotelhalle wandten sich um und beobachteten Chantz, der tropfnass die Halle durchquerte und dabei eine Spur schlammiger Stiefelabdrücke hinterließ. An den geöffneten Flügeltüren zum *salon de cuisine* blieb er stehen und ließ den Blick über die Gäste schweifen, die bei Kerzenschein an den weiß gedeckten Tischen saßen. Die gedämpften Gespräche verebbten, und eine unheimliche, spannungsgeladene Stille breitete sich aus.

Der Maître stellte sich Chantz in den Weg und blickte ihn entsetzt an. »*Monsieur*«, sagte er höflich lächelnd, »ich fürchte, es handelt sich hier um ein Missverständnis. Sie suchen sicher nach dem Saloon, *oui*?«

»Nein«, antwortete Chantz knapp und schob den Mann beiseite. »Ich suche nach Phyllis Buley.«

Er fand sie. Phyllis saß ihrem Verlobten gegenüber, stocksteif, mit geröteten Wangen und zutiefst erschrockener Miene. Selbstverständlich sah sie Chantz nicht an. Ein Blick hätte bedeutet, seine Anwesenheit zur Kenntnis zu nehmen, doch er vermutete, dass Phyllis in diesem Augenblick am liebsten sogar die bloße Existenz von Chantz Boudreaux geleugnet hätte.

Lächelnd ging er auf sie zu.

Horace Carrington erhob sich langsam, wobei er seine Serviette achtlos zu Boden gleiten ließ. Sein ohnehin schon blasses Gesicht wirkte kreidebleich, und seine Lippen schimmerten bläulich, als sei er in Eiswasser geschwommen. Auf seiner hohen Stirn schimmerten Schweißperlen, doch im Blick seiner blauen Augen lag eine unmissverständliche Drohung. Chantz hatte Horace schon oft genug gegenübergestanden, um zu wissen, dass er ein gefährlicher Gegner war, wenn man ihn herausforderte.

Eine Hand legte sich schwer auf Chantz' Schulter. Fred Buley, Phyllis' Vater, blickte lächelnd zu ihm empor. Es lag jedoch keine Spur von Freundlichkeit in seiner Miene, und seine Finger auf Chantz' Schulter glichen Eisenzangen.

»Ich an deiner Stelle würde es nicht tun, Chantz«, sagte Fred leise und zog die buschigen, von Silberfäden durchsetzten schwarzen Brauen zusammen.

Für die gebannten Zuschauer sah es vermutlich so aus, als würden zwei alte Freunde Höflichkeiten miteinander austauschen, doch Chantz erkannte, dass Buley weit davon entfernt war, belanglose Konversation zu machen. Sein Atem roch nach dem teuren Bourbon, den er zum Essen getrunken hatte – reichlich davon, urteilte man nach seiner leicht undeutlichen Sprechweise.

»Du magst vielleicht ein wenig wild sein, mein Freund, doch du bist nicht dumm. Ich mag dich, Chantz, aber das würde mich nicht daran hindern, dir die Kehle durchzuschneiden, wenn du meinem kleinen Mädchen hier etwas anderes zu sagen hättest als deine Glückwünsche zu ihrer Verlobung mit Mr. Carrington.«

Fred strich über Chantz' zerknittertes Hemd, holte dann zwei kubanische Zigarren aus der Tasche und drückte sie Chantz in die Hand. »Nun geh. Die Leute hier geben viel Geld aus, um ihr Essen zu genießen. Wir wollen ihnen doch nicht den Spaß verderben, nicht wahr, Chantz? Nicht wahr, Chantz?« Wieder dieses kalte Lächeln. »Guter Junge. Leben Sie wohl, Mr. Boudreaux.«

Chantz blickte Phyllis an, in ihrem rosa Seidenkleid mit dem hochgeschlossenen Spitzenkragen und ihren mit rosa Bändern verzierten Locken, die ihr über die Schultern fielen. Sie sah sittsam aus und so frisch wie eine Pfirsichblüte. Kaum schien sie dieselbe Frau zu sein, die sich vergangene Nacht so ausgelassen mit ihm vergnügt hatte, dass selbst Meeshas Mädchen beeindruckt gewesen wären.

Dann sah er zu Carrington hinüber, der noch immer so unauffällig wie möglich die Fäuste ballte. Er war der einzige Sohn des wohlhabendsten Plantagenbesitzers der Gegend und hatte als Kind bereits seinen Spaß daran gehabt, Menschen und Tiere zu quälen. Als Erwachsener war er schlimmer. Horace hatte Geschmack an Grausamkeiten gefunden ... auch in seinem Privatleben. Chantz fragte sich, was Fred Buley wohl davon halten würde, seinen künftigen Schwiegersohn in Meeshas Freudenhaus zu treffen, wo er sich in Eisen legen und von nackten Frauen mit Weidenruten auspeitschen ließ.

Verdammt, er und Phyllis verdienten einander.

Chantz drehte sich um und ging, während um ihn herum die Gäste aufgeregt miteinander zu tuscheln begannen. Bud Bovier hatte Recht, dachte Chantz. Es war Zeit für Bourbon und Meeshas verruchteste Hure.

Das Freudenhaus, ein zweistöckiges, purpurfarben gestrichenes Gebäude mit zitronengelben Fensterläden, stand an einem Steilhang am Fluss. Es befand sich weit genug von der Stadt entfernt, sodass die braven Bürger keinen Anstoß daran nehmen konnten, wenn es bei Meesha hoch herging. Außerdem herrschte auf dem Fluss viel Betrieb, sodass die Boote der Gäste unbeachtet am Steg vor dem Haus anlegen und die Herren das Etablissement unerkannt betreten konnten.

An diesem Tag waren jedoch keine Boote zu sehen. Durch den Regen war der Fluss stark angeschwollen und wurde von Stunde zu Stunde reißender. Noch ein, zwei Tage Regen, so vermutete Chantz, und die Ernte seines Arbeitgebers würde wieder einmal zerstört sein. Das Leben auf Holly House würde unerträglich werden. Chantz war heilfroh, dass Max Hollinsworth noch nicht aus Frankreich zurückgekehrt war, um seine Plantage zum zweiten Mal in vier Jahren untergehen zu sehen. Immerhin blieb damit noch Seine Hochnäsigkeit Tylor Hollinsworth, mit dem es fertig zu werden galt. Doch Tylor war zu faul und dumm, sich um den Besitz seines Vaters zu scheren.

Meeshas Beste war eine große kreolische Schönheit

namens Virginia, die jedoch mit einem wenig anziehenden Akzent sprach, der Chantz noch mehr störte, nachdem er eine halbe Flasche des besten irischen Whiskys getrunken hatte, der zu bekommen war, bezahlt von dem Geld, dass er für die Großtat gewonnen hatte, Boris Wilcox zu Brei zu schlagen.

Chantz tauchte seine Finger in Virginias Haar, schloss die Augen und presste die Lippen zusammen. Schweißperlen standen ihm auf der Stirn, während er seine Lenden immer wieder heftig an Virginia presste, die auf dem großen Bett lag und ihm den Rücken zukehrte.

Sie blickte über die Schulter und sah Chantz aus ihren nachtdunklen Augen bewundernd an. »Du bist ein sanfter, sanfter Mann, Chantz, aber heute Nacht scheint dich der Teufel zu reiten. Sitzt dir Tylor Hollinsworth schon wieder im Nacken, Süßer?«

Er schüttelte den Kopf, und als sich Virginia umdrehte und auf den Rücken legte, sank Chantz auf sie und ließ sich wieder in ihren Körper gleiten, jedoch sanfter als zuvor. Sie seufzte verzückt und schlang die Beine um seine Hüften, während er sich in ihr vor und zurück wiegte, zuerst sacht, dann immer schneller und schneller, bis ihrer beider Körper schweißnass glänzten. Der Duft des Liebesakts lag in der Luft wie ein schweres Parfüm. Virginia streckte ihm ihre Hüften entgegen und küsste ihn gleichzeitig tief und leidenschaftlich. Sie umklammerte seine Hüften mit ihren schmalen Händen, bis sie schließlich den Gipfel erreichte. Das Bett prallte mit Wucht gegen die Wand, wieder und wieder. Virginia legte den Kopf in den Nacken und grub ihre Nägel in Chantz' Rücken, während sich ihrer Kehle ein Lustschrei entrang.

Mit einem letzten tiefen Stoß verströmte sich Chantz.

Jedes Zucken, jede Welle der Lust war eine Erlösung von all der Spannung, die sich den gesamten Tag über in ihm aufgestaut hatte. Er ließ sich auf Virginia sinken und barg seinen Kopf an ihrem Hals. Sie roch nach Magnolien, diesem süßen, schweren Blütenduft, der Chantz an einen warmen Sommermorgen erinnerte ... und an etwas anderes ...

Jemand hämmerte gegen die Wand, und eine Frauenstimme rief: »Chantz Boudreaux, bist du da drinnen?«

»Natürlich ist das Chantz«, rief eine andere. »Wer sonst sorgt schon dafür, dass hier der Putz von den Wänden fällt.«

Virginia legte den Arm um ihn und kicherte. »Du warst heute wirklich großartig, Süßer. Und du bist der Einzige, bei dem auch ich etwas empfinde. Dafür danke ich dir.«

»Phyllis Buley wird heiraten«, sagte er leise.

»Davon hörte ich. Horace Carrington. Meesha sagte, sie wolle ein Paar Eisenfesseln und eine Augenbinde hübsch verpacken und Miss Phyllis zur Hochzeit schenken.« Sie drehte Chantz' Gesicht zu sich herum. »Hat sie dir das Herz gebrochen, Süßer?«

Chantz ließ sich auf den Rücken rollen und blickte starr an die Decke, während er herauszufinden versuchte, was er tatsächlich fühlte. Wut, größtenteils. Er durfte Phyllis' Bedürfnisse befriedigen, war jedoch in der Öffentlichkeit nicht einmal eines Blickes würdig. Er dachte an das Geld in seiner Tasche und stellte sich vor, in einem feinen Anzug vor Phyllis zu stehen. Vielleicht würde sie ihn dann nicht mehr so gering schätzen. Andererseits bedurfte es wohl mehr als eines Anzugs, um Phyllis Buley, die zukünftige Mrs. Carrington, zu beeindrucken.

Schön. Eines Tages würde er genug gespart haben, um sich ein Stück Land zu kaufen – das heutige Preisgeld würde

Du sorgst für deine Mama und bist gut Freund mit den Plantagenbesitzern. Ich höre doch, wie sie über dich reden, Chantz. Die meisten von ihnen schätzen dich sehr.«

Er lächelte bitter. »Offensichtlich schätzen sie mich nicht genug, dass ich würdig wäre, um ihre Töchter anzuhalten.«

»Phyllis Buley hat dich nicht verdient. Sie mag wohl schöner sein als die meisten, aber sie hat das Herz einer Klapperschlange. Willst du wirklich, dass eine solche Frau deine Kinder aufzieht?«

Virginia schlang ihre Arme um Chantz' Taille und hauchte ihm ein wenig wehmütig ins Ohr: »Ich fürchte mich vor dem Tag, an dem dir die richtige Frau begegnet, Chantz. Wenn du erst einmal so sehr liebst, wie du dich nach Respekt und Erfolg sehnst, dann werde ich dich nie wieder in meinen Armen halten. Und das, Süßer, wird der traurigste Tag meines Lebens sein.«

Chantz rauchte eine von Fred Buleys Zigarren, als er sich auf den Weg zu Boviers Mietstall machte, um sein Pferd und die Vorräte abzuholen. Durch die mächtigen Regenwolken wirkte der Nachthimmel noch schwärzer als gewöhnlich. Die Straßen waren leer, die Geschäfte dunkel, nur im Hotel, vor dem Chantz lange genug stehen blieb, um durch die hohen Fenster in den *salon de cuisine* zu blicken, saßen noch immer elegant gekleidete Gäste, denen Speisen serviert wurden, die eher Kunstwerken ähnelten denn Nahrungsmitteln. Der Duft von frisch gebackenem Brot stieg ihm in die Nase und rief ihm ins Gedächtnis, dass er seit dem Morgen nichts mehr gegessen hatte.

Allmählich begann Chantz die Folgen der Schläge zu spüren, die ihm Boris Wilcox am Nachmittag versetzt hatte.

Immerhin würde Wilcox vermutlich viel mehr zu leiden haben. Der Schweinehund hatte es nicht besser verdient, nicht nur weil er Chantz' Mutter beleidigt hatte.

Es gab Gerüchte, dass sich Wilcox mit den Fledderern eingelassen hatte, einer Horde bettelarmer weißer Männer, die ihr armseliges Dasein fristeten, indem sie Sklaven dazu anstifteten, Schweine, Kälber, Schafe, Weizen und Mais zu stehlen – und alles, was sie in die Finger bekommen konnten. Die Sklaven glaubten, dass die Fledderer sie dafür freikaufen oder ihnen bei der Flucht in den Norden helfen würden. Die Fledderer schlugen die Waren auf dem Markt los und machten ansehnliche Gewinne dabei. Gleichzeitig schienen sie geradezu Vergnügen daran zu finden, die entlaufenen Sklaven mit der Hilfe von Bluthunden zu jagen und dann das Kopfgeld zu kassieren.

Doch hätte Wilcox je die Wege der Holly-Männer gekreuzt, wäre ihm der Kampf mit Chantz wie ein freundschaftliches Kräftemessen vorgekommen.

Sie kamen aus den Schatten der nächtlichen Gasse hervor, so schnell, dass Chantz sich kaum umzusehen vermochte, ehe er am Kragen gepackt und an die Ziegelmauer von *Johnson's Mercantile* geschleudert wurde. Die Nacht versank in einer Explosion aus grellen Lichtblitzen und weißglühendem Schmerz. Fäuste trafen seinen Rücken und die Rippen, und die Schläge raubten ihm den Atem. Dann wurde er herumgerissen und ein Handrücken traf ihn im Gesicht. Chantz stolperte rückwärts und fiel über einige leere Fässer. Mit dem Gesicht nach unten landete er im Schlamm.

Mühsam versuchte er den Kopf zu heben und einen Gedanken zu fassen – doch die Schmerzen waren zu groß, er konnte nicht atmen ...

Jemand trat ihm mit dem Stiefel in die Seite, so heftig, dass er von dem Schwung auf den Rücken geworfen wurde. Ein weiterer Tritt. Chantz wand sich und bemühte sich, dem Schmerz und einem weiteren Tritt auszuweichen. Er ließ sich auf den Bauch rollen und versuchte, sich auf die Knie zu erheben.

»So ist es richtig«, höhnte eine Stimme, »krieche im Schlamm, Boudreaux, so wie es sich für Abschaum gehört.«

Einer der Männer packte Chantz an den Haaren und zog ihn vom Boden hoch auf die Knie.

Er hörte sich selbst aufstöhnen, als der Schlag sein Gesicht so heftig traf, dass sein Kopf in den Nacken geschleudert wurde. Chantz sackte schwer in sich zusammen, während er sich an der Schwelle zur Bewusstlosigkeit befand und der Schmerz in seinem Kopf unerträglich wurde. Er kämpfte dagegen an, versuchte, die Augen zu öffnen, in denen jedoch Blut und Schlamm brannten.

Hände zerrten an seiner Kleidung und wühlten in seinen Taschen.

»Was zum Teufel geht da draußen vor sich?«, rief eine Stimme von der anderen Straßenseite.

»Lasst uns verschwinden«, flüsterte einer der Männer …

Chantz trieb in einem Meer aus Schmerz.

»Chantz? Großer Gott, was haben sie dir angetan! Chantz, kannst du mich hören?«

Mühsam öffnete er die Augen und erkannte verschwommen Andrew Buleys erschrockenes Gesicht über sich. Chantz klammerte sich an Drews Hemd fest und sagte, während ihm das Blut aus den Mundwinkeln rann: »Diese verdammten Schweine haben mein Geld gestohlen.«

2

Er glaubte, das Dröhnen befinde sich in seinem Kopf.

Chantz öffnete die Augen und erwartete wieder diesen stechenden Schmerz zwischen seinen Schläfen. Wie lange war er bewusstlos gewesen? Einen Tag? Zwei Tage? Einige verschwommene Erinnerungen waren ihm geblieben, von Andrew Buley, der ihn in seinen Wagen gelegt und zu der Hütte im Wald gebracht hatte, in die Chantz sich zurückzog, wann immer er der Welt entfliehen wollte ... oder sich mit Frauen wie Phyllis Buley traf, die sich niemals in der Öffentlichkeit mit ihm gezeigt hätten.

Abermals ertönte dieses Dröhnen, wie andauernder Donner. Das Bett erzitterte.

Chantz biss die Zähne zusammen, um die Schmerzen in seiner Seite ertragen zu können, und setzte sich mühsam auf. Der kahle Raum schien sich um ihn zu drehen, und mit jedem Atemzug war ihm, als würde sich ein glühendes Messer in seine Brust bohren. Er erinnerte sich nun allmählich an die Geschehnisse des vergangenen Abends. Hilflos hatte er auf dem Rücken gelegen, während ihm das Geld aus der Hosentasche gestohlen worden war. Boris Wilcox? Horace Carrington? Tylor Hollinsworth?

Er würde es in Erfahrung bringen, und wenn es sich als seine letzte Tat auf Erden erweisen sollte.

Schließlich gelang es Chantz aufzustehen. Der stechende

Schmerz unter seinen Rippen nahm ihm den Atem. Die angelehnte Tür schwankte von Seite zu Seite, als sei die Hütte ein Schiff in unruhigen Gewässern. Er stolperte darauf zu, die Hand gegen den Brustkorb gepresst und mit dem Geschmack von Blut im Mund.

Die Einrichtung der Hütte bestand aus einem Kamin, in dem ein Kessel an einem Haken hing, einer Kommode, einem Tisch und zwei Holzstühlen mit Sitzflächen aus Bastgeflecht. Chantz stützte sich schwer auf den Tisch und warf dabei eine Blechtasse um, die zu Boden fiel. Es dauerte eine Weile, bis er das Gleichgewicht wiedererlangt hatte und sich wieder der Tür zuwenden konnte.

Der Tisch bebte.

Allmählich begann Chantz zu begreifen, was es damit auf sich hatte, und erschrak. Er stolperte zur Tür der Hütte und riss sie weit auf. Die Hitze ließ ihn einen Augenblick lang zurückweichen, während er sein Bestes tat, den schier unglaublichen Anblick zu verarbeiten, der sich ihm bot. Es schien ihm, als leide er an Fieberfantasien.

Schwere, grünlich schillernde Wolken türmten sich über den Baumkronen auf und verwandelten das Tageslicht in ein unheimliches trübes Glühen. Kein Lüftchen regte sich, selbst die Luft schien auf das drohende Gewitter zu warten. Der Boden war mit Wasser voll gesogen, und die regenschweren Äste der Bäume hingen tief herab.

Chantz trat aus der Hütte und folgte auf unsicheren Beinen den Spuren der Wagenräder auf dem Lehmweg. Um seine Stiefel spritzte das Wasser aus den tiefen Pfützen auf. Im Laufschritt eilte er über den Weg bis zu einer schmalen Straße, die sich schon an trockenen Tagen in einem erbarmungswürdigen Zustand befand. Nun hatte sich der Boden in eine Schlammwüste verwandelt, in der Chantz immer wieder stecken zu bleiben drohte. Er brachte eine Straßenkurve hinter sich und ...

Das gewaltige Rauschen dröhnte ihm in den Ohren, als er des reißenden braunen Stroms angesichtig wurde, der immer mehr Erdreich mit sich davon spülte. Das scharfe Geräusch von berstendem Holz unterstrich die überwältigende Kraft und Gewalt des tosenden Flusses. Donner und Blitz explodierten am Himmel, und eine plötzliche Sturmböe fegte Chantz beinahe von den Beinen. Regen peitschte ihm ins Gesicht, der sich auf seiner Haut wie winzige Nadelstiche anfühlte. Der Wind verschlug Chantz förmlich den Atem, und er war gezwungen, sich abzuwenden und die Füße in den Boden zu stemmen, um nicht ins Wasser getrieben zu werden.

Da sah er die Frau.

Kaum traute er seinen Augen – offenbar litt er an Wahnvorstellungen, die er wohl Wilcox' Faustschlägen zu verdanken hatte. Er blinzelte, hielt sich schützend die Hand vors Gesicht und blickte angestrengt auf den Fluss.

Wie ein Stück Treibgut hatte sie sich in einem Damm aus Ästen und Baumstämmen gefangen und trieb mit dem Gesicht nach unten in den gelblichen, aufgewühlten Wassern des sturmgepeitschten Mississippi. Ihr dunkelrotes Haar umgab ihren Kopf wie ein seidiges Netz. Die gewaltige Strömung hatte ihr die Kleider vom Leib gerissen, sodass ihre bloße Haut in den schlammigen Fluten wie Alabaster schimmerte.

»Großer Gott«, flüsterte Chantz.

Unmöglich, dass sie noch lebte. Es wäre eine Wahnsinnstat, in den Strom zu waten, besonders angesichts seines angeschlagenen Zustands. Obwohl sich die Frau in einem Dickicht aus Ästen verfangen hatte, würde der angespülte Damm sicher jeden Moment nachgeben.

Und wenn sie jetzt noch nicht den Tod gefunden hatte, wäre es dann nur eine Frage von Sekunden.

Chantz fluchte.

Regen prasselte ihm auf den Rücken, als er ins Wasser stolperte und weiter hineinwatete, sodass es ihm schließlich bis zur Brust reichte. Treibholz traf ihn mit der Wucht eines Maultiertritts und ließ ihn den Halt verlieren. Plötzlich bestand seine Welt nur noch aus schlammigem Wasser, das ihn mit sich zu reißen suchte und sein Gesicht mit umher schwimmenden Zweigen zerkratzte. Verzweifelt um sich tretend und mit schmerzenden Lungen kämpfte Chantz dagegen an. Dann stemmte er die Füße fest auf den Boden und stieß sich ab. Er kam an die Oberfläche, schnappte nach Luft und sah sich nach der Frau um. Da! Er streckte die Hände nach ihr aus und zog sie an sich heran, bis er die Arme um sie schlingen konnte.

Chantz zerrte sie mit letzter Kraft ans Ufer und sank neben ihr auf die Knie. Die junge Frau lag reglos auf dem Bauch, und ihr rotes Haar hob sich wie ein flammendes Inferno von ihrer milchweißen Haut ab. Ihr Körper fühlte sich noch warm an. Chantz presste ihr die Hände auf den Rücken, und begann, sie wieder zu beleben. Er fluchte leise.

»Atme! Verdammt noch mal, atme!«

Sie rührte sich kaum merklich und stöhnte.

»Atme!«

Die Fremde erbrach sich und schnappte nach Luft. Dann begann sie, wild mit den Armen um sich zu schlagen, als glaubte sie, noch immer gegen die reißenden Fluten ankämpfen zu müssen. »Nein!«, schrei sie. »Ich werde es nicht tun. Verflucht sollst du sein! Du kannst mich nicht dazu zwingen!« Ihr Körper erbebte heftig, dann lag sie wieder still da.

Chantz blinzelte sich die Regentropfen aus den Augen, rollte die junge Frau vorsichtig auf den Rücken und strich ihr das Haar aus dem Gesicht. Dann blinzelte er abermals und fuhr sich mit der Hand über die Augen. Er glaubte nicht an Geister oder verirrte Seelen, wie Rosie die Untoten zu nennen pflegte, doch er wollte verdammt sein, wenn ihm nicht soeben ein Gespenst erschienen war.

Die makellosen, bildschönen Züge der Fremden ließen Chantz erschrocken zurückweichen. Der strömende Regen schien ihm auf einmal die Luft zum Atmen zu rauben; er blickte starr auf den rauschenden Fluss und überlegte, ob er wohl in der dunklen Gasse gestorben sein und sich nun auf dem Weg in die Hölle befinden mochte. Die erste Seele, die ihm in der Verdammnis begegnete, war die Fleisch gewordene Versuchung, der Inbegriff der Sünde, die Schlange aus dem Garten Eden in weiblicher Gestalt, die selbst den vernünftigsten Mann zur Raserei trieb.

Doch Maureen Broussard war tot, seit fünfzehn Jahren.

Die junge Frau stöhnte wieder.

Er blickte auf ihren nackten Körper hinunter. Trotz des kalten Winds und des beißenden Regens, dessen Tropfen weiße Schaumkronen auf den Wellen des reißenden Flusses aufwirbelten, standen Chantz plötzlich Schweißperlen auf der Stirn. Er biss die Zähne zusammen, um sich gegen den Schmerz in seinem geschundenen Körper zu wappnen, hob die bewusstlose Frau auf seine Schulter und trug sie mühsam zur Hütte hinüber, die geschützt unter einigen mächtigen Eichen stand. Er trug die Fremde hinein, ließ sie auf das Bett sinken, breitete schnell ein Laken über sie und wich von der Bettstatt zurück, als lauere dort eine angriffslustige Klapperschlange.

Chantz lehnte sich erschöpft an die Wand, schloss die Augen und wartete darauf, dass sich sein rasender Herzschlag beruhigte.

Während der Gewitterdonner die Hütte erzittern ließ, stiegen in Chantz Erinnerungen auf, an die zu denken er sich nur selten gestattete. Manchmal jedoch, wenn er an den rußgeschwärzten Ruinen der verlassenen Plantage am Fluss vorüber ritt, gedachte er der Geschehnisse, die eines der schönsten Anwesen der Gegend zerstört hatten, vielleicht das schönste in ganz Louisiana. Belle Jarod, das Juwel der River Road. Ein Palast, das steinerne Denkmal der Besessenheit eines Mannes, der eine Frau liebte, die ihn letztlich seines Vermögens und seiner Selbstachtung beraubt hatte. Sie hatte sein Herz und seinen Geist gebrochen.

Chantz näherte sich dem Bett und zündete die Lampe auf den kleinen Tisch an, der daneben stand. Dann blickte er auf das Gesicht der Frau hinab.

Es war unmöglich. Maureen Broussard war tot. Max Hollinsworth hatte sie begraben, vielmehr das, was nach dem Feuer auf Belle Jarod noch von ihr übrig geblieben war. Max hatte sich nie von Gefühlen leiten lassen, es sei denn es handelte sich um Grausamkeit und Falschheit, doch an diesem Tag war er auf die Knie gesunken und hatte wie ein Kind geweint. Schon oft hatte Chantz sich gefragt, warum. War er wirklich so unsterblich in die Frau seines besten Freundes verliebt gewesen? Oder hatte er nur darum getrauert, dass seine einzige Hoffnung geschwunden war, Belle Jarod je in seine gierigen Finger zu bekommen?

Wie er Max kannte, kam wohl eher Letzteres in Frage. Andererseits hatte es Maureen Broussard verstanden, einem Mann in die Augen zu sehen und seine Seele in ihren Bann zu schlagen. Sie war eine Hure gewesen, mit einem Körper, der für die Sünde gemacht war, und dem Gesicht eines Engels.

Ein eigenartiges Mitgefühl regte sich in Chantz, als er die Züge der jungen Frau betrachtete, und während das Tosen des Mississippi die kleine Hütte immer wieder in ihren Grundfesten erzittern ließ, erkannte Chantz, dass er überhaupt keine Frau vor sich hatte. Noch nicht. Sie schien nur mehr einen Lidschlag davon entfernt sein, die Schwelle zwischen Mädchen und Frau zu überschreiten. Schon jetzt besaß sie alle weiblichen Attribute, Lippen, die selbst einen Heiligen in Versuchung zu führen vermochten, und so zarte, makellose Haut, dass kein Mann es ertragen konnte, sie nicht zu berühren. Und dennoch lag eine mädchenhafte Sanftheit über ihren Zügen, die ihn an die Zöglinge der St. Elizabeth Schule für junge Damen in New Orleans erinnerte, die schüchtern lächelten und die Augen niederschlugen, wenn er an ihnen vorbei ritt.

Wieder wanderten seine Gedanken zu jenem schwülen Nachmittag zurück, an dem er unter der knorrigen alten Eiche gelegen hatte. Die Hitze hatte ihm das Hemd am Körper kleben lassen, und das rhythmische Zirpen der Zikaden war ihm wie eine leise Melodie erschienen, die in der schweren, feuchten Luft zu klingen schien.

Er und Max Hollinsworth waren soeben aus Baton Rouge nach Holly House zurückgekehrt. Max wagte es, Maureen einen letzten Besuch abzustatten, da ihr Ehemann Jack erst am darauf folgenden Tag aus New Orleans zurückerwartet wurde. Während Chantz im Schatten des Baumes vor der sengenden Nachmittagssonne Schutz suchte und dem fernen Donnergrollen des herannahenden Gewitters lauschte, konnte er die beiden im Haus lachen hören. Er sah Maureen durch die Flügeltüren ihres Schlafzimmers auf den Balkon hinaustreten, nur mit einem Unterkleid bedeckt, das aus so dünnem Stoff gearbeitet war, dass sie ebenso gut überhaupt nichts hätte tragen können. Das tizianrote Haar fiel ihr in sanften Wellen über die milchweißen Schultern und Brüste.

Sie blickte hinunter und entdeckte Chantz dort unter dem Baum. Auf ihren Lippen lag ein Lächeln, sie senkte die Lider und lehnte sich an die Balkonbrüstung, um Chantz einen Blick auf ihre kaum bedeckten Brüste zu gewähren.

»Ich muss schon sagen, Chantz Boudreaux, aus dir ist ja ein stattlicher junger Mann geworden. Machst du einer jungen Dame den Hof, Chantz?«

»Nein, Ma'am«, antwortete er. Maureen lächelte ihm noch strahlender zu.

»Das ist aber eine Schande. Besuche mich demnächst einmal, dann werde ich dir einige Hinweise geben, wie du die Damenwelt mit deinem Charme bezaubern kannst.«

Kurz darauf trat Max Hollinsworth auf den Balkon hinaus, riss Maureen die wenigen Kleider vom Leib und nahm sie dort auf der Stelle. Selbst während Max wieder und wieder in sie eindrang, lächelte sie unverwandt auf Chantz hinab.

So hatte Jack Broussard sie vorgefunden.

Juliette. Konnte es wahr sein? Die kleine Juliette, auf dem besten Wege selbst eine Frau zu werden? Das Kind, das sich an ihn geklammert und herzzerreißend nach seinem Papa gerufen hatte, als die Flammen so hoch in den Himmel schlugen, dass es schien, als würden selbst die Gewitterwolken davon erleuchtet werden.

War Juliette tatsächlich nach Belle Jarod zurückgekehrt?

Chantz ging zum Kamin hinüber, schürte die Glut und warf eine Handvoll Kienholz hinein. Schon bald darauf warfen die Flammen flackernde Schatten an die Wände der Hütte, die ebenso beruhigend wirkten, wie das Geräusch der Regentropfen auf dem Dach.

In den vergangenen Jahren hatte es immer wieder Zeiten gegeben, in denen bereits der Geruch von Rauch in der Luft die unwillkommenen Erinnerungen in Chantz wachrufen konnte. Am deutlichsten entsann er sich der unheimlichen Stille, die auf seltsame Weise der Ruhe vor einem heftigen Gewittersturm glich. Noch immer sah er Jack Broussards Gesicht vor sich, als dieser seine Ehefrau und seinen besten Freund miteinander erwischte. Seine Augen glichen dunklen Seen aus Schmerz. Es hatte eher unendliche Pein denn Zorn in seinem Blick gelegen … anfangs.

In diesem Augenblick, angesichts der Seelenqualen, die Jack im Gesicht geschrieben standen, fasste Chantz einen Entschluss: Wenn die Liebe zu einer Frau einen Mann so verwundbar machen konnte, würde er es sich gut und lange überlegen, bevor er sich auf dieses Wagnis einließ. Als er älter wurde, vergegenwärtigte er sich immer wieder, dass nicht alle Männer ihre Frauen so vergötterten, wie Jack es mit Maureen getan hatte. Ferner gab es auch nur verdammt wenige Frauen wie Maureen. Tatsächlich hatte ihr noch keine andere auch nur im Entferntesten geglichen, und das war sicher besser so. Männer waren von der Vorsehung schlichtweg nicht mit genügend Willenskraft versehen worden, als dass sie einer solchen Versuchung widerstehen konnten.

Chantz entdeckte eine Flasche Whiskey im Regal hinter einer Büchse Kaffee und einem Einmachglas mit Rosies Sauerkraut.

Er nahm einen tiefen Zug aus der Flasche und richtete dann den Blick wieder auf die Schlafzimmertür.

Wenn er hineinging, würde er sicherlich feststellen, dass

er nur geträumt hatte, Maureen Broussard aus dem Fluss zu retten. Nein, nicht Maureen. Das war unmöglich. Er hatte Max dabei geholfen, Jacks Frau unter der alten Eiche zu begraben, die am Rande der weiten, üppigen Zuckerrohrfelder stand, auf denen Jack und seine Sklaven den ganzen Sommer lang schwer gearbeitet hatten.

War es denn wirklich ... Juliette? Das zauberhafte kleine Mädchen mit den unbezähmbaren Locken und den blitzenden smaragdgrünen Augen?

Chantz trank noch einen Schluck und ließ sich auf einen Stuhl sinken.

Nur allzu deutlich erinnerte er sich an den Tag, an dem er herausgefunden hatte, dass nicht allein Freundschaft Max und Maureen miteinander verband. Rosie, Maxwells Köchin, hatte in der Küche zu tun, und er, Chantz, damals gerade vierzehn Jahre alt, war vom Feld gerufen worden, um sich mit dem kleinen Mädchen zu beschäftigen, während Max und Maureen im Haus über »Geschäfte« sprachen.

Juliette war schwerer zu hüten als ein Sack Flöhe. Obwohl Chantz über einige Erfahrung im Umgang mit Kindern verfügte, da er oft auf die Kinder der Sklaven aufpasste, während die Eltern arbeiteten, hatte Juliette seine Geduld beinahe erschöpft. Sie war frech und aufmüpfig und verfügte über einen schier unendlichen Tatendrang, sodass Chantz mit aller Kraft der Versuchung widerstehen musste, sie ins Lagerhaus zu sperren. Es war ihr gelungen, die Vordertreppe von Holly House hinunterzufallen, bevor Chantz sie noch auffangen konnte, sodass sie sich das Knie aufschlug. Obwohl die kleine Juliette ihre Unterlippe vorschob und einen überaus reizenden Schmollmund machte, vergoss sie keine einzige Träne. Chantz trug sie in seinen Armen zu Maxwells Arbeitszimmer, damit ihre Mutter sich um die

Wunde kümmern konnte, doch die Geräusche, die durch die geschlossene Tür drangen, ließen Chantz den Einfall sogleich verwerfen.

Stattdessen brachte er Juliette ins Küchenhaus, das sich in einiger Entfernung vom Hauptgebäude befand. Rosie schlug die Hände über dem Kopf zusammen und bemerkte leise, dass »diese unmögliche Frau eines Tages noch jemanden das Leben kosten würde«.

Juliette hatte damals keine Miene verzogen, während Rosie die Wunde versorgte, und Chantz hatte ihr als Belohnung ein Melassebonbon gegeben. Zum Dank hatte Juliette ihn auf die Wange geküsst und gesagt: »*Merci, Monsieur.*«

Während sein Körper noch immer schmerzte und ihm der Whiskey langsam durch die Adern rann, meinte Chantz beinahe, wieder Juliettes Lippen auf seiner Wange zu spüren. Nur handelte es sich nicht mehr um die Lippen eines kleinen Mädchens. Nicht mehr im Entferntesten.

Er war todmüde. Eigentlich hatte er sich vorgenommen, einige Tage allein in der Hütte zu verbringen. Ruhe und Einsamkeit halfen ihm dabei, sein aufbrausendes Temperament im Zaum zu halten, das ihn so oft in Schwierigkeiten brachte. Er hatte genug von Tylor Hollinsworth. Noch eine einzige beleidigende Bemerkung, und Chantz würde Gefahr laufen, ihm die Zähne auszuschlagen. Oder Schlimmeres. Eben dies war seine größte Sorge. Wenn er sich nicht strengstens beherrschte, würde der Hass, den er für Tylor empfand, ihn eines Tages dazu bringen, einen Mord zu begehen.

Allerdings würde nun Tylor Hollinsworth das Geringste aller Probleme sein. Nach dem über die Ufer getretenen Fluss zu urteilen, würden sich die Plantage und die Ernte inzwischen sicher einen Meter unter Wasser befinden.

Noch immer war Max bemüht, die Schäden auszugleichen, die die Flut von vor zwei Jahren angerichtet hatte. Durch diese Katastrophe stand Max nun am Rande des Ruins, und er würde seinen Zorn an jemandem auslassen wollen . . . und wie üblich würde Chantz dieser Jemand sein.

Zweifellos würden diesmal jedoch auch andere unter Maxwells Tobsuchtsanfällen zu leiden haben. Der Gedanke ließ Chantz die Flasche ansetzen und so lange trinken, bis sich seine Kehle anfühlte, als könne sie jeden Augenblick Feuer fangen.

Verdammt, er wollte nichts als schlafen. Er brauchte dringend ein Bett. Der Whiskey schien sich wie zähflüssige Melasse in seinem Kopf zu sammeln, und wenn er sich nicht gleich hinlegte, würde er vermutlich schlichtweg von Stuhl fallen.

Doch es lag eine Frau in seinem Bett. Eine nackte Frau mit dem Gesicht und dem Körper einer frevelhaften Hexe, die vermutlich gerade im Fegefeuer für ihre Sünden büßte. Zweifellos hatte sie einige andere Seelen mit sich hinab gerissen – zumeist die Ehemänner anderer Frauen.

Chantz warf die leere Flasche achtlos beiseite und kehrte zum Bett zurück. Die junge Frau schlief noch immer. Das Licht der Lampe fiel auf ihr Gesicht, sodass ihre langen Wimpern Schatten auf ihre zarten Wangen warfen. Nur eine einzige andere Frau auf Gottes Erdboden hatte einen solchen Mund besessen, mit vollen Lippen, so rosig wie ein Granatapfel, und Mundwinkeln, die immer ein wenig nach oben gezogen waren, sodass man ständig meinte, sie könne im nächsten Augenblick strahlend lächeln. Ein festes Kinn, das ihr einen Hauch von Eigensinn verlieh. Brauen, die so anmutig geschwungen waren, dass sie den ausgebreiteten Flügeln eines Silberreihers glichen.

»Öffne die Augen«, sagte er leise und ein wenig schleppend, während sich der Raum um ihn zu drehen begann. »Öffne deine Augen, damit ich erkennen kann, ob du wirklich Maureens kleine Tochter bist.«

Ihre Augen würden funkeln und blitzen, trotzig, herausfordernd, lustvoll. Sie würden im Widerstreit zu ihren engelsgleichen Zügeln stehen und mit einem einzigen Blick Herzen zu brechen vermögen.

Das Bett knarrte, als Chantz sich vorsichtig niederlegte, und er stöhnte erleichtert auf, als er endlich den Kopf auf dem Daunenkissen ruhen lassen konnte.

Die Fremde regte sich und schmiegte sich mit einem leisen Seufzen an ihn. Einen Moment lang schlug sie die Augen auf, deren Farbe Chantz an das tiefe, leuchtende Grün der Blätter eines Magnolienbusches erinnerten, dann sank sie wieder in tiefen Schlaf.

Chantz lauschte ihren Atemzügen, spürte, wie die Wärme ihres Körpers unter seine Haut drang und die schlimmsten Schmerzen zu lindern schien. Während die Regentropfen immer heftiger auf das Hüttendach schlugen, schloss Chantz die Augen, und seine Gedanken wanderten zurück zu jenem heißen Sommernachmittag. Der Duft von Jasmin lag wieder in der Luft, und Maureen stand auf dem Balkon und blickte lächelnd zu ihm hinunter – die Fleisch gewordene Versuchung.

Nur war es jetzt nicht Maureen, sondern die junge Frau die hier neben ihm lag, deren weiches, zerzaustes Haar sich auf seiner Brust auffächerte. Deren Haut so milchweiß schimmerte wie eine Magnolienblüte und deren nackte Brüste im Lampenschein Halbkugeln aus Alabaster glichen.

Und es war auch nicht Max Hollinsworth, der sie dort auf dem Balkon vor aller Augen nahm, sondern er, Chantz.

Als er erwachte, glaubte Chantz zunächst, alles nur geträumt zu haben: die Schlägerei in der Gasse ... die Flut, die vermutlich in diesem Augenblick Maxwells Zuckerrohr in den Golf von Mexico spülte ... die Rettung einer rothaarigen Sirene aus dem reißenden Strom.

Doch so viel Glück war ihm nicht beschieden, denn die Sirene stand an der Schlafzimmertür, bekleidet mit seinem einzigen sauberen Hemd, das blasse Gesicht umrahmt von ihrer feurigen Mähne. Es war unmöglich, diese Augen zu verwechseln, sie waren groß, leuchtend grün und blitzten herausfordernd. Im Gesicht jeder anderen Frau hätten rote Lippen wie die ihren übertrieben und schmollend gewirkt, bei ihr jedoch drückten sie nichts als Verheißung aus. Wie die langen, schlanken Beine, die sein Hemd natürlich nicht zu bedecken vermochte. Offenbar machte es ihr nichts aus, dass ihre Knie zu sehen waren.

Steif und mit schmerzenden Muskeln stützte sich Chantz auf einem Ellenbogen ab und beobachtete, wie die Fremde auf ihn zu trat, vorsichtig, die Fäuste geballt und an ihre Brust gepresst, als wolle sie so verbergen, wie verführerisch sie das Hemd ausfüllte. Sie schien beinahe magisch von ihm angezogen zu werden und betrachtete sein Gesicht so eingehend, als erhoffte sie sich, dort die Antworten auf all ihre Fragen zu finden.

»Hallo«, sagte er leise.

Sie erschrak und wich einige Schritte zurück. Dann neigte sie den Kopf zur Seite und musterte Chantz misstrauisch.

»Willst du mir verraten, was du im Fluss zu suchen hattest?«

Sie schüttelte den Kopf.

»Kannst du überhaupt sprechen?« Chantz lächelte.

Ihre Miene verfinsterte sich und schien so bewegt und

unruhig wie das Gewitter, das noch immer um die Hütte herum tobte. Dennoch trat sie näher, bis sie schließlich neben dem Bett stehen blieb, sodass ihr Profil im Schein der Öllampe golden aufleuchtete. Sie streckte die Hand aus und strich Chantz mit den Fingerspitzen sacht übers Haar, berührte die Schwellung an seiner Stirn und folgte dann der Linie seiner Wange. Sie zögerte, als sie dort auf eine Schnittwunde stieß, und betrachtete diese nachdenklich, dann ließ sie ihre Fingerspitzen bis zu seinem Kinn hinabwandern, dem eine Rasur nicht geschadet hätte.

Chantz umfasste ihr Handgelenk und hielt sie fest, obwohl sie zusammenzuckte und Anstalten machte zu fliehen.

»Still«, beruhigte er sie und lockerte den Griff. »Ich will dir nicht wehtun.«

Er hob ihre Hand an seinen Mund und presste die weiche, blasse Unterseite ihres Handgelenks an seine Lippen, als versuche er, das Kind zu beruhigen, das er einst in den Armen gehalten hatte, dessen Gesicht rußverschmiert gewesen war und erhitzt vom Feuer. Und schließlich nass von Tränen und Regentropfen. Damals hatte Chantz auf Juliettes Handgelenk gepustet und ein lustiges Geräusch verursacht – so, wie es seine Mutter mit ihm getan hatte –, und schon waren die Schluchzer der Kleinen von ihrem fröhlichen, melodischen Lachen vertrieben worden und ihre Tränen waren vergessen.

Jetzt machte er jedoch kein lustiges Geräusch, denn schließlich war auch Juliette kein Kind mehr. Ganz im Gegenteil.

Er hauchte einen Kuss auf ihre zarte Haut, der sie den Atem anhalten ließ. Leicht öffnete sie die Lippen, und ihre großen Augen, in denen sich das Licht spiegelte, schienen noch mehr zu glänzen als vorher.

Ein unbekanntes Gefühl regte sich in Chantz, das seine Sinne schier unerträglich schärfte und ihm den Atem nahm.

»Juliette«, flüsterte er, »du bist erwachsen geworden.«

Der Klang ihres Namens erschreckte sie. Furcht verzerrte ihre Züge, und sie riss sich von Chantz los. Dann drehte sie sich um und floh aus dem Raum. Kurz darauf hörte Chantz, wie die Tür der Hütte gegen die Außenwand schlug und das Rauschen des Regens lauter wurde.

Chantz sprang aus dem Bett und rannte zur Tür. Er stürzte in den Regen hinaus, stolperte, griff sich an die schmerzenden Rippen und eilte dann durch die Dunkelheit, um Juliette einzuholen. Immer wieder glitt er im Schlamm aus und musste sich durch tiefe Pfützen kämpfen. Was, zum Teufel, war nur in sie gefahren? Wenn Juliette nicht aufpasste, würde sie sich abermals im Fluss wiederfinden. Und er würde ganz sicher nicht in stockfinsterer Nacht in den reißenden Mississippi springen, um sie zu retten.

Das Rauschen der Fluten schwoll an, als Chantz sich dem Fluss näherte. Er lief schneller, und sein Herzschlag beschleunigte sich, als er Juliette zwischen den Bäumen aus den Augen verlor – verdammt, vielleicht war sie doch nur ein Hirngespinst. Doch dann tauchte sie für wenige Sekunden wieder auf, nur als ein weißes Blitzen, bevor die Dunkelheit sie wieder einhüllte.

»Bleib stehen!«, rief Chantz, doch seine Worte verhallten ungehört. Zu laut rauschten der Regen und der reißende Strom.

Dann entdeckte er sie wieder. Sie stand am äußersten Rande des Steilufers auf einem kleinen Vorsprung, Wind und Regen schutzlos ausgeliefert. Großer Gott, sie wollte springen …

»Juliette, nein!«, schrie Chantz aus Leibeskräften.

Als sie seine Stimme hörte, wandte Juliette sich um. Sie blickte ihn an, starr vor Angst wie ein verschrecktes Reh, sprungbereit, als würde sie sich schon beim geringsten Anlass in den Abgrund stürzen.

»Mach, dass du vom Ufer wegkommst!«, befahl er.

»Bleib stehen, oder ich springe!«

Er ging auf sie zu, und Juliette wich zurück, bis sie kaum mehr Boden unter den Füßen hatte. Chantz hielt inne und blickte ihr in die Augen, in denen sich Angst und Entschlossenheit die Waage hielten.

»Was soll das alles?«, fragte Chantz aufgebracht.

»Ich werde nicht zurückkehren. Auch du kannst mich nicht dazu zwingen!«

»Wohin den? Wovon, zum Teufel, sprichst du?«

Juliette blickte über die Schulter auf den Fluss.

Langsam näherte sich Chantz der verängstigten jungen Frau. Noch näher. Als sie sich wieder zu ihm umwandte, blieb er stehen. Ihr blasses Gesicht wirkte unendlich traurig, und Hoffnungslosigkeit schien ihr schwer auf den schmalen Schultern zu lasten.

»Lieber sterbe ich!«, rief sie aus und verlor das Gleichgewicht.

Chantz stürzte vorwärts und konnte sie gerade noch an den Hemdzipfeln festhalten.

Das Gewicht ihres Körpers raubte ihm den Atem, als sie zusammen zu Boden fielen und den Steilhang hinunterrollten, bis sie schließlich auf einem Polster aus Kiefernnadeln und Jasminranken liegen blieben.

Juliette schlug mit den Fäusten auf ihn ein. *»Je vous maudis! Allez á l'enfer!«*, rief sie und versetzte ihm mit dem Knie einen kräftigen Tritt in den Unterleib.

Der Schmerz durchfuhr Chantz wie ein Messerstich. Er biss die Zähne zusammen, hielt Juliettes Arme fest an den Boden gepresst und drängte seine Knie zwischen ihre Schenkel.

»Halte still«, fuhr er sie an. »Benimm dich gefälligst, bevor ich … Hör auf, dich zu wehren, verflucht!«

Juliette lag plötzlich still da, bis auf das rasche Heben und Senken ihrer Brust. Sie blickte Chantz in die Augen, und ihr Kopf ruhte auf einer Wolke aus zerdrückten Jasminblüten, die ihren betörend süßen Duft verströmten. Regentropfen perlten auf Juliettes blassem Gesicht, und ihren vollen Lippen schimmerten wie winzige dunkle Diamanten.

Die meisten jungen Frauen in ihrer Lage wären vermutlich vor Angst und Scham in Ohnmacht gefallen. Doch nicht diese. Verdammt, es schien sogar, als käme ihr sein Körper auf dem ihren ganz natürlich vor.

Sie blickte ihn herausfordernd an, und ihre sanften Lippen verlockten Chantz in diesem Augenblick schier unwiderstehlich zu einem Kuss. Fluchend gab er Juliette frei, stand auf und zog auch sie vom Boden hoch. Sie holte zum Schlag aus. Chantz duckte sich. Sie trat nach ihm. Er wich ihr aus, griff nach ihrem Knöchel und brachte sie wieder zu Fall, sodass sie inmitten einer riesigen Pfütze landete.

Ein Gentleman hätte höflich den Blick abgewendet. Doch Chantz war ebenso wenig ein Gentleman, wie Juliette die Tochter einer Nonne war. Also sah er sie unverwandt an, und sie erwiderte seinen Blick. Regentropfen liefen ihr über Gesicht und Körper und sammelten sich in der Pfütze unter ihr, in der ihr langes Haar zusammen mit den Jasminblüten schwamm.

Schließlich beugte sich Chantz abermals fluchend zu ihr

hinab, umfasste ihre Handgelenke und half ihr beim Aufstehen.

Juliette folgte ihm nur widerwillig und langsam. Hin und wieder stemmte sie die Füße in den schlammigen Boden, sodass Chantz sie mit einem Ruck hinter sich her zerren musste. Als sie sich der offenen Tür der Hütte näherten, unternahm Juliette einen letzten Versuch, sich loszureißen, und gab dann auf. Chantz schob sie vor sich in die Hütte hinein und schloss dann die Tür mit einem heftigen Tritt. Das Licht der Öllampe leuchtete auf Juliettes nasser Haut und ließ Chantz' Hemd durchsichtig erscheinen.

»Setz dich«, befahl er und deutete auf einen Stuhl. Juliette blickte abermals verzweifelt zur Tür hinüber, doch Chantz deutete mit dem Finger drohend auf ihre Nasenspitze. »Schlage dir das aus dem Kopf, mein Engel, oder ich fessle dich und lasse dich von der Decke baumeln. Ich bin kein sonderlich geduldiger Mensch, und jetzt ist das Maß voll. Wenn du noch einmal versuchst, mir auszureißen, dann hetze ich dich zum Fluss hinunter und werfe dich eigenhändig hinein. Jede Frau, die einen Mann tritt, der ihr gerade das Leben retten will, verdient es, den Krokodilen zum Fraß vorgeworfen zu werden.«

Juliettes Augen blitzten. Sie unterdrückte eine Erwiderung, kehrte Chantz den Rücken zu und blickte starr ins Kaminfeuer.

»Setz dich!«, herrschte er sie an. Juliette zuckte erschrocken zusammen und zog sich einen Stuhl vor den Kamin. Sie setzte sich und zog die Knie an die Brust. Trotz der Wärme des Feuers begann sie zu zittern.

»Ich warte«, sagte Chantz, während er sich das schmutzige Hemd über den Kopf zog.

Juliette neigte den Kopf zur Seite und blickte ihn über

ihre Schulter hinweg an. Als sie ihn mit bloßem Oberkörper dastehen sah, senkte sie die Lider.

Dann hob sie eine Augenbraue und sagte: »Ich bin nicht daran gewöhnt, mit halbnackten Männern Konversation zu treiben.«

Heilige Muttergottes, sogar ihre Stimme glich der Maureens. Der sanfte, ein wenig raue Klang erweckte in jedem Mann sogleich Gedanken an verbotene Leidenschaft und geheime Treffen.

Chantz lächelte. »Nun, da ich sehr wohl daran gewöhnt bin, mit nackten Frauen zu sprechen, könntest du mir das Hemd geben, das du trägst, damit ich meine Blöße bedecken kann. Schließlich möchte ich deine zarten Empfindungen nicht verletzen.«

Sie errötete, wandte den Blick jedoch nicht ab. Eingehend musterte sie Chantz, von den schlammbespritzten Stiefeln aufwärts bis zu seinem Mund. Dann sah sie ihm in die Augen, und ein seltsam verwunderter Ausdruck lag auf ihren Zügen. Mit Mühe wandte sie schließlich den Blick von ihm ab und kehrte ihm abermals den Rücken zu.

»Wo bin ich?«, fragte sie ausdruckslos.

»Ich habe dich aus dem Fluss gefischt. Gern geschehen, übrigens. Und jetzt erwarte ich eine Erklärung. Vor wem, zum Teufel, bist du davongelaufen. Und warum?«

»Ich glaube kaum, dass diese Dinge Sie etwas angehen, *Monsieur.*«

»Und ob sie mich etwas angehen.«

Sie bedachte ihn mit einem zornigen Seiteblick. Wieder ähnelte sie ihrer Mutter. Chantz hatte so häufig Maureens Wutausbrüche miterlebt, dass er wusste, welches Temperament ihre Tochter geerbt haben musste.

»Juliette, wenn eine Frau mit dem Gedanken spielt, sich

in einen reißenden Fluss zu stürzen, sollte sie schon einen verdammt guten Grund dafür haben.«

»Woher kennen Sie meinen Namen?«

»Versuche nicht abzulenken.«

»Ich kann mich nicht daran erinnern, Sie gebeten zu haben, mich vor dem Ertrinken zu retten!«

Chantz schleuderte sein Hemd in Richtung des Kamins.

Sie zuckte zusammen, straffte dann jedoch ihre Schultern und blickte sich missbilligend in der Hütte um. »Diese Behausung ist erbärmlich. Ich nehme an, dass Sie sehr arm sind.«

»Tatsächlich ist dies nur mein Sommerhaus. Ich besitze noch ein Châteaux in Biloxi, mit zwanzig Dienstboten und einem ganzen Stall von Vollblütern.«

Juliette lächelte. »Das bezweifle ich. Sie haben nichts von einem Gentleman an sich. Mit Ausnahme Ihrer Stiefel vielleicht. Ihre Hose besteht aus rauem, billigem Stoff, ebenso wie das dünne Hemd, das ich trage. Ferner ist Ihre Haut sonnengebräunt, was bedeutet, dass Sie viel Zeit im Freien verbringen. Sie sind vermutlich ein Farmer, und zwar einer, der auf dem Feld arbeitet, ohne dabei ein Hemd zu tragen.« Sie blickte Chantz in die Augen und fügte hinzu: »Ein vornehmer Gentleman hätte niemals so kräftige Muskeln.«

»Mir scheint, dass du schon viele feine Herren ohne ihre Oberhemden gesehen hast, nicht wahr?«

Zumindest würde es ihn nicht überraschen, wenn Juliette auch über den Mangel an Moral ihrer Mutter verfügte.

»Sie sind ein Grobian«, stellte Juliette fest. »Nach den Blessuren und Narben zu urteilen, scheinen Sie Prügeleien zu lieben. Vermutlich nehmen Sie sogar an diesen abscheulichen Faustkämpfen teil, bei denen die Männer umherstehen, rauchen, trinken und Wetten darauf abschließen, welcher der Kämpfer als Erster zu Boden gehen wird. Wo ist Ihre Frau?«

»Ich bin nicht verheiratet.« Chantz blickte sie wachsam an.

Juliette lächelte und wandte sich wieder zu ihm um. »Das überrascht mich keineswegs.«

Seine Miene verfinsterte sich. »Wie meinst du das?«

»Ich finde, Sie sind viel zu ... ungehobelt. Zu hart. Zu ... wild.«

»Und du bist nichts als ein kratzbürstiges, undankbares, verwöhntes kleines Ding, dem eine Tracht Prügel nicht schaden würde.«

Chantz trat auf sie zu. Seine Wangen brannten, nicht nur von den Schmerzen seines »abscheulichen Faustkampfes«, sondern auch, weil Juliette mit einem Blick erkannt hatte, was er war.

Er hob eine feuchte Strähne ihres Haars an und wickelte sie sich um die Finger. »Du siehst aus wie eine Hure, die ich einmal kannte«, sagte er mit sanfter, rauer Stimme, die dazu gedacht war, Juliette zu reizen. »Sie hatte auch solches Haar, rot wie Blut und Feuer. Wilde, unbezähmbare Locken, die sie manchmal hochsteckte, mit den hübschen Nadeln und Kämmen, die ihre Liebhaber aus Paris und London mitbrachten. Doch es nützte nichts, denn ihr Haar schien ein eigenes Leben zu haben. Früher oder später fielen ihr die Locken immer wieder über die Schultern wie Rinnsale glühenden Kupfers.«

Chantz zögerte kurz und fuhr dann fort. »Auch hast du die gleiche Haut wie sie. Glatt und hell wie schimmernde Perlen. Sie genoss es, ihre Haut herzuzeigen und trug immer so tief ausgeschnittene Kleider, dass ganz Louisiana den Atem anhielt, wenn sie auch nur einen Fuß vor den anderen setzte. Ihre Lippen waren wie das süße Fleisch einer reifen Pflaume. Ich hörte, dass nur ein Kuss dieser Lippen einen Mann zur Raserei bringen und in den Ruin treiben konnte. Schließlich wurde sie die Frau eines wohlhabenden Franzosen, der sich nicht daran störte, dass sie mit beinahe allen Männern in den Staaten Louisiana und Mississippi das Bett geteilt hatte. In seinem Wahn glaubte er, sie ändern zu können. Er baute ihr ein Haus, das einer Königin würdig gewesen wäre, verschwendete ein Vermögen für Kleider und Juwelen und kaufte ihr die edelsten Pferde, mit denen sie sich die Zeit vertreiben sollte, während er auf seiner Plantage nach dem Rechten sah. Doch wenn eine Frau danach verlangt, einen Mann zwischen ihren Schenkeln zu spüren, können Kleider und Juwelen sie nicht davon abhalten, auf die Jagd zu gehen. Also machte sie Beute, bis eines Tages ihr Ehemann unerwartet nach Hause zurückkehrte und sie mit einem anderen Mann ertappte.«

Das Knistern des Kaminfeuers war das einzige Geräusch im Raum.

Juliette wirkte steif und angestrengt, als laufe sie Gefahr, schon bei der leisesten Berührung in tausend Stücke zu zerbrechen. Chantz umfasste ihr Kinn und hob ihren Kopf ein Stück empor. Jegliches Funkeln war aus Juliettes großen, grünen Augen verschwunden, und Tränen liefen ihr über die bleichen Wangen, deren Spuren im Feuerschein golden schimmerten. Ihre Unterlippe bebte.

In diesem Augenblick spürte Chantz, wie auch in ihm dieses Begehren erwachte, das Hunderte von Männern schier um den Verstand gebracht haben musste, als sie es für Juliettes Mutter empfunden hatten. Er wünschte sich nicht nur, sie in seinem Bett zu haben – er wollte ihren Körper und ihre Seele besitzen. Das Verlangen schien wie glühende

Lava durch seine Adern zu rinnen, stärker als alle Lust, die er je für Frauen wie Phyllis Buley empfunden hatte, die sich stets nur zu gern auf ein Abenteuer mit einem Mann von niedrigem Stand einließen.

Chantz ließ seine Hand in Juliettes Nacken gleiten und ihr weiches Haar zwischen seinen Fingern hindurch rinnen. Dann zog er sie vom Stuhl hoch in seine Arme. So eng presste er sie an sich, dass er ihren Atem auf seinen Lippen spüren konnte und die Wärme ihres Körpers sich wie eine sacht züngelnde Flamme auf seiner Haut auszubreiten schien.

Juliette bewegte sich nicht, und ihr Atem ging flach. Sie blickte Chantz unverwandt an, mit ihren großen, angsterfüllten Augen. Ihr zitternder, angespannter Körper kam ihm unendlich zerbrechlich vor. Ihre Brüste drückten sich durch den dünnen Hemdstoff an seine Brust, und er konnte deutlich ihren schnellen Herzschlag spüren.

Allmählich kam er wieder zu Sinnen und versuchte, sich das Bild des kleinen schmollenden Mädchens ins Gedächtnis zu rufen, das Melassebonbons lutschte und im Sonnenschein umherlief wie ein bunter, fröhlicher Schmetterling. Doch die Erinnerung wurde sogleich verdrängt von den Empfindungen, die der verführerische Körper der jungen Frau in seinen Armen in ihm auslöste. Chantz begehrte sie, wie er noch nie zuvor eine Frau begehrt hatte, und seine Leidenschaft schien ebenso unbezähmbar zu sein wie der tosende Strom dort draußen, der alles auf seinem Wege mit sich riss.

Chantz schloss seine Arme noch enger um sie. Juliette sträubte sich ein wenig, bis er sie schließlich so fest umfangen hielt, dass sie sich nicht mehr bewegen konnte. »Wie, zum Teufel, bist du in den Fluss geraten, Juliette?« Sein Atem strich sanft über ihr Gesicht, und sie erbebte.

»Ich wollte nach Hause«, antwortete sie kaum hörbar, »nach Belle Jarod.«

»Belle Jarod gibt es nicht mehr. Hat dir denn dein Daddy nie davon erzählt?«

»Ich kann in einer Sklavenhütte wohnen ...«

»Nein, das kannst du nicht. Du bist nicht für das Leben einer Sklavin geschaffen, Miss Broussard. Außerdem hast du meine Frage nicht beantwortet. Warum warst du bei diesem heftigen Gewitter überhaupt draußen?«

»Ich liebe Gewitter«, erklärte sie, und ihre Augen blitzten trotzig. »Ich genieße die wilde Kraft von Donner und Blitz. Erst in einem Gewitter fühle ich mich wirklich lebendig.«

»Ich glaube, du bist verrückt. Selbst dem Allmächtigen würdest du ins Antlitz blicken und Ihm trotzen, wenn du könntest. Ist es dass, was dich die Nähe von Blitzen suchen lässt, Juliette? Forderst du Gott heraus?«

»Was ich mit meiner Seele mache, *Monsieur*, geht Sie nichts an.«

Sie flüsterte einen französischen Fluch und bedachte Chantz mit einem Blick, der ihn zugleich verdammte und herausforderte.

Aus der Ferne ertönte Donnergrollen, und beinahe vergessene Erinnerungen wurden in Chantz wachgerufen. Juliettes Gesicht schien zu verschwimmen und sich in das einer anderen Frau zu verwandeln, die schweißgebadet und keuchend auf blutigen Laken lag und deren Schmerzensschreie von zuckenden Blitzen untermalt wurden.

»Du wurdest in einer solchen Nacht geboren«, sagte Chantz leise, und selbst für seine eigenen Ohren klang seine Stimme weit entfernt. »Meine Mutter war dabei und wusch Maureen immer wieder das Gesicht mit Rosenwasser. Ich stand an der Tür und beobachtete alles. Obwohl ich erst elf

Jahre alt war, hatte ich schon mindestens fünfzig Geburten miterlebt, doch nie zuvor war ein Baby mit so viel Spannung erwartet worden wie du. Und nie zuvor habe ich einen Mann gesehen, der so stolz und glücklich war wie dein Daddy. Er hatte sogar einige Freunde eingeladen, um das Ereignis gebührend zu feiern. Sie tranken Champagner, lachten und feierten nicht nur deine Geburt, sondern auch Jacks großartige Ernte, während draußen das Gewitter tobte und Belle Jarod bis in die Grundfesten erzittern ließ. Eine alte Sklavin namens Mavney kniete zwischen den Beinen deiner Mutter. Sie war schon siebzig Jahre alt, hatte schlohweißes Haar und war kaum mehr als Haut und Knochen. Bald betete sie, bald sah sie meine Mutter an und behauptete, es müsse ein Fluch auf Maureens Seele lasten, da alle Teufel in dieser Nacht um das Haus zu tanzen schienen.«

Sanft fuhr Chantz mit der Fingerspitze über Juliettes volle Unterlippe und spürte wieder dasselbe seltsame Gefühl wie damals, als Mavney schließlich das blutverschmierte Kind in den Händen hielt. Plötzlich herrschte Stille, als hielte die Nacht den Atem an. Mavney versetzte dem Baby einen kräftigen Klaps und wartete auf den ersten Schrei. Doch nichts geschah.

»In diesem Augenblick fuhr ein Blitz in den großen Baum auf dem Hügel«, fuhr Chantz fort, während Juliette ihm atemlos zuhörte. In ihrem schönen Gesicht spiegelten sich die unterschiedlichsten Empfindungen, und Chantz spürte immer deutlicher die Wärme ihres Körpers an seinem. »Ein grelles Licht erfüllte den Raum, so gleißend, dass wir alle davon geblendet waren. Selbst auf ihrem Sterbebett behauptete Mavney noch, dass jener Blitz in das Kind gefahren sei und ihm eine rastlose, feurige, dem Teufel verschriebene Seele verliehen habe. Und nun bist du erwachsen, Juliette, und suchst noch immer die Gesellschaft von Donner und Blitz, rastlos und feurig wie einst.«

Er neigte den Kopf zu ihr hinunter. Seine Stimme war zu einem rauen Flüstern geworden, da ihm die Kehle wie zugeschnürt schien. »Ich glaube, die Tore der Hölle haben sich geöffnet, und ich will verdammt sein, wenn ich nicht bereits vor ihnen stehe. Andererseits bin ich schon immer auf dem schmalen Grat zwischen Himmel und Hölle gewandelt. Warum sollte ich ausgerechnet jetzt damit aufhören?«

Chantz hielt einen Augenblick lang inne und sah Juliette in die Augen, in denen ein seltsam abwartender Ausdruck lag. Worauf mochte sie nur warten? Plötzlich presste er seine Lippen so heftig auf die ihren, dass sie den Kopf in den Nacken legen musste.

Juliette bebte am ganzen Körper. Zaghaft legte sie Chantz die Hände auf die Schultern. Obwohl sich ihre Lippen den Liebkosungen seiner Zunge öffneten, erwiderte sie seinen Kuss nicht, sondern schloss nur die Augen. Ihr Körper wurde schwer in seinen Armen, als fehle ihr die Kraft, sich allein aufrecht zu halten, sodass Chantz sie stützen musste.

Alles um ihn herum schien sich zu drehen. Er war berauscht, nicht vom Whiskey, den er getrunken hatte, sondern von der Süße ihrer Lippen auf den seinen. Eine tiefe Verzweiflung stieg in ihm auf, als hätte er plötzlich das Tor zur Hölle hinter sich gelassen, nur um zu spät zu begreifen, dass er nun zu den Verdammten gehörte. Die alte Mavney hatte Recht behalten. Das Feuer des Blitzes, der damals in jener Gewitternacht in das Neugeborene gefahren war, loderte noch immer in Juliette und schien nun auch ihn erfasst zu haben.

Unvermittelt ließ Chantz sie los und trat einige Schritte zurück.

Juliette öffnete die Augen und sah ihn so durchdringend an, dass er ihren Blick wie gebannt erwidern musste, während er gleichzeitig die Sehnsucht niederrang, Juliette abermals an sich zu ziehen. Sie errötete, und für Sekunden lag ein Ausdruck tiefer Verletzlichkeit in ihren Augen, der Chantz den Atem raubte, als habe ihm Boris Wilcox einen weiteren Faustschlag in die Magengrube versetzt.

Dann verpasste Juliette ihm eine schallende Ohrfeige, die ihn beinahe das Gleichgewicht verlieren ließ.

Sie rannte zur Tür der kleinen Hütte und öffnete sie. Der Regen prasselte noch immer auf die Bäume und den Boden nieder, und das Dröhnen der Fluten des angeschwollenen Mississippi brachte das Blechgeschirr in der Hütte zum Klappern.

Erwartete sie etwa, dass er sie wieder aufhalten würde, fragte er sich ärgerlich, während seine Wange noch immer von der Ohrfeige brannte. Der Sturm ließ Juliettes Haar um ihre Schultern wehen und presste ihr das dünne Hemd eng an den Körper. Chantz widerstand mit Mühe der Versuchung, sie aufzuhalten. Lass sie gehen, befahl er sich streng. Tief im Innern fühlte er, dass ihm diese Frau nichts als Schwierigkeiten bereiten würde. Noch immer wärmte die Erinnerung an den Kuss seinen Körper wie guter Bourbon. Wenn er sie jetzt zurückhielt, wäre er endgültig verloren. Falls es nicht ohnehin bereits um ihn geschehen war.

Doch ... Juliette lief nicht davon, sondern wandte sich langsam um. Winzige Regentropfen glitzerten auf ihrem Gesicht, und die feuchten, feurigen Locken umrahmten ihre Wangen. Chantz betrachtete sie und dachte bei sich, dass sie in diesem Augenblick wirklich wie eine zu ewigen Höllenqualen verdammte Seele aussah.

Sacht schloss Juliette die Tür.

»Es ist seltsam«, sagte sie mit zitternder Stimme, »all die Jahre habe ich meine Mutter verabscheut für das, was sie war, und für den Kummer und die Demütigungen, die sie meinem Vater bescherte. Sie brach ihm das Herz und verwirrte seinen Geist. Für ihn war ich nur ein Stachel in seinem Fleisch, und ich hasste meine Mutter immer wieder aufs Neue, wenn ich in die Augen meines Vaters blickte und sah, wie seine Liebe zu mir von der Erinnerung an sie ausgelöscht wurde.«

Juliettes Haar, in dem sich einige Jasminblüten verfangen hatten, lag in schweren, dunkelroten Wellen auf ihren Schultern. Sie ging auf Chantz zu und öffnete dabei langsam die Knöpfe des Hemds, das sie trug. Es glitt ihr von den Schultern und blieb in ihren Armbeugen hängen. Ihre wohl gerundeten Brüste schimmerten golden im Feuerschein mit Spitzen in der Farbe zarter Rosenknospen. Ihr Anblick verschlug Chantz schier den Atem, und sein Verlangen nach ihr wuchs ins Unerträgliche.

Als sie unmittelbar vor ihm stand, hob sie den Blick zu ihm auf. Ihre Unterlippe bebte, und in ihren Augen standen Tränen. »Nun bin ich selbst verzweifelt genug, um meinen Körper und meine Selbstachtung herzugeben ... und ich frage mich, was wohl meiner Mutter widerfahren sein mag, das sie zu einem so unwürdigen Dasein trieb. Ich würde alles tun«, gestand Juliette kaum hörbar. »Alles, was Sie von mir verlangen, wenn Sie mich nur von hier fort bringen, weit fort. Zwar besitze ich kein Geld, das ich Ihnen anbieten könnte, *Monsieur*, aber wir würden uns sicherlich ... einig werden.«

Sie presste ihren zitternden Körper an den seinen, stellte sich auf die Zehenspitzen und küsste ihn sanft. Ihre Lippen waren warm, feucht und schmeckten nach ihren Tränen. Als sie Chantz die Hände um den Nacken legte und ihn dichter an sich heranzog, war ihm, als sei er abermals in den gefährlichen, reißenden Strom getaucht.

Aufstöhnend zog er Juliette an sich. Seine Sinne waren entflammt, und er hatte jegliche Herrschaft über seine Gefühle verloren. Juliette wich erschrocken zurück. In ihren Augen lag ein erstaunter Ausdruck, und sie flüsterte etwas auf Französisch, das Chantz nicht verstand.

In diesem Augenblick empfand er eine beinahe schmerzhafte Zärtlichkeit für Juliette und noch etwas anderes ... Dasselbe Gefühl, das ihn bereits vorher wie ein Blitz durchzuckt hatte, warm und beschützend und ... Besitz ergreifend.

Chantz machte sich von ihr los, schüttelte sie sanft und legte ihr dann das Hemd wieder um die Schultern. Er umfasste ihr Kinn und hob es ein wenig empor, sodass er ihr in die Augen sehen konnte.

»Wenn du das nächste Mal einem Mann deinen Körper anbietest, meine Kleine, sollte es besser aus Liebe geschehen. Denn anderenfalls wäre nichts auf der Welt eine solche Demütigung wert.«

Dankbar blickte Juliette zu ihm auf. Dann umarmte sie ihn abermals heftig und legte ihm die Arme um den Nacken, sodass er ihren Atem an seinem Ohr spüren konnte. »*Merci, Monsieur*. Ich danke Ihnen.« Sie gab ihm einen zarten Kuss auf die Wange.

Chantz zog sie an sich, nahm sie innig in die Arme und schloss die Augen. Sein Herz schlug schnell, und noch immer sehnte er sich nach Juliette.

Plötzlich flog die Hüttentür auf.

Chantz stieß Juliette beiseite, als ihn ein Gewehrkolben an der Schläfe traf. Er wurde an die Wand geschleudert und sank in sich zusammen. Inmitten der Schritte schwerer Stiefel und dem Gewirr von Männerstimmen hörte er Juliette Schreie. Chantz versuchte, sich ein wenig aufzurichten und gegen den Schmerz und die drohende Bewusstlosigkeit anzukämpfen. Über sich nahm er die verschwommenen Umrisse eines Gesichts wahr und blinzelte verwirrt, als das Bild an Schärfe gewann.

Wer zum …

Tylor Hollinsworth grinste auf Chantz herab. Eine nasse Strähne seines schwarzen Haares fiel ihm in die Stirn. »Hol's der Teufel, Chantz, ich weiß nicht, ob ich dir die Hand schütteln oder dich umbringen soll.«

»Lasst ihn in Ruhe«, rief Juliette verzweifelt, »er hat nichts Böses getan!«

»Einerseits scheint es dir gelungen zu sein, meine kleine, kratzbürstige Verlobte einzufangen, aber andererseits finde ich dich hier vor, wie du sie gerade mit deinen dreckigen Fingern betatschst – während sie halbnackt ist noch dazu. Eine solche Torheit könnte dich um Lohn und Brot bringen, weißt du? Oder sogar tödlich enden. Ich wage nicht, mir vorzustellen, was Daddy zu diesem Vorfall zu sagen hat. Doch gefallen wird ihm die Angelegenheit sicher nicht.«

Juliette wand sich in dem festen Griff, mit dem sie einer von Tylors Helfern um die Mitte gepackt hatte, und trat nach ihm.

Verlobte? Juliette war die Verlobte von Tylor Hollinsworth?

Verdammt. Oh, verdammt!

3

»Werde ich mich je an diese Hitze gewöhnen?«

Juliette ging unruhig in ihrem Schlafzimmer auf und ab und schritt dabei über die pfirsichfarbenen Teppiche, die überall auf dem Boden aus Zypressenholz verteilt waren. Von der Hitze einmal abgesehen, war das Zimmer überaus wohnlich und komfortabel. Den größten Raum nahm das Bett ein, von dessen vier Pfosten jeder für sich mehr Umfang besaß als Juliettes Taille. Vom Betthimmel, der in kunstvolle Falten gelegt war, hingen duftige Vorhänge in Rosé hinunter, die von dunkelgrünen Bändern zusammengehalten wurden.

Erschöpft tupfte sich Juliette immer wieder Gesicht und Dekolletee mit einem feuchten Tuch ab. Sie fühlte sich gereizt, und ihr Geduldsfaden schien so hauchdünn zu sein wie das Moskitonetz, das man über das Bett gespannt hatte. Zwar trug sie nur ein luftiges Baumwollkleid, doch selbst der dünne Stoff klebte förmlich an ihrer Haut. An den weit geöffneten Fensterflügeln blieb sie stehen und betrachtete die Landschaft, die nur noch aus schlammigem Wasser zu bestehen schien. Die Sklavenhütten in der Ferne schienen im Fluss zu treiben, ebenso wie die Wirtschaftsgebäude und die Bäume ringsumher. Die Hunde lagen hechelnd in ihren Zwingern.

Lieber Himmel, war es denn nicht schlimm genug, dass Maxwell ihr verheimlicht hatte, aus welchem Grund sie tatsächlich nach Louisiana zurückgekehrt war?

Wie, um alles in der Welt, sollte sie damit umgehen, dass Chantz Boudreaux auf der Plantage ihres Patenonkels als Aufseher arbeitete? Der Mann hatte sie schließlich splitternackt gesehen. Schlimmer noch, sie hatte sich ihm so schamlos an den Hals geworfen, wie es sonst nur die Huren taten, die sich bei Hahnenkämpfen mit den betrunkenen Tagelöhnern abgaben. Sogar Freiheiten hatte er sich mit ihr herausnehmen dürfen. Was Juliette jedoch das größte Unbehagen bereitete, war die Tatsache, dass ihr seine Berührungen ganz natürlich vorgekommen waren, ja, dass sie sie genossen hatte. Dabei hatte die Ehrwürdige Mutter ihr unmissverständlich und mit Feuer und Schwefel in der Stimme erklärt, keine anständige Frau dürfe sich der Fleischeslust hingeben, es sei denn, um ihrem Ehemann Kinder zu schenken. Und selbst dann musste sie den Akt mit der größtmöglichen Gleichgültigkeit über sich ergehen lassen.

Offensichtlich hatte die Ehrwürdige Mutter noch nie eine Nacht mit Chantz Boudreaux verbracht.

Oh, wie sehr sie sich danach sehnte, wieder in seiner Nähe zu sein. Selbst beim flüchtigsten Gedanken an ihn begann ihr Herz, schneller zu klopfen, und in ihrem Kopf drehte sich alles.

Das durfte nicht mehr geschehen. Juliette musste sich ihre Fähigkeit bewahren, vernünftige Gedanken zu fassen. Wenn sie sich je aus dieser schwierigen Lage befreien wollte, in die sie arglos hineingeraten war, brauchte sie dazu einen wachen Verstand – und das bedeutete, Chantz Boudreaux unter allen Umständen aus dem Weg zu gehen …

»Weht denn niemals der Wind in Louisiana?«, fragte Juliette und schlug nach einem Moskito auf ihrem Arm. »Und hören die Insekten jemals auf zu surren und zu stechen? Ich schwöre dir, Liza, ich werde noch den Verstand verlieren. Und dabei glaubte ich, das kalte, trostlose Kloster wäre ein schlimmer Ort gewesen. Aber jetzt würde ich liebend gern das Schicksal, das mir bevorsteht, gegen die Strafpredigten der Ehrwürdigen Mutter eintauschen.«

Mit finsterer Miene blickte sie die hübsche Mulattin an, die Maxwell zu ihrer Zofe gemacht hatte. »Stell dir vor, man erwartet tatsächlich von mit, dass ich Tylor Hollinsworth heirate. Dabei kenne ich ihn überhaupt nicht! Außerdem würde ich mich ohnehin weigern, seine Frau zu werden. Der betrunkene Lüstling ist einfach in mein Zimmer eingedrungen und hat mich gemustert, als sei ich eine Zuchtstute, die er kaufen will. Dann erklärte er mich für würdig, seine Frau zu werden und das Bett mit ihm zu teilen. Ich weiß nur zu genau, was dahintersteckt«, fuhr sie erbittert fort. »Sie haben es auf Belle Jarod abgesehen. Aber sie werden es niemals bekommen, hörst du?«, rief Juliette so laut, dass sich Liza erschrocken die Ohren zuhielt. »Selbst wenn Tylor Hollinsworth meine letzte Hoffnung auf Ehe und Kinder wäre, würde ich ihn dennoch nicht heiraten.«

Liza hob die Augenbrauen und schüttelte den Kopf. Sie trug ein dünnes Kattunkleid und hatte sich ein weißes Tuch um den Kopf gebunden. Ihre Schuhe wurden von einigen zerschlissenen Schnüren zusammengehalten. Sie hatte weiches, dunkelbraunes Haar, das ihr in sanften Wellen auf die Schultern fiel. Winzige Schweißperlen glitzerten auf ihrem Gesicht und verliehen ihrer braunen Haut einen rosigen Schimmer. Juliette kam sie beinahe überirdisch schön vor.

»An Ihrer Stelle, Miss Julie, würde ich meine Zunge im Zaum halten. Max beschäftigt sich schon seit Sonnenaufgang mit seinem Freund, dem Bourbon. Und schon wenn er nicht zu tief ins Glas geschaut hat, sollte man ihn nicht reizen. Ich glaube, Tylor wird schon noch die Hand seines

Daddys zu spüren bekommen, für das, was er gestern getan hat. Und nun steckt auch noch Chantz in Schwierigkeiten.«

Liza nahm Juliette das Tuch aus der Hand und ging zum Waschtisch hinüber, dessen Platte aus feinstem Marmor bestand. Sie tauchte das Tuch in die bemalte Porzellanschüssel mit kühlem Wasser, wrang es aus und reichte es Juliette wieder. Das amüsierte Lächeln, das eben noch auf ihren Lippen gelegen hatte, wich einem besorgten Gesichtsausdruck.

Juliette umklammerte das nasse Tuch so fest, dass Wasser zwischen ihren Fingern hindurchrann. »Mr. Boudreaux hat mir das Leben gerettet und sich mit gegenüber wie ein Gentleman benommen.«

»Miss Julie, Chantz Boudreaux ist sicher vieles, aber kein Gentleman. Er ist der Traum aller jungen Mädchen und der Albtraum ihrer Väter.« Liza kicherte und schüttelte die Federkissen auf Juliettes Bett auf. »Halten Sie ein Mittagsschläfchen, Miss Julie. Dann spüren Sie die Hitze nicht so sehr.«

»Ich will nicht schlafen.«

»Sie wollen nicht schlafen, Sie wollen nicht essen und Sie wollen Tylor Hollinsworth nicht heiraten. Was wollen Sie denn eigentlich, Miss Julie?«

»Nach Belle Jarod gehen und ...«

Juliette presste sich das feuchte Tuch an die Kehle und trat wieder ans Fenster. Einige schwarze Kinder platschten in der Überschwemmung umher. Sie trugen große Messer und klopften mit Stöcken die Sträucher und Büsche ab.

»Was tun die Kinder da?«, fragte Juliette, um sich von ihren Gedanken an Chantz Boudreaux abzulenken, und sei es auch nur für wenige Minuten.

Liza trat ebenfalls ans Fenster. »Sie jagen Schlangen oder Schildkröten. Was auch immer sie erwischen können.«

»Schlangen?«

»Ja, große. Die Flut hat sie hierher getragen. Aber machen Sie sich keine Sorgen. Maxwell wird die Kinder für die nächsten Tage hier im Haus übernachten lassen, damit sie auf die Schlangen Acht geben.«

Juliette blickte sich im Zimmer um und presste die Lippen zusammen. »Ich weiß nicht, was mich mehr entsetzt, der Gedanke, dass sich eine Schlange in meinem Bett zusammengerollt haben könnte oder dass Maxwell kleine Kinder dazu benutzt, sie zu fangen.«

Lächelnd lehnte sich Liza an den Fensterrahmen und betrachtete Juliettes Profil. »Ich glaube, Sie wollen einfach nicht mehr über Schlangen reden.«

Juliette blickte in Lizas kaffeebraune Augen. Es erschien ihr seltsam, so offene, vertraute Gespräche mit einer anderen Frau zu führen. Im Kloster waren Freundschaften zwischen den Mädchen nicht gern gesehen gewesen – ganz besonders nicht mit einem Mädchen wie Juliette.

»Ich glaube«, sagte Liza leise, »dass Sie an Chantz Boudreaux denken. Mir können Sie es sagen, Miss Julie. Was ist in der Hütte wirklich geschehen?«

»Nichts«, antwortete Juliette und blickte angestrengt auf die Kinder, die durch den Schlamm wateten und mit ihren Stöcken im Gebüsch herumstocherten.

»Da behauptet Tylor etwas ganz anderes. Er sagte, er hätte Sie dabei erwischt, dass ...«

»Es war eine harmlose Umarmung, Liza. Nichts weiter.«

Juliette wandte sich ab und tupfte sich den Schweiß aus dem Nacken. Einige kühle Wassertropfen rannen ihr den

Rücken hinunter und ließen sie erschauern. Sie ging zum Toilettentisch hinüber und betrachtete die perlenbesetzten Haarkämme, die Maxwell ihr geschenkt hatte. Sie waren alt, aber sehr hübsch und hatten einst seinen Ehefrauen gehört, ebenso wie die Bürste und der Handspiegel mit den Griffen aus schwerem Silber. Außerdem befand sich ein reich verziertes Schmuckkästchen auf dem Tisch. Als Juliette den Deckel öffnete, erfüllte eine leise Melodie den Raum, und auf dem dunkelroten Samtkissen lagen Ohrringe und Armreifen, einer davon aus Ebenholz geschnitzt in der Form zweier, sich umeinander windender Schlangen, deren Augen aus kleinen Rubinen bestanden.

Sonnenlicht glitzerte in den Facetten eines hübschen Kristallflakons. Juliette hob den Verschluss an die Nase, schloss die Augen und genoss den süßen Magnolienduft des Parfüms. Flüchtige Schatten einer Erinnerung stiegen in ihr auf und verursachten Juliette ein seltsames Gefühl in der Magengegend. Sie ließ den Verschluss der Parfümflasche an ihrem Hals hinunter und über ihren Nacken gleiten.

»Gibt es eine Frau, der er den Hof macht?«

»Chantz?«

Juliette nickte und betupfte auch das Tal zwischen ihren Brüsten mit dem Parfüm.

»Frauen kommen und gehen. Für Chantz gibt es nur eine einzige wahre Liebe – das Zuckerrohr. Dieser Mann könnte selbst aus blankem Felsen noch Zuckerrohr wachsen lassen.«

Liza trat neben Juliette, und diese tauchte den Flakonverschluss erneut in das Parfüm und benetzte dann sanft die Stelle hinter Lizas Ohr, sodass ein glänzender Tropfen den Hals der Schwarzen hinunter rann.

»Als ich noch bei meinem Vater lebte, fand ich ihn manchmal allein im Dunkeln sitzend, eine offene Parfümflasche in der Hand. Er nannte den Duft ›Mitternachts-Magnolien‹. Wenn ich ihn fragte, was es mit dem Parfüm auf sich hätte, antwortete er, es erinnere ihn an sein Zuhause in Louisiana. Nie könnte ich diesen Duft vergessen, und wenn ich tausend Jahre alt würde. Eines Tages, kurz bevor er mich ins Kloster schickte, schlich ich mich in sein Zimmer und träufelte einige Tropfen des Parfüms auf meine Handgelenke, um ihm eine Freude zu machen. Doch ich erreichte nur das Gegenteil, denn der Duft der Mitternachts-Magnolien erinnerte ihn nicht an Louisiana, sondern an meine Mutter. Ich glaube, an diesem Tag sah er zum ersten Male, wie ähnlich ich ihr geworden war.«

Juliette verschloss die Flasche, ging zurück zum Fenster und wandte ihr Gesicht den warmen Sonnenstrahlen zu. Der Duft der Magnolien mischte sich mit dem Geruch des schlammigen Wassers und den verführerischen Aromen aus dem Küchengebäude. Eine plötzliche Müdigkeit überkam Juliette, und sie fühlte sich niedergeschlagen. Dabei wusste sie, dass sie all ihre Gedanken darauf konzentrieren musste, wie sehr sie die Hinterlist ihres Patenonkels erzürnte, der sie nach Louisiana verschleppt und einem Mann versprochen hatte, den Juliette bereits bei ihrer ersten Begegnung so zuwider gewesen war, dass sie beinahe freiwillig in den reißenden Mississippi gesprungen wäre.

Es gab so viele Dinge, die sie sich überlegen musste, aber Juliettes Gedanken wanderten immer wieder unwillkürlich zu dem Augenblick zurück, in dem sie neben einem ihr gänzlich fremden Mann aufgewacht war, eng an seinen Körper geschmiegt. Doch viel mehr noch hatten seine Berührungen sie verwirrt und aufgewühlt. Etwas war in jener Nacht in ihr erwacht, das sie all die Jahre zuvor verzweifelt zu unterdrücken versucht hatte. Sein Kuss hatte ein Feuer entfacht, das noch immer lichterloh in ihr brannte.

Liza umfasste ihren Arm. »Kommen Sie, Miss Julie, ruhen Sie sich aus. Sie müssen später noch die Kleider anprobieren.«

»Ich will keines dieser Kleider tragen, Liza«, sagte Juliette mit einem verächtlichen Blick auf die eleganten Roben, die über sämtlichen Stuhllehnen hingen. »Sie gehörten toten Frauen.«

»Als sie die Kleider trugen, waren sie aber noch am Leben.«

»Was ist das?«, fragte Juliette und zeigte auf ein kurzes, geripptes Kleidungsstück mit einer Schnürung am Vorderteil.

»Ein Korsett, Miss Julie. Es hält Ihre Taille zusammen.« Liza musterte Juliette und schüttelte den Kopf. »Nur Sie können so etwas doch nicht gebrauchen, denn Ihre Taille ist ja jetzt schon nicht dicker als ein Grashalm.«

»Es sieht qualvoll aus«, bemerkte Juliette und schüttelte missbilligend den Kopf. »Ich werde es keinesfalls tragen. Und diese Kleider auch nicht. Bring mir bitte meine Klosteruniform.«

»Meinen Sie etwa diese zerschlissenen grauen Fetzen, in dem Sie hier angekommen sind? Maxwell hat sie verbrennen lassen, sobald Sie herausgeschlüpft waren. Ich fürchte, Sie werden schon die neuen Kleider tragen müssen, ob Sie nun wollen oder nicht.«

Juliette folgte Liza zu dem mit Schnitzereien verzierten Himmelbett, über das ein feines Netzgewebe gespannt war, das jedoch die Moskitos des Nachts kaum fernzuhalten vermochte. Erschöpft ließ sie sich auf die Kissen sinken, und Liza breitete ein weißes Laken über ihr aus. Als die Zofe das

Zimmer verlassen wollte, hielt Juliette sie am Handgelenk fest.

»Hast du einen Verehrer, Liza?«, fragte sie schläfrig. Juliette war zu müde, um sich darum Sorgen zu machen, dass die Frage überaus persönlich war und ihre Gedanken ferner wieder zur Ursache des Aufruhrs in ihren Innern lenkte.

Liza lächelte. »Ja, Ma'am. Einen feinen Mann habe ich gefunden, Miss Julie.«

»Liebst du ihn?«

Die Mulattin nickte. »Ja, ich glaube schon.«

»Woher weißt du das?«

Liza setzte sich auf die Bettkante und betrachtete nachdenklich Juliettes Gesicht. »Ich denke, das weiß man einfach so. Wenn Sie sich nicht vorstellen können, Ihre Zeit mit jemand anderem als mit ihm zu verbringen. Wenn er Sie ganz und gar aus der Ruhe bringt ...«

»Hat er dich schon geküsst?«

»Ja.« Liza nickte und lächelte strahlend. Ihre Augen schimmerten wie polierter Onyx.

»Und hat er dich schon einmal ... berührt?«

Liza neigte nachdenklich den Kopf zur Seite und schien sich über die Frage zu wundern.

»Das war sehr ungehörig von mir, nicht wahr? Dir solche Fragen zu stellen, obwohl wir einander kaum kennen? Es ist nur ... ich hatte noch nie eine Freundin, Liza. Keine Einzige, in den neunzehn Jahren meines Lebens.«

»Niemals?«

»Ich hätte es nie gewagt, mich einem der Mädchen im Kloster anzuvertrauen. Die Ehrwürdige Mutter belohnte jede, die von den Sünden einer anderen berichten konnte, mit einer zusätzlichen Stunde Schlaf am Morgen. Also haben wir einander nicht über den Weg getraut. Ich wünsche mir so sehr, dass wir Freundinnen werden, Liza. Glaubst du, das wäre möglich?«

Liza lachte und kratzte sich nachdenklich am Kopf. »Falls Sie es noch nicht bemerkt haben sollten, Miss Julie, unsere Hautfarbe ist nicht eben dieselbe.«

»Oh, macht das einen Unterschied?«

»Liebe Güte, Sie sind wirklich ein argloses Mädchen.« Liza legte ihre dunkle, arbeitsraue Hand auf Juliettes weiche weiße.

Juliette lächelte. »Heißt das ja?«

»Das heißt, jede von uns wird darüber nachdenken.«

Liza stand auf und ging zur Tür.

»Es ist sehr traurig und Furcht erregend, eine Gefangene zu sein, nicht wahr, Liza?«

Die Sklavin hielt inne, drehte sich jedoch zunächst nicht um. Schließlich tat sie es und blickte Juliette kummervoll an. »Ich bin eine Sklavin, Miss Julie. Sie nicht.«

»Aber wir sind beide Frauen, und in diesem Augenblick bin ich ebenso gefangen wie du.«

Liza lächelte wissend.

»Sie können mich nicht dazu zwingen Tylor zu heiraten, Liza. Ich werde es nie und nimmer tun. Eher gehe ich ins Wasser!«

»Vorsicht, Miss Julie. Diesmal ist Chantz Boudreaux vielleicht nicht in der Nähe, um Sie zu retten.«

Die Schwarze verließ das Zimmer. Juliette legte sich auf den Rücken und betrachtete das Moskitonetz. Abermals bemühte sie sich, ihre Gedanken auf ihre missliche Lage zu lenken, konnte sich jedoch Chantz einfach nicht aus dem Kopf schlagen. Nicht nur seinen Anblick, verwundet und blutend auf dem Lehmboden der alten Hütte, sondern auch die Empfindungen, die er in ihr ausgelöst hatte. Seine kräftigen Hände hatten ihren Körper grob und sanft zu gleich berührt. Und sein Kuss war … überwältigend gewesen.

Wie sollte sie ihm nur je wieder unter die Augen treten?

Jeremiah, ein barfüßiger schwarzer Junge, der kaum mehr als acht Jahre alt sein konnte und mit einem ärmellosen hellen Baumwollhemd und einer Hose aus demselben Stoff bekleidet war, saß in einer Ecke des großen Raumes auf einem Stuhl und zog an einem Seil, das mit dem Deckenfächer verbunden war. Die Schwünge des Fächers vermochten jedoch nicht viel mehr auszurichten, als die heiße, feuchte Luft ein wenig zu bewegen und die Fliegen aufzuscheuchen. Und die Moskitos, deren Summen eine ständige Geräuschkulisse bildete, während Juliette sich schweißgebadet im Bett hin und her wälzte.

Die unerträgliche Feuchtigkeit machte sie benommen, sodass sie kaum einen Gedanken an Max Hollinsworth zu fassen vermochte. Zwar hatte er sich bemüht, Juliette bei ihrer Rückkehr zu beschwichtigen, es gelang ihm jedoch nicht, seinen eigenen Ärger darüber zu verbergen, dass sie mitten in der Nacht in das Unwetter hinaus gelaufen war. Der Mann, der in der vergangenen Nacht vor ihr auf und ab gegangen war, mit einem zerknitterten Hemd bekleidet und nach Alkohol riechend, besaß kaum noch Ähnlichkeit mit dem charmanten, zuvorkommenden Patenonkel, der sie auf der Reise mit seinen lebhaften Schilderungen von Louisiana unterhalten hatte. Seinen Erzählungen nach hatte sich Juliette ihre neue Heimat als wahrhaftigen Garten Eden vorgestellt. Max Hollinsworth hatte in ihr große Träume für die Zukunft geweckt und sie mit Vorstellungen von fröhlichen Gartenpartys und ausgedehnten Picknicks am Flussufer begeistert. Sogar ihre Hoffnung, Belle Jarod in all seiner einstigen Pracht wieder aufzubauen, hatte er genährt. So vieles hatte Max ihr versprochen ...

Und nun sah Juliette nichts als die raue Wirklichkeit, so weit das Auge reichte – schlammiges Wasser, Schlangen und diese entsetzliche Feuchtigkeit, die Juliette glauben ließ, sie atme durch ein nasses Leintuch, das man ihr vor Mund und Nase presste. Laut Tylors Erzählungen war Belle Jarod bis auf die Grundmauern niedergebrannt, in dem Feuer, das während des Kampfes zwischen Juliettes Vater und dem Liebhaber ihrer Mutter ausgebrochen war. In diesem Feuer war auch Maureen Jarod umgekommen.

Max hatte ein großes Glas Bourbon in der Hand, aus dem er immer wieder trank. Unablässig ruhte der Blick seiner blauen Augen auf Juliette, die sich das Haar mit einigen der von ihr so verabscheuten Perlenkämme aufgesteckt hatte. Es blieb ihr keine andere Wahl. Mochte ihr dichtes, langes Haar in den zugigen Hallen des Klosters auch willkommene Wärme gespendet haben, hier legte es sich nur unangenehm schwer und feucht auf ihre Schultern.

Als viel schlimmer empfand Juliette allerdings das Kleid, das Max ihr zu tragen befohlen hatte. Es hatte einst seiner zweiten Frau gehört, Mabel oder Myrtle oder so ähnlich, und bestand aus grüner Seide, die mit Bändern und Spitzen verziert war. Viel zu groß, hing es traurig an Juliettes zierlichem Körper herab, und der Ausschnitt gestattete einen so überaus großzügigen Blick auf ihre Brüste, dass sie ihn ständig mit einer Hand zusammenhalten musste. Nie hätte Juliette es sich träumen lassen, dass sie sich eines Tages nach den grauen Klostergewändern zurücksehnen würde. Und nach der Kühle der trostlosen Mauern und Flure. Selbst die

Strenge der Ehrwürdigen Mutter hätte Juliette liebend gern gegen die unzähligen Insekten und die stickige Luft eingetauscht.

Max ging zu seinem Schreibtisch und setzte sich auf dessen Kante. Er trank einen Schluck Bourbon und betrachtete Juliette über den Rand des Glases hinweg. Schweißperlen standen ihm auf dem Kinn, und obwohl so etwas wie ein Lächeln auf seinem Gesicht lag, blickten seine Augen alles andere als freundlich.

Gleichgültig, wie sich ihr Vater während der letzten Jahre seines Lebens auch verändert haben mochte, Juliette vermochte sich trotzdem nicht vorzustellen, dass er sie einem so ruchlosen und unehrenhaften Mann wie Max Hollinsworth anvertraut hatte. Doch dann wurde ihr zu ihrer Verzweiflung bewusst, dass sie ihren Vater ja kaum gekannt hatte.

»Ich hörte, dass du einige Zeit mit meinem Aufseher verbracht hast«, sagte Max in einem gespielt ruhigen Tonfall, der Juliette erschauern ließ. Er runzelte die Stirn und fügte mit gesenkter Stimme hinzu: »Chantz Boudreaux.«

Wut stieg in Juliette auf und trug dazu bei, dass sie sich in dem verhassten Kleid noch erhitzter und unwohler fühlte. Sie erinnerte sich nur allzu deutlich an den Anblick von Chantz, wie er blutend am Boden lag, während Tylor Hollinsworth sich über ihn beugte, und ihr drehte sich der Magen um. Niemanden hatte es gekümmert, dass Chantz in der Nacht hätte sterben können – vielleicht schwebte er sogar noch in diesem Augenblick in Lebensgefahr. Vor lauter Angst und Verzweiflung begann ihr Herz bei diesem Gedanken schneller zu schlagen, und sie wünschte sich sehnlich, an seine Seite eilen zu können.

»Er hat mir das Leben gerettet«, erklärte sie mit bebender Stimme. »Die grausame Behandlung, die ihm von Tylor und seinen Männern zuteil wurde, hatte er nicht verdient.«

Max zuckte die Schultern. »Willst du ihnen das verdenken? Sie betraten die Hütte und fanden dich leicht bekleidet in Chantz' Armen vor. Er hat einen … gewissen Ruf. Abgesehen davon, ist es äußerst ungehörig, wenn sich ein Mann seines Standes einer jungen Dame wie dir in irgendeiner Weise nähert.«

»Das ist doch lächerlich!« Juliette schüttelte den Kopf. »Ich bin praktisch mittellos, wie Sie mir selbst erklärten, und damit wohl kaum in der Position, auf Chantz Boudreaux oder sonst jemanden herabzusehen.«

»Muss ich dich daran erinnern, dass dein Vater ein überaus angesehener Mann war? Der erfolgreichste Plantagenbesitzer in ganz Louisiana. Die meisten Menschen betrachteten ihn als den König des Zuckerrohrs. Belle Jarod war das Juwel des Südens, Juliette, mit dem prachtvollsten Haus, dort auf der *cyprière* über dem Fluss. Von den Balkonen aus hatte man einen Blick auf fünfzehntausend Hektar des kräftigsten, grünsten, süßesten Zuckerrohrs diesseits der Westindischen Inseln. Viele Leute behaupteten, Jack besäße eine besondere Gabe, und vielleicht hatten sie sogar Recht damit. Doch ich glaube, er hatte seinen Erfolg der fruchtbaren Erde zu verdanken … und der Tatsache, dass seine Felder nie überschwemmt wurden. Belle Jarod lag gerade hoch genug, um trocken zu bleiben, wenn der Mississippi über die Ufer trat. Während wir anderen durch das knietiefe Wasser wateten und dabei zusehen mussten, wie unsere Ernte fortgespült wurde oder verfaulte, thronte Jack über uns und machte seinen Gewinn. Ich darf hinzufügen, dass seine Gewinne stiegen, wann immer uns eine

Überschwemmung heimsuchte. Je weniger Zuckerrohr es gab, desto höhere Preise konnte man erzielen. Während wir anderen zusehends verarmten, wurde Jack immer reicher. Er hatte eben Glück. Alles, was er in die Hände nahm, schien sich in pures Gold zu verwandeln.«

»Offensichtlich nicht«, wandte Juliette ein und hob eine Augenbraue, »oder ich säße jetzt wohl nicht hier.«

»Touché.« Max trank den Bourbon aus und stellte das Glas ab. Seine Wangen hatten sich gerötet, ob vom Alkohol oder vor Zorn, vermochte Juliette nicht festzustellen.

Sie straffte die Schultern und hob das Kinn. »Sie wollen Belle Jarod besitzen. Und Ihre einzige Chance ist es, über mich in den Besitz der Plantage zu gelangen. Wenn ich heirate, geht Belle Jarod in den Besitz meines Ehemannes über.«

Max musterte sie eingehend. Der Blick seiner blauen Augen glitt über ihr Gesicht und ihren Körper, und ein resignierter und zugleich sehnsüchtiger Ausdruck lag auf seinen Zügen. Er fuhr sich mit der Hand über das Gesicht und seufzte.

»Ich kann nicht verhehlen, dass ich meine Seele verkaufen würde, um Belle Jarod zu besitzen. Es bricht mir das Herz, wenn ich an ihren brach liegenden Feldern und eingestürzten Mauern vorbei reite. Der Traum von Glück und Reichtum ging in jener Nacht in Flammen auf, Juliette. Belles einstige Pracht und Herrlichkeit verfolgen mich bis in meine Träume ...«

Er stand auf und füllte sein Glas aus der Karaffe, die auf einem kleinen Tisch am Fenster stand. Den Rücken zu Juliette gewandt, blickte Max hinaus auf seinen überfluteten Besitz. Überall lagen abgerissene Äste und Treibgut umher, und die gepflegten Buchsbaumhecken und von Ziegeln gesäumten Wege waren unter einer dicken Schlammschicht begraben.

»Ich liebte deinen Vater, Juliette. Daran darfst du nicht zweifeln. Er war mir ein treuer Freund und hat mir oft durch schwere Zeiten hindurch geholfen. Er lachte mit mir und weinte mit mir.«

Max lachte bitter. »Niemals verlangte er etwas von mir, nicht einmal das Geld, das er mir geliehen hatte. Ich fragte ihn einmal, ob er es auf die Heiligsprechung abgesehen hätte. Es war nicht als Kompliment gemeint. Seine Geduld und Gutmütigkeit machten mich wütend, von seiner verdammten Vertrauensseligkeit ganz zu schweigen. Was auch immer mir gelang, jede Leistung, die ich erbrachte, verblasste angesichts seiner Bescheidenheit und Nächstenliebe.«

Max wandte sich um und betrachtete Juliette. Sein Gesicht hatte die Farbe kalter Asche angenommen. »Als Rechtsanwalt Roswell mich von Jacks Tod benachrichtigte, litt ich Höllenqualen, Juliette. Und nun sehe ich dich an und werde immer wieder daran erinnert, wie sehr ich als Jacks Freund versagt habe. Dazu muss ich nur in deine ... außergewöhnlichen Augen blicken.«

Ein trauriges Lächeln spielte um seine Lippen, als er langsam auf Juliette zuging. »Lass uns noch einmal von vorn beginnen, Juliette. Ich bin davon überzeugt, dass du dich vernünftiger verhalten wirst, wenn du uns und dein neues Zuhause erst besser kennen gelernt hast. In der Zwischenzeit werde ich mit allen Mitteln dafür sorgen, dass du dich hier wohlfühlst.«

»Und als Gegenleistung ...«

»Die Hausherrin einer Plantage wie Holly House – oder Belle Jarod – hat viele Pflichten. Sie muss die Haussklaven beaufsichtigen ...«

»Es wird auf Belle Jarod keine Sklaven geben, *Monsieur*. Ich halte die Institution der Sklaverei für überaus barbarisch. Ferner liegt mir mehr daran zu lernen, wie man Zuckerrohr pflanzt, als daran, das Polieren der Möbel zu überwachen.«

»Eine Frau hat ihren Platz, Juliette, und zwar im Haus. Solange du unter meinem Dach lebst, wirst du tun, was ich dir sage. Du wirst sehen, dass ich ein sehr umgänglicher Mensch bin, wenn du nicht vergisst, dass ich das letzte Wort habe.«

Er nahm einen Schluck Bourbon und kniff die Augen zusammen. »Eine Frau wie du muss fest an der Kandare gehalten werden. Wenn man die Zügel locker ließe, würdest du durchgehen wie ein ungestümes Fohlen. Vor einem Mann, dem du Befehle geben kannst, würdest du niemals Respekt haben. Schon deinem Vater habe ich das wieder und wieder erklärt, doch er wollte nicht auf mich hören. Er glaubte, Maureen mit Blumen und schönen Worten bändigen zu können. Doch Maureens Gier nach Macht war größer als die Verlockungen seines Geldes und all der schönen Juwelen, die er ihr davon kaufen konnte.«

Max stellte das Glas ab und ging auf Juliette zu.

Sie wandte sich von ihm ab und blickte in das Gesicht des kleinen Jeremiah. Der Junge starrte sie mit großen Augen an.

»Das Kleid steht dir gut«, sagte Max und ging um Juliette herum. »Natürlich muss Emmaline es noch ändern, aber sie wird bald hier sein. Du brauchst etwas Hübsches zum Anziehen, bevor wir unsere vielen Gäste empfangen. Schließlich wollen wir Phyllis Buley keine Gelegenheit geben, dich auszustechen. Fred glaubt, keine andere junge Dame in Louisiana könnte es mit seiner Tochter an Schönheit und Anmut aufnehmen. Dem mag ja bisher auch so gewesen sein, doch nun bist du heimgekehrt, und es wird nicht einen einzigen Mann geben, ob verheiratet oder nicht, der nicht schwören würde, dass du die schönste Frau im ganzen Süden bist.«

Max umfasste ihr Kinn und drehte ihren Kopf behutsam zu sich herum, sodass sie gezwungen war, ihn anzusehen. Am liebsten hätte Juliette seine Hand abgeschüttelt, doch etwas in dem sanften Druck seiner Finger warnte sie davor, ihn in diesem Augenblick zu reizen.

»Du musst noch vieles lernen, meine Liebe. Zunächst einmal hast du mich anzusehen, wenn ich mit dir spreche. Ferner wirst du meinen Anweisungen Folge leisten. Wenn ich dich bitte, dein Haar aufzustecken, wirst du es aufstecken. Ordne ich an, dass du ein bestimmtes Kleid tragen sollst, wirst du es tragen. Und wenn ich dir befehle, dich von Chantz Boudreaux fernzuhalten, dann wirst du es tun. Für den Augenblick werde ich die Vorfälle der vergangenen Nacht übergehen. Schließlich verdient er ein wenig Nachsicht angesichts der Tatsache, dass er dir das Leben gerettet hat. Doch sollte es weitere Annäherungen zwischen ihm und dir geben, die über seine Pflichten als mein Angestellter hinausgehen, werde ich nicht zögern, euch streng zu bestrafen.«

Max lächelte. »Haben wir uns verstanden, meine Liebe?«

Juliette schluckte trocken, und winzige Schweißperlen traten ihr auf die Stirn.

»Massa Max!«, ertönte eine Kinderstimme von draußen, gefolgt von einem lauten Klopfen an der geschlossenen Tür. »Massa Max, kommen Sie schnell! Boss Chantz ist zurück und hat sich schlimm verletzt!«

Ohne auch nur einen Gedanken an die Worte ihres Patenonkels zu verschwenden, raffte Juliette ihren weiten Rock zusammen und lief aus dem Zimmer, ohne sich umzublicken.

Max drehte sich um, als Tylor das Arbeitszimmer durch die zweite Tür betrat. In dem weichen, blassen, ausdruckslosen Gesicht seines Sohnes, das so sehr dem seiner verstorbenen Mutter ähnelte, zeigte sich ein schmollender, gereizter Ausdruck. Tylors Wangen waren gerötet von der Hitze und dem Alkohol, den er getrunken hatte. Seine zerknitterten, verschmutzten Kleider klebten in großen Schweißflecken an seinem Körper. Tylor sah aus, als hätte er seinen Rausch in einer Scheune ausgeschlafen.

»Tylor, du verursachst mir Übelkeit«, sagte Max in ermüdetem Ton.

»Ich bin jetzt nicht in der Stimmung, mich von dir beleidigen zu lassen, Daddy. Willst du sie einfach so davonlaufen lassen, damit sie sich schon wieder mit Chantz abgibt, gerade nachdem du es ihr verboten hast?«

»Darf ich dich daran erinnern, dass Juliette jetzt nicht mehr leben würde, wenn Chantz nicht gewesen wäre? Und alles nur durch deine Schuld. Wenn du dich nicht wie ein Hornochse benommen hättest, wäre sie nicht davongelaufen und Chantz in die Hände gefallen. Wann wirst du endlich einmal dein Gehirn benutzen, Tylor? Ist es zu viel verlangt, dass du ein wenig Reife und Verantwortungsbewusstsein an den Tag legst?«

»Und wann wirst du dir endlich diese Hure aus dem Kopf schlagen?«

4

Die Sonne brannte auf ihn nieder, und die Schmerzen in seiner Brust machten es ihm beinahe unmöglich zu atmen. Chantz blickte Juliette nach, die sich den Weg zum Haus zurück bahnte und dabei mit ihren schweren, nassen Röcken kämpfte. Dann glitt sein Blick zu Max, der durch das Wasser auf ihn zu stapfte wie ein wild gewordener Büffel. Er bleckte die Zähne, und sein Bourbonkonsum stand ihm deutlich im Gesicht geschrieben.

Chantz presste die Lippen zusammen und versuchte aufzustehen. Doch er war zu schwach, die Hitze und die Schmerzen schienen ihn mit eiserner Hand am Boden festzuhalten.

»Boss«, ertönte eine sanfte Stimme hinter ihm. Chantz wandte sich vorsichtig um und erblickte Louis, seinen Vormann. Louis war zwei Meter groß und hatte glänzende, rabenschwarze Haut. Der Sklave verfügte über die Geduld Hiobs und die Kraft von zehn Männern. Er lächelte Chantz freundlich zu und sagte: »Ich helfe Ihnen, Boss, wenn es recht ist. Legen Sie einfach Ihren Arm um mich, dann stelle ich Sie schon auf die Beine. Vorsichtig jetzt. Boss, Sie sehen überhaupt nicht gut aus.«

»Es ging mir schon besser«, antwortete Chantz aufstöhnend und hielt vor Schmerz den Atem an, als Louis ihm behutsam half aufzustehen. Chantz fuhr sich mit der Hand über die Stirn, um sich die Schweißperlen und

Wassertropfen abzuwischen, die ihm in die Augen rannen.

Max drängte sich an den umherstehenden Arbeitern vorbei. »Wo, zum Teufel, bist du gewesen, Chantz? Meine Plantage versinkt in dieser verdammten Flut, und du treibst dich mit den Weibern herum und lässt dich auch noch halb totschlagen.«

Chantz wandte den Blick von Max' wütendem Gesicht ab und sah sich nach Juliette um. Sie stand auf der Veranda und beobachtete ihn, die Hände in den Falten ihrer wasserfleckigen Röcke versteckt. Tylor trat zu ihr hinaus, lehnte sich an eine der sechs Säulen, die die vordere Veranda begrenzten, und rauchte grinsend eine Zigarre.

Chantz kniff die Augen zusammen, als die brennenden Schmerzen in seiner Brust von der noch heißeren Flamme des Zorns verdrängt wurden. Er blickte Tylor so lange wütend an, bis diesem das überhebliche Lächeln verging.

»Scher dich auf die Felder und sorge dafür, dass sie befestigt werden, bevor der nächste Regen kommt und diesmal das ganze Haus nach New Orleans spült.«

Chantz richtete seine Aufmerksamkeit wieder auf Max. Das Weiße in seinen Augen war von roten Äderchen durchzogen, und sein Atem roch stark nach Bourbon. Mit Max war nicht zu spaßen, wenn er getrunken hatte. Der Alkohol machte ihn grausam und unberechenbar. Aus Erfahrung wusste Chantz, dass schon die kleinste Provokation ausreichte, damit Max sich vergaß. Dann würden alle in Max' Reichweite unter ihm zu leiden haben – nicht nur Chantz. Wenn Max nur betrunken und wütend genug war, schreckte er nicht davor zurück, einen Sklaven ohne Grund auszupeitschen. Nach seinem Anblick und Geruch zu urteilen, war es beinahe soweit.

»Ich mache dich persönlich für diese Katastrophe verantwortlich, Chantz. Wenn du dafür gesorgt hättest, dass die Felder ausreichend befestigt gewesen wären, hätte dieses Unglück nicht geschehen müssen. Jetzt ist die Hälfte meiner Ernte zerstört.«

»Ich habe getan, was ich konnte«, erwiderte Chantz, um einen ruhigen Tonfall bemüht. Doch es fiel ihm schwer, seine Verachtung für Max nicht zu zeigen. Zu stark waren seine Schmerzen, um die Schimpftiraden seines Arbeitgebers geduldig über sich ergehen zu lassen. Die Tatsache, dass Juliette mit ansah, wie Max mit ihm umsprang, half auch nicht eben dabei, Chantz' Temperament zu zügeln. »Wenn du nicht so geizig wärst, Max, könnten wir Befestigungen bauen, die einer Flut standhalten.«

Max schüttelte drohend die Fäuste. »Und wenn du nicht mein Geld dafür verpulvern würdest, die Sklaven so zu kleiden und unterzubringen, als wären sie Weiße, hätte ich vielleicht die Mittel, um mehr in die Plantage zu investieren. Weißt du was, Chantz? Ich sollte wohl ein Jahr lang die Hälfte deines Lohns einbehalten, dann würde ich das Geld schon zusammenbekommen.«

Max trat näher an Chantz heran, blickte ihm starr in die Augen und sagte leise: »Wenn ich meine Plantage in die Hände eines Dummkopfs legen wollte, würde ich Tylor zum Aufseher machen.«

Chantz schüttelte Louis' stützende Hand ab und ging ebenfalls einen Schritt auf Max zu.

»Du wagst es, mich einen Dummkopf zu nennen, Max?«

»Aufhören! Sofort aufhören!«

Chantz drehte sich um.

Die Röcke bis zu den Knien hoch gerafft, stapfte Emmaline Boudreaux, Chantz' Mutter, durch den Schlamm auf die beiden Männer zu. Ihre Züge drückten Besorgnis und wachsenden Ärger aus, und einige feuchte Locken ihres dunklen, grau gesträhnten Haares umrahmten ihr Gesicht.

»Misch dich nicht ein«, sagte Chantz.

»Du hast schon genug Ärger am Hals, Chantz. Sieh dich doch nur an, um Himmels willen. Schon jetzt kannst du dich kaum mehr auf den Beinen halten und willst trotzdem Streit anfangen. Und du ...« Ärgerlich baute sie sich vor Max auf und verkündete: »Du würdest dich aus bloßer Sturheit in den Ruin treiben, Max Hollinsworth. Chantz ist der beste Aufseher in ganz Louisiana, das weißt du genau. Sonst hättest du ihn schon längst davongejagt. Doch du weißt, wenn du ihn hinauswirfst, stehen noch am selben Tag zwanzig andere Plantagenbesitzer vor seiner Tür, um ihm eine Stelle anzubieten.«

Chantz runzelte die Stirn und öffnete den Mund ...

»Kein Wort!«, herrschte Emmaline ihn bebend vor Zorn an. »Ich will nichts mehr von euch beiden hören. Zwei erwachsene Männer, die so stur und so stolz sind, dass sie sich wie kleine Kinder benehmen. Chantz, du gehst jetzt augenblicklich ins Haus, damit Rosie deine Wunden versorgen kann. Hilf ihm, Louis, denn ich glaube kaum, dass ihn seine Beine noch so weit tragen. Und dir, Max Hollinsworth, würde es nur recht geschehen, wenn Chantz die Plantage verlassen würde.«

»Wenn du mir noch mehr zu sagen hast, solltest du es besser im Haus tun, Emmaline«, sagte Max mühsam beherrscht. »Und du«, fügte er mit einem Fingerzeig auf Chantz hinzu, »solltest dem Himmel dafür danken, dass ich dich nicht an einen Pfahl binden und auspeitschen lasse, mein Junge. Glaube ja nicht, dass ich es nicht doch noch tun werde, falls ich dich noch ein einziges Mal allein mit Juliette erwische. In einer Stunde will ich dich auf den Feldern sehen, oder du bist die längste Zeit der Aufseher von Holly House gewesen. Dann können sich von mir aus die anderen Pflanzer mit dir abgeben.«

Rosie schüttelte immer wieder den Kopf, um den sie ein rotes Kopftuch gebunden hatte, während sie Chantz einen so engen Verband anlegte, dass ihm das Atmen schwer fiel. »Jesus, Jesus, es ist zum Verzweifeln. Noch nie habe ich einen Mann gesehen, der ständig in solchen Schwierigkeiten steckt wie du, Chantz. Massa Max wird platzen vor Wut, wenn er erfährt, dass du dich mit Miss Julie triffst. So wahr ich hier stehe, das Mädchen bedeutet nichts als Ärger. Halte dich von ihr fern, Chantz. So weit wie möglich. Sie gleicht ihrer Mama aufs Haar. O ja. Sie ist eine von den Frauen, die einen Mann schneller das Leben kosten als eine Sumpfnatter.«

Chantz stöhnte auf, als Rosie die Bandage um seine Brust ein letztes Mal festzog und dann die Enden verknotete. Es hatte keinen Sinn, dieser Frau zu widersprechen. Juliette Broussard würde ihm nichts als Ärger bereiten, selbst wenn sie sich nicht an Hollinsworth' Machenschaften beteiligte. Sobald es sich herumsprach, dass Maureen Broussards Tochter nach Louisiana zurückgekehrt war, würde es im gesamten Staat keinen Mann über zwanzig geben, der nicht nach Holly House pilgern und sie umwerben würde. Selbst wenn einige der Männer nicht alt genug waren, um seinerzeit Maureens Reizen erlegen zu sein, so waren sie doch längst von ihrer Legende verführt worden.

»O ja, Chantz, nimm dich vor diesem Kind in Acht. Jeder

Mann, der sich mit einer solchen Frau einlässt, muss Höllenqualen leiden. Sie ist wie ein Fieber, das einen Mann in den Wahnsinn treiben kann.«

Rosie stemmte die Hände auf die Hüften und blickte Chantz streng an. »Was Frauen anbetrifft, steckst du schon in genügend Schwierigkeiten, Chantz Boudreaux. Wenn du dich noch einmal mit Miss Julie triffst, wird von euch beiden nicht genug übrig bleiben, um damit die Hühner zu füttern. Massa Max ist schon jetzt wütend wie ein wilder Stier über die verlorene Ernte.«

Die Tür öffnete sich, und Emmaline trat ein. Ihr Gesicht hatte die Farbe der gebleichten Leinenverbände um Chantz' Brust angenommen. Nach jedem Streit mit Max sah sie so aus. Ihre grauen Augen blickten starr geradeaus, und sie zitterte am ganzen Körper. Vermutlich würde sie in dieser Nacht einmal mehr kein Auge zutun und schließlich die Flasche Brandy hervorholen, die sie Max vor zwei Jahren am Weihnachtsabend gestohlen hatte. Die Menge des Alkohols hing von der Heftigkeit der Auseinandersetzung ab. Ein kleiner Schluck machte Emmaline beschwipst, nach einem doppelten Brandy, war sie sturzbetrunken. Nach ihrem Gesichtsausdruck zu urteilen, würde es an diesem Abend nicht bei einem kleinen Schluck bleiben.

Sie blieb an der Tür stehen und sah Chantz eindringlich an. »Die Befestigungen können bis morgen warten. Den heutigen Tag sollst du im Bett verbringen und dich ausruhen.«

»Wann wirst du endlich damit aufhören, meine Kämpfe für mich auszufechten?«, fragte Chantz und warf die überzähligen Verbände in Rosies Arzneikorb.

»Wenn du dich nicht mehr ständig gegen ihn auflehnst«, antwortete Emmaline verärgert. »Großer Gott, Chantz, du wirst deinem Vater von Tag zu Tag ähnlicher. Stolz, starrköpfig und immer streitlustig.«

»Nicht immer.« Chantz stand vom Bett auf, streckte sich vorsichtig und ging zu dem Schrank hinüber, in dem er eine Flasche Whiskey aufbewahrte. Er griff nach einem Glas und bedachte Emmaline mit einem finsteren Blick.

»Was ist zwischen dir und Juliette Broussard geschehen, Chantz?«

»Bist du deshalb so aufgebracht?« Chantz schüttelte den Kopf und schenkte sich Whiskey ein. »Hat dich Max damit beauftragt, herauszufinden, ob ich die junge Dame verführt habe?«

»Ich vermute eher, das Gegenteil ist der Fall gewesen.«

Chantz prostete seiner Mutter lächelnd zu und trank einen Schluck.

Rosie räusperte sich und sagte: »Ich mache mich jetzt besser aus dem Staub. Wenn ihr beide damit fertig seid, einander an die Kehle zu gehen, bringe ich das Abendessen.«

Kopfschüttelnd machte sich Rosie auf den Weg zum Küchenhaus.

Chantz streckte sich wieder auf dem Bett aus, lehnte sich an das schmiedeeiserne Bettgestell und trank seinen Whiskey. Er beobachtete seine Mutter, die unruhig auf und ab ging. Ihr Gesicht war von der Hitze und vor Zorn gerötet.

»Diese junge Frau wird dich nur in Schwierigkeiten bringen, Chantz. Halte dich von ihr fern.«

»Bist du es, die da spricht, oder gibst du nur Max' Worte wieder?«

»Wir wissen doch beide, warum er sie hierher gebracht hat. Max konnte Belle Jarod nicht durch Maureen in seinen Besitz bringen, und nun versucht er es mit Juliette.«

»Vielleicht.« Chantz trank und fuhr sich dann mit dem Handrücken über die Lippen. »Nur scheint sie mir nicht die Frau zu sein, die sich so leicht übertölpeln lässt. Außerdem musste ich den Eindruck gewinnen, dass die Aussicht auf eine Ehe mit Tylor sie nicht eben entzückt.« Chantz lächelte leicht und fügte leise hinzu: »Offenbar ist sie ebenso klug wie schön.«

Emmaline hielt inne und sah ihren Sohn mit vor Wut funkelnden Augen an. »Und wenn sie ihrer Mutter nicht nur äußerlich gleicht, wird sie Max, Tylor und dich ins Grab bringen. Das werde ich nicht zulassen, Chantz! Ich werde nicht mit ansehen, wie du dich für Maureen Broussards Tochter um Kopf und Kragen bringst.«

»Wenn ich die Absicht hätte, für eine Frau zu sterben, wäre es gewiss schon dazu gekommen.«

»Ich bin davon überzeugt, dass Jack Broussard ebenso gedacht hat, bevor er Maureen Jarod begegnete. Sie hat ihn zugrunde gerichtet, Chantz. Sie nahm ihm seine Würde, sein Vermögen und schließlich das Leben.«

Chantz stand auf, nahm ein Tuch und wischte sich damit die Schweißperlen von Gesicht und Hals. Er ging zur Tür und betrachtete die bräunliche Wasserwüste. Die Reihen der Sklavenhütten lagen hoch genug, dass die Flut ihnen nichts hatte anhaben können – wenigstens diesmal nicht. Die Kinder saßen auf den Treppenstufen, ließen die Füße im Wasser baumeln und deuteten kreischend auf Fische und Schildkröten, die ihre Eltern dann mit Netzen zu fangen versuchten. An diesem Abend würde es etwas Abwechslung von dem üblichen Maisbrot und Pökelfleisch geben.

»Ich bin weder so arglos noch so dumm wie Jack Broussard«, erwiderte Chantz schließlich und blickte zum Herrenhaus hinüber. Wieder sah er Juliette vor sich, wie sie aus dem Haus hinausgerannt und ins Wasser hineingewatet war, ehe Max sie hatte aufhalten können. Dann dachte er an ihren nackten, makellosen Körper, der sich im Schlaf an den seinen gepresst hatte, und an die Süße ihrer Lippen.

Emmaline trat auf ihn zu. »Mir gefällt der Ausdruck auf deinem Gesicht nicht, Chantz. Ich habe nicht darum gekämpft, dich großzuziehen, damit du dich wegen einer Frau wie Juliette Broussard erschießen lässt. Tylor wartet nur auf einen Vorwand, dich zu töten.«

»Wenn ich ihm nicht zuvorkomme.«

»Eher bringe ich ihn mit meinen eigenen Händen um, als dass ich zulasse, dass du gehängt wirst wegen dieses wertlosen, faulen Kerls.«

Emmaline packte Chantz am Arm und senkte eindringlich die Stimme. »Ich möchte, dass wir von hier fortgehen, Chantz. Das wollte ich schon lange tun, aber ganz besonders, seit sie hier ist. Es gibt hundert andere Plantagen, auf denen du jederzeit Arbeit finden könntest.«

»Ich werde nirgendwohin gehen.« Chantz schüttelte den Kopf. Noch immer betrachtete er das große Haus mit der Veranda und den weißen Säulen. Es schimmerte im Sonnenlicht, verschwommen im Dunst, der vom Wasser aufstieg. »Noch nicht«, fügte er leise hinzu.

»Verdammt, Chantz, beende doch endlich diesen Wahnsinn. Kehre Holly House und Max Hollinsworth den Rücken zu. Max ist es nicht wert, dass du dich so sehr quälst.«

»Daran hättest du vor dreißig Jahren denken sollen.« Er blickte Emmaline kühl an.

Ihre Augen füllten sich mit Tränen, und sie wich vor ihrem Sohn zurück. »Du wirst Max wirklich immer ähnlicher. Hasserfüllt und grausam. Und hart gegen jedermann.«

Chantz lachte bitter. »Dreißig Jahre, in denen man mich als Bastard und Abschaum bezeichnet hat, haben wohl ihre Spuren hinterlassen.«

»Finde dich damit ab. Ich musste es auch tun. Er wird dich niemals anerkennen, Chantz. Verlasse diesen Ort, solange du noch jung genug bist, um ein neuen Leben zu beginnen. Kaufe dir ein Stück Land und heirate ein anständiges Mädchen. Benutze all die Kraft, die dein Hass auf Max und Holly House verschlingt, um dein eigenes Zuckerrohr anzubauen.«

Ärgerlich wandte Chantz sich ihr zu. »Verdammt, ich werde hier bleiben. Ich habe auf diesen verfluchten Feldern gearbeitet, seit ich zehn Jahre alt war. Der letzte Aufseher war ein verlogener alter Säufer, der kaum den Weg auf die Felder fand. Ich habe Hollys Gewinne in den letzten fünf Jahren verdreifacht. Die Idee für die neuen Zuckerkocher, die uns die doppelte Menge Zucker in der Hälfte der Zeit liefern, stammt von mir. Aber noch immer sitze ich in dieser erbärmlichen Hütte und sehe dabei zu, wie Holly House immer größer und prächtiger wird und wie Tylor Hollinsworth auf seinem fetten Hintern herumsitzt und darauf wartet, dass Max tot umfällt, damit er etwas erben kann, für dessen Aufbau ich Schweiß und Blut vergossen habe. Und du schlägst mir vor, ich solle einfach fortgehen?«

»Du kannst seine Liebe nicht erzwingen«, sagte Emmaline und legte ihm sanft die Hand auf den Arm.

Er schüttelte sie ab.

»Ich habe erst viel zu spät begriffen, dass er die Gabe verloren hat, einen Menschen zu lieben, nachdem Maureen in sein Leben getreten war«, fügte sie niedergeschlagen hinzu.

»Es ist mir gleichgültig, ob er mich liebt oder nicht«, erwiderte Chantz gepresst. »Ich will nur, dass er mir in die Augen sieht und mich als das anerkennt, was ich bin. Und ich möchte verstehen können, warum . . .«

»Aber das habe ich dir doch schon so oft erklärt, Chantz. Tausendmal. Warum kannst du denn nicht endlich Ruhe geben?«

»Wenn man mir schon mein Geburtsrecht verweigert, will ich auchwissen, aus welchem Grund.«

Emmaline wandte sich ab und schlang die Arme um ihren Körper, als sei es im Haus plötzlich bitterkalt geworden. »Ich war jung und töricht und Max war . . . so gutaussehend und tatkräftig und überaus charmant, ob du es glaubst oder nicht. Auch darin bist du ihm sehr ähnlich, wenn du willst und dich nicht in deinen Zorn einhüllst und jedermann dazu herausforderst, dich zu verletzen. Damals verfügte Max noch über Güte und Sanftmut.« Die Erinnerung zauberte Emmaline ein Lächeln auf die Lippen. »Es war leicht, sich in ihn zu verlieben. Viel zu leicht. Ein so attraktiver Mann, und diese blauen Augen . . . Wir hatten eine kurze, leidenschaftliche Affäre, als er geschäftlich nach Charleston reiste. Als ich feststellte, dass ich dich unter dem Herzen trug, war er längst wieder fort. Mein Vater, der einzige Angehörige, der mir auf dieser Welt geblieben war, enterbte mich, als er von der Schwangerschaft erfuhr. Also machte ich mich auf den Weg nach Holly House, nur um dort feststellen zu müssen, dass Max geheiratet hatte. Die Entscheidung, auf der Plantage zu bleiben, traf ich aus Trotz und schierer Verzweiflung. Was sollte ich auch tun als alleinstehende Frau mit einem Baby? Ich besaß nichts. Außerdem war ich so wütend auf Max, dass ich ihn an jedem Tag seines Lebens daran erinnern wollte, dass er mein Leben ruiniert hatte. Er gab mir Arbeit und ein Dach über dem Kopf als Lohn dafür, dass ich seiner Frau Sarah niemals verriet, dass du sein erstgeborener Sohn bist.«

Emmaline drehte sich um und sah Chantz in die Augen. »Glaubst du etwa, es sei leicht für mich gewesen, Chantz? Ihr habe ich hübsche Kleider genäht und trug selbst kaum mehr als Lumpen. Als sie mit Tylor niederkam, hielt ich ihre Hand und kühlte ihre Stirn. All die Jahre musste ich mit ansehen, wie Tylor alles bekam, was man für Geld kaufen konnte, während du von verseuchtem Maismehl leben und in Lumpen umherlaufen musstest. Manchmal träumte ich davon, Max umzubringen, doch ich hielt an der Hoffnung fest, dass er eines Tages aufwachen und erkennen würde, welch einen guten Sohn er in dir hat, besonders als sich herausstellte, dass Tylor nur ein nichtsnutziger Faulpelz ist, der sich keinen Deut um Holly House schert.«

»Außerdem hast du ihn noch immer geliebt.« Chantz bemerkte den niedergeschlagenen Ausdruck in den Augen seiner Mutter. »Du hast gehofft, auch er würde seine Liebe zu dir eines Tages wieder entdecken.«

»Er hat mich nie geliebt, Chantz. Nicht mich, nicht die arme Sarah und auch nicht seine zweite Ehefrau. Max Hollinsworth hat in seinem Leben nur Belle Jarod und Maureen Broussard geliebt.«

Emmaline schüttelte lachend den Kopf. »Nie werde ich den Tag vergessen, an dem Jack Maureen nach Holly House brachte, um sie Max vorzustellen. Als sie ihn mit ihren großen grünen Augen ansah und ihm ihr strahlendes Lächeln schenkte, war es um ihn geschehen. Er war wie vom Donner gerührt. Glücklicherweise starb die arme Sarah bald darauf, sodass sie nicht miterleben musste, wie Max tiefer und tiefer in Maureens Bann geriet.« Emmaline zögerte, fuhr dann jedoch fort. »Nachdem Maureen ums Leben gekommen war, glaubte ich, es würde nun endlich Ruhe einkehren. Doch dem war nicht so. Bitterkeit und Schuldgefühle veränderten Max und löschten alles Menschliche in ihm aus. Chantz, wenn du noch länger hier bleibst, wirst du so enden wie Max. Kalt, grausam und zornig. Ich sehe die ersten Anzeichen bereits. Und jetzt ist diese junge Frau nach Holly House gekommen, nicht viel jünger, als es Maureen damals war und ihrer Mutter wie aus dem Gesicht geschnitten. Du begehrst sie, Chantz, versuche nicht, es zu leugnen. Ich kenne dich besser, als du dich selbst kennst, und ich habe beobachtet, wie du sie ansiehst. Deine Augen lügen nicht, mein Sohn, und wenn du Juliette ansiehst, gleichen sie denen einer hungrigen Raubkatze. Bitte, Chantz, versprich mir, dass du dich von ihr fernhalten wirst.«

Chantz trank einen Schluck Whiskey und trat wieder an die offene Tür. Seine Mutter hatte ihn durchschaut. Selbst wenn er gewollt hätte, wäre es ihm nicht möglich gewesen, Julie Broussard zu vergessen. Oder den Gedanken daran, dass seinem nichtsnutziger Halbbruder Tylor vielleicht abermals das Glück beschieden sein würde, etwas Kostbares zu besitzen, weil Max ihn, Chantz, nicht als seinen Erstgeborenen anerkennen wollte – nicht dass diese Tat dem Gesetz nach einen Unterschied gemacht hätte. Chantz' einzige Hoffnung, Holly House zu erben, bestand darin, dass Tylor plötzlich sterben und Max seine Vaterschaft in einem Anfall von Reue anerkennen würde. Doch während es Chantz durchaus schon in den Sinn gekommen war, Tylors nichtswürdiger Existenz durch eine wohlplatzierte Kugel ein Ende zu setzen, würde es dennoch eines Wunders bedürfen, um Max umzustimmen. Max Hollinsworth war nicht der Mann, der zu seinen Fehlern stand ...

Schon vor langer Zeit hatte Chantz die Hoffnung auf Holly House aufgegeben ... doch bei Juliette lagen die Dinge ganz anders.

Noch schreckte sie vielleicht vor den Gedanken an eine Ehe mit Tylor zurück, doch wenn ihr erst einmal die Ausweglosigkeit ihrer Lage bewusst wurde, konnte sich das schnell ändern. Die Vorstellung, sie an Tylors Seite vor dem Altar stehen zu sehen, erweckte in Chantz finstere, gefährliche Gedanken.

Er trat aus dem Haus in die schwüle Nachmittagshitze hinein. Der feste Verband lag heiß auf seiner Brust, und die feuchte Luft ließ die Schnittwunden in seinem Gesicht schmerzhaft pochen. Chantz beobachtete die Sklaven dabei, wie sie Katzenwelse in ihren Netzen fingen, während bunt schillernde Libellen blitzschnell über das Wasser dahin schossen und Fliegenschwärme wie dunkle Wolken in der Luft zu hängen schienen.

Bald würde die Sonne untergehen. Dann war die Stunde der Schlangen gekommen, welche die Flut zu Dutzenden aus den Wäldern und Sümpfen getrieben hatte. Ihnen folgten die Alligatoren. Bei der letzten Überschwemmung, die noch weit schlimmer gewesen war, hatte es eine der riesigen Echsen bis an die Sklavenhütten herangetrieben. Beinahe hätte das raubgierige Tier ein Baby aus seinem Körbchen auf der Türschwelle gerissen, wenn nicht der entsetzte Vater im letzten Augenblick eingeschritten wäre.

»Boss Chantz«, riefen die Kinder und winkten ihm fröhlich zu.

Simon, ein neunjähriger Junge mit einem verkrüppelten Fuß, hüpfte ausgelassen umher und hielt einen riesigen Ochsenfrosch in die Höhe. Seine Schwester Liza trat aus der

Hütte, lächelte Chantz zu und watete ebenfalls ins Wasser.

Chantz spürte, wie seine Anspannung nachließ, als er Liza beobachtete, die auf ihn zuging. Sie war groß und schlank, mit verführerischen Kurven, die von dem weich fallenden blauen Baumwollkleid noch unterstrichen wurden. In ihren dunklen Augen lag ein besorgter Ausdruck, und ihre Wangen waren gerötet. Einige Locken ihres glänzenden braunen Haares fielen ihr in die Stirn, und sie strich sie mit dem Handrücken zur Seite.

»Hast du es mit einem Alligator aufgenommen, Chantz Bourdreaux?«, fragte sie und neigte den Kopf zur Seite. »Du siehst ja zum Fürchten aus. Dabei solltest du auf ein so nettes Gesicht wie deins viel besser Acht geben.«

»Sag' das lieber den Schuften, die mich zusammengeschlagen und ausgeraubt haben.« Chantz lächelte und fragte leise: »Du siehst sehr hübsch aus, Liza. Willst du ausgehen?«

»Ja«, antwortete sie mit einem verschmitzen Lächeln, »wenn du es mir erlaubst.«

»Ich schätze, es wäre eine Schande, eine Vollmondnacht ungenutzt vergehen zu lassen.«

»Ich wollte das Kleid tragen, das du mit in der vergangenen Woche mitgebracht hast. Und dazu werde ich mein Haar aufstecken. So.« Sie hob die schweren Locken in ihrem Nacken an und hielt sie mit ihren langen, schlanken Fingern in einer Hocksteckfrisur fest. »Ich habe gehört, dass Männer gern den Hals einer Frau bewundern.«

»Ja, der Anblick treibt uns in den Wahnsinn«, antwortete Chantz lachend und trank seinen Whiskey.

Liza seufzte und schlug den Blick nieder. »Je toller, desto besser. Das ist jedenfalls meine Meinung, Chantz Boudreaux.«

Emmaline trat aus dem Haus und musterte zuerst Chantz, dann Liza eindringlich, bevor sie sich auf den Weg zu ihrer eigenen Hütte machte, einem kleinen, weiß gestrichenen Holzhaus unter einer riesigen alten Eiche.

»Sie sieht nicht gerade fröhlich aus«, bemerkte Liza, »und wenn es stimmt, was man so hört, dann kann ich ihr die schlechte Laune nicht verdenken. Es heißt, du hättest dich an Miss Broussard herangemacht, obwohl sie doch Tylor versprochen ist. Das fehlte uns gerade noch, dass du erschossen wirst, wo wir doch mit der Überschwemmung schon genug Ärger am Hals haben.«

Chantz blickte zum Herrenhaus hinüber.

Dort stand Juliette auf dem Balkon im ersten Stock. Sie trug ihr Haar offen, sodass es ihr in schweren Wellen bis zur Taille hinab fiel. Die feuchte Luft ließ es wild und ungebändigt aussehen, als wäre ein Windstoß hineingefahren, obwohl sich gerade in ganz Louisiana kein Lüftchen regte.

Liza berührte flüchtig seinen Arm und trat dann einige Schritte zurück. Chantz wandte mit Mühe den Blick von Juliette und sah in Lizas ernstes Gesicht.

»Offenbar stimmen die Gerüchte, so, wie du sie anstarrst. Ich habe Angst um dich, Chantz. Schließlich kenne ich die Geschichten über ihre Mama ...«

»Ihre Mama ist tot«, unterbrach Chantz ihren Satz.

»Und wenn du dich mit ihr einlässt, wird dich bald dasselbe Schicksal ereilen.«

Chantz wusste, dass Liza Recht hatte. Eine gefährliche Unruhe hatte von ihm Besitz ergriffen, seit er Juliette begegnet war.

Nachdem Tylor sie aus der Hütte geschleppt hatte, war Chantz auf dem Lehmboden liegengeblieben, voller

Schmerzen und voll Zorn auf seinen Halbbruder, den er am liebsten mit bloßen Händen in Stücke gerissen hätte. Der Gedanke an Juliette in Tylors Armen hatte ihn mit einem so unbändigen Hass erfüllt, dass er selbst jetzt noch Mordgedanken hegte.

»Sie haben mich wieder ins große Haus rufen lassen«, sagte Liza. »Soll ich ihr etwas ausrichten?«

Chantz leerte sein Glas und beobachtete, wie Juliette ins Haus zurückging. Ihre Bewegungen waren so leicht und voller Anmut wie die eines Schmetterlings.

»Wenn ich ihr etwas zu sagen habe«, antwortete er mit rauer Stimme, »werde ich es selbst tun.«

Juliette ging unruhig im Zimmer auf und ab, während die kleine Pendeluhr auf dem Schreibtisch im Takt ihres Herzschlags zu ticken schien. Die Uhr surrte, schlug – einmal, zweimal – um dann wieder unerbittlich weiterzuticken. Juliette hätte am liebsten laut geschrien, so nervös machte sie das monotone Geräusch. Schließlich nahm sie eines der satinbezogenen Kissen vom Bett und legte es auf die Uhr, nur um dann feststellen zu müssen, dass das verwünschte Ticken nun zwar leiser, aber immer noch deutlich genug war.

Seufzend ging sie zur Balkontür, die offen stand, sodass das Quaken der Frösche und der Geruch des sumpfigen Wassers ins Zimmer drang. Die Luft war feucht und schwül, und Juliettes Gesicht schmerzte, weil sie in den vergangenen Stunden verzweifelt die Zähne zusammengebissen hatte, wenn die Erinnerung sie einholte, wie Chantz vor ihren Augen zusammengebrochen war, während Max ungerührt daneben gestanden hatte.

Tylor und Max hatten sich inzwischen sicher zur Ruhe begeben.

Juliette trat auf den Balkon hinaus. Barfuß und beinahe lautlos ging sie die Außentreppe hinunter, bis das warme, schlammige Wasser ihre Beine umspülte. Vorsichtig watete sie durch die Dunkelheit, den Blick unverwandt auf das Licht gerichtet, das aus dem Fenster von Chantz' Hütte drang.

Wenn du Chantz helfen willst, Juliette, halte dich von ihm fern.

Lieber Gott, was stellte sie nur gerade an?

Juliette musste sich davon überzeugen, dass es ihm gut ging, dass Tylors gewissenlose Grausamkeiten ihm keinen schweren Schaden zugefügt hatten. Rosie und Liza waren nicht eben hilfreich gewesen – die beiden schienen einen Eid geleistet zu haben, den Namen Chantz Boudreaux nicht einmal zu erwähnen.

Außerdem musste sie sich vergewissern, dass all die Gefühle, die in ihrem Innern tobten, jeglicher Grundlage entbehrten, dass sie sich in eine märchenhafte Vorstellung verstiegen hatte, in der sich leicht zu beeindruckende Mädchen hoffnungslos in geheimnisvolle Fremde verliebten …

Unsinn! Sie glaubte nicht an Märchen und gehörte auch nicht zu den leichtfertigen jungen Dingern, die sich von den blauen Augen eines Mannes hinreißen ließen … oder von seiner Berührung … oder von seinem Kuss. Oder von der Tatsache, dass er sein Leben riskiert hatte, um sie vor dem Ertrinken zu retten.

Juliette stieß sich den Zeh an einem Stein und spürte dann, dass etwas um ihre Knöchel strich, dass sie vor Schreck in die Höhe springen und den Pfad entlang laufen ließ. Um sie herum spritzte das Wasser auf, und das Geräusch schreckte die Hunde auf, die wie wild zu kläffen begannen. Eine Ewigkeit schien zu vergehen, bis sie endlich die Stufen zu Chantz' Veranda erreichte, außer Atem und vom Flusswasser durchnässt.

Sie holte tief Atem und stieg die Stufen hinauf. Ein gelblicher Lichtschein fiel aus der offenen Tür auf die dunkle Veranda. Vorsichtig blickte Juliette in die kleine Hütte hinein und entdeckte das leere Bett, auf dem nur zerwühlte Laken zu sehen waren. Wo war Chantz? Sie sah sich im Zimmer um. An der Wand stand ein alter Schreibtisch, der vor Papieren und Briefumschlägen überquoll. Die anderen Wände wurden von wackligen Bücherregalen gesäumt, die sich unter der Last der in Leder gebundenen Bücher bogen.

Aber wo war Chantz?

»Suchen Sie jemanden?«, erklang *seine* Stimme.

Überrascht drehte sich Juliette um und sah, dass Chantz an der Hauswand lehnte. Er trug kein Hemd, sondern seine Brust wurde nur von einem Verband bedeckt. Er trug weite Hosen, die tief auf seinen Hüften saßen, und rauchte eine Zigarre.

Juliette öffnete den Mund und atmete so tief ein, dass ihre Brust schmerzte. Sie kam sich plötzlich so lächerlich vor – und so dumm. Was hatte sie sich nur dabei gedacht, sich mitten in der Nacht hierher zu schleichen, obwohl ihr Max eben das gerade verboten hatte?

»Ich habe mich wohl in Ihnen getäuscht, Miss Julie.« Die Worte klangen leicht undeutlich und nicht eben freundlich. Juliette wich zurück. »Als ich letzte Nacht in meinem Bett lag und mein Gesicht höllisch schmerzte, da glaubte ich, Sie verfügten über so etwas wie Verstand. Doch nun muss ich meine sonst so ausgezeichnete Menschenkenntnis in Zweifel ziehen. Denn keine Frau, die sich in stockfinsterer Nacht zu einem Mann schleicht, der aller Wahrscheinlichkeit nach bereits eine Flasche Bourbon getrunken hat, kann noch ganz bei Trost sein.«

»Ich …« Sie schluckte schwer. »Ich habe mir Sorgen gemacht. Was geschehen ist, tut mir Leid …«

»Deswegen?« Er deutete mit der Zigarre auf seine Schläfe. »Ich bin sicher, dass Tylor noch immer den Triumph genießt, mir beinahe den Schädel eingeschlagen zu haben. Allerdings habe ich schon weit Schlimmeres überstanden.«

»Es tut mir Leid.« Juliette presste die Lippen zusammen.

»So?« Chantz lächelte und trat näher an sie heran. »Wenn Sie sich auch nur ein wenig um mein Wohlergehen sorgen würden, Miss Julie, wären Sie nicht zu mir gekommen. Maxwell verfügt über ein aufbrausendes Temperament. Ebenso wie ich. Man kann unsere Geduld nur bis zu einem gewissen Grad strapazieren, dann verlieren wir sie.«

Juliette blickte ihn ängstlich an.

»Sind Sie sich der Strafe bewusst, die einen Mann wie mich erwartet, wenn er mit einer jungen Dame Ihres Standes ertappt wird? Nicht nur, dass ich meine Arbeit verlieren würde, Maxwell hätte sogar das Recht, mich an einen Pfahl binden und auspeitschen zu lassen. Allerdings scheinen Sie eine Frau zu sein, die gern mit dem Feuer spielt. Habe ich Recht?«

»Ja«, flüsterte Juliette und errötete über ihr Geständnis.

Chantz lehnte sich an den Verandapfosten, zog an seiner Zigarre und betrachtete Juliette nachdenklich, die nur einen Schritt vom Wasser entfernt auf der Treppe stand. »Die Nonnen haben dir das Leben zur Hölle gemacht, nicht wahr, meine Schöne? Dein Körper, deine Augen, deine Lippen ... Verdammt, sie verbrachten bestimmt Stunden damit, in der Kapelle zu knien und für dein Seelenheil zu beten. Oder für das ihre.«

»Versuchen Sie, mich zu beleidigen, Mr. Boudreaux?«, fragte Juliette mit stolz erhobenem Kopf.

»Nein, ich will Sie nur warnen, Miss Julie. Sie sind zu jung und unerfahren, um sich mit einem Mann wie mir einzulassen. Außerdem mag ich vielleicht leichtsinnig sein, aber ein Dummkopf bin ich nicht. Sie werden eines Tages irgendeinem unglückseligen Mann viel Ärger bereiten, und ich will dafür sorgen, dass ich nicht dieser Mann bin.«

Juliettes Wangen brannten vor Scham. Sie straffte trotzig die Schultern und erklärte: »Nun, ich kam nur her, um mich zu vergewissern, dass Sie keine allzu großen Schmerzen leiden ...«

»Aber das tue ich, Miss Julie.«

Chantz' Stimme klang rau und samtig zugleich. Er schritt die oberste Treppenstufe hinunter. Juliette wich zurück, bis sie wieder im Wasser stand, nahm sich dann jedoch zusammen und blieb stehen. Deutlich spürte sie die Wärme seines Körpers und nahm seinen Geruch wahr – nach Bourbon, Tabak und der Hitze der Nacht. In seinen Augen lag ein Ausdruck, der Juliettes Herz schneller schlagen ließ. Ihre Gefühle verwirrten und erregten sie. Obwohl ihr Verstand riet, so schnell sie konnte zum Herrenhaus zurück zu laufen und sich nie wieder in die Nähe von Chantz Boudreaux zu begeben, schien ihr Herz dies nicht zulassen zu wollen.

»O ja, ich leide«, wiederholte Chantz mit einem ironischen Lächeln und schnippte Zigarrenasche ins Wasser. »Wenn ich an dich und Tylor Hollinsworth denke, dann hasse ich ihn jedes Mal mit neuer Inbrunst. Ich sehne mich danach, ihn umzubringen, mehr noch, als ich mir wünsche, dich noch einmal zu küssen. Am liebsten würde ich Gott selbst am Kragen packen und von Ihm eine Erklärung dafür verlangen, warum einem faulen, nichtsnutzigen Kerl wie Tylor eine blühende Plantage in dem Schoß fällt ... und eine Frau wie du, während wir anderen uns ein Leben lang die Finger wund arbeiten und uns doch mit den kläglichen Resten vom Tisch des Herrn zufrieden geben müssen.«

»Ich werde Tylor Hollinsworth niemals gehören«, antwortete Juliette und blickte Chantz eindringlich an.

Er trat noch näher an sie heran, umfasste sanft ihr Kinn und sah ihr in die Augen. Er wirkte angespannt und wachsam, als spüre er die nur mühsam gezügelte Leidenschaft, die sich hinter ihrer ruhigen Stimme verbarg.

»Sei nicht zu voreilig, meine Schöne. Wir alle müssen manchmal mit dem Leben Kompromisse eingehen. Was uns heute Nacht noch wichtig erscheint, kann bei Tageslicht bereits ganz anders aussehen. Die Entscheidungen, die wir gestern trafen, bereuen wir vielleicht schon morgen ... was nicht bedeuten muss, dass sie von Beginn an falsch gewesen sind.«

»Heißt das, Sie bereuen, mir das Leben gerettet zu haben?«, fragte Juliette leise.

Chantz' Züge nahmen einen beinahe zärtlichen Ausdruck an, und sein Blick schien plötzlich unendlich müde und traurig. Er ließ die Hände sinken und wandte sich ab. »Ja«, antwortete er gedankenverloren. »Und ich bedauere die Umstände, die mich überhaupt in jener Nacht in die Nähe des Flusses brachten. Nur wenige Minute später wärst du ... fort gewesen. Dann müsste ich jetzt nicht hier stehen und mir wie ein Verdammter vorkommen. Ich würde nur über die kommende Ernte nachdenken und vielleicht eine junge Dame zum Kirchenpicknick einladen. Ich würde die Felder trockenlegen und mit Louis Frösche fangen. Ganz sicher würde ich jedoch nicht des Nachts schlaflos umherwandern und versuchen, meine Sehnsucht nach dir mit Bourbon zu betäuben.«

Juliette lächelte. Langsam stieg sie einige Treppenstufen empor, bis sie sich auf gleicher Höhe mit Chantz befand. Sie umarmte ihn, so dass sich ihre Brüste an seine bloße Haut pressten. Er hielt den Atem an und schien sich nur mühsam davon zurückhalten zu können, ihre Umarmung zu erwidern. Leicht streifte Juliette seine verletzte Schläfe mit den Lippen, dann küsste sie ihn unendlich sanft auf den Mund.

5

Juliette versuchte, sich durch die Nennung von Chantz' Namen nicht aus der Fassung bringen zu lassen. Allerdings war es besonders beunruhigend, dass Liza seit einigen Tagen scheinbar ihre Gedanken lesen konnte. Andererseits, überlegte Juliette niedergeschlagen, war sie noch nie gut darin gewesen, ihre Gefühle und Gedanken zu verbergen, zum großen Kummer der Ehrwürdigen Mutter. Doch was Chantz Boudreaux betraf, genügte es nicht, keine Miene zu verziehen, wenn Max oder Tylor über ihn sprachen, vielmehr musste sich Juliette anstrengen, die verwirrenden, leidenschaftlichen Gefühle zu unterdrücken, die der Gedanke an Chantz in ihr hervorrief.

»Warum musst du nur ständig über Chantz reden?«, fragte Juliette, während Liza das Knie in Juliettes Rücken stemmte, um ihr das Korsett so fest wie möglich zu schnüren. Das enge Kleidungsstück raubte Juliette den Atem, und ihre Brust schmerzte. Liza zerrte ein letztes Mal fest an den Schnüren, sodass Juliette beinahe das Gleichgewicht verlor. Sie bedachte die Zofe mit einem verärgerten Blick. »Seit einer Woche nutzt du jede erdenkliche Gelegenheit, das Gespräch auf Chantz zu lenken.«

»Ich dachte, es würde Ihnen gefallen, über ihn zu reden.«

»Unsinn!«

Juliette spürte, wie sie errötete, während sie sich eingestand, dass Liza Recht hatte. Liza kannte sie kaum, und doch vermochte sie es, mühelos Juliettes Gedanken zu erraten. Schlimmer noch, ihre Gefühle schienen außerdem kein Geheimnis zu sein. Auf seltsame Weise fühlte Juliette sich ihrer Zofe gegenüber gleichsam ... nackt.

Sie ging zum Spiegel und betrachtete ihre geschnürte Figur. Das Korsett presste ihre Brüste nach oben und zwang sie, die Schultern zurückzunehmen, sodass sie dastand, als hätte sie den einen Besenstiel im Kreuz. Sie schnitt eine Grimasse und stemmte die Hände auf die Hüften. Dann begegnete ihr Blick im Spiegel dem ihrer Dienerin. Liza sah sie so unverwandt an, dass sich Ärger in Juliette regte. »Unsinn!«, wiederholte sie entschieden. »Ich verschwende kaum einen Gedanken an den Mann, Liza. Und ich kann mich nicht daran erinnern, je seinen Namen erwähnt zu haben.«

»Das müssen Sie auch nicht, Miss Julie. Ich sehe genau, wie Sie an Maxwells Lippen hängen, wenn er von Chantz spricht. Und glauben Sie nicht, dass er es nicht bemerkt. Jeder sieht es, Miss Julie, denn Sie werden dann immer so rot wie eine Erdbeere.«

»Das bildest du dir ein. Außerdem würde ich meine Zeit nicht damit verschwenden, über einen Mann zu grübeln, der mich sicherlich längst vergessen hat.«

Missbilligend betrachtete Juliette ihr Spiegelbild. Der Gedanke, dass Chantz sie tatsächlich vergessen zu haben schien, während sie sich ständig den Kopf über ihn zerbrach, enttäuschte sie zutiefst Liza lächelte und tupfte sich die Stirn mit einem Tuch ab. »Chantz muss die Felder befestigen. Ich glaube nicht, dass er überhaupt an etwas anderes denkt als daran, wie er die nächste Überschwemmung verhindern kann. Und Sie sollten sich lieber überlegen, wie Sie Maxwell und Tylor bei Laune halten.«

»Maxwell scheint mir bester Stimmung zu sein. In den vergangenen Tagen habe ich alles Erdenkliche getan, um ihm zu gefallen.«

»Ich frage mich, aus welchem Grund.«

Juliette wirbelte herum. »Weil er Recht hat! Ich muss alles lernen, was zum Leben auf einer Plantage gehört. Ich will wissen, wie man dieses Haus führt, die Vorratslager, die Küche und die Ställe. Ich muss wissen, wie man Hühner und Schweine züchtet, wie Louis aus einem Stück Metall ein Hufeisen hämmert und wie man kocht und Talglichter und Seife macht. Und wenn ich gelernt habe, den Sklavenfamilien ihre Rationen an Maismehl und Schweinefleisch zuzuteilen, werde ich mich damit befassen, wie man Zuckerrohr pflanzt und erntet. Wie man Zucker kocht und ihn dann den Fluss hinunter nach New Orleans schafft.«

Liza setzte sich auf eine samtbezogene Ottomane und legte die Hände in den Schoß. »Lieber Himmel, ich gerate schon außer Atem, wenn ich Ihnen nur zuhöre. Sie scheinen mir heute wirklich gut aufgelegt zu sein, Miss Julie.« Leise fügte sie hinzu: »Ich hoffe nur, das ändert sich nicht, wenn morgen die Buleys eintreffen.«

»Ich habe nachgedacht, Liza.«

»Gott steh uns bei.« Die Zofe strich sich eine Haarsträhne aus der Stirn und schüttelte den Kopf. »Dann wird es Ärger geben. Ich kenne Sie inzwischen gut genug, um zu wissen, dass Ihre Gedanken selten etwas Gutes bedeuten.«

Juliette kniete sich vor Lizas Sitzplatz und nahm lächelnd die Hände der Zofe in die ihren. »Wir werden nach Belle

Jarod ziehen, Liza. Ich will die Plantage wieder aufbauen und dort Zuckerrohr pflanzen.«

»Ganz allein?« Liza lächelte nachsichtig.

»Wo ein Wille ist, da ist auch ein Weg. Ich werde alles lernen, was ich über die Führung einer Plantage wissen muss, und …«

»Das schaffen Sie nicht allein, Miss Julie. Sie sehen doch, wie viele Sklaven für Maxwell arbeiten, über hundert allein auf den Feldern.«

»Ich will nichts davon hören, dass ich es nicht schaffen kann, sondern Vorschläge, wie es mir gelingen wird.«

Liza presste die Lippen zusammen und schüttelte den Kopf. »Sie träumen, Miss Julie. Sie besitzen weder Geld noch Sklaven und sind nur eine schwache junge Frau. Haben Sie schon einmal ein Maultier vor einen Pflug gespannt? Oder Zuckerrohr geschnitten, bis Sie blutige Hände hatten und Ihre Schultern so sehr schmerzten, dass Sie glaubten, zusammenbrechen zu müssen?«

»Ich werde es lernen, Liza, so wie meine Mutter es tat.«

»Und wie viele Jahre an der Seite Ihres Vaters hat sie dazu gebraucht?«

Liza lächelte sanft und strich Juliette tröstend übers Haar. »Für Sie wäre es das Beste, wenn Sie sich einen reichen Ehemann suchten …«

»Dann wäre ich keinen Deut besser als meine Mutter, die nur des Geldes wegen geheiratet hat …«

»So ist es Frauen nun einmal bestimmt.«

»Aber nicht mir! Wenn ich einmal heirate, Liza, dann nur einen Mann, den ich liebe. So muss es auch sein, denn dann wird ihm Belle Jarod gehören. Und damit alles, wofür mein Vater gearbeitet und gekämpft hat, all seine Hoffnungen und Träume. Er hat das Haus aus Liebe gebaut. Wusstest du, dass jeder einzelne Ziegelstein die Initialen meiner Mutter trägt? Er würde sich im Grabe umdrehen, wenn ich die Plantage dem erstbesten Taugenichts in die Hände legte.«

Juliette stand auf und ging zur Balkontür. Die Dämmerung brach herein und tauchte die Plantage in trübes Licht. Kein Windhauch regte sich, und die Luft duftete würzig und süß zugleich.

Seltsam, die Hitze und die Feuchtigkeit störten sie nicht länger. Selbst die vielen, einst so verwirrenden Düfte erfüllten Juliette inzwischen nicht mehr mit Furcht, sondern mit einer tiefen, beinahe schmerzhaften Sehnsucht.

Sie lehnte sich an den Türpfosten, schloss die Augen und stellte sich Belle Jarod vor, wie Maxwell es beschrieben hatte. Allmählich nahmen die schemenhaften Bilder, die Juliette in ihren Träumen heimgesucht hatten, Gestalt an und wurden zu Kindheitserinnerungen, die sie gleichermaßen erfreuten und erschreckten.

»Papa erzählte einmal«, begann sie leise, »dass er auf Belle Jarod in jedem Frühling ein Fest feierte, eine *fête champêtre*, sobald der Ginster blühte. Es gab einen großen Schweinebraten am Spieß, und die Herren saßen mit ihren Damen in den Gärten inmitten der blühenden Azaleen und Narzissen. Mama steckte mir Blüten ins Haar und zog mir ein Kleid an, das eine Kopie von ihrem war.«

Juliette seufzte niedergeschlagen und wandte sich zu Liza um. »Papa hatte jedes Recht dazu, sie zu hassen, nicht wahr? Sie zerstörte alles – ihre Ehe und Belle Jarod – um einer billigen Affäre willen.«

»Wir alle begehen so manche Dummheit aus Liebe, Miss Julie. Es ist schwer, einen klaren Gedanken zu fassen, wenn das Herz schlägt, als wollte es zerspringen. Und nun setzten Sie sich hierher, damit wir Ihnen für heute Abend eine besondere Frisur zaubern können.«

Juliette ließ sich auf den gepolsterten Hocker vor dem Spiegel sinken und betrachtete einmal mehr ihr Spiegelbild. Ihre Haut schimmerte von der Hitze und der Feuchtigkeit, und ihre Augen schienen beinahe zu groß und leuchtend für ihr Gesicht zu sein. Sie hatte Gewicht verloren, sodass ihre Züge schmaler wirkten und ihre hohen Wangenknochen umso deutlicher hervortraten.

»Es scheint mir kein guter Einfall zu sein, mich aufzuputzen, Liza. Ich möchte nichts tun, um Tylor oder Max zu ermutigen. Je unauffälliger und hässlicher ich wirke, desto weniger laufe ich Gefahr, dass Tylor zudringlich wird.«

»Miss Julie, Sie wären nicht einmal dann unauffällig und hässlich, wenn Sie sich Schmutz ins Gesicht schmieren und sich den Kopf kahl scheren würden.«

Bewundernd hob Liza Juliettes Haar empor. »Sie haben so schönes Haar, Miss Julie.« Sie hielt sich eine der langen, welligen Strähnen an die Wange und lächelte. »Was meinen Sie, würde ich nicht eine bezaubernde Rothaarige abgeben?«

Juliette betrachtete Lizas Gesicht im Spiegel und lächelte. Ihre Haut besaß die Farbe von golden schimmernden Topasen, und ihr schulterlanges Haar umrahmte die ebenmäßigen Züge in sanften Wellen. Juliette hasste Max umso mehr, da sie befürchtete, er könne Lizas Vater sein. Dass ein Mann seine eigene Tochter kaum besser behandelte als seine Maultiere, erfüllte sie mit tiefer Abscheu.

»Liza«, sagte Juliette eindringlich, »du bist eine der schönsten Frauen, die ich je gesehen habe. Mein rotes Haar würde da keinen Unterschied machen. Nicht den geringsten.«

Die Zofe blickte sie erstaunt an und schien kaum merklich zu erröten. »Sie sind sehr freundlich, Miss Julie.«

»Freundlichkeit hat damit nichts zu tun. Du bist außergewöhnlich, Liza.«

Während die Zofe Juliettes Haar bürstete, betrachtete Juliette sie im Spiegel. Lizas Augen schienen all ihren Glanz verloren zu haben, und sie wirkte bedrückt.

»Ich wollte dich nicht traurig machen, Liza«, sagte Juliette.

Die junge Schwarze lächelte schwach. »Ich bin nur gerührt, das ist alles. Ich hatte nicht erwartet, dass Sie so nett zu mir sein würden. Die meisten Herrinnen sind anders, wissen Sie.«

»Ich bin nicht deine Herrin, Liza. Außerdem halte ich die Versklavung eines menschlichen Wesens für eine der größten Sünden, die man nur begehen kann.«

»Lassen Sie das lieber nicht Max oder Tylor hören, oder man wird Sie beim nächsten Mal vielleicht mit Absicht in den Fluss werfen. Die Sklaven von Holly House haben Glück, dass ein Mann wie Chantz ihr Aufseher ist. Er duldet keine Grausamkeiten gegen uns, nicht einmal von Max und Tylor. Viele von uns verdanken ihm ihr Leben.«

»Siehst du, nun fängst du schon wieder von Chantz an.« Julie betrachtete ihre Zofe prüfend. Ihr kam ein schrecklicher Verdacht, der ihr förmlich den Atem raubte. »Bist du ... in ihn verliebt, Liza?«

»In Chantz?« Liza legte den Kopf zurück und lachte lauthals. »Ich und Chantz. Miss Julie, da haben Sie etwas gehörig missverstanden. Ich habe zwar einen Liebsten, doch es ist nicht Chantz.«

Julie drehte sich um und lächelte schelmisch. »Wer ist es, Liza?«, fragte sie neckend. »Komm schon, mir kannst du es verraten. Wir sind doch Freundinnen, und ich werde keiner Menschenseele ein Wort sagen, das schwöre ich.«

»Das behalte ich für mich.« Liza zwinkerte. »Nur so viel, abgesehen von Chantz Boudreaux ist er der schönste Mann, den der Herr je geschaffen hat. Warmherzig und zärtlich ist er, und seine Küsse schmecken so süß wie frischer Zuckerrohrsaft.«

Liza ließ die Hände sinken und blickte versonnen aus dem Fenster. Die Freude, die eben noch ihren Wangen eine leichte Röte verliehen hatte, verwandelte sich in eine so tiefe Sehnsucht, dass selbst Juliette wehmütig ums Herz wurde. Tränen standen ihr in den Augen, während sie gespannt darauf wartete, dass ihre Zofe fort fuhr.

Mit sanfter, trauriger Stimme sprach Liza weiter. »Ich liebe diesen Mann so sehr, Miss Julie, dass ich manchmal glaube, ich müsste daran sterben. Morgens, mittags und abends denke ich an ihn, so dass es mich fast um den Verstand bringt. Er erfüllt mein Herz und meine Seele.«

»Das ist wunderbar«, sagte Juliette atemlos. »Wer ist es, Liza? Bitte sage es mir.«

Liza kehrte aus ihrem Tagtraum zurück und schüttelte den Kopf. »Ich kann nicht. Es tut mir Leid.«

»Wirst du ihn heiraten?«

Die junge Schwarze fasste Juliette bei den Schultern und drehte sie zum Spiegel zurück. Ihre Züge wirkten verschlossen, während sie Juliettes Haar mit festen Strichen bürstete.

»Für uns wird es niemals eine Ehe geben. Ich möchte nicht mehr darüber sprechen, heute Abend wollen wir nur von Ihnen reden. Ich glaube, für Ihre Frisur nehmen wir die hübschen Perlenkämme, die Max Ihnen gegeben hat. Emmaline wird bald ein hübsches Kleid bringen, das sie in den letzten Tagen für Sie geändert hat. Das pfirsichfarbene Seidenkleid mit dem Spitzeneinsatz. Und den Unterrock aus grüner Seide. Sie werden wie ein Engel aussehen, Miss Julie.«

Juliette betrachtete das unglückliche Gesicht ihrer Zofe und beschloss, dass es weder klug noch leicht sein würde, weitere Einzelheiten über Lizas Liebhaber in Erfahrung zu bringen.

»Emmaline kann mich nicht leiden«, sagte Julie und verzog das Gesicht, als Liza versehentlich an ihren Haaren zog.

»Emmaline kann die meisten Menschen nicht ausstehen, Miss Julie. Und wenn es um Chantz geht ...« Liza senkte die Stimme und neigte sich zu Juliette hinab. »Sie würde alles tun, um ihn zu beschützen. Das sollten Sie wissen, Miss Julie.«

Juliette wandte den Blick ab und spürte, dass sie abermals errötete. Dann hob sie den Kopf und legte die Hände in den Schoß, die sich feucht und zittrig anfühlten. Einmal mehr hatte der bloße Klang von Chantz' Namen sie innerlich in Aufruhr versetzt.

»Vor mir brauchen Sie sich nicht zu verstellen. Sie wären keine Frau, wenn Chantz Ihnen nicht gefallen würde. Dabei kann ich mir nicht einmal erklären, was es ist, das ihn für die Damen so unwiderstehlich macht. Er sieht gut aus, das ist gar keine Frage. Aber es gibt viele gut aussehende Männer, allerdings keinen, der so viel Feuer in sich hat. Er ist ein leidenschaftlicher Mann, ob er nun liebt, hasst oder kämpft. Er bringt es fertig, dass sich eine Frau wirklich wie eine Frau fühlt. Verstehen Sie, was ich meine?«

»Ja.« Juliette erschauerte, als sie an seinen Kuss dachte und an den Duft seiner Haut. Die Erinnerung stieg in ihrem Innern auf wie Rauschschwaden, die nach und nach ihre Sinne einhüllten. »Solch ungebändigte Männlichkeit lässt uns umso deutlicher spüren, wie weiblich, wie zerbrechlich wir sind.«

Liza nahm die Perlenkämme zur Hand. »Chantz ist leichtsinnig. Abgesehen von seinem Stolz und dem hitzigen Temperament ist das sein einziger Fehler. Wenn er etwas besitzen will, dann nimmt er es sich.«

Sanft hob Liza Juliettes Kinn mit den Fingerspitzen und lächelte sie traurig an. »Er ist ein Mann, dem in seinem Leben zu oft etwas verweigert wurde. Nun besitzt er nicht mehr viel Geduld. Na na, Miss Julie, Sie sehen mir aber ein wenig zu blass aus.«

Leicht kniff Liza in Juliettes Wangen, sodass die Haut einen rosigen Schimmer annahm.

»Nur damit Sie es wissen, Chantz wird heute zum Abendessen kommen.« Sie lachte leise. »Jetzt sehen Sie schon wieder so erschrocken aus. Einmal in der Woche lädt Max ihn ins Haus ein. Sie essen zusammen und sprechen über Geschäfte, heute vermutlich über die Befestigung der Felder und die Auswirkungen der Flut auf die Ernte. Tylor wird dabeisitzen und Chantz gelegentlich beleidigen. Chantz wird sich bemühen, Tylor nicht zu beachten, dann aber doch wütend werden und schließlich das Haus verlassen, bevor er Tylor doch noch mit bloßen Händen erwürgt.«

Liza trat einige Schritte zurück und bewunderte Juliettes Frisur. Sie hatte ihr das Haar zurückgebürstet und mit den perlenbesetzten Kämmen festgesteckt. Einige winzige Strähnen umrahmten weich Juliettes Gesicht, und das Haar fiel ihr in zwei schweren Locken über die bloßen Schultern wie zwei Lavaströme auf ihrer hellen Haut.

Die Zofe lächelte zufrieden. »Es wird den Herren heute schwer fallen, sich mit den Geschäften zu befassen.«

»Habe ich da eben meinen Namen gehört?«

Tylor stand an der offenen Balkontür, die Hände in den Hosentaschen.

Erschrocken bedeckte Juliette ihre beinahe nackten Brüste mit den Händen. Liza stellte sich schnell zwischen sie und Tylor und verdeckte ihm den Blick.

»Scher dich fort, Tylor Hollinsworth. Was denkst du dir dabei, einfach das Zimmer einer Dame zu betreten?«

Mit dem listigen Grinsen und den zu schmalen Schlitzen zusammengekniffenen Augen erinnerte Tylor an einen Fuchs im Hühnerstall. »Es hat unter dem Dach dieses Hauses keine Dame mehr gegeben, seit meine Mama gestorben ist, das weißt du genau. Zum Teufel, Daddy würde eine Frau keines zweiten Blickes würdigen, wenn sie keine Hure wäre. Und wo wir gerade von Huren sprechen...«

Er neigte den Kopf zur Seite, sodass ihm eine Strähne seines schwarzen Haares in die Stirn fiel, und richtete den Blick auf Juliette, die ihn, an Liza vorbei, wütend ansah.

»Ich hörte, dass die Buleys morgen hier eintreffen. Sie wollen bestimmt unsere Juliette kennen lernen, und ich bin mir sicher, dass sie viele Gemeinsamkeiten entdecken werden.«

»Und welche könnten das sein?«, fragte Juliette kühl mit erhobenen Augenbrauen.

Liza ging auf Tylor zu. »Hinaus mit dir, sonst rufe ich deinen Vater. Wenn du Miss Julie etwas zu sagen hast, kannst du es beim Abendessen tun.«

»Dann werde ich wohl Mühe haben, Miss Julies Aufmerksamkeit zu erregen, da Chantz uns mit seiner Anwesenheit beglückt.«

»Hinaus!« Liza wedelte energisch mit den Armen, doch Tylor ließ sich davon nicht beeindrucken.

»Man weiß ja nie, vielleicht verliebt sich Andrew Buley in sie. Ich bin sicher, Fred würde nur zu gern Belle Jarod in die Hände bekommen.«

Liza schloss die Flügeltüren unmittelbar vor Tylors Nase, zog dann die Vorhänge zu und verharrte einige Augenblicke, den Rücken zu Juliette gewandt, die Hände um den Vorhangstoff geklammert.

Juliette beobachtete, wie Liza sich schließlich langsam wieder umwandte, zunächst jedoch ihrem Blick auswich. Als sie Juliette schließlich ansah, lag ein furchtsamer Ausdruck in ihren Augen. Mehr noch, es war nicht nur Furcht, sondern auch Zorn. Liza musterte Juliette auf eine Weise, die dieser überaus unbehaglich war.

»Tylor ist ein Esel«, bemerkte Juliette lachend.

Liza nickte, strich sich mit den Händen über den Rock und ging zur Zimmertür.

Schnell sprang Juliette auf und hielt die Zofe zurück. »Was ist denn mit dir, Liza?«

»Nichts.« Liza schüttelte den Kopf und zwang sich zu einem Lächeln. »Tylor geht mir nur auf die Nerven, das ist alles.«

Es klopfte.

Emmaline betrat das Zimmer, beladen mit dem Abendkleid und dem grünen Unterrock. Bei Juliettes Anblick blieb sie unvermittelt stehen und betrachtete die elegante Frisur und den spärlich bekleideten Körper der jungen Frau.

Liza machte sich sanft von Juliette los und setzte ihren Weg fort. Als sie an Emmaline vorbeiging, sagte sie: »Was ist denn, Emmaline, du siehst aus, als wäre dir eben ein Geist erschienen.«

Juliette dachte daran, Liza mit irgendeiner fadenscheinigen Ausrede aufzuhalten, damit sie bei der Anprobe anwesend bliebe. Das zornige Funkeln in Emmalines Augen ließ Juliette erschauern. Lieber Himmel, war es nicht genug, dass sie Chantz beim Abendessen gegenübertreten musste?

Sie holte tief Atem und blickte Emmaline offen an. »Es wird Zeit, dass wir uns miteinander aussprechen, Emmaline. Ganz offensichtlich mögen Sie mich nicht. Würden Sie mir wohl den Grund dafür nennen?«

Juliettes unverwandte Frage schien Emmaline keineswegs aus der Ruhe zu bringen. Mit unbewegtem Gesicht antwortete sie: »Sie werden meinem Jungen Ärger bereiten, das steht fest. Sie sind eine Frau, die alle Männer verrückt macht.«

»Das ist doch lächerlich.«

»O nein, ich sehe es in Ihren Augen und in Ihrer Kopfhaltung. Wie Sie die Männer ansehen und wie Sie sich immer gerade aufrichten und die Schultern zurücknehmen, als wollten Sie den Männern Ihren Körper als Geschenk darbieten.«

»Zwischen Chantz und mir ist nichts vorgefallen, gleichgültig, was Sie glauben wollen.«

»Gar nichts?«

Die drückende Hitze im Zimmer schien unerträglich zu werden, und das Surren der Insekten draußen in der Nachtluft wirkte lauter denn je, als Emmaline langsam und gründlich Juliettes Körper musterte, sodass sich diese nackt und beschämt vorkam. Sie konnte zwar lauthals behaupten, nichts sei zwischen ihr und Chantz geschehen, doch in ihrem Innern wusste sie, dass es dazu hätte kommen können. Sie waren nahe daran gewesen, schon in dem Augenblick, als Chantz sie geküsst hatte.

»Mein Sohn findet keine Ruhe, Juliette. Etwas treibt ihn um, und mein mütterlicher Instinkt sagt mir, dass es nichts mit den Feldern oder der verlorenen Ernte zu tun hat.«

Emma breitete das Kleid über eine Stuhllehne und half Juliette dann in den weiten Unterrock. Geschickt strich Emmaline die Stofflagen glatt, doch Juliette spürte, dass sich die Aufmerksamkeit der Schneiderin nicht auf das Kleidungsstück richtete. Dann kam das Kleid an die Reihe – weiche pfirsichfarbene Seide, mit einem tiefen Ausschnitt und einem grünen Seidenband, das Juliettes schmale Taille betonte. Auch der Rock war mit grünen Bändern verziert und so geschnitten, dass am Saum die Rüschen des Unterrocks hervorblitzten.

Emmaline betrachtete Juliette ein wenig freundlicher und so wehmütig, dass Juliettes Ärger augenblicklich verflog. Chantz' Mutter wirkte plötzlich müde, als läge eine schwere Last auf ihren schmalen Schultern.

»Sie sind eine bildschöne junge Frau«, sagte Emma. »Sie können natürlich nicht ändern, was und wer Sie sind, doch ich bete, dass Gott Ihnen das Gewissen mitgegeben hat, das Ihre Mutter niemals besaß.«

Mit festem Griff umfasste sie Juliettes Arm. Ihre Hand war eiskalt. »Lassen Sie meinen Sohn zufrieden, Juliette. Er wurde schon zu tief verletzt, mehr als Sie ahnen können. Die meisten Plantagenbesitzer hier würden nicht zögern, Chantz einzustellen, wenn Max ihn entlassen sollte. Um ihn reißen würden sie sich sogar. Aber nicht, wenn Sie der Grund für seine Entlassung wären. Es ist schon seltsam. Die Leute kümmert es nicht, wenn ihre Aufseher trinken, faul sind, sie belügen und bestehlen, aber wenn sie sich an den Ehefrauen oder Töchtern vergreifen, sind sie verloren. Jeder dieser skrupellosen Kerle hat selbst mindestens eine Geliebte, aber dennoch gefällt es ihnen nicht, wenn sie die Plantage verlassen und sich ihr Aufseher durch die Hintertür ins Schlafzimmer schleicht. Ein Mann, der in dem Ruf steht, das zu tun, würde auf keiner Plantage in ganz Louisiana Arbeit finden, so fähig er auch sein mag.«

Emma trat näher an Juliette heran.

»Ich hoffe, dass ich mich in Ihnen täusche, Juliette. Nein, ich hoffe, dass wir alle uns in Ihnen täuschen. Um Ihretwillen und um unsretwillen. Am meisten jedoch hoffe ich es für meinen Sohn. Möge Gott geben, dass an dem Tag, an dem man Maureen Broussard zu Grabe trug, auch ihr ruchloser, verlogener Geist auf ewig ausgelöscht wurde.«

Unsicher wandte sich Juliette zum Toilettentisch um und betrachtete ihr Spiegelbild. Was sie sah, ließ sie erröten.

Was war nur aus dem unscheinbaren jungen Mädchen geworden, das sie noch vor wenigen Wochen gewesen war. Während sie auf ihren tiefen Ausschnitt blickte, der beinahe ihre Brüste entblößte, kamen ihr wieder Chantz' Worte in den Sinn – mit denen er in der Nacht in der Hütte ihre Mutter so abfällig beschrieben hatte: Sie genoss es, ihre Haut herzuzeigen, und trug immer so tief ausgeschnittene Kleider, dass ganz Louisiana den Atem anhielt, wenn sie auch nur einen Fuß vor den anderen setzte.

»Ich werde es nicht tragen«, sagte sie leise. »Es ist … schändlich.«

»Doch, Sie werden das Kleid tragen. Maxwell will es so.« Emma berührte flüchtig Juliettes Haar. »Maxwell bekommt immer, was er will … früher oder später.«

Emma begegnete Juliettes Blick im Spiegel. »Es gibt nur

eine einzige Sache, die er mit aller Macht begehrt hat und doch nie sein eigen nennen durfte. Andererseits, vielleicht gelingt es ihm noch. Man wird sehen.«

Juliette blickte Emma nach, als diese das Zimmer verließ. Sie fühlte sich, als müsse sie ersticken, und hätte sich am liebsten das unanständige Kleid vom Leibe gerissen und es verbrannt. Und doch, als sie sich abermals im Spiegel betrachtete und sah, wie die grüne Schärpe ihre schmale Taille betonte und wie der Ausschnitt des Kleides ihre Weiblichkeit zur Geltung brachte, verspürte sie freudige Erregung. Nicht allein, weil sie plötzlich begriff, dass sie sich in kürzester Zeit von einem kleinen Mädchen zu einer Frau entwickelt hatte, sondern auch bei dem Gedanken, dass Chantz sie in all dieser Pracht sehen würde.

Mit einem verzweifelten Aufschrei rannte Juliette hinaus auf den Balkon, lehnte sich an die Brüstung und wandte ihr Gesicht dem Nachthimmel mit seiner Unzahl von Sternen zu, die funkelten wie Diamanten auf schwarzem Samt. Doch auch hier draußen fand sie keine Zuflucht vor den verwirrenden Gefühlen, die auf sie einstürmten. Immer wieder fielen ihr Emmas Worte ein: *»Möge Gott geben, dass an dem Tag, an dem man Maureen Broussard zu Grabe trug, auch ihr ruchloser, verlogener Geist auf ewig ausgelöscht wurde.«*

Lieber Himmel, wie viele Leben hatte Maureen Broussard zerstört? Und wie sollte es ihr gelingen, sich von dem Ruf dieser skrupellosen Frau reinzuwaschen?

Doch ein Gedanke beängstigte Juliette noch mehr als alle anderen: Wie sollte sie sich nur die schockierenden Empfindungen erklären, von denen sie übermannt wurde, sobald sie nur Chantz Boudreaux' Namen hörte? Selbst jetzt noch befanden sich all ihre Sinne in Aufruhr – ihr Herz klopfte schnell, ihr Atem ging flach und stoßweise, und sie zitterte am ganzen Körper –, und sie befand sich in diesem Zustand, seit Liza ihr eröffnet hatte, dass Chantz am Abendessen teilnehmen würde.

Plötzlich empfand Juliette es als außerordentlich wichtig, dass ihr Haar hübsch frisiert und ihr Kleid verführerisch war. Sie wollte, dass er sie voller Begehren musterte, mit seinen funkelnden, seltsam unvergesslichen Augen. Sie wünschte sich, dass Chantz sie begehrte, sehnte sich danach mit jeder Faser ihres Herzens.

Die Erinnerung an die Ehrwürdige Mutter kehrte zurück. Nicht zum ersten Mal, Juliette glaubte oft die flüsternde Stimme der Nonne zu hören, wenn sie nachts in Bett lag, erwacht aus einem ihrer schrecklichen Albträume.

Vielleicht stellten diese Träume vom Verbrennen nur eine Art von Vorbereitung auf das Fegefeuer dar, in dem ihre Seele sicherlich enden würde. Möglicherweise waren in ihrem Fall selbst die unablässigen Gebete der Priester und Nonnen vergebliche Liebesmüh' gewesen. Manchmal erwies sich eine Seele womöglich als zu verdorben, jenseits aller Errettung und Vergebung.

Wenn es überhaupt möglich war, ihre Seele vom Erbe ihrer Mutter zu reinigen, hätten die Jahre in der Obhut der Ehrwürdigen Mutter dazu sicher ausgereicht.

Doch offenbar war alles umsonst gewesen, denn in den vergangenen Tagen schien etwas in ihrem Innern erwacht zu sein – geheimnisvoll, mächtig … und unbezwingbar. Dieses Gefühl nahm mit jeder Stunde zu.

Juliette schloss die Augen und holte tief Atem. Da hörte sie die Hunde.

Das Heulen der Tiere in den Zwingern klang wie die Klage verlorener Seelen, die durch die Stille der Nacht hallte und Juliette eisige Schauer über den Rücken jagte.

»Miss Julie?«

Sie zuckte erschrocken zusammen und öffnete die Augen.

An der Tür stand Little Clara, Rosies neunjährige Enkelin, und lächelte Juliette strahlend, und überwiegend zahnlos, an. Ihr dunkles Haar stand ihr in zwei drahtigen Zöpfen vom Kopf ab, die von rosafarbenen Bändern gehalten wurden. Juliette hatte der Kleinen die Bänder geschenkt, als sie bemerkte, wie sehr Little Clara den Haarschmuck bewunderte.

»Großmutter sagt, Sie sollen hinunter kommen. Boss Chantz ist schon da, und das Essen steht bald auf dem Tisch.« Das Mädchen schüttelte bewundernd den Kopf. »Sie sind die schönste Lady, die ich je gesehen habe. Massa Max werden die Augen aus dem Kopf fallen. Und ich schätze, Boss Chantz wird ganz aus dem Häuschen sein.«

Juliette lächelte und beugte sich vor, bis sich ihr Gesicht auf einer Höhe mit dem des Kindes befand. »Wie meinst du das, Little Clara?«

»Na, er wird ganz aufgeregt sein. So benimmt er sich immer, wenn er Ihnen begegnet. Großmutter sagt, er hätte dann wohl beißende Ameisen in der Hose, und meine Großmutter irrt sich niemals.«

6

Es war ein höllischer Tag gewesen. Die Reparatur der Befestigungen ging nur langsam voran, da das Wasser noch immer knöcheltief auf den Feldern stand und das Ausheben der Gräben und Heranschleppen von Holz und Ziegels so beschwerlich machte, dass selbst Louis vor Erschöpfung beinahe zusammenbrach. Chantz wäre an diesem Abend alles lieber gewesen als Max' Wutausbrüche und Tylors Beleidigungen. Außerdem war da noch Juliette.

Die Aussicht darauf, den Abend mit Juliette zu verbringen, hatte Chantz bereits am Mittag die Laune verdorben, als Max ihm hatte ausrichten lassen, dass er am Abend im Herrenhaus erwartet wurde. Schließlich war er in den vergangenen Tagen darum bemüht gewesen, Juliette aus dem Weg zu gehen – seitdem sie mitten in der Nacht zu seiner Hütte gekommen war. Wie ein Engel hatte sie ausgesehen, in dessen Augen sich das bleiche Mondlicht widerspiegelte. Juliette hatte ihre zarten Lippen auf seine gepresst und er war … zutiefst erschüttert gewesen. Am liebsten hätte er sie gepackt und geschüttelt, damit sie wieder zu Sinnen käme. Doch hätte er sie berührt in jener Nacht, hätte er gewiss die Beherrschung verloren.

Um seine Beherrschung war es auch jetzt noch nicht allzu gut bestellt, musste Chantz sich eingestehen, während er sich in der Eingangshalle des Herrenhauses umsah, von deren hoher Decke ein aus Europa stammender Kronleuchter das warme Licht von hundert Kerzen verströmte. An den Wänden hingen riesige Ölgemälde, Porträts ernst dreinblickender Männer mit blauen Augen und fremdländisch aussehenden Gesichtern – Spanier, hatte Emmaline ihm erklärt. Sein eigen Fleisch und Blut, und doch kannte Chantz nicht einmal ihre Namen.

Kein Zweifel, er war im Augenblick nahe daran, die Geduld zu verlieren. Wenn er dazu gezwungen sein würde, weitere zwanzig Minuten hier in der Halle zu warten, würde er Max mit großer Wahrscheinlichkeit den Hals brechen.

Little Clara hüpfte die geschwungene Treppe hinunter, lief auf Chantz zu und umarmte ihn. Sie schenkte ihm ein zahnloses Lächeln und griff mit der Hand in seine Hosentasche. Ihre großen dunklen Augen funkelten vor Aufregung.

»Hast du mir Melassebonbons mitgebracht, Boss Chantz?«

Chantz runzelte in gespielter Strenge die Stirn und schüttelte den Kopf. »Nein, heute nicht, Clara. Rosie erzählte mir, dass du sehr unartig gewesen bist. Und du weißt doch, dass ich frechen kleinen Mädchen keine Süßigkeiten zu schenkten pflege.«

»Ich habe den Frosch nur in den Nachttopf gesetzt, weil ich keinen anderen Platz für ihn hatte. Außerdem willst du mir nur Angst einjagen. Du bringst mir immer Bonbons mit, ob ich nun artig war oder nicht.«

Sie durchsuchte die andere Tasche und förderte kichernd einige harte Melassebonbons zutage. »Du bist wirklich ein Engel, Boss Chantz«, verkündete Clara, drückte ihm einen Kuss auf die Hand und eilte davon.

Chantz schüttelte lächelnd den Kopf und blickte dann zum Kopf der breiten Treppe hinauf.

Dort stand Juliette, in pfirsichfarbene Seide gehüllt, so still und makellos wie eine Alabasterstatue. Eine Zeit lang blieb sie regungslos stehen, blinzelte nicht einmal, dann ging sie die Treppe hinunter. Mit einer Hand hielt sie sich leicht am Treppengeländer aus poliertem Walnussholz fest, mit der anderen hob sie das Kleid ein wenig an, sodass Chantz ihre schlanken Fesseln sehen konnte. Bei einer anderen Frau hätte er den Anblick durchaus reizvoll gefunden, doch hatte er von Juliette bereits viel mehr gesehen als nur ihre Fesseln. Die Erinnerung erregte ihn, und er musste alle Kraft aufbieten, um nicht die Treppe hinaufzustürmen und etwas Törichtes zu tun.

Schließlich erreichte Juliette die letzte Stufe und blickte sich besorgt um, als suche sie nach einer Möglichkeit, der Begegnung mit Chantz zu entrinnen. Dann jedoch straffte sie die Schultern und sah ihm in die Augen. Sie errötete leicht und holte tief, obgleich ein wenig stockend, Atem.

»Mr. Boudreaux…«

»Ich ziehe es vor, wenn man mich Chantz nennt«, sagte er rau. »Außerdem«, fügte er mit einem ironischen Lächeln und einem Blick auf Juliettes Ausschnitt hinzu, »dürften wir einander doch wohl vertraut genug sein, um uns derlei Förmlichkeiten zu ersparen.«

Ihre Augen funkelten zornig. »Es ist wirklich nicht nötig, mich daran zu erinnern. Ein Gentleman würde wenigstens versuchen, diesen Zwischenfall zu vergessen.«

Wieder lächelte er sie spöttisch an. »Ist Ihnen denn noch immer nicht aufgefallen, dass ich kein Gentleman bin?«

»Wie dem auch sei.« Sie schüttelte den Kopf, sodass sich die Kämme in ihrer Frisur ein wenig lösten und ihre Locken ihr über die Schultern zu fallen drohten. »Ich habe es bisher versäumt, mich für Ihre Hilfe zu bedanken. Sie haben mir das Leben gerettet, und ich zerbreche mir seit Tagen den Kopf darüber, wie ich Ihnen meine Dankbarkeit zeigen könnte.«

»Mir würden da viele Wege einfallen, die mich allerdings den Hals kosten könnten«, sagte er,

»Chantz.«

Sie machte einen Schritt auf ihn zu, wich dann jedoch wieder zurück. Als sie ihm in die Augen sah, war ihr Blick so warm und eindringlich, dass die Sehnsucht wieder in Chantz erwachte.

»Ich habe mich sehr dumm benommen«, sagte Juliette leise. »Sie hätten mein leichtsinniges Betragen ausnutzen können, doch Sie taten es nicht.« Mühsam brachte sich Juliette dazu zu lächeln. »Vielleicht sollten Sie sich ein wenig mehr zutrauen. Es steckt vielleicht doch ein Gentleman in Ihnen.«

»Das glaube ich kaum, *chère*.« Bitter lachte er auf. »Glauben Sie mir, wenn ich noch einmal in dieser Lage wäre, dann würde nichts von dem, was ich mit Ihnen tun würde, auch nur entfernt an das Benehmen eines Gentlemans erinnern.«

»Meine liebe Juliette!«, rief Max, als er die Halle betrat, Chantz jedoch keines Blickes würdigte. »Meine Güte, du siehst ganz bezaubernd aus. Dieses Kleid steht dir ausgezeichnet, das habe ich gleich gewusst.«

Juliette zwang sich dazu, Max ihre Aufmerksamkeit zu schenken.

»Rosie hat das Abendessen zubereitet. Ich hoffe, unsere geschäftlichen Gespräche langweilen dich nicht zu sehr.«

Max warf Chantz einen flüchtigen, finsteren Blick zu. »Komm, Chantz, ich werde versuchen, dich nicht allzu lange aufzuhalten. Sicherlich hast du Besseres zu tun.«

Chantz blickte auf Max' Rücken und sagte leise: »Vor allem habe ich Besseres zu tun, als eine halbe Stunde hier in der Halle zu stehen.«

Er fuhr sich mit der Hand durch das dunkle Haar, schloss die Augen und drängte mit aller Macht den Zorn zurück, dessen Heftigkeit ihn erbeben ließ. Es lag nicht daran, dass Max ihn hatte warten lassen, obwohl er so müde und erschöpft war, dass er sich auf den Boden aus Zypressenholz hätte legen und auf der Stelle einschlafen können. In keiner einzigen Nacht hatte er Ruhe gefunden, seit er Juliette aus dem Fluss gezogen und festgestellt hatte, dass der Anblick ihrer Augen und ihres Körpers ihn Tag und Nacht verfolgen würden. Auch war es nicht die Tatsache, dass Max es nicht einmal für nötig gehalten hatte, ihn zu begrüßen, und dass er ihn behandelte, als sei er nicht mehr wert als Straßenstaub.

Es lag an ihr. Sie zu sehen, ihren Duft einzuatmen und sich daran zu erinnern, wie sich ihr Körper in seinen Armen angefühlt hatte. Sie dabei zu beobachten, wie sie die Treppe hinab schritt. Ihr Haar umrahmte ihr Gesicht wie eine feurige Wolke, und der Ansatz ihrer Brüste schimmerte wie kostbarstes Elfenbein.

Und dann musste er mit ansehen, wie sie an Maxwells Seite davonging.

Wenn er nur einen Funken Verstand besäße, würde er das Haus auf der Stelle verlassen und Max mitteilen, dass er ihn, Chantz, in seiner Hütte aufsuchen solle, wenn er über Geschäftliches zu sprechen wünsche. Sollte Max doch auch einmal in dieser armseligen Behausung schwitzen, in der es so heiß wurde, dass Chantz regelmäßig der Appetit verging. Selbst um Schlaf zu finden, war die Luft dort zu stickig, so dass er die ganzen Nacht hellwach auf den Bett lag und an

Juliette Broussard dachte, wie sie sich schlafend an ihn geschmiegt hatte, kurz nachdem sie aus dem Fluss gerettet worden war.

Als Chantz das Speisezimmer erreichte, hatte man bereits Platz genommen. Es wäre ein heiterer, friedlicher Anblick gewesen, hätte man nicht die verborgene Feindseligkeit so deutlich gespürt. Das Zimmer wirkte einladend im Schein der großen Glaslampe auf dem Kaminsims. An beiden Enden der großen Tafel flackerten Kerzen in hohen Leuchtern. In der Mitte des Tisches hatte Rosie in einer Kristallschale zartrosa Japonica und weiße Magnolienblüten arrangiert. Wie üblich war der Tisch mit makellos weißem Leinen bedeckt.

Max saß am Kopf der Tafel, Juliette zu seiner Rechten. Tylor saß am anderen Ende, und Chantz war der Platz gegenüber von Juliette zugedacht.

Als Chantz eintrat, stellte Rosie gerade eine große Platte mit gebratenem Huhn auf den Tisch. Sie wandte sich zu ihm um, und sah ihn so streng an, dass er sich vorkam, als sei er wieder zehn Jahre alt. Benimm dich oder fürchte die Folgen, schien der Blick zu sagen.

Tylor lümmelte sich auf seinem Stuhl, grinste Chantz überheblich an und nahm einen Schluck aus seinem fast leeren Bourbonglas. »Wen haben wir denn da? Daddy, wann wirst du endlich etwas gegen diese verdammten Flussratten unternehmen?«

Rosie stellte eine Schüssel mit Kartoffeln ab, beugte sich zu Chantz hinunter und fragte: »Möchtest du auch etwas trinken, Chantz?«

Er betrachtete Max, dessen Gesicht vom Alkohol bereits rot angelaufen war. »Nur Wasser, Rosie. Einer von uns sollte nüchtern bleiben oder diese Unterredung wird zu nichts führen.«

»Die Stimme der Vernunft«, sagte Tylor spöttisch und hob sein Glas. »Wo wären wir nur ohne die weisen Worte des großen Chantz Boudreaux?«

»Vermutlich im Armenhaus«, erwiderte Chantz. Er sah Juliette an, doch sie senkte den Blick. Im warmen Licht der Kerzen sah ihre Haut so glatt und zart aus wie das Porzellan, von dem sie aßen, und ihr Haar schimmerte golden.

»Nach dieser Überschwemmung werden wir wahrscheinlich wirklich dort landen«, bemerkte Max. Er hatte sich zurückgelehnt und schien nur Augen für Juliette zu haben, die nur wenige Bissen aß. »Verzeih uns, Juliette, wenn unser Gespräch ein wenig hitzig verläuft. Es gibt oft Meinungsverschiedenheiten. Ich habe lange überlegt, ob ich dich an dieser Unterredung teilnehmen lassen soll. Zwar sollst du nicht den Eindruck gewinnen, wir seien nichts als ein Haufen ungehobelter Kerle, doch du musst lernen, wie man eine Plantage wie Holly House führt, besonders, da du dich mit dem Gedanken trägst, Belle Jarod wieder aufzubauen.«

Max griff nach seinem Glas und wandte sich Chantz zu. »In der vergangenen Woche hat sich Juliette als überaus gelehrige Schülerin entpuppt. Schon bald wird sie dem Haushalt so mühelos gewachsen sein wie jede Ehefrau.«

»Oder wie jede Tochter«, fügte Juliette hinzu. »Wo wir gerade von Belle Jarod sprechen, wann wirst du mir die Plantage eigentlich zeigen?«

»Alles zu seiner Zeit, meine Liebe. Im Augenblick müssen wir uns um wichtigere Dinge kümmern, wie zum Beispiel die Befestigung der Felder, die verhindern soll, dass mein Land alle zwei Jahre überschwemmt wird. Mein Aufseher hier hatte den Auftrag, einen Plan vorzubereiten, nachdem künftig solche Katastrophen verhindert werden können. Ich darf doch annehmen, Chantz, dass du dieser großen Aufgabe gerecht werden kannst?«

»Aber natürlich kann er das, Daddy.« Tylor stützte die Ellenbogen auf den Tisch und lehnte sich zu Chantz hinüber. »Warum auch nicht? Schließlich ist er Gottes Geschenk an das Zuckerrohr. Jedes Mal, wenn Chantz sich auf den Feldern erleichtert, schießen die Pflanzen ein Stück in die Höhe.«

Mit einem lauten Klirren legte Juliette ihre Gabel auf dem Teller ab. Sie sah zu Chantz hinüber und hielt diesmal seinem Blick stand. Ihre Wangen hatten sich gerötet, und ihre Augen funkelten.

»Das genügt, Tylor«, sagte Max. »Ich fürchte, du verletzt Juliettes Schamgefühl.«

»Es bedarf schon mehr als einiger grober Worte, um Miss Julies Schamgefühl etwas anzuhaben, Daddy.« Grinsend lehnte sich Tylor wieder zurück, hob sein Glas und warf Chantz einen Blick zu. »Allerdings glaube ich, dass unser Aufseher hier wohl am besten weiß, was man sich bei der jungen Dame herausnehmen darf.«

»Nimm dich in Acht«, sagte Chantz ruhig und blickte in Tylors schwammiges, gerötetes Gesicht. »Ich verliere meine Geduld mit dir – und zwar schnell.«

Tylor schnaubte abfällig, trank und wischte sich dann mit dem Handrücken über die Lippen. Schweißtropfen standen ihm auf der Stirn. Je länger Chantz ihn ansah, desto mehr schwitzte Tylor. Allmählich wich die Röte in seinem Gesicht einer unnatürlichen Blässe, die seine Wangen die Farbe von feuchtem Brotteig annehmen ließ.

»Das genügt, ihr zwei«, sagte Max gereizt. »Ich habe euch nicht hergebeten, damit ihr wie Kampfhähne aufeinander herumhackt. Benimm dich, Tylor. Ich wünsche nicht, dass du Juliette in Verlegenheit bringst. Wenn du dich mit Chantz streiten willst, lass dabei bitte die Lady aus dem Spiel.«

»Wenn du dich mit mir streiten willst, Tylor«, wiederholte Chantz gefährlich ruhig, »dann können wir uns auch draußen weiter unterhalten.«

Max blickte seinen Sohn verächtlich an. »Wir wissen beide, dass es niemals dazu kommen wird, Chantz. Wenn er den Mut besäße, sich mit dir zu schlagen, hätte er es schon längst getan.«

Tylor ließ sich noch tiefer in seinen Stuhl sinken, leerte sein Glas und rief: »Rosie! Wo, zum Teufel, steckst du denn? Mein Glas ist leer!«

Little Clara lief ins Zimmer, die Bourbonflasche in den Händen, die Wange ausgebeult von Melassebonbons. »Großmutter ist in der Küche und holt den Kuchen. Ich schenke Ihnen ein, Massa Tylor.« Sie griff ungestüm nach dem Glas und stieß es Tylor dabei in den Schoß.

Er riss dem Mädchen die Flasche aus der Hand und versetzte der Kleinen dann einen so heftigen Stoß, dass sie stolperte und zu Boden fiel. Noch ehe Chantz eingreifen konnte, stand Juliette auf und ohrfeigte Tylor kräftig.

Wütend sprang Tylor auf.

Chantz wollte Juliette helfen, doch sie hielt Tylor stand, ohne mit der Wimper zu zucken. Sie bebte vor Zorn und hatte die Fäuste geballt.

»Du bist verabscheuungswürdig, Tylor Hollinsworth. Mag ich auch gezwungen sein, mit anzuhören, wie du Chantz provozierst und mich beleidigst, so werde ich es keinesfalls dulden, dass du dich an einem wehrlosen Kind vergreifst!«

Tylor lachte verächtlich und hob eine Faust.

»Du jagst mir keine Angst ein, Tylor, ich bin kein kleines Mädchen, dem du drohen kannst. Wenn du mich auch nur anrührst, wirst du den Tag verfluchen, an dem du geboren wurdest. Dein Vater sagte, ich sei nun die Herrin von Holly House, also werde ich gleich meine erste unumstößliche Regel aufstellen: Niemals, unter gar keinen Umständen wirst du in diesem Haus die Hand gegen ein Kind erheben. Außerdem werde ich weiterhin weder deine kindischen Tobsuchtsanfälle dulden, noch deine Flüche und Trunkenheit, wenn wir bei Tisch sitzen.«

Max lachte so laut, dass förmlich die Fensterscheiben zitterten.

Tylor war kreidebleich geworden, und seine blutunterlaufenen Augen schienen aus den Höhlen zu treten. Er wandte sich zu seinem Vater um, der immer noch aus Leibeskräften lachte. »Verdammt«, lallte er, »willst du etwa dulden, dass sie so mit mir spricht, Daddy?«

Max versuchte, sich zu beruhigen, griff nach seinem Glas und nickte. »Allmächtiger, Juliette, du hast wahrlich das Herz einer Löwin. Ich bin beeindruckt. Du bist genau die Frau, die Holly House braucht, eine mit Schneid und Rückgrat. Keine meiner Ehefrauen verfügte über diese Gaben, sonst wäre aus Tylor wohl nicht der nichtsnutzige Jammerlappen geworden, der er heute ist.«

Tylor warf die Serviette auf den Tisch. »Das muss ich mir nicht gefallen lassen. Fahrt doch alle miteinander zur Hölle!«

Er stürmte aus dem Speisezimmer und schlug heftig die Tür hinter sich zu.

Chantz beobachtete Juliette, während sie sich allmählich entspannte. Besorgnis spiegelte sich in ihren Zügen wider, doch in ihren Augen lag auch ein spitzbübisches Funkeln.

Sie lächelte. Nach einem flüchtigen Blick auf Chantz wandte sie sich Little Clara zu, die sie ehrfürchtig ansah.

»Lieber Gott«, flüsterte die Kleine, »ich habe noch nie eine weiße Lady gesehen, die sich so benommen hat, Miss Julie. Ein Wunder! Ich muss gleich meiner Großmutter erzählen, was Sie getan haben. Noch nie hat es so etwas gegeben!«

Clara rannte aus dem Zimmer, und Juliette setzte sich wieder auf ihren Stuhl. »Ich muss um Verzeihung bitten. Ich fürchte, mein Temperament ist mit mir durchgegangen.«

Max lächelte sie beinahe zärtlich an. »Du bist wahrlich die Tochter deiner Mutter. Nie zuvor hat es eine Frau gegeben, die den gesellschaftlichen Regeln so mutig ins Gesicht lachte wie sie. Sie scheute keine Auseinandersetzung, selbst mit Männern nicht.«

»Falls das ein Versuch sein sollte, mir zu schmeicheln, Max, muss ich dir leider sagen, dass er fehlgeschlagen ist. Ich habe nicht die Absicht, in die Fußstapfen meiner Mutter zu treten.«

»Gleichgültig, was man dir über Maureen erzählt hat, sie war klug und geschäftstüchtig. In der Abwesenheit deines Vaters führte sie die Plantage mit eiserner Hand und einem Erfolgswillen, der dem deines Vaters in nichts nachstand.« Es hat Zeiten gegeben, in denen Maureen mit den Sklaven zusammen auf den Feldern gearbeitet hat. Sie lag auf den Knien im Staub und küsste jeden einzelnen Setzling. Es sollte Glück bringen. Jack pflegte zu sagen, dass sie der Grund dafür sei, dass sein Zuckerrohr so besonders süß geriet. Kein Wunder, wenn es vorher von diesen Lippen berührt wurde.«

»Bitte nicht.« Juliette schüttelte den Kopf und blickte auf ihren Teller, den sie in den vergangenen Minuten gänzlich vergessen hatte. »Ich möchte nicht über sie sprechen. *Niemals!*«

Welches Feuer auch immer während der Auseinandersetzung mit Tylor in ihr gelodert haben mochte, es war wieder erloschen. Chantz beobachtete, wie sich Juliette wieder in die schüchterne, nervöse und seltsame gequälte junge Frau verwandelte, deren naive Sinnlichkeit ihn ebenso erregte wie die Leidenschaft, die sie nur wenige Minuten zuvor an den Tag gelegt hatte. Ihr Haar hatte sich inzwischen gänzlich von den Kämmen befreit und fiel Juliette offen über die Schultern. Das Licht schimmerte in den tiefroten Locken, als würden sie Funken sprühen.

Chantz zwang sich dazu, Max seine Aufmerksamkeit zu schenken, der ihn mit Adleraugen beobachtete.

»Die Befestigungen«, begann Max mit ruhiger, seltsam flacher Stimme, die ebenso bedrohlich wirkte wie sein Blick. »Ich nehme an, dass du einen Plan ausgearbeitet hast, der unsere Schwierigkeiten endgültig beseitigen wird.«

»Ja«, sagte Chantz und schob den Teller von sich. Er hatte keinen Hunger mehr. Der Aufruhr, den es soeben gegeben hatte, würde im Vergleich mit der nun folgenden Debatte verblassen.

Chantz lehnte sich zurück und seufzte leise. »Ich habe einige Berechnungen angestellt. Das Fundament der neuen Befestigung wäre hundert Meter lang, der Graben würde sich über etwa achtzig Meter erstrecken. Das heißt natürlich, dass wir die neue Befestigung etwa hundert Meter vom Verlauf der alten zurücksetzen müssten. Unsere Männer müssten vier Monate lang jeden Tag und bei jedem Wetter etwa 300 Kubikmeter Erde bewegen, wenn wir die Befestigung vor den Regenfällen im Winter fertig stellen wollen.

Das wird unmöglich sein. Ferner gibt es da noch etwas, das du bedenken solltest ...«

Chantz zögerte kurz, fuhr dann jedoch fort: »Wenn du verhindern willst, dass deine Felder überschwemmt werden, sobald der Fluss über die Ufer tritt, gibt es nur einen einzigen möglichen Verlauf der Befestigungslinie.« Mit äußerster Willenskraft zwang sich Chantz dazu, Max in die Augen zu sehen. »Der Wall würde geradewegs durch dieses Haus verlaufen.«

Max presste die Lippen zusammen und fragte dann: »Wie bitte?«

»Die Kosten für eine solche Befestigung würden etwa zehntausend Dollar betragen, wenn man berücksichtigt, wie viel Owen Howard vor zwei Jahren für etwas Ähnliches bezahlt hat. Allerdings schließt der Betrag noch nicht die Kosten für den Wiederaufbau des Hauses an anderer Stelle ein.«

Max ballte die Fäuste und beugte sich zu Chantz hinüber. Sein gerötetes Gesicht glänzte schweißnass. »Willst du mich zerstören, Chantz? Geht es dir darum? Willst du, dass meine Plantage untergeht? Ja, das würde dir Genugtuung verschaffen, nicht wahr?«

Chantz hob eine Augenbraue. »Max, wenn ich dich ruinieren wollte, hätte ich Holly House schon vor Jahren verlassen. Du könntest keinen anderen Aufseher finden, der sich mit deinen Wutausbrüchen und Tylors Dummheit abfinden würde. Abgesehen davon würden deine Sklaven rebellieren und dir davonlaufen, auf dass das Zuckerrohr auf den Feldern verrottet. Du wolltest meine Meinung hören, und nun kennst du sie. Um Holly House zu retten, musst du ein großes Opfer bringen – dieses Haus.«

Langsam stand Max auf und stützte sich schwer auf den

Tisch. Er zitterte. »Mein Vater hat dieses Haus mit seinen eigenen Händen erbaut …«

»Ja, vor fünfzig Jahren. Der Fluss hat sich seitdem gewandelt. Verdammt, Max, er hat sich allein in den letzten zehn Jahren stark verändert. Wenn wir nicht bald etwas unternehmen, wird die Hälfte deiner Felder innerhalb der nächsten fünf Jahre gänzlich unter Wasser stehen.«

»Und wie soll ich das Geld dafür aufbringen?«

»Du könntest Tylor davon überzeugen, sich ein wenig einzuschränken. Er hat in Dietrich Hall eine hübsche Summe an Spielschulden auflaufen lassen. Außerdem könntest du deine Wohnung in New Orleans verkaufen. Und dann wären da noch die beiden extravaganten Feste, die du jedes Jahr gibst.«

»Ich muss an meinen Ruf denken, Chantz. Die Leute erwarten gewisse Dinge von einem Max Hollinsworth.«

Lachend griff Chantz nach seinem Wasserglas. Juliette sah ihn besorgt an. In diesem Augenblick wurde ihm bewusst, dass die Bedrohung für Holly House nicht nur Max betreffen würde. Wenn die unvermeidliche Katastrophe hereinbrach, würde er noch verzweifelter darum kämpfen, Belle Jarod zu besitzen. Juliette wusste es, denn in ihren Augen lag ein ängstlicher Ausdruck.

Die Tür zum Speisezimmer öffnete sich, und Simon humpelte herein. Er blickte sich ängstlich um und atmete schwer. Chantz eilte zu ihm und fing den Jungen auf, als er zu Boden sank.

»Boss Chantz«, flüsterte Simon, während er so heftig zu zittern begann, dass ihm die Zähne klapperten, »da ist ein Mann, unten bei Louis … er sucht nach einem Geflohenen.«

Chantz fluchte laut, und als Juliette sich neben ihn kniete, um sich um Simon zu kümmern, sagte er: »Bleiben Sie im Haus.«

»Was ist geschehen?«, fragte sie, während Max aus dem Zimmer stürmte.

»Ein Kopfgeldjäger«, antwortete Chantz. »Behalten Sie Simon hier und beruhigen Sie ihn. Ich habe es ernst gemeint, Juliette«, fügte er hinzu und deutete mit dem Finger auf sie, »Sie bleiben im Haus.«

Eine Bluthundmeute zerrte an ihren Leinen, aufgepeitscht durch die wilde Jagd und die Spannung, die beinahe spürbar in der Luft lag. Chantz bahnte sich einen Weg zwischen den vielen Sklaven hindurch, die sich um Boris Wilcox und seine Männer versammelt hatten. Zwei der Männer hielten Gewehre auf Louis' Kopf gerichtet, während zwei weitere einen verängstigten schwarzen Mann in den Schlamm drückten. In Louis' Augen spiegelte sich der Schein der Fackeln, die die übrigen Männer von Wilcox' Gruppe in den Händen hielten. Tessa, Louis' Frau, war auf die Knie gesunken und wiegte sich wimmernd hin und her, während eine andere Frau bemüht war, sie zu beruhigen.

»Was, zum Teufel, geht hier vor?«, fragte Chantz aufgebracht, als Wilcox sich grinsend zu ihm umdrehte. »Hören Sie auf, diesen Mann zu bedrohen, Wilcox, sonst ...«

»Sonst was?«, fragte der Kopfgeldjäger höhnisch. »Wir haben diesen entflohenen Sklaven zwei Tage lang verfolgt und ihn dann in der Hütte dort drüben gefunden. Und dieser Nigger hier hat ihn dort versteckt.« Er deutete anklagend auf Louis. »Sie wissen, was auf Beihilfe zur Flucht steht, Boudreaux.«

Chantz betrachtete den entlaufenen Sklaven, der noch immer gefesselt am Boden lag. Sein Körper wies tiefe Narben von früheren Peitschenhieben auf, einige davon erst wenig Tage alt und noch nicht einmal abgeheilt. Der junge Mann blickte zu Chantz auf, und als dieser die nackte Angst in seinen Augen sah, begann auch er, Furcht zu empfinden.

»Er ist mein Bruder, Boss«, sagte Louis. »Ich konnte ihn nicht fortschicken, als er vor meiner Tür stand. Er ist der Einzige, der mir von meiner Familie geblieben ist, Boss. Ich musste ihm einfach helfen.«

»Wenn Horace Carrington seine Arbeiter nicht ständig halb zu Tode prügeln würde, müssten sie vielleicht auch nicht jede Gelegenheit zur Flucht ergreifen«, sagte Chantz zu Wilcox.

»Es geht weder Sie noch mich etwas an, wie Carrington seine Sklaven behandelt. Meine Aufgabe ist es, sie aufzuspüren. Und Sie haben die Pflicht, diejenigen zu bestrafen, die diesem Mann geholfen haben. Wir werden uns nicht von der Stelle rühren, ehe dies geschehen ist.« Wilcox trat näher an Chantz heran und raunte ihm drohend zu: »Wenn Sie die Bestrafung nicht vollziehen, dann werde ich es tun. Als Carringtons Vertreter in dieser Angelegenheit habe ich das Recht dazu.«

Er blickte sich um, sah in die traurigen, ängstlichen Gesichter der Sklaven von Holly House, deren Schweigen nur durch Tessas lautes Schluchzen gebrochen wurde. Das Feuer der Fackeln erhitzte die ohnehin schon unerträglich stickige Luft.

Max trat vor. »Dieser Sklave ist mein Vormann, Wilcox. Ich kann es mir nicht leisten, dass er ausfällt, weil . . .«

»Sie haben keine Wahl, Max«, unterbrach ihn Wilcox kopfschüttelnd. »Sie müssen ein Exempel statuieren. Wenn Sie diesen Mann damit davonkommen lassen, dass er Ausreißern hilft, ist es nur noch eine Frage der Zeit, bis sie alle es tun. Das Strafmaß sind fünfzehn Schläge.« Er gab Max die aufgerollte Peitsche. »Sie sind der Besitzer, Max, tun Sie Ihre Pflicht.«

»Ich mache es!«, ertönte eine Stimme.

Tylor bahnte sich eilig einen Weg durch die Menge und riss Boris die Peitsche aus der Hand. »Es tut mir Leid, dass einige von uns nicht genug Mumm in den Knochen haben, um die Peitsche zu gebrauchen, doch ich gehöre nicht dazu. Bindet den Mann fest, Männer. Wenn ich mit ihm fertig bin, würde er seine eigene Mutter verraten.«

Eiskalte Wut stieg in Chantz auf. Es gab Wege, einen Mann auszupeitschen, die seine Haut so aufplatzen ließen, dass der Schmerz unerträglich war – und Tylor verstand sich nur allzu gut darauf. Der grausame Schweinehund war überdies noch stolz auf seine Künste.

»Was ist denn, Chantz?«, fragte Tylor und hielt ihm die Peitsche vors Gesicht. »Willst du etwa deine Pflicht als Aufseher dieser Plantage tun? Ich glaube kaum«, fügte er mit einem Blick auf Boris hinzu. »In den zehn Jahren, in denen er hier arbeitet, habe ich ihn nur ein einziges Mal zur Peitsche greifen sehen.«

»Ich brauche die Peitsche nicht. Wenn sie gut behandelt werden, arbeiten die Leute freiwillig und halten sich an die Regeln.«

»Nun, dieser Mann hier hat offensichtlich soeben eine Regel gebrochen.« Tylor kniff die Augen zu schmalen Schlitzen zusammen und presste dann Chantz die Peitsche vor die Brust. »Bestrafe ihn, Boudreaux, oder ich tue es.«

Es herrschte Totenstille, und nur das Zirpen der Insekten und das Quaken der Frösche im Fluss war zu hören.

Auf den Knien kroch Tessa auf Chantz zu und schlang ihm

die Arme um die Beine. Sie blickte zu ihm auf, während noch immer Tränen über ihr Gesicht strömten. »Herr im Himmel, Boss Chantz, bitte bestrafe meinen Mann nicht. Bitte nicht. Er liebt dich so sehr. Peitsche ihn nicht aus, ich flehe dich an.«

Liza eilte auf die beiden zu, machte Tessa sanft von Chantz los und nahm sie in die Arme. Während sie die verstörte Frau tröstete, bedachte sie Chantz mit einem kummervollen Blick.

Chantz wandte sich Louis zu.

»Es tut mir Leid, Boss.« Louis schüttelte den Kopf. »Er ist mein eigen Fleisch und Blut. Du hättest ebenso gehandelt, Boss, weil du ein guter Mann bist, der sich um andere Menschen kümmert.« Er legte Chantz die Hand auf die Schulter. »Es ist besser, wenn du es tust, Boss. Es wird nicht so schlimm sein. Ich bitte dich nur um eins: Binde mich nicht fest.«

Louis zog sein Hemd aus. Dann kniete er sich hin und stützte die Hände auf die Oberschenkel.

Chantz sah Liza an, die noch immer die wimmernde Tessa in den Armen hielt. »Schaff sie fort von hier«, befahl er. Seine Stimme klang tief und ein wenig unsicher. Der Zorn schien ihm die Kehle zuzuschnüren. Fieberhaft suchte er nach einem Ausweg aus dieser schrecklichen Lage, doch alles begann und endete mit Tylor und der Peitsche in seiner Hand. Tylor würde Louis zu Tode peitschen, ohne auch nur eine Miene zu verziehen.

Als Liza und Tessa in der Hütte verschwunden waren und die Tür hinter sich geschlossen hatten, nahm Chantz die Peitsche zur Hand. Die Abscheu, die er empfand, spiegelte sich in seinen Zügen wider, besonders angesichts des hämischen Grinsens auf Tylors Lippen. Bemüht, die eisigen

Schauer zu unterdrücken, die seinen Körper schüttelten, trat Chantz auf Louis zu und entrollte die Peitsche, sodass die zwei Meter lange geflochtene Lederschnur auf dem Boden zwischen seinen Füßen lag. »Bist du bereit, Louis?«, fragte er sanft, mit rauer, bebender Stimme, während er in die dunklen Augen seines Freundes blickte.

Louis straffte die Schultern und nickte. »Ja, Boss.«

Der Fackelschein warf zuckende Schatten auf den breiten, schweißglänzenden Rücken des Schwarzen.

Bis auf die leisen Schluchzer, die aus Tessas Hütte drangen, war alles still. Nicht einmal die Luft schien sich zu regen.

Ein letztes Mal wandte sich Chantz an Boris Wilcox. »Was muss ich tun, damit Sie jetzt verschwinden und die Angelegenheit vergessen?«

Boris lächelte grausam. »Entweder Sie oder Tylor … mein Junge.«

Chantz tat, was er tun musst, doch mit dem letzten Hieb schleuderte Chantz Boris Wilcox die Peitsche vor die Füße, so heftig er konnte. »Jetzt scheren Sie sich zum Teufel!«

Boris und seine Männer saßen auf und ritten nacheinander in die Dunkelheit hinein. Während Maxwell bereits zum Haus zurückging, blieb Tylor noch einen Augenblick lang stehen und betrachtete Chantz und Louis. Dann spuckte er Chantz auf die Stiefelspitze, machte kehrt und verschwand ebenfalls.

Chantz sank vor seinem Freund auf die Knie und umfasste Louis' gequältes Gesicht mit den Händen. »Verdammt sollst du sein, Louis. Sieh mich an.« Er schüttelte den Schwarzen leicht, während ihm der Hass auf sich selbst schier den Magen umdrehte. »Was hast du dir nur dabei gedacht? Warum bist du nicht zu mir gekommen …«

»Ich wollte Sie nicht mit hineinziehen, Boss.« Louis schüttelte den Kopf und senkte den Blick. Dann verzog er vor Schmerz das Gesicht.

Chantz schloss die Augen, nahm Louis vorsichtig in die Arme, sodass der Kopf des Schwarzen an seiner Schulter ruhte. Mit letzter Kraft kämpfte er dagegen an, von Trauer und Wut überwältigt zu werden. »Ich hätte mich lieber selbst auspeitschen lassen, Lou, das weißt du genau.«

Louis nickte und umarmte Chantz. »Ich weiß, Boss. Ich weiß, du liebst mich.«

Tessa eilte aus der Hütte herbei, und Chantz erhob sich, blind vor Tränen und halb wahnsinnig vor Wut auf Boris und Tylor. Am liebsten wäre er zum Herrenhaus hinübergelaufen und hätte Tylor an den Haaren nach draußen gezogen. Er wollte ihn so zusammenschlagen, dass er nie wieder grausam gegen einen Menschen sein würde. Er wollte ihn leiden sehen …

Juliette trat aus der Dunkelheit. Sie zitterte am ganzen Körper, und Tränen der Verzweiflung standen in ihren Augen. Chantz blieb bei ihrem Anblick wie angewurzelt stehen.

»Chantz«, sagte sie leise und streckte die Hände nach ihm aus.

»Bleib mir vom Leibe, Juliette«, stieß er mit letzter Kraft hervor, »und komme nie, nie wieder in meine Nähe!«

7

Die Gefühle, die in Juliette tobten, glichen denen, die sie nach dem Selbstmord ihres Vaters empfunden hatte: Schrecken und tiefe Verzweiflung. Allerdings war sie auch zornig darüber, dass ein Mann ausgepeitscht wurde, weil er seinem Bruder Zuflucht gewährt hatte … und dass ein anderer Mann dazu gezwungen wurde, seinem Freund Schmerzen zuzufügen, um ihm noch größeres Leid zu ersparen. Die Wut auf Chantz, der Louis' Auspeitschung nicht verhindert hatte, war augenblicklich gewichen, als sie seine tiefe Abscheu gegen diese Bestrafung erkannt und gesehen hatte, wie er danach seinen Freund in den Armen hielt, als sei Louis ein verletztes Kind. Außerdem hatte sie sehr wohl bemerkt, dass Chantz bemüht gewesen war, seine Tränen zu verbergen, als sie ihm in der Dunkelheit begegnete.

Juliette hatte den Rest des Abends in ihrem Zimmer verbracht und die Tür verschlossen. Rosie hatte versucht, sie hinauszulocken, indem sie ihr Reispudding und Limonade versprach. Auch Liza hatte leise und erfolglos an die Tür geklopft. Schließlich war Little Clara gekommen und hatte einige ihrer Melassebonbons angeboten, wenn Miss Julie aufhören würde zu weinen. Juliette hatte der Kleinen die Tür geöffnet, und sie hatten sich auf dem Bett zusammengekuschelt, Bonbons gelutscht und den Glühwürmchen zugesehen, die durch die Dunkelheit tanzten.

In den darauf folgenden zwei Tagen hatte Juliette es vermieden, überhaupt das Haus zu verlassen, obwohl es ihr sehr schwer fiel. Schließlich hatte Rosie versprochen, ihr am großen Kessel im Küchenhaus beizubringen, wie man Talglichter herstellte.

Einmal sah sie Chantz und Maxwell vom Fenster aus. Die beiden standen dicht voreinander, und Max brüllte Chantz an, weil ihm die ständig steigenden Kosten für die Befestigung missfielen. Chantz hatte die Tirade mit unbewegter Miene über sich ergehen lassen, und wieder fühlte sich Juliette unwiderstehlich von ihm angezogen. Er rief Gefühle in ihr wach, die sie noch nie zuvor empfunden hatte.

Als die Buleys noch nicht einmal einen ganzen Tag auf Holly House weilten, hätte Juliette bereits alles gegeben, um Mrs. Buleys bissige Bemerkungen gegen einige Peitschenhiebe einzutauschen. Ihre Tochter Phyllis war sehr schön, aber nicht weniger spitzzüngig. Ferner war sie überaus unhöflich. Zu Juliettes großem Ärger weigerte sich Phyllis, sie anzusehen, und wenn sie das Wort an Juliette richtete – falls sie überhaupt mit ihr sprach –, brachte sie ihr nicht mehr Respekt entgegen als Liza, also wenig genug. Liza behauptete beharrlich, Phyllis sei eifersüchtig auf jede Frau, die die Aufmerksamkeit der Männer auf sich zu lenken vermochte. Vielleicht, dachte Juliette, doch hinter Miss Buleys Blicken schien sich noch mehr zu verbergen. Was Hazel Buley betraf, so plagten sie vermutlich noch immer Erinnerungen an Maureen. Sobald Juliette auch nur den Mund auftat, starrte Hazel sie so hasserfüllt an, als hätte sie soeben einen Feldzug begonnen, um Hazels Ehemann zu erobern. Als ob sie das je getan hätte. Fred Buley besaß eine täuschende Ähnlichkeit mit Simons Ochsenfrosch.

Hazel Buley dagegen war eine wahrhaftige Bohnenstange, und ihr Haar war so schwarz wie die Jett-Ohrringe, die sie trug. Eine tiefe Falte hatte sich zwischen ihren Augenbrauen eingegraben, sodass es schien, als zürne sie der Welt unablässig. Nicht dass Juliette es ihr verübelt hätte. Fred Buley sah nicht nur aus wie ein Frosch, er besaß auch die widerwärtige Angewohnheit, ausgesprochen faul riechende Gase auszustoßen, sodass sich Juliette ein parfümgetränktes Taschentuch vor die Nase pressen musste. Mit einem solchen Mann verheiratet zu sein hätte jeder Frau das Lachen vergehen lassen.

Bei ihrer Ankunft waren die Buleys wie königliche Hoheiten durch Holly House stolziert und hatten die Dienstboten zur Verzweiflung getrieben. Rosie hatte sich in der Küche förmlich die Finger wund gearbeitet. Phyllis bestellte ihre Frühstückseier pochiert, während Hazel sie als Rühreier bevorzugte. Fred Buley hingegen, schickte immer wieder seine Spiegeleier in die Küche zurück, weil das Eidotter entweder zu flüssig oder zu fest geraten war.

Am Ende ihrer Geduld angelangt, stand Juliette schließlich auf und fragte laut: »Welchen Unterschied macht es schon, ob die Eier nun pochiert, gerührt oder gebraten serviert werden? Wenn Sie hungrig sind, dann essen Sie. Andernfalls würde ich empfehlen, dass Sie sich auf die Veranda zurückziehen und hoffen, dass das Abendessen mehr Ihrem Geschmack entspricht.«

Maxwell, der gerade an einem Bissen Brot kaute, blickte Juliette finster an und wurde so rot wie die Erdbeermarmelade auf seinem Teller. Tylor begann lauthals zu lachen, und Rosie ließ vor Schreck einen Teller mit Speck auf Hazels Schoß fallen.

So ruhig und gesittet, wie es ihm in seinem aufgebrachten Zustand möglich war, führte Maxwell Juliette in die Bibliothek und hielt ihr eine Standpauke. Er erklärte ihr, dass die

Buleys zu den angesehensten Familien in Louisiana gehörten. Wenn es ihnen so gefiel, könnten sie Juliettes Aufnahme in die feine Gesellschaft mühelos verhindern. Selbstverständlich machte Juliette ihn darauf aufmerksam, dass sie nichts »Feines« an den Buleys entdecken konnte. Wenn diese Leute ihr ein Beispiel für »feines« Benehmen geben sollten, wollte sie gar nicht erst wissen, wie sich wohl unfeine Menschen verhielten.

Andererseits fand Juliette Andrew Buley, Phyllis' älteren Bruder, überaus sympathisch. Er sah gut aus, war charmant und besaß nichts von der Überheblichkeit und dem Dünkel seiner Familie.

Juliette fragte sich, wie sie nur die drei Tage als Gastgeberin überstehen sollte. Mit wachsender Verzweiflung stellte sie fest, dass sie offenbar einen weiteren berüchtigten Charakterzug ihrer Mutter geerbt hatte.

Sinnlose Plauderei langweilte sie. Dasselbe galt für den Umgang mit dummen Menschen.

Stundenlang musste sie auf der Veranda im Schatten sitzen, während die Fliegen sie umschwirrten und die Hunde erschöpft und hechelnd auf dem Boden lagen. Die Langeweile machte sie gereizt und streitlustig. Hätte Liza sich nicht ständig im Hintergrund aufgehalten und Juliette abgelenkt, sobald Fred Buley ihr wieder einmal einen seiner gierigen Blicke zuwarf, hätte Juliette Maxwell zweifellos Schande bereitet und sich selbst durch einen Wutausbruch unmöglich gemacht.

Doch auch diese Taktik war mit Schwierigkeiten behaftet, da Hazel und Phyllis es offenbar genossen, Liza ständig auf den Beinen zu halten. Schon um die Mittagszeit war die junge Schwarze völlig erschöpft und obendrein schweißgebadet, was angesichts der glühenden Hitze nicht verwunderlich war. Juliette beobachtete ihre Freundin genau, wenn sie auf einem Stuhl an der Tür saß und sich mit einem Palmblattfächer Kühlung verschaffte. Etwas stimmte nicht mit Liza seit dem Abend, an dem sie Tylor aus Juliettes Schlafzimmer gejagt hatte. Manchmal sah sie Juliette mit einem seltsam traurigen Blick an, den diese nicht zu deuten wusste.

»Ich schwöre euch«, sagte Hazel seufzend und fächelte sich mit einem reich verzierten Fächer aus Taubenfedern Luft zu, der genau auf ihr Kleid abgestimmt war, »ich kann mich nicht daran erinnern, dass es je so früh im Juni bereits so heiß gewesen wäre. Ich bin völlig erschöpft.«

»Es wird wohl bald noch mehr Regen geben«, sagte Fred nachdenklich, zog an seiner Zigarre und blickte auf die Plantage hinaus, deren Boden endlich wieder getrocknet war. Überall sprossen junge Gräser, und die Kinder, die noch zu jung waren, um auf den Feldern zu arbeiten, liefen durch die Gärten bis an den Fluss hinunter und jäteten Unkraut, das sie in Weidenkörben sammelten. »Geht es mit der Befestigung deiner Felder voran, Maxwell?«

»Ja, nur hoffe ich, dass sie mir auch Nutzen bringen wird«, antwortete Max. »Chantz sagt, wenn ich sicherstellen wollte, dass die Felder nie wieder überschwemmt werden, müsste ich das ganze Haus einreißen und an einer anderen Stelle wieder aufbauen lassen. Dann würde an dieser Stelle ein Damm entstehen. Kannst du dir das vorstellen? Ich sagte ihm, er könne sich mit seinen Plänen zum Teufel scheren. Der Mann ist wirklich verrückt geworden, wenn er glaubt, ich würde mein Haus zerstören.«

Andrew saß zurückgelehnt im Schatten, die langen Beine gekreuzt und die Hemdsärmel bis zu den Ellenbogen aufgerollt, und richtete den Blick seiner braunen Augen auf

Juliette, die vor Langeweile einzuschlafen drohte. Offenbar war Andrew nach seiner Mutter geraten, denn er war groß, schlank und hatte ebenmäßige Gesichtszüge und braunes Haar, das sich an seinen Schläfen und im Nacken leicht wellte. Er wirkte stets freundlich und heiter, was es Juliette ein wenig leichter machte, ihre Zeit auf der Veranda zu vergeuden, obwohl sie viel lieber in der Küche gewesen wäre, um sich in Rosies Künste einweihen zu lassen.

»Chantz ist ein kluger Mann«, sagte Andrew lächelnd. Es entging ihm keineswegs, dass Juliette aufhorchte, als sie Chantz' Namen hörte. Sie spürte, dass sie errötete, wenn auch nicht aus Ärger über ihre verlorene Zeit. »Er ist sehr umsichtig und versteht viel vom Zuckerrohr. Vielleicht würde es dir nicht schaden, auf ihn zu hören, Max.«

»Ich dachte mir schon, dass du so etwas sagen würdest, Andrew«, erwiderte Max finster. »Schließlich bist du sein Freund.«

»Ja, das stimmt. Daher weiß ich auch, was ihm Holly House bedeutet. Er ist ein Mann, der sehr stolz auf seine Leistungen ist, und diese Zuckerrohrfelder dort draußen sind einzig und allein Chantz' Verdienst. Irre ich mich, Max, oder hast du nach der letzten Ernte, die dir nur die Hälfte des Zuckerrohrs der anderen Pflanzer brachte, dennoch ebenso viele Boote mit Zucker den Fluss hinunter gesandt?«

Tylor fuhr sich mit einem Taschentuch über die Stirn und schnaubte verächtlich. »Wie ist es nur möglich, dass in jeder Unterhaltung irgendwann Chantz Boudreaux zur Sprache kommt?«

Andrew lächelte ihn kühl an. »Nun, Tylor, wenn du dich etwas mehr für die Plantage einsetzen würdest, hätte man sicher auch über dich etwas zu sagen. Es fällt schwer, von einem Mann zu reden, der den lieben langen Tag nichts anderes tut, als faul dazusitzen und die Fliegen zu verjagen. Andererseits sollte sich Max wohl glücklich schätzen, denn wenn du erst einmal damit fertig wärst, dir bei den Sklaven deines Vaters Respekt zu verschaffen, wären sie wohl kaum noch in der Lage, Zuckerrohr zu ernten oder Zucker zu kochen.«

Phyllis ließ ihren Fächer sinken und runzelte die Stirn. »Mr. Carrington erzählte mir, dass man einen seiner entlaufenen Sklaven auf Holly House gefunden hat, in der Hütte dieses vierschrötigen Riesen Louis. Chantz soll gezwungen worden sein, ihn auszupeitschen.«

Wieder blickte Andrew Juliette an, diesmal jedoch mit ernstem Gesicht. »Das war schrecklich für Chantz. Er hat große Achtung vor Louis, und das Gefühl beruht auf Gegenseitigkeit. Dennoch ist es besser, von Chantz bestraft zu werden als von Tylor oder Wilcox.«

Juliette stand auf und trat an die Verandabrüstung. Leise sagte sie: »Einen Menschen auszupeitschen ist unverzeihlich.«

»Ich bin sicher, Chantz würde Ihnen zustimmen, Miss Julie.«

Sie wandte sich zu Andrew um.

»Es heißt«, sagte sie ein wenig gedankenverloren, »dass Chantz im Vergleich zu anderen Aufsehern bei Bestrafungen eine sehr leichte Hand besitzt. Offenbar haben manche Männer die Fähigkeit, die Peitsche so zu gebrauchen, dass die Hiebe zwar auf der Haut brennen, sie jedoch nicht verletzen.«

Phyllis tupfte sich mit einem spitzenbesetzten Taschentuch den Hals ab. In ihre Augen trat ein träumerischer Ausdruck. »Seltsam, nicht wahr?«, begann sie leise. »Auf den ersten Blick wirkt Chantz nicht so, als wäre er dazu fähig, sanft zu sein.«

Sie fächelte sich Luft zu und befeuchtete die Lippen. »Seine Erscheinung hat nichts von der eines Gentlemans. Er strahlt rohe Kraft aus und mühsam zurückgehaltenen Zorn. Wenn dieser Mann einen Raum betritt, scheint er allen anderen die Luft zum Atmen zu rauben. Wie gelingt es ihm nur, all diese Gewalt und Leidenschaft zurückzuhalten?«

»Es ist lange her, dass Chantz einen Mann ausgepeitscht hat.« Andrew blickte hinaus auf den Fluss. »Und nur diesen einen, soweit ich mich erinnere ...«

»Ja, einen, der mich achthundert Dollar gekostet hat«, ergänzte Max ungehalten. »Das habe ich Chantz noch nicht vergeben. Es ärgert mich jedes Mal, wenn ich an seinem Grab vorbei reite.«

»Ein Mann, der kleine Mädchen vergewaltigt, verdient es nicht besser, Max.« Andrew schüttelte den Kopf. »Vermutlich würde Chantz unter ähnlichen Umständen wieder so handeln. Schließlich weißt du genau, wie sehr ihm Kinder am Herzen liegen.«

Hazel drehte sich zu Liza um. »Bring mir etwas Wasser, Liza. Von all dem Gerede über Auspeitschungen und Chantz Boudreaux ist meine Kehle wie ausgedörrt. Können wir jetzt bitte über etwas anderes sprechen, Gentlemen?«

Ja, bitte, dachte Juliette, über alles andere, nur nicht über Chantz Boudreaux.

Erschöpft stand Liza auf und ging ins Haus. Juliette bemerkte, dass Andrew ihr kurz nachblickte, bevor er sich dann wieder dem Fluss zuwandte. Er wirkte noch ernster als zuvor.

»Ich hörte, dass es in New Orleans einige Todesfälle gegeben hat«, sagte Fred und zog an seiner Zigarre. »Im Armenviertel am Fluss. Man hofft, dass es nicht zu einer weiteren Fieberepidemie kommt.«

Hazel plusterte sich indigniert auf. »Abschaum. Diese entsetzlichen Flussratten und ausländischen Seeleute! Jeder von ihnen trägt doch irgendeine Krankheit in sich. Wir sollten daraus keine voreiligen Schlüsse ziehen.«

»Trotzdem werden wir vorläufig nicht nach New Orleans reisen, um sicherzugehen. Wenn sich das verdammte Fieber in der Stadt ausbreitet, wäre das eine Katastrophe. Bei der letzten größeren Epidemie sind fünftausend Menschen gestorben.

Phyllis zuckte die Schultern. »Das ist doch schon so viele Jahre her, Papa. Inzwischen sind wir über derlei Krankheiten erhaben.«

»Nun, solange das Fieber in den Armenvierteln bleibt, soll es mir recht sein.« Sie lächelte Juliette viel sagend an. »Der Herr findet immer Wege, um die Gesellschaft vom Abschaum zu befreien, wenn es sein muss. Mag er sie nun mit Krankheiten strafen oder ... mit einem Feuer, die Gerechten bleiben verschont.«

Juliette blickte Hazel so lange starr an, bis sich deren fahle Wangen röteten. Mit erhobenen Augenbrauen fragte Juliette dann: »Ich nehme an, dass Sie eine sehr gläubige Frau sind, Mrs. Buley?«

»Ich gehe jeden Sonntag in die Messe.«

»Dann ist Ihnen doch sicher Matthäus sieben, erster Vers ein Begriff: ›Richtet nicht, auf dass Ihr nicht gerichtet werdet.‹ Oder wie schon der bekannte Wissenschaftler Thomas Browne im 16. Jahrhundert schrieb: ›Kein Mensch hat das Recht, einen anderen zu verurteilen, weil in der Tat niemand den anderen kennt.‹«

»Amen«, sagte Andrew und brachte damit seine Mutter zum Schweigen, die soeben den Mund zu einer gehässigen Antwort geöffnet hatte. Nun schloss sie ihn wieder und bedachte ihren Sohn mit einem so finsteren Blick, dass dieser lachen musste. Beleidigt blickte Hazel auf den Fluss hinaus.

»Wir könnten über meine Hochzeit sprechen«, schlug Phyllis vor und lächelte Juliette selbstgefällig an.

»Schon wieder?« Andrew gähnte hinter vorgehaltener Hand.

»Wir werden das Fest im Garten feiern, mit fünfhundert Gästen. Erwähnte ich schon, dass Marr Engles mein Kleid entwirft?«

»Ja«, antwortete Andrew, »schon mehrmals.«

»Schließlich heirate ich nicht jeden Tag.« Phyllis tupfte sich erneut die Schweißperlen ab und sah zu Juliette hinüber, um sich zu vergewissern, dass sie deren Aufmerksamkeit erregt hatte. »Marr stammt aus New York. Er war der beste Modeschöpfer diesseits von Paris.«

»Bis er sich um Kopf und Kragen brachte«, bemerkte Fred grimmig.

»Stellt euch nur vor«, raunte Hazel, »er heiratete eine Negerin.«

»Sie war eine Mulattin, Mutter«, berichtigte Andrew sie gereizt.

»Das spielt keine Rolle«, erwiderte Hazel. »Ob sie nun schwarz wie die Nacht ist oder so hell wie frische Sahne, eine Farbige bleibt eine Farbige. Es gibt eben Dinge, die unverzeihlich sind. Der eine heiratet eine Schwarze, der andere ...« Hazel verstummte plötzlich.

»Der andere heiratet eine Hure«, beendete Phyllis den Satz, während sie einige Jungen beobachtete, die ihre Weidenkörbe auf den Köpfen balancierten. »Ich bin nicht sicher, welche Tat verwerflicher ist.«

Juliette blickte sie nur wortlos an.

Andrew räusperte sich. »Ich hörte, es gab wieder Ärger mit dem alten Alligatorbullen?«

»Ein hinterhältiges, hungriges Biest ist das«, bemerkte Tylor. Er runzelte die Stirn, beugte sich vor und stützte die Ellenbogen auf die Knie. »Gestern Nacht habe ich ihn gehört…«

»Du redest schon wieder Unsinn«, unterbrach ihn Max.

»Wenn ich es dir sage, Daddy. Es war gegen Mitternacht, und mir blieb beinahe das Herz stehen. Das Biest misst fünf Meter, so wahr ich hier sitze. Ein so großer Bulle könnte einen Mann mühelos in zwei Teile beißen.«

Max schüttelte den Kopf. »Ihr müsst Tylor verzeihen. Er hat entsetzliche Angst vor Alligatoren.«

»Nur vor diesem. Er ist listig und macht Jagd auf Menschen. Wenn diese Biester einmal Menschenfleisch gefressen haben, geben sie sich nicht mehr mit etwas anderem zufrieden.«

»Das kann nicht euer Ernst sein.« Juliette lehnte sich an eine Säule. »Wollt ihr mir etwa weismachen, es gäbe da ein Ungeheuer, dass im Fluss lauert und Menschen frisst?«

Fred nickte schläfrig. »Acht Opfer hat es schon gegeben. Letzte Woche erst hat er sich einen von Bartholomews Sklaven aus dem Boot geholt, der zum Fischen gefahren war.«

Tylor stand auf und ging unruhig auf und ab. Immer wieder ließ er den Blick über den Fluss schweifen und rang die Hände.

Als Liza mit einem Glas Wasser zurückkehrte und es Hazel reichte, lächelte Andrew sie an. »Weißt du, was man über Furcht und Alligatoren sagt, Liza?«

Errötend schüttelte sie den Kopf und ging zu ihrem Platz zurück. Schüchtern strich sie sich eine Haarsträhne aus dem

Gesicht. »Nein, was sagt man denn über Furcht und Alligatoren, Mr. Andrew?«

»Angst ist für einen Alligatoren wie ein Aphrodisiakum. Der Geruch lockt ihn an und macht ihn hungrig. An Tylors Stelle wäre ich vorsichtig damit, mir meine Furcht anmerken zu lassen. Die Paarungszeit geht gerade zu Ende, also wird der Bulle vermutlich einen noch größeren Appetit haben als sonst. Ich wette, er liegt in diesem Augenblick gerade am Ufer auf der Lauer und nimmt Tylors Witterung auf. Vielleicht schleicht er sich ja schon heute Nacht die Treppe hinauf...«

»Halt den Mund!«, rief Tylor so heftig, dass sich seine Stimme überschlug. »Ich habe keine Angst vor dem verdammten Bullen, nur ein wenig Respekt.«

»Das freut mich zu hören. Dann wirst du uns ja sicherlich auf die Jagd begleiten. Wir können jede Hilfe gebrauchen.«

»Jagd?«, fragte Liza und sah Andrew plötzlich eindringlich an. »Sie sollten wirklich nicht losziehen und Alligatoren jagen, Mr. Andrew. Überlassen Sie das besser Chantz.«

»Wenn man vom Teufel spricht«, sagte Andrew lachend und deutete auf den Garten.

Chantz ritt auf seinem mächtigen Wallach den Kiesweg hinauf. Die Steigbügel benutzte er gar nicht erst, sondern hielt die schweißnassen Flanken des Tieres gerade so fest mit seinen Stiefeln umschlossen, dass er das Gleichgewicht behielt. Er trug einen breitkrempigen Strohhut, den er tief in die Stirn gezogen hatte, und sein Hemd war offen, so dass ein breiter Streifen seiner sonnengebräunten Brust zu sehen war.

Andrew stellte sich neben Juliette, lehnte sich ebenfalls an eine der Säulen und betrachtete sie aufmerksam. »Sie sehen erhitzt aus, Miss Julie. Vielleicht sollten Sie sich in Ihrem Zimmer ein wenig ausruhen.«

Sie strich sich eine Locke aus dem Gesicht und stützte sich an der Säule ab. Kaum merkte sie, dass Phyllis Buley sich zwischen sie und Andrew stellte. Juliette hatte nur Augen für Chantz, während ihr die schwüle Luft die Schweißperlen auf die Stirn trieb und der von der Sonne erhitzte Steinboden ihr die nackten Fußsohlen zu versengen schien.

Chantz ritt ans Haus heran, nahm den Hut ab und wischte sich die Schweißperlen von der Stirn. Sein Haar glänzte rabenschwarz in der Sonne und fiel ihm in feuchten Locken in die Stirn. Er blickte zur Veranda hinauf und lächelte so strahlend, dass es Juliette förmlich den Atem raubte.

Sie bemühte sich, den Blick von seinem Gesicht zu wenden – von seinen blauen Augen, die in seinem sonnengebräunten Gesicht noch mehr zu leuchten schienen als sonst –, stellte jedoch fest, dass sie sich ebenso gut hätte anstrengen können, den Lauf des Mississippi aufzuhalten. Die Anziehungskraft dieses Mannes erschien ihr so mächtig wie die Strömung des Flusses.

»Ladies«, sagte Chantz, »Sie sehen heute Nachmittag sehr frisch und hübsch aus.« Er blickte Phyllis in die Augen und hob eine Braue. »Miss Buley, wie kommen die Hochzeitsvorbereitungen voran?«

Phyllis blickte ihn so lange schweigend an, dass Juliette darauf aufmerksam wurde und die Züge der jungen Miss Buley musterte. Seit ihrer Ankunft auf Holly House hatten ihre Wangen vor Hitze geglüht, doch nun nahmen sie die bleiche Farbe von Rosies Talglichtern an. Und ihre Augen – ein eigentümlicher Schimmer lag darin, ein heißes Glitzern, das Funken zu sprühen schien.

Eine Erkenntnis traf Juliette.

Phyllis Buley war in Chantz verliebt!

Es war so offensichtlich wie der Tag heiß war.

Phyllis holte tief Atem und antwortete: »Ausgezeichnet, danke. Es verspricht die schönste Hochzeit zu werden, die Baton Rouge je gesehen hat. Ich bin eine sehr glückliche Frau.«

Chantz' Lächeln wurde ein wenig spöttisch. Sanft beruhigte er den Wallach, der nervös tänzelte. »Nun, wenigstens haben Sie eine prachtvolle Plantage zum Beweis Ihres Glücks.«

Andrew räusperte sich, und Phyllis schien plötzlich zu erstarren.

»Was soll das heißen?«, fragte sie gepresst.

»Das heißt«, antwortete Andrew mit einem Blick auf seine Schwester, »dass du wenigstens dafür belohnt wirst, dass du aus anderen Gründen heiratest als aus Liebe.«

Zornesröte stieg ihr in die Wangen, als sie sich wieder an Chantz wandte. »Nehmt bitte beide zur Kenntnis, dass ich Horace Carrington vergöttere. Er ist der freundlichste, rücksichtsvollste Mann, den ich kenne. Die Tatsache, dass er die größte Plantage in der Gegend besitzt, spielt dabei nicht die geringste Rolle.«

»Nun, dass wird sich schon bald ändern«, erklärte Andrew und richtete sein Augenmerk wieder auf Juliette.

Juliette dagegen zwang sich, den Blick von Phyllis Buley zu wenden. Glücklicherweise lehnte sie an der Säule, sonst wäre sie sicherlich zu Boden gesunken. Sie konzentrierte sich auf Andrews Gesicht und bemühte sich, tief zu atmen.

»Im Übrigen ist Belle Jarod die größte Plantage in der Gegend«, fügte Andrew hinzu. »Nun, da Miss Julie heimgekehrt ist, vermute ich, dass die Belle bald wieder in ihrer alten Pracht aus der Asche auferstehen wird.«

Phyllis hob das Kinn und bemerkte tonlos: »Sie wird nicht weit kommen ohne einen Ehemann. Abgesehen davon, was versteht sie schon vom Pflanzen, wo sie doch in einem französischen Kloster aufwuchs. Sie wird einen Ehemann mit viel Geld brauchen ...«

»Oder einen, der die harte Arbeit nicht scheut«, unterbrach Andrew seine Schwester. »Das Land ist schon da und das Haus auch, zumindest was davon nicht abgebrannt ist. Auch die Zuckermühlen stehen noch. Teufel auch, noch einige Monate Arbeit, um die Felder in Ordnung zu bringen und das Rohr zu pflanzen, und im nächsten Jahr um die selbe Zeit könnte Miss Julie schon ihrer ersten guten Ernte entgegensehen.«

»Glauben Sie das wirklich, Andrew?«, fragte Juliette und lächelte gezwungen.

»Ich bin fest davon überzeugt.«

»Andrew erzählte uns, dass du heute Nacht auf Alligatorenjagd gehen willst, Chantz.« Max stellte sich vor Juliette.

Chantz nickte. »Bartholomew hat eine Prämie ausgesetzt für den Mann, der den großen Bullen erlegt.«

»Tylor wird uns begleiten«, sagte Andrew lachend und deutete auf Tylor, dessen Gesicht allmählich die blassgrüne Farbe des Baummooses annahm.

Chantz lachte ebenfalls. »Er wird sicher einen guten Köder abgeben.«

Juliette drängte sich zwischen Phyllis und Max, die sich jedoch beide weigerten, ihr Platz zu machen. Schließlich stieß sie Max so heftig mit der Schulter, dass dieser einen Schritt zur Seite treten musste.

»Erzähle mir von der Alligatorenjagd«, sagte sie. Es klang eher wie eine Herausforderung denn wie eine Bitte. Sie wollte, dass er sie wieder mit derselben Leidenschaft ansah wie in der Nacht, als sie auf den Stufen zu seiner Hütte gestanden hatte. In jener Nacht hatte sie bereits gespürt, dass Phyllis Buley vermutlich allen Grund hatte, wie ein Mondkalb dreinzublicken. Keine Frau sah einen Mann so sehnsüchtig an, wenn nicht etwas zwischen ihnen vorgefallen war. Juliette richtete sich auf, versteckte die Hände in den Falten ihres Rocks und vermutete errötend, dass sie wahrscheinlich ebenso verzweifelt und bemitleidenswert aussah wie Phyllis.

Chantz schüttelte den Kopf und wandte den Blick ab. Er setzte den Hut wieder auf, sodass sein Gesicht im Schatten der Krempe lag, als er Juliette wieder ansah. »Ich möchte Sie nicht beunruhigen, Miss Julie. Die meisten Frauen empfinden die Vorgänge auf einer Alligatorenjagd abstoßend und Furcht einflößend.«

Juliette lächelte herausfordernd. »Falls du es noch nicht bemerkt haben solltest, Chantz … ich bin nicht wie die meisten Frauen.«

Chantz verlagerte sein Gewicht im Sattel, sodass sein Wallach einen Schritt zur Seite machte. Seine Züge wirkten wie in Granit gemeißelt, hart und dunkel vom Bartschatten. Die Stille schien in der heißen Luft zu pulsieren. Selbst die Hunde hörten auf zu hecheln und hoben die Köpfe, um Juliette aus ihren traurigen Augen anzusehen.

Selbstverständlich war sie nicht wie andere Frauen. Sie war Maureen Jarods Tochter. Welche andere Frau würde es schon wagen, barfuss auf dem heißen Boden zu stehen und sich das Haar ungebändigt über die Schultern fallen zu lassen. Ihr Gesicht und ihr Körper mussten für jeden Mann der Inbegriff der Versuchung sein.

»Nun?«, fragte sie. »Wirst du meine Frage beantworten?«

»Die Männer treffen sich bei Einbruch der Dämmerung«, begann Andrew, obwohl Juliette noch immer Chantz ansah. »Draußen am Ufer des großen Bayou. Dort lebt er, nicht im Fluss. Zu ungeschützt, zu schnell. Er mag die Marschen, in denen das Wasser ruhig und ein wenig brackig ist. Je mehr Bäume und Schilfrohr, desto besser. Besonders jetzt, zur Brutzeit. Er wird immer in der Nähe seines Territoriums bleiben. Außerdem duldet er keine Eindringlinge, ob es sich nun um andere Alligatoren handelt oder um Menschen. Vielleicht ist das auch Bartholomews Sklaven widerfahren. Womöglich hat der zu nahe an einem Nest gefischt, und der Bulle hat es verteidigt.

Sobald es dunkel wird, steigen die Männer in ihre Boote und legen am Ufer und im Wasser Köder aus. Fleisch- und Fischabfälle, je blutiger, desto besser. Und faulig müssen sie sein und meilenweit stinken. Dann kommen die Jäger zurück ans Flussufer und warten einige Stunden. Sie sitzen um Lagerfeuer, essen, singen, tanzen ... und beten.«

Andrews Stimme war kaum noch mehr als ein Flüstern. Während die anderen sich ihm zugewandt hatten und gebannt der Geschichte lauschten, blickte Juliette noch immer Chantz in die Augen.

»Gegen Mitternacht wird alles still, und langsam verlöschen die Feuer. Dann lastet die Nacht schwer auf dir und die Geräusche des Flusses scheinen laut genug, um selbst deinen eigenen Herzschlag zu übertönen. Etwas kommt über dich, ein primitives Verlangen, das dich Dinge tun lässt, für die du am nächsten Morgen an deinem Verstand zweifelst. Du wirst eins mit dem Bayou. Erde. Sterne. Wasser. Tier.

Plötzlich ist alles ganz still. Nichts regt sich mehr, selbst die Grillen hören auf zu zirpen. Dann dringt von irgendwoher aus der Dunkelheit das Grunzen des alten Bullen. Dieses Geräusch vergisst man nie. Es beginnt tief in seinem Leib und bricht dann aus seinem weit offenen Rachen hervor wie Donnergrollen.

Die Männer greifen nach ihren Waffen und steigen in die Boote. Einer rudert, der andere hält die Fackel. Es ist das Licht dieser Fackel, durch den sich der Bulle verrät. Während sein Körper unter Wasser versteckt ist, spiegelt sich der Feuerschein jedoch in seinen Augen. Man schlägt mit der flachen Seite des Ruders aufs Wasser und beobachtet dann, wie der alte Bursche ins Wasser gleitet, angezogen vom Plätschern, vom Feuerschein und von dem Geruch nach frischem Fleisch und Angst. O ja, davon gibt es reichlich, besonders wenn der alte Bulle taucht. Du weißt, er wird wieder auftauchen, aber du weißt nicht wo. Also nimmst du deine Lanze in beide Hände und wartest. Du bekommst nur eine einzige Chance. Wenn du sie nicht nutzt, ist das entweder dein Tod oder das Ende der Jagd bis zur nächsten Nacht.«

Andrew schlich sich über die Veranda auf Tylor zu, der allen den Rücken zugekehrt hatte. Die Hände zu Fäusten geballt starrte er angestrengt auf den Fluss. Das Hemd klebte ihm schweißnass am Rücken, und er zitterte deutlich sichtbar.

»Nur eine Chance«, flüsterte Andrew. »Du musst ihn auf seiner weichen, hellen Bauchseite treffen, gerade in dem Moment, in dem er auftaucht und nach dir schnappen will. Dann musst du nach deiner scharfen Lanze greifen und sie ihm schnell und tief in den Hals rammen. Wenn du es nicht tust, dann reißt er seine riesigen Fänge auf und ... schnappt!«

Mit dem letzten Wort schlug Andrew Tylor heftig auf die

Rippen, sodass dieser mit einem Schreckenschrei stolperte und von der Veranda purzelte. Er landete in einer Schlammpfütze und rappelte sich fuchsteufelswild wieder auf die Beine, während die anderen lauthals lachten. Tylor war leichenblass, soweit man das unter den Schlammspritzern in seinem Gesicht überhaupt erkennen konnte.

»Erwischt!«, rief Andrew lachend.

»Du bist ein gemeiner Hund, Andrew Buley!« Tylor hustete und wischte sich den Schlamm von den Händen.

»Was ist denn, Tylor. Ich dachte, du hättest keine Angst vor dem alten Bullen.«

Ohne ein weiteres Wort stürmte Tylor ins Haus.

Chantz schüttelte den Kopf und ritt davon. Juliette sah ihm nach und blickte dann auf Phyllis, die Chantz noch immer beobachtete. Sie wirkte kaum wie eine glückliche junge Frau, die sich auf ihre Hochzeit freut. Vielmehr, dachte Juliette niedergeschlagen, sieht sie wie eine Frau aus, die hoffnungslos in Chantz Boudreaux verliebt ist.

8

Wann immer Juliette über die hohe Mauer geklettert war, die das Kloster vom Dorf unten im Tal abschirmte, und wenn sie den Hahnenkämpfen zugesehen und mit den betrunkenen Männer Wetten abgeschlossen hatte,war sie zu dem Schluss gekommen, dass die Ehrwürdige Mutter ihren Charakter richtig einschätzte – mit einer Ausnahme: Juliette war stolz darauf, dass sie zwar vielleicht Freude daran hatte, die Gebote zu brechen, wenn es um Hähne und Bier ging, Männer für sie jedoch keinerlei Rolle spielten.

Als sie alt genug gewesen war, um zu verstehen, warum ihr Vater sie so sehr verachtete, hatte sie sich geschworen, bis zu ihrer Eheschließung keusch zu bleiben – anders als ihre Mutter. Und später wollte sie dann ihrem Mann eine treue und liebevolle Gattin sein, gleichgültig, wer er auch sein mochte.

Damals war sie jedoch auch noch nicht in den Armen von Chantz Boudreaux aufgewacht. Sie hatte ihren Schwur getan, bevor sie wusste, wie sich der Körper eines Mannes unter ihren Händen anfühlte. Bevor sie sein Haar berührt hatte, dass sich um ihre Finger wand und wie ein seidiger Schatten über ihre Haut glitt. Bevor der Duft eines Mannes ihre Sinne betört und ihr Blut in Wallung gebracht hatte.

Bevor der Gedanke an einen Mann jeden Augenblick beherrschte, ob sie nun wachte oder schlief, und sie eine so schmerzliche Sehnsucht spürte, dass sie glaubte, sie müsse daran sterben.

»Nun ist sie seit dem Abendessen bestimmt schon hundert Mal auf dem Balkon auf und ab gegangen.« Juliette spähte aus dem Fenster auf Phyllis Buley, die am anderen Ende des Balkons stand. »Ich habe noch niemals so offensichtliches Verlangen in den Augen einer Frau gesehen. Wie sie Chantz heute Nachmittag angesehen hat … das war geradezu unanständig.«

Liza betrachtete ihr Gesicht im Spiegel und zuckte die Schultern, als sie sich das Haar mit Juliettes perlenbesetzten Kämmen aufsteckte. »Ich schon, Miss Julie.«

Fragend blickte Juliette sie an.

»Sie haben denselben Gesichtsausdruck, wenn Sie Chantz anblicken.«

»Fängst du schon wieder damit an?« Juliette runzelte die Stirn, während ihr Herz vor Aufregung schneller zu klopfen begann.

»Wollen Sie mir weismachen, Sie seien nicht ein wenig eifersüchtig auf Miss Phyllis und Chantz?«

»Dann gibst du also zu, dass etwas zwischen den beiden ist?«

Liza zog sich die Kämme aus dem Haar und griff nach der Bürste. »Das war einmal. Aber Sie haben meine Frage nicht beantwortet.«

»Liebt er sie, Liza?« Juliette hielt den Atem an, während ihr das Herz schwer wurde. Was sollte sie nur tun, falls Liza ihre Befürchtungen bestätigte?

»Ich denke, dass er schon etwas für sie empfindet. Chantz ist kein Mann, der seine Energie an eine Frau verschwendet, die er nicht mag.«

»Waren sie intim miteinander?«

Liza zuckte die Schultern. »Würde eine Frau, die mit einem Mann nur hin und wieder Blicke getauscht hat, jetzt dort draußen herumschleichen wie eine läufige Hündin?«

Juliette wiederholte: »Liebt er sie, Liza?«

Die Farbige überlegte einen Augenblick und schien ihre Worte genau abzuwägen. »Und wenn es so wäre, was macht das schon? Sie heiratet bald Horace Carrington.«

»Ich muss es wissen, Liza.«

Liza wandte sich langsam um und kniff die Augen zusammen, nicht fragend, sondern verstehend. Dann trat ein ängstlicher Ausdruck in ihr Gesicht.

»Der Herr steh uns bei«, sagte sie leise. »Ich kann es kaum fassen. Chantz Boudreaux mag sich vielleicht mit Frauen wie Phyllis Buley abgeben, doch es ist nicht seine Art, sich an einem unschuldigen Mädchen zu vergreifen. Es gibt genug junge Damen, die es versuchen. Am Sonntag in der Kirche flattern sie um ihn herum wie Turteltauben, wedeln mit ihren hübschen Fächern und senken scheu den Blick, wenn er sie ansieht. Doch Chantz beachtet diese jungen Dinger kaum. Und nun sind Sie nach Holly House gekommen, und plötzlich ist Chantz nicht mehr er selbst. Gereizt, schweigsam, unruhig. Und dumm. Lieber Himmel, der Mann hat wahrlich den Verstand verloren.«

Juliette wandte sich ab. Ihre Wangen brannten.

»Es ist doch etwas zwischen euch vorgefallen«, sagte Liza. »Was hat er getan?«

»Nichts«, antwortete Juliette kopfschüttelnd. »Nur ein Kuss …«

»Nur? Die Erinnerung an einen Kuss bringt eine Frau nicht dazu, so sehr zu zittern. Hat er sich an Ihnen vergriffen, Miss Julie?« Liza ließ sich auf die Ottomane sinken, als würden ihre Beine sie nicht mehr tragen. »Er hat doch nicht...«

»Nein!«

Erschöpfung überwältigte Juliette. Sie hätte am liebsten ihren Kopf wieder und wieder gegen die Wand geschlagen, um zu Verstand zu kommen. Auch wenn sie es noch so sehr leugnete – gegenüber Liza und sich selbst –, als sie in Phyllis Buleys verklärtes Gesicht sah und die bittere Eifersucht in sich aufsteigen fühlte, hatte sie klar erkannt, dass sie in Chantz Boudreaux vernarrt war.

Nein, mehr als das. Die Gefühle, die ihr Tag und Nacht keine Ruhe ließen, waren viel beängstigender und tiefer.

Juliette lehnte sich an die Wand und schloss die Augen. »Er hat mich geküsst, und mir gefiel es. Herr im Himmel, ich kann kaum noch an etwas anderes denken. Nachts wälze ich mich im Bett hin und her und warte auf das Tageslicht, damit ich mir Vorwände suchen kann, um Chantz wieder zu sehen.«

Sie seufzte kopfschüttelnd. »Ich bin wie meine Mutter, Liza. Ich habe mich in eben die Frau verwandelt, die ich all die Jahre wegen ihres schamlosen Verhaltens verachtete. Ich weiß nicht, was über mich gekommen ist. Dieses Verlangen ... mein Verstand sagt mir etwas, und mein Körper tut das genaue Gegenteil.«

Liza schüttelte den Kopf. »Ich bin wirklich nicht die Richtige, um Ihnen eine Moralpredigt zu halten, Miss Julie, aber Sie dürfen sich nicht mit Chantz abgeben. Sonst wird er Ihretwegen noch ausgepeitscht oder sogar Schlimmeres.«

Lizas Stimme bekam einen rauen, bitteren Klang. »Sie stecken in großen Schwierigkeiten, Miss Julie. Wenn Sie nicht Acht geben, wird das Verlangen Sie überwältigen. Und plötzlich tun Sie Dinge, die eine vernünftige Frau nicht einmal in Erwägung ziehen würde.«

Die Arme vor der Brust gekreuzt, als wolle sie damit ihre Gefühle zurückhalten, wiegte sich Liza vor und zurück. In ihren dunklen Augen spiegelte sich das Licht der Lampe. »Glauben Sie, wenn Phyllis Buley sich zurückhalten könnte, würde sie alles aufs Spiel setzen, um mit Chantz das Bett zu teilen?« Sie lachte bitter und schüttelte den Kopf. »Jeden Tag könnten Sie sich sagen, dass es aufhören muss, Miss Julie. Doch das tut es nicht, wenn es erst einmal angefangen hat. Sehen Sie sich doch an. Zitternd und schweißgebadet stehen Sie da, und der Schmerz steht Ihnen im Gesicht geschrieben, weil Sie an Chantz und eine andere Frau denken. Was wollen Sie tun, wenn er eines Tages eine andere findet, die er mehr liebt als Sie? Eine Hübschere ...«

Mit einem leisen Schluchzen barg Liza das Gesicht in den Händen.

Juliette eilte zu ihr. »Liza! Liza, was hast du denn nur?« Sie kniete sich vor die Schwarze und nahm sanft Lizas Hände in die ihren. Tränen liefen Liza über die Wangen, und ihre Lippen zitterten. Ihr ganzer Körper schien zu erbeben vor Anstrengung, ihre Gefühle zurückzudrängen.

Liza wandte sich ab und schüttelte den Kopf. »Machen Sie sich keine Sorgen um mich, Miss Julie. Sie haben schon genug Schwierigkeiten, Chantz und Maxwells Vorwurf, Sie müssten eine bessere Gastgeberin werden.« Sie fuhr sich mit dem Handrücken über die Stirn. »Lieber Himmel, es ist wirklich heiß heute.«

Juliette eilte zum Waschtisch und benetzte ein Tuch mit kühlem Wasser. Während sie es Liza sanft auf die Stirn legte, ließ diese sie nicht aus den Augen.

»Ich bin wohl erschöpfter, als ich dachte. Schließlich hetzt mich Hazel Buley von morgens bis abends durchs Haus. Liza, hol meine Schuhe. Liza, bring mir noch ein Stück Zucker für meinen Kaffee. Liza, ich höre eine Mücke summen. Wie soll ich schlafen, wenn eine Mücke im Zimmer ist? Liza, meine Füße sind so schrecklich heiß, kühle sie bitte mit dem Fächer.« Liza lachte leise. »Ihre Füße riechen schlimmer als ein Stinktier. Kein Wunder, dass ich mich in den letzte Tagen ständig über einen Nachttopf beugen musste.«

Sanft tupfte Juliette ihr den Schweiß von der Stirn und zwang sich zu einem Lächeln. »Hast du Andrew schon gesagt, dass du ein Kind erwartest?«, fragte sie leise.

Liza richtet sich auf und schob Juliettes Hände von sich. Nackte Furcht stand in ihren Augen. »Wovon reden Sie denn, Miss Julie. Was soll ich denn Mr. Andrew sagen? Sobald ich die Buleys für die Nacht versorgt habe, wird Rosie mir einen ihrer Tränke geben, dann bin ich morgen wieder ganz in Ordnung.«

Juliette drückte Lizas Hand. »Liza, ich glaube, du solltest ...«

»Es ist jeden Sommer dasselbe. Ich vertrage eben die große Hitze nicht besonders gut. Rosie gibt mir dann immer etwas, das mein Blut ein wenig leichter fließen lässt, und schon geht es mit wieder gut. Und jetzt möchte ich nicht mehr über mich reden, Miss Julie.« Liza blickte Juliette eindringlich an und umklammerte ihre Hand so fest, dass es schmerzte.

Juliette nickte.

»Gut.« Liza stand auf und wischte sich die Tränen ab. »Sehen Sie, es ist schon viel besser. Nun müssen wir auch nicht mehr über Mr. Andrew sprechen ...«

»Ich würde ihn dir niemals wegnehmen, Liza.«

Blitzschnell wandte sich Liza um. Sie blickte Juliette zornig an, und ihr Körper wirkte so starr, dass es schien, als hätte sie sich in eine Mahagonistatue verwandelt.

»Darum hast du dich so seltsam verhalten, seit die Buleys angekommen sind, nicht wahr? Du warst eifersüchtig.«

»Ich merke doch, wie die Männer Sie ansehen, und kann es ihnen nicht einmal verdenken. Sie müssten schon blind sein, um nicht zu sehen, dass Sie die schönste Frau in ganz Louisiana sind.« Liza strich sich über den abgetragenen Rock. »Und ich bin eben nichts Besonderes.«

Lächelnd umfasste Juliette das Gesicht der Freundin mit den Händen. »Ich habe es dir schon oft gesagt, Liza, dass du eine der hübschesten Frauen bist, die ich je gesehen habe. Der einzige Unterschied zwischen uns besteht darin, dass Max mich dazu zwingt, all diese feinen Kleider zu tragen.«

»Falls Sie es vergessen haben sollten ...« Liza lächelte schelmisch, »... es gibt da noch mehr Unterschiede zwischen uns als nur die Kleidung.« Leise fügte sie hinzu: »Woher wissen Sie von mir und Andrew?«

»Nun, du hast dich zwar nicht so offensichtlich verraten wie Phyllis Buley, aber man sieht deutlich, dass ihr beide einander anbetet. Jeder Blick von ihm ist wie eine Liebkosung.«

Liza ließ den Kopf sinken. »Ich bemühe mich, mir nichts anmerken zu lassen«, sagte sie niedergeschlagen. »Aber es fällt mir so schwer.«

Dann blickte sie Juliette wieder mit ihren dunklen Augen an. »Ich weiß, was es bedeutet, sich nach etwas Verbotenem zu sehnen, Miss Julie. Ich verstehe den Ausdruck in den Augen einer Frau, wenn das Verlangen sie erfüllt und die ungestillte Sehnsucht sie beinahe um den Verstand bringt. Ich sehe diesen Ausdruck jeden Tag, wenn ich in den Spiegel blicke. Ich verbringe den halben Tag damit, ihn zu verfluchen, weil er mir das angetan hat, und die andere Hälfte damit, Gott zu danken, weil Er mir eine so große Leidenschaft schenkte, die vielen anderen Frauen nie zuteil wird.«

Sie lachte leise. »Trotz aller Hochnäsigkeit bedauere ich die arme Miss Phyllis. Es geht ihr nicht besser als mir. Wir beide lieben Männer, die wir nicht haben können. Männer, die einem ins Blut gehen und die man nicht vergessen kann.«

Liza umfasste Juliettes Schultern. »Sie wissen, wovon ich spreche, denn Sie fühlen es auch. Rosie nennt es ein Fieber und hat Recht damit. Manchmal brennt die Leidenschaft in mir so heiß, dass ich fürchte, gleich in Rauch aufzugehen. Und sagen Sie mir nicht, das alles sei nur ein Hirngespinst, so wie Rosie.«

Juliette war es leid, ihre Gefühle zu leugnen. »Ich habe Angst, Liza«, flüsterte sie. »Ich kenne mich selbst nicht mehr und habe keine Gewalt über meine Gedanken oder meinen Körper. Nachts liege ich wach, höre den Hunden und den Nachtvögeln zu, und meine Gedanken an Chantz beginnen genau hier.« Sie legte sich die Hand auf den Bauch und schloss die Augen. »Ich schäme mich zuzugeben, dass mir sein Kuss so viel bedeutet hat. Das hatte ich nicht erwartet. Manchmal glaube ich, wenn er mich nicht bald wieder küsst, muss ich verdorren wie eine Blume ohne Wasser.«

Sie lächelte gequält. »Sind wir zwei nicht ein großartiges Paar? Beide können wir an nichts anderes denken als an Männer …«

»Aber Sie tragen kein Kind in sich.« Liza blickte auf ihre im Schoß gefalteten Hände. »Ich hörte, was die Buleys heute sagten, über diesen Schneider, der eine Farbige geheiratet hat. Das darf nicht geschehen. Ich darf Andrew nicht alles verderben. Was habe ich mir nur dabei gedacht, mich ausgerechnet in diesen Mann zu verlieben?«

Juliette stand auf und nahm die Bürste zur Hand. Sie begann, Lizas weiches, glänzendes Har zu frisieren, und steckte es dann mit ihren Perlenkämmen fest.

»Du möchtest heute Abend doch sicher besonders schön aussehen, Liza. Die Sterne funkeln am Himmel, und die Luft ist schwer vom Duft der Magnolien...« Juliette griff zu den kleinen Perlenohrringen, die auf den Toilettentisch lagen, und hielt sie Liza an.

Die Augen der Schwarzen weiteten sich vor Schreck. »Miss Julie, das geht nicht!«

»O doch.« Sie befestigte den Schmuck in Lizas Ohrläppchen und eilte zu ihrem Kleiderschrank. Nach einigem Suchen förderte sie ein hellblaues Kleid mit Spitzenbesatz zutage. »Du wirst darin bezaubernd aussehen, Liza, und er wird...«

»Nein!« Liza sprang auf und schlug sich die Hand vor den Mund. »Ich könnte niemals...«

»Es steht mir nicht, Liza. Maxwell hat mir diese Kleider geschenkt, und ich kann damit tun, was mir beliebt. Und zufällig bin ich der Meinung, dass du ein hübsches Kleid brauchst.«

Liza blickte sie nur starr an.

Juliette lächelte. »Du wirst so hübsch aussehen, dass Andrew dich vielleicht gar nicht wieder gehen lassen will.«

»Juliette ist schon eine erstaunliche Frau.« Andrew schenkte sich Bourbon ein und lächelte Chantz an. »Ich erinnere mich zwar nicht allzu deutlich an Maureen, aber doch gut genug, um an Gespenster zu glauben, als ich Juliette zum ersten Mal sah.«

Schläfrig von dem Bad, das er genommen hatte, und von Rosies reichlichem Abendessen, bestehend aus Schinken, Bohnen und warmem Maisbrot, von den zwei Gläsern Bourbon innerhalb der letzten halben Stunde ganz zu schweigen, streckte sich Chantz auf seinem Bett aus.

Im Augenblick war ihm jedes Gesprächsthema lieber als Juliette Broussard. Schließlich gab es genügend andere Schwierigkeiten, mit denen er zu kämpfen hatte. Die Sklaven litten unter der Hitze und der Feuchtigkeit, Max stritt sich mit ihm ständig über Geld – und dann ergriff auch noch Phyllis Buley jede Gelegenheit, in seiner Nähe zu sein. Zu einer anderen Zeit hätte ihr Verhalten ihm vielleicht sogar geschmeichelt, doch jetzt ...

»Ganz Baton Rouge spricht von Juliette«, fuhr Andrew fort. »Bald wird es auf Holly House zugehen wie in einem Bienenkorb, wenn erst die vielen Verehrer Juliette umschwärmen. Sie wird nicht lange unverheiratet bleiben, nicht bei ihrem Aussehen. Ferner gibt es da natürlich noch die Aussicht, Belle Jarod zu besitzen.«

»Ich möchte wirklich nicht über Juliette sprechen.«

Andrew ließ sich auf den einzigen Stuhl in der Hütte sinken und trank einen Schluck Bourbon, bevor er fortfuhr. »Ich glaube, ein Mann, der Juliette für sich gewinnen will, wird es nicht leicht haben. Ich habe bemerkt, wie Maxwell sie ansieht. Wer Hand in Hand mit Miss Julie durchs Leben gehen will, muss es schon über Maxwells Leiche tun. Sei gewarnt, Chantz ... als ob du nicht längst wüsstest, welche Pläne dein Daddy für die junge Dame geschmiedet hat.«

Lachend fügte er hinzu: »Und diese Pläne haben gewiss nichts mit Tylor zu tun. Ich vermute, Tylor würde lieber mit dem Alligatorbullen das Bett teilen als mit Juliette Broussard ... oder irgendeiner anderen Frau.«

Chantz rauchte die edle Zigarre, die Andrew ihm gegeben hatte, und betrachtete seinen Freund aufmerksam. »Wirst du auch eine von den Bienen sein, Drew?«

Andrew runzelte die Stirn und trank. »Ich vermute, Daddy hätte nichts dagegen, wenn ich meine Hände auf Belle Jarod legen könnte. Verdammt, dieser Besuch hatte schließlich nicht zum Zweck, auf der Veranda von Holly House zu sitzen und über Alligatoren zu reden. Trotz Juliettes nicht ganz einwandfreier Herkunft würde jede Familie sie mit offenen Armen aufnehmen, wenn es bedeuten würde, fünfzehntausend Morgen des besten Landes in ganz Louisiana zu besitzen. Ganz zu schweigen von dem prächtigen Haus, das man mit ein wenig Arbeit in seinem alten Glanz erstehen lassen könnte.«

Ein trauriger Ausdruck trat in Andrews Augen. Er fuhr sich durchs Haar und sank tiefer auf seinen Stuhl. »Doch wir beide wissen, dass es nicht dazu kommen wird. Und wir kennen auch beide den Grund dafür.«

»Ja, du liebst meine Schwester.«

»Ich weiß nicht, was ich tun soll, Chantz.« Andrew schüttelte den Kopf. »Ich bin dreißig Jahre alt. Man erwartet von mir, dass ich heirate und eine Familie gründe. Stattdessen schleich ich mich nachts zu entlegenen Waldhütten oder in das Haus meines besten Freundes wie ein grüner Schuljunge, der einen Streich im Schilde führt.« Andrew stand auf und ging im Zimmer umher. »Was soll ich nur tun?«

»Verlasse Louisiana und nimm sie mit. Heirate sie.«

»Glaubst du, ich hätte noch nicht daran gedacht? Dass ich es mir nicht wünschen würde? Kannst du dir vorstellen, was meine Mutter dazu sagen würde. Ach, Mama, ich will übrigens heiraten. Eine Sklavin. Aber mach dir nichts draus, Maxwell Hollinsworth ist ihr Vater, also brauchst du nur halb in Ohnmacht zu fallen.«

Chantz betrachtete seinen Freund durch Schwaden von Zigarrenrauch. »Wir wissen beide, was geschieht, wenn dein Vater von deiner Beziehung zu Liza erfährt. Zwar mag er nichts dagegen haben, dass du dich mit Liza vergnügst, doch wenn du Gefühle für sie hegst, wird er sogleich von Maxwell verlange, dass er Liza verkauft.«

»Ja, ich weiß. Keine Nacht geht vorüber, in der ich nicht aus eben diesem Albtraum erwache. In diesem Traum sehe ich sie auf der Sklavenauktion auf dem Podium stehen, mit Fußeisen um die Knöchel, während man sie wie eine Zuchtstute anpreist und solche Tiere wie Boris Wilcox sie begaffen.«

Es klopfte. Chantz stand auf und ging zur Tür.

Liza lächelte zu ihm empor, dann schob sie ihn aus dem Weg und betrat die Hütte. Andrew sah sie erstaunt an, während sie sich vor ihm drehte, sodass der Rock des blauen Kleides sich um ihre Fesseln bauschte.

Lachend warf sie Chantz einen Blick zu. »Hat es dir die Sprache verschlagen, Chantz? Was meinst du? Sehe ich so hübsch aus, wie ich mich fühle?«

»Hübscher«, antwortete Andrew atemlos. »Liza, du bist die schönste Frau die ich je sah. Liebes, woher stammt dieses Kleid?«

»Juliette hat es mir geschenkt.« Sie drehte sich wieder, und ihre Augen leuchteten. »Sie hat mir auch die Ohrringe geliehen.« Sie schüttelte leicht den Kopf, sodass die Perlen leise klapperten. »Und sieh dir die Kämme an. Gefällt dir mein Haar so, Andrew? Sehe ich wie eine Lady aus? Bin ich so hübsch, dass du mit mir in New Orleans über die Chartres Street spazieren wirst?«

Chantz schlug heftig die Tür zu. Plötzlich schien sich der Bourbon, den er getrunken hatte, mit der sengenden Hitze der Nacht in seinem Innern zu einem Feuerball zu vereinigen. Er blickte Liza wütend an und presste die Lippen zusammen. Lizas Lächeln schwand. Sie wich zurück und suchte Andrews Nähe. Ihre Unterlippe zitterte. »Ich weiß, was du jetzt sagen willst, Chantz. Ich will es nicht hören…«

»Das wirst du aber. Was, zum Teufel, hast du dir dabei gedacht, dich so herzurichten und in dieses Haus zu kommen? Du benimmst dich wie eine Frau, die unbedingt ertappt werden will…«

»Ich benehme mich wie eine Frau, die sich für den Mann, den sie liebt, schön machen will«, fiel ihm Liza ins Wort. »Nur weil meine Haut nicht so weiß ist wie deine, Chantz Boudreaux, heißt das nicht, dass ich mich nicht manchmal wie eine richtige Frau fühlen möchte.«

»Nun, wir werden ja sehen wie du dich erst fühlst, wenn du zur Auktion geschleppt und wie ein Stück Vieh verkauft wirst.«

Lizas Augen weiteten sich vor Schreck. Schutzsuchend lehnte sie sich an Andrew, der die Arme um sie legte.

Chantz drängte seinen Ärger zurück und holte tief Atem. Dann blickte er Andrew unerbittlich an. »Ich hätte mich niemals auf diese Sache einlassen sollen. Oder ich hätte sie wenigstens vor langer Zeit beenden sollen, aus den Gründen, die wir eben noch besprochen haben.«

»Es ist doch nur ein Kleid«, sagte Andrew leise und küsste Liza sanft auf den Hals. »Wie süß du duftest, Liebling«, flüsterte er.

»Nur ein Kleid.« Chantz schüttelte den Kopf und wandte den Blick ab. »Ich werde dich daran erinnern, wenn wir dabei zusehen, wie Liza flussabwärts geschafft wird, um einem Mann wie Boris Wilcox oder Horace Carrington in die Hände zu fallen. Falls du es noch nicht bemerkt haben solltest, nicht alle Aufseher sind so großzügig wie ich. Um Gottes willen, sieh dir Liza doch an, Drew. Sie ist eine schöne Frau. Der Mann, der für sie dreihundert Dollar auf den Tisch blättert, wird dabei sicher nicht an die Feldarbeit denken.«

Chantz verließ die Hütte und stand draußen in der Dunkelheit auf den Treppenstufen. Er bemühte sich nach Kräften, seinen Zorn und seine Resignation im Zaum zu halten. Obgleich Maxwell Lizas Vater war, würde er keinen Augenblick lang zögern, sie zu verkaufen. Verdammt, wahrscheinlich wäre er sogar noch froh darüber. Nur ein Fehltritt weniger, dessentwegen er Gewissensbisse haben musste.

Nicht dass Max Hollinsworth jemals wieder sein Gewissen gespürt hätte, seit Jack Broussard ihn zwischen Maureens Schenkeln erwischt hatte.

»Chantz?«, drang leise eine Stimme durch die Dunkelheit.

»O verdammt.« Er ging die Treppe hinunter und machte sich auf den Weg zu den Sklavenhütten.

Phyllis lief ihm nach. »Chantz, bitte. Ich kann dir nicht verdenken, dass du wütend bist . . .«

»Ich bin nicht wütend, Phyllis. Wie kommst du denn darauf?«

»Nun, an dem Nachmittag im Restaurant hast du sehr wütend ausgesehen.«

»Da hast du dich geirrt, *chère*. Es hat mich nur ein wenig verwundert, dass die Frau, mit der ich noch in der Nacht zuvor geschlafen hatte, mich nicht etwa aus Zuneigung in ihr

Bett holte, sondern einfach weil ich ihre Bedürfnisse besser befriedigen konnte als andere Männer.«

Sie umfasste seinen Arm und hielt ihn auf. »Ich habe versucht, es dir zu erklären. Ich habe dir durch Andrew Botschaften geschickt...«

»Ja, die habe ich erhalten. Und wenn mich ihr Inhalt gekümmert hätte, wäre ich bestimmt irgendwann dazu gekommen, sie zu lesen.«

»Ich vermute, du warst mit den Gedanken anderswo«, bemerkte Phyllis.

»Was meinst du damit?«

»Juliette Broussard. Sie meine ich.«

Er blickte in ihr blasses Gesicht mit den großen dunklen Augen. Chantz erinnerte sich nicht etwa an den Anblick ihrer Nacktheit, wie das lange dunkle Haar ihr über Schultern und Brüste fiel, sondern daran, wie sie neben Juliette auf der Veranda gestanden hatte. Der Unterschied zwischen den beiden war so groß gewesen wie zwischen Sonne und Mond. Mit einem Blick in Juliettes herausfordernd blitzende Augen hatte Chantz erkannt, dass es niemals eine andere Frau geben würde – ja, geben könnte –, die ihr gleichkam. Plötzlich war alles Verlangen nach Phyllis wie weggeblasen gewesen, verdrängt durch eine beinahe schmerzhafte Sehnsucht, die ihn selbst in diesem Augenblick glauben ließ, allmählich den Verstand zu verlieren.

»Ganz Baton Rouge spricht davon«, stieß Phyllis verzweifelt hervor. »Man hat euch nach dem Gewitter zusammen gefunden. Sie war halbnackt und lag in deinen Armen. Ich vermute, wenn sie ihrer Mutter ähnlich ist, wird sie dich mit ihren Reizen eingefangen haben. Und ich spreche hier nicht von ihren hübschen Augen.«

»Ich glaube, Sie sind eifersüchtig, Miss Buley.«

»Ja, das bin ich. Rasend vor Eifersucht, Chantz. Ich kann den Gedanken an dich und eine andere Frau nicht ertragen.«

Sie ließ die Hände über seine Brust gleiten, unter sein geöffnetes Hemd, sodass ihre Fingerspitzen seine Haut liebkosten.

Er hielt ihr Handgelenk fest.

Sie schmiegte sich an ihn und strich mit der anderen Hand über seine Lenden. »Ich habe dich schrecklich vermisst, Chantz. Nachts wälze ich mich im Bett hin und her und denke an dich. Ich erinnere mich an deine Hände auf meinem Körper, an all die Dinge, die du mit mir tust. Manchmal, wenn ich gerade einschlafe, schrecke ich plötzlich auf, weil ich glaube, dich in mein Ohr flüstern zu hören. Chantz, du kannst es nicht leugnen. Wir passen so gut zueinander.«

»Das war einmal, Phyllis.«

»Und es kann wieder so sein, Chantz. Für immer. Wir werden einander auch in zwanzig Jahren noch glücklich machen.«

Heftig zog er sie an sich. Sie nestelte an seinen Hosenknöpfen und ließ dann ihre Finger unter den Stoff gleiten.

Zärtlich küsste sie ihn auf den Hals, auf die Brust, kostete seine Haut mit der Zungenspitze, bis er schließlich beide Hände in ihr dunkles Haar tauchte und ihren Kopf von sich fort schob.

»Habe ich dich richtig verstanden? Willst du mir etwa sagen, dass du Horace Carrington zum Teufel schicken und aller Welt erklären wirst, dass du Chantz Boudreaux liebst? Und wirst du dann dein Leben in Reichtum aufgeben und in diese Hütte dort ziehen, nur noch auf den Moment harrend, in dem ich nach Hause komme, zwischen deine Schenkel krieche und dich dazu bringe, vor Lust zu schreien?«

Er packte ein wenig fester zu. »Nun? Ich warte.«

»Das ... das kann ich nicht tun, Chantz.«

»Also willst du sagen, dass du mich in der Hinterhand behalten möchtest, stets zu Diensten, nicht viel mehr als ein Lakai, der nur dazu da ist, die Bedürfnisse zu befriedigen, die Horace Carrington nicht befriedigen kann. Ist es das, was du willst, Phyllis?«

»Bitte«, flüsterte sie. »Ich liebe dich, Chantz. Ich kann den Gedanken nicht ertragen, ohne dich leben zu müssen. Willst du, dass ich bettle?«

»Nein, ich will, dass du die Hand aus meiner Hose nimmst, zum Herrenhaus zurückgehst und dich nicht einmal mehr umdrehst. Eines solltest du wissen. Chantz Boudreaux muss sich vielleicht den Rücken krumm arbeiten und verdorbenes Maismehl essen. Ich werde vielleicht niemals einen Anzug besitzen und in feinen Restaurants von Leinentischtüchern essen, aber ich werde niemals irgendjemandes Lakai sein. Denn anders als du, Phyllis, besitze ich Stolz.«

Er stieß sie von sich und knöpfte seine Hose zu.

Trotzig hob Phyllis das Kinn. »Wir werden ja sehen, was von deinem Stolz übrig bleibt, wenn Juliette Broussard mit dir fertig ist. Als du sie heute Nachmittag angesehen hast, lag kein Stolz in deinem Blick, Mr. Boudreaux. Du sahst geradezu krank vor Verlangen aus. Wenn sie nach ihrer Mutter schlägt, wird sie schon bald dich und jeden anderen Mann in der Gegend in die Knie gezwungen haben.«

»Geh zu Bett, Phyllis.« Chantz wandte sich um und schritt den Pfad entlang.

»Also leugnest du es nicht einmal!«, rief sie ihm nach.

»Gute Nacht, Miss Buley.

Chantz ging in die Dunkelheit hinein, bis er sicher sein konnte, dass Phyllis ihm nicht gefolgt war. Schließlich setzte er sich auf die Stufen einer der Sklavenhütten, rauchte und versuchte, seinen Zorn unter Kontrolle zu bringen. Seine Gedanken zu beherrschen fiel ihm ungleich schwerer als seinen Körper zu beruhigen. Seitdem er zum Haus geritten und Juliette begegnet war – barfuss, mit geröteten Wangen und offenem Haar. Als sie sich zwischen Phyllis und Maxwell hindurchgedrängt und wie die Fleisch gewordene Versuchung vor ihm gestanden hatte, war sein Verlangen nach ihr beinahe unerträglich gewesen.

Die Tür hinter ihm öffnete sich, und ein Lichtstrahl fiel über seine Schulter. Mit weit aufgerissenen Augen blickte Little Clara ihn an.

»Boss Chantz, was machst du denn hier draußen im Dunkeln. Du hast mich zu Tode erschreckt. Ich dachte schon, der alte Alligatorbulle hätte an die Tür geklopft.« Sie lächelte. »Hast du mir Bonbons mitgebracht, Chantz?«

Er griff in seine Hosentasche und holte einen großen Klumpen Melassebonbon hervor.

Clara setzte sich neben ihn, steckte sich die Süßigkeit in den Mund und lehnte sich zufrieden zurück.

»Das schmeckt aber gut, findest du nicht?«

Er nickte und zog an seiner Zigarre. Was hätte er nicht für eine kühle Brise gegeben, die die Hitze aus seinem Körper vertrieb.

»Großmutter will morgen Pralinen machen, und Miss Julie soll ihr helfen. Miss Julie sagt, dass sie lernen muss, wie man in der Küche zurechtkommt. Wenn sie nach Belle Jarod zieht, sagt Miss Julie, will sie keine Sklaven habe, die für sie kochen und putzen. Was sagst du dazu, Boss Chantz?

Sie ist eine merkwürdige weiße Lady. Warum bist du eigentlich noch auf?«

Sie schnupperte an Chantz und schüttelte den Kopf. »Du hast getrunken, nicht wahr? Du weißt doch, was Großmutter darüber sagt. Nichts Gutes kann davon kommen, wenn man zu viel trinkt.«

Chantz betrachtete Clara ernst. »Du klingst jeden Tag mehr wie deine Großmutter, Little Clara.«

»Ich weiß.« Sie lächelte strahlend.

Er blickte durch die Tür in die Hütte, die offensichtlich leer war. »Wo sind deine Leute?«

»Schildkröten fangen. Großmutter sagt, dass Fred Buley morgen Schildkrötensuppe essen will. Sie sagt, Fred Buley ist eine Qual.«

»Da hat sie Recht.« Chantz zerdrückte den Zigarrenstumpen auf der Treppenstufe. »Übrigens gilt das für fast alle Buleys, Little Clara.«

Nachdenklich lutschte das Mädchen an dem Bonbon und blickte zum Himmel. »Eigentlich sind die meisten Weißen so, wenn ich es recht bedenke«, sagte sie, warf Chantz aber dann einen kecken Blick zu. »Nur du nicht, Boss Chantz, weil du mir Bonbons schenkst.«

9

Sie stand in der Dunkelheit, still, wie ein wachsames Reh. Die Kaskaden von goldenen Jasminblüten verdeckten beinahe das Fenster, durch das sie blickte. Ihre Augen waren geweitet, die Lippen geöffnet, und ihre Hände hatte sie zu Fäusten geballt.

Der matte Lichtschein, der durch den Spalt in den Vorhängen fiel, erleuchtete kaum Juliettes Gesicht, während sie gebannt die Vorgänge in seiner Hütte beobachtete.

Atemlos trat sie näher ans Fenster und ließ die Zungenspitze über ihre Lippen gleiten, als koste sie etwas Berauschendes und Delikates. Ihr Gesicht glänzte feucht, und eine zarte Haarsträhne haftete an ihrer Wange.

Sie hörte ein Wimmern, ein Stöhnen und das Geräusch des Bettes, das wieder und wieder gegen die Wand schlug.

»Was, zum Teufel, tut sie da?, dachte Chantz.

Wieder stieg das Verlangen nach ihr in ihm auf – nicht, dass es ihn je wirklich verließ, wie er sich ärgerlich eingestehen musste. Seine Mutter hatte Recht behalten. Juliette war ihm unter die Haut gegangen, und keine noch so harte Arbeit in der glühenden Hitze konnte den Gedanken an sie vertreiben. Sie war in seinem Blut, möge sich Gott seiner Seele erbarmen.

Als würde der Geist ihrer Mutter über das Land wandeln, das sie mit derselben Leidenschaft geliebt hatte wie die Hände eines Mannes auf ihrem Körper, schimmerte Juliettes Gestalt in der Dunkelheit, spärlich erleuchtet vom Lampenschein, der aus der Hütte drang. Törichte und gefährliche Wünsche stiegen in Chantz auf. Das Verlangen pochte in seiner Brust und seinen Lenden. Schweißperlen standen ihm auf der Stirn, und er musste die Füße mit aller Macht in den Boden stemmen, um nicht zu ihr zu eilen und etwas zu tun, das er für den Rest seines Lebens bereuen würde.

Langsam schlich er sich an sie heran. Juliette bemerkte es nicht, zu sehr hielt sie der Anblick der beiden nackten Körper auf dem Bett gefangen. Weiß und schwarz, feucht glänzend und miteinander verschmolzen. Andrew hatte seine Hände in Lizas Haar getaucht und hielt ihren Kopf, während er sie küsste und wieder und wieder seine Hüften auf ihre presste. Sie hielt sich an ihm fest, und ihre Nägel hinterließen rote Kratzspuren auf seinem Rücken.

Wenn er noch seinen Verstand besäße, würde er auf der Stelle kehrtmachen, in der Dunkelheit verschwinden und die Nacht damit verbringen, Juliette aus seinen Gedanken zu vertreiben.

Doch er hatte den Verstand längst verloren.

Offensichtlich würde ihn nichts daran hindern, sich von der Flut seines Verlangens treiben zu lassen, in Gewässer, die tiefer und gefährlicher waren, als es der Mississippi je sein könnte.

Juliette trat noch dichter an das Fenster heran, bis die Jasminblüten ihr Haar streiften. Sie berührte die Lippen mit den Fingerspitzen, dann ließ sie die Hände über ihren Körper gleiten, verweilte kurz auf ihren Brüsten und klammerte sich dann fest an ihre Rockfalten.

Ihre Haut verströmte den Duft der Erregung, so schwer und süß wie der Geruch der Jasminblüten. Seit der Nacht, in der er sie aus dem Fluss gerettet hatte, war Chantz dieser Duft nicht mehr aus dem Sinn gegangen – so verführerisch und berauschend, dass ein Mann alles um sich her vergaß. Er hörte sie atmen, spürte die Wärme ihres Körpers und verzehrte sich so sehr nach ihr, dass seine Brust schmerzte.

Andrew glitt an Lizas Körper hinunter, und Chantz blickte wieder auf Juliette. Nur zu genau wusste er, was in diesem Augenblick in seinem Haus vorging. Juliette stöhnte leise auf. Sie raffte ihren Rock zusammen und trat einen Schritt zurück, als wäre sie drauf und dran zu fliehen.

Chantz legte ihr eine Hand auf den Mund, die andere um die Taille und erstickte ihren erschreckten Schrei, während er sie an sich zog. Erst jetzt spürte er, wie erregt er war, und der sanfte Druck von Juliettes Körper ließ ihn beinahe die Beherrschung verlieren.

»Still«, flüsterte er.

Sie erstarrte. Chantz spürte ihre schnellen, flachen Atemzüge an seiner Handfläche.

Er entfernte sich von der Hütte, lockerte seinen Griff jedoch nicht. Zu gut fühlte es sich an, ihren Körper an den seinen zu pressen, ihre sanften Rundungen zu spüren und die Hitze, die von ihrer zarten Haut aufstieg.

»*Chère*.« Er umfasste sie noch fester. »Wärst du eine andere Frau, würde es mich entsetzen, dass du heimlich zwei Menschen beim Liebesspiel beobachtest.«

Fester. Seine Stimme klang tief und rau, seine zitternden Hände hatte er im Stoff ihres Kleides vergraben. »Doch bei dir überrascht es mich nicht. Deine Mutter hatte eine überaus offene und schamlose Einstellung zur körperlichen Liebe, wann immer und wo immer es ihr beliebte.«

Juliette regte sich nicht. Ihr Kopf, das seidige, nach Jasmin duftende Haar, ruhte an seiner Schulter. Ihre Lippen öffneten sich unter seiner Hand. Plötzlich verspürte Chantz den überwältigenden Wunsch, all diesen Wahnsinn zu beenden, bevor Juliette, wie einst ihre Mutter, jeden Mann zerstörte, der sich in sie verliebte.

Sie entspannte sich, schien sich an seinen Körper zu schmiegen, als bestehe der ihre aus warmem, duftendem Wachs.

Chantz ließ die Hand von ihrem Mund gleiten und an ihrem Hals hinab, bis er schließlich sanft ihre Brust umfasste. Mit der anderen hielt er sie noch immer fest umschlungen. Die Sehnsucht danach, sie auf das weiche, vom Tau feuchte Gras zu legen, brachte Chantz beinahe um den Verstand. Er wollte ihr das Kleid vom Leib reißen und sein Gesicht zwischen ihren Schenkeln vergraben. Er wollt sie mit der Zunge liebkosen, bis sie vor Lust fast wahnsinnig war.

»Falls du es noch nicht bemerkt haben solltest, Juliette«, flüsterte er, sodass sein warmer Atem über ihre Wange strich, »dies ist kein Kloster, in dem du Tag und Nacht herumlaufen kannst, wie es dir beliebt, ohne in Schwierigkeiten zu geraten. Aber vielleicht wolltest du das ja sogar. Ist es das, Miss Julie? Hat dich Hazel Buley gelangweilt mit ihrem Jammern über ihren Hexenschuss und Freds Verdauungsstörungen? Oder wolltest du vielleicht wissen, wie es ist, einem Alligatorbullen zu begegnen, der Appetit auf süßes Menschenfleisch hat.«

Sie machte sich los und wich von ihm zurück. Ihre Augen funkelten zornig, als sie sich das Haar aus dem Gesicht strich. Eine Jasminblüte hatte sich in den wilden Locken verfangen.

»Ich habe nach dir gesucht«, sagte sie leise.

»Nun«, antwortete Chantz und musterte sie prüfend, »du hast mich gefunden.«

»Ich sah, wie Phyllis sich aus dem Haus schlich, und dachte ...«

»Ganz gleich, was man dir über mich erzählt hat, Darling«, Chantz schüttelte den Kopf, sodass ihm einige schwarze Locken in die Stirn fielen, »ich gebe mich nicht mit verheirateten Frauen ab.«

»Sie ist nicht verheiratet ... noch nicht.«

»Aber so gut wie, das genügt mir.« Chantz streckte die Hand nach der Jasminblüte aus, doch Juliette trat noch einen Schritt zurück, sodass er sie nicht erreichen konnte.

»Sie liebt dich.«

»Ich weiß.« Wieder griff er nach der Blüte.

Sie wich ihm aus. »Liebst du sie auch?«

Er lächelte. »Ein Gentleman spricht nicht über solche Dinge, Juliette.«

»Aber du bist kein Gentleman, weißt du nicht mehr?«

»Offensichtlich. Anderenfalls würde ich nicht über gewisse Dinge nachdenken. Aber wenn du eine Dame wärst, würdest du auch nicht in der Dunkelheit umherschleichen, so verführerisch duften und mich auf solch unanständige Gedanken bringen.«

Sie hob den Kopf. »Ich muss etwas mit dir besprechen. Und tagsüber ist es sehr schwer, mit dir allein zu sein.«

»Ich habe eine Arbeit zu erledigen. Es gibt Menschen, die es sich nicht leisten können, den ganzen Tag auf der Veranda zu sitzen und die Raddampfer auf dem Fluss zu beobachten.«

Chantz neigte den Kopf zur Seite und ließ den Blick über ihren Körper gleiten. »Ich hoffe, dass du Schuhe trägst. Barfuss durchs Haus zu laufen ist eine Sache, ohne Schuhe durch den nächtlichen Garten zu schleichen eine ganz andere. Es gibt Schlangen, die die Wärme unter den Röcken einer Frau unwiderstehlich finden.«

Juliette straffte die Schultern und ging einen weiteren Schritt zurück. »Ich bin nicht hier, um über Schuhe oder Schlangen zu sprechen.«

»Gut, warum bist du dann gekommen? Abgesehen von dem Wunsch, mich beim Liebesspiel mit einer anderen Frau zu ertappen.«

Sie blickte zur Hütte, und ihre Wangen röteten sich. »Ich möchte, dass du mich nach Belle Jarod bringst.«

»Warum?«

»Es ist mein Zuhause. Ich habe ein Recht darauf, es zu sehen.«

»Wenn Max meint, dass es soweit ist, wird er ...«

»Max Hollinsworth kann meinetwegen zur Hölle fahren.«

»Aber *chère*. Es ist nicht nett, die Hand zu beißen, die dich füttert. Insbesondere dann nicht, wenn sie Max Hollinsworth gehört. Er würde sein eigen Fleisch und Blut verkaufen, wenn es ihm so gefällt. Wo wir gerade davon sprechen ... Ich weiß, dass du Liza eine Freude machen wolltest, indem du ihr das Kleid geschenkt hast. Aber glaube mir, Darling, du hast ihr damit keinen Gefallen getan. Wenn sie an solchen Dingen Geschmack findet, wird sie in Schwierigkeiten geraten.«

»Wie sollte wohl ein wenig Freude an einem Kleid Schwierigkeiten bedeuten?«

»Wenn eine Frau erst einmal Seide auf ihrer Haut gespürt hat, wird sie sich wohl kaum mehr mit Lumpen zufrieden geben. Sie wird unzufrieden, zornig und wird gegen ihr Schicksal aufbegehren. Sie wird nicht mehr gehorchen und dann bestraft werden. Ich glaube, wir möchten beide nicht erleben, wie Liza ausgepeitscht wird. Oder schlimmer …«

»Ich kann mir kaum vorstellen, dass es etwas Schlimmeres gibt«, unterbrach ihn Juliette kühl.

»Dann bist du wirklich naiver, als ich dachte, Miss Julie. Es warten weit größere Schrecken auf die Sklaven, die Holly House verlassen müssen. Wenn eine Frau wie Liza zur Auktion gebracht würde, könnte sie in einem Bordell enden. Oder bei einem Sklavenzüchter. Falls dir dieser Begriff nichts sagen sollte, lass ihn mich dir erklären. Männer und Frauen werden in einen Verschlag gesperrt, wo sie unter den Augen ihres Herrn Kinder zeugen müssen. Liza würde bis zur Niederkunft auf dem Feld arbeiten und ihr Kind vermutlich auch dort bekommen. Einen Monat später wird sie wieder in den Verschlag gebracht, und das schmutzige Geschäft beginnt von vorn. Sie würde vermutlich nicht einmal fünfunddreißig werden.«

Juliettes Augen weiteten sich, und sie blickte besorgt zur Hütte hinüber.

Chantz ging auf sie zu, doch sie bemerkte seine Nähe erst, als er ihr die Jasminblüte aus dem Haar zupfte. Sie blickte zu ihm auf und hielt den Atem an, während der die Blüte sanft über ihre Lippen gleiten ließ, sodass zartgelber Pollenstaub auf ihrer Haut zurückblieb.

»*Chère*«, sagte er ein wenig freundlicher, »halte dich noch eine Weile von diesem gespenstischen Ort fern. Dort gibt es nichts als zerstörte Träume, und Belle Jarod könnte Erinnerungen in dir wachrufen, die besser noch vergessen bleiben sollten.«

»Ich werde es mir ansehen. Mit dir oder ohne dich.« Juliette sah ihn herausfordernd an.

Chantz zerdrückte die Jasminblüte zwischen seinen Fingern, sodass der süße Duft die Nachtluft erfüllte. Dann tupfte er Juliette den Saft der Blüte auf den Nacken und sagte nur: »Jasmin passt zu dir, Darling.«

Tylor saß in einem Korbsessel auf dem Balkon und hatte die Füße auf die Brüstung gelegt. Er schwitzte, trank Bourbon und starrte in die Nacht hinaus. Mit Mühe unterdrückte Max den Wunsch, ihm den Hals umzudrehen oder ihn wenigstens zu schütteln, bis ein wenig Verstand und Rückgrat zum Vorschein käme.

»Ich verliere die Geduld mit dir, Tylor. Es wird Zeit, dass du dich wie ein Hollinsworth benimmst und wie der zukünftige Herr von Holly House. Entweder du übernimmst jetzt eine wirkliche Aufgabe auf der Plantage oder ...«

»Hör dir die verdammten Hunde an, Daddy. Sie haben Angst. Die ganze Nacht heulen sie schon und hören einfach nicht auf. Das allein kann einen Mann in den Wahnsinn treiben.«

Tylor stand auf, lehnte sich an eine der Säulen und trank seinen Bourbon. Er schloss die Augen und schluckte schwer. »Dort draußen ist etwas. Ich fühle es. Als würde sich mir eine eiskalte Hand in den Nacken legen.«

»Du hast zu viel getrunken und bist außerdem ein Feigling«

Tylor lachte bitter. »Wie du meinst, Daddy.«

Max stellte sich hinter ihn. »Du wirst mit Chantz und Andrew auf die Alligatorenjagd gehen. Benimm dich endlich wie ein Mann!«

Tylor drehte sich um und sah seinen Vater an. »Versuchst du, mich loszuwerden?«

»Der verdammte Alligator wird dich nicht töten, Tylor.«

»Das meine ich auch nicht. Ich rede von Chantz Boudreaux.«

Max wandte sich ab und ging.

»Er hat allen Grund, mich umbringen zu wollen, Daddy.«

»Wovon redest du überhaupt? Warum sollte Chantz deinen Tod wollen?«

Tylors Züge wurden von den Schatten der Nacht verborgen, als er sich wieder dem Heulen der Hunde zuwandte. »Wenn ich sterbe, gibt es für ihn keine Hindernisse mehr. Du hättest dann kaum noch eine andere Wahl, als ihn als deinen Sohn anzuerkennen. Was würde sonst nach deinem Tod mit der Plantage geschehen?

»Du bereust doch schon längst, dass du dich von Emmaline abgewandt hast, wenn du bedenkst, was aus Chantz und mir geworden ist. Du behandelst ihn zwar wie Dreck, aber nicht, weil es dir an Respekt mangelt. Wenn du mich auch nur ein einziges Mal mit derselben Hochachtung angesehen hättest, die du Chantz entgegenbringst, wäre aus mir vielleicht ein besserer Mann geworden. Wie soll ich jemals gegen einen Mann wie Chantz bestehen?

Er würde mich gern umbringen, so viel ist sicher. Es steht in seinen Augen geschrieben, wann immer er mich ansieht. So viel Hass und Eifersucht. Nicht dass ich es ihm verdenke. Verdammt, ich würde ihn auch am liebsten tot sehen, damit ich endlich nicht mehr mit dem Gefühl leben muss, dass ich nicht einmal den Bastard meines Vaters ausstechen kann.

Vielleicht werde ich ihn sogar töten. Was würdest du davon halten, Daddy? Was wäre, wenn ich mir jetzt genug Mut antrinken würde, um dann zu seiner Hütte zu gehen und ihm eine Kugel in den Kopf zu jagen?«

Tylor ging auf Max zu und nahm einen weiteren Schluck. »Keine Antwort? Du willst ihn nicht einmal anerkennen, wenn man dir die Wahrheit ins Gesicht schleudert? Nein, denn das würde bedeuten, dass du einst einen Fehler begangen hast. Und Max Hollinsworth ist viel zu stolz, um sich das einzugestehen. Außerdem müsstest du dann zugeben, dass du dich ihm und Emmaline gegenüber dreißig Jahre lang wie ein Schuft verhalten hast. Deinen eigenen Sohn hast du kaum besser behandelt als deine Sklaven.« Tylor grinste. »Ich kenne die Wahrheit über Emmaline. Ich weiß, dass sie nichts weiter ist als eine Flussratte, der du eines Nachts über den Weg gelaufen bist. Ich habe eines Abends euer Gespräch belauscht, als sie dir vorwarf, du seiest betrunken gewesen und hättest dich ihr aufgezwungen, unter dem Johlen deiner ebenso betrunkenen Freunde. Eine hübsche Geschichte, die sie Chantz da aufgetischt hat. Eine vornehme Familie aus North Carolina, dass ich nicht lache.«

Max starrte Tylor wütend an und zischte: »Kein Wort davon Tylor! Du hältst den Mund, verstanden?«

In gespieltem Erstaunen hob Tylor die Augenbrauen. »Aber Daddy, ich glaube beinahe, dass du doch mehr für Chantz empfindest, als du zugibst.«

Er schleuderte das leere Glas über die Balkonbrüstung. Es zerbrach klirrend in der Dunkelheit. »Du machst mich krank! Ich habe genug von deinen Einschüchterungen und der ständigen Erinnerung daran, dass ich deine Erwartungen nicht erfülle. Von nun an herrscht Krieg, Daddy. Und wenn sich der Staub gelegt hat, wird nur noch einer deiner Söhne aufrecht stehen. Und dieser Sohn bekommt dann alles. Holly House, Juliette Broussard … und Belle Jarod.«

Tylor wandte sich ab und ging einige Schritte, ehe er plötzlich innehielt und in Richtung der Hundezwinger in die Nacht hinaus starrte. Das Geheul war verstummt. Nicht einmal das Summen der Insekten brach die Stille.

Etwas bewegte sich in den Schatten, und eine Gestalt löste sich aus der Dunkelheit. Juliette. Sie rannte auf das Haus zu, während Glühwürmchen sie umschwirrten und das Mondlicht auf ihrem offenen Har schimmerte.

Tylor blickte Max in die Augen, dessen Gesicht im Schatten des nächtlichen Balkons totenbleich wirkte.

Dann ertönte das Gebrüll. Es war der tiefe, grollende, einsame Brunftschrei eines Alligatorbullen in seinem Revier.

»Ich muss mich mit dir über eine Angelegenheit beraten, Maxwell, die Miss Julie ein wenig unangenehm finden würde.«

Fred Buley sah zu Juliette hinüber, die am Fenster stand und in die Dunkelheit hinaus blickte.

Deutlich konnte sie die Spiegelbilder der beiden Männer in der Fensterscheibe sehen – und ihre Blicke. Vor nicht allzu langer Zeit wäre sie entsetzt und empört darüber gewesen, so schamlos gemustert zu werden. Allerdings hatte sie zu dieser Zeit auch noch das Recht gehabt, mehr Respekt zu verlangen. Doch nun stand sie da, die Wangen erhitzt von dem Kampf, der in ihrem Innern tobte. Wie sollte sie nur weiterhin vor sich selbst und vor Chantz verbergen, wie viel er ihr bedeutete? Mehr noch …

Wie sollte sie Max weiterhin ihre Gefühle verheimlichen, wenn diese sie dazu trieben, sich und Chantz immer wieder in Gefahr zu bringen.

Max sagte: »Juliettes Anwesenheit auf Holly dient ihrer

Ausbildung, um zu gegebener Zeit die Herrin von Belle Jarod zu werden. Wenn es etwas Geschäftliches zu besprechen gibt, kann sie dabei sicher etwas Wertvolles lernen.«

Fred zog an seiner Zigarre und wandte den Blick nicht von Juliette. »Natürlich. Maxwell, ich verstehe *durchaus*, warum Juliette hier ist.«

Es war etwas Seltsames an der Art, wie Maxwell sie an diesem Abend ansah; seine dunkelblauen Augen wirkten so wachsam und unergründlich wie die eines Falken. Selbstverständlich wusste er, wie es um sie stand. Schon an dem Morgen, an dem sie mit Tylor nach Holly House zurückgekehrt war, hatte Max erkannt, dass Chantz sie in seinen Bann geschlagen hatte.

Juliette drehte sich um und begegnete offen seinem Blick, bemüht, sich nicht von Max einschüchtern zu lassen.

Max' Wangen waren von der Hitze der Nacht und vom Bourbon gerötet. Er stellte sein Glas ab und sah sie mit seinen blutunterlaufenen Augen an, ohne auch nur zu blinzeln. Lieber Himmel, er spielte mit ihr wie eine Katze mit einer zu Tode erschöpften Maus.

Sie musste Chantz warnen. Die Angst um ihn ließ Juliettes Herz zum Zerspringen klopfen. Das Rauschen des Deckenfächers erschien ihr plötzlich unerträglich laut.

Fred streifte die Asche von seiner Zigarre. »Nun, wir machen uns Sorgen wegen Liza.«

Juliette erstarrte, blickte jedoch Fred nicht an, der in einem Sessel saß und die schmutzigen Stiefel auf eine Ottomane gelegt hatte. Er musterte sie durch den Zigarrenrauch.

Max räusperte sich. »Ich kann mir nicht vorstellen, welche Schwierigkeiten es mit meiner Liza geben sollte. Das Mädchen arbeitet fleißig und kennt seinen Platz.«

»Ich will nicht um den heißen Brei herumreden, Maxwell. Schließlich sind wir alle erwachsen. Oder fast alle. Wir wissen doch, was zwischen Männern und Frauen vor sich geht.« Fred warf Juliette einen raschen Blick zu.

»Lieber Himmel, nun sage es ihm doch endlich, Frederick«, verlangte Hazel Buley, ohne von ihrer Stickerei aufzublicken.

»Nun gut«, erklärte Fred. »Ich fürchte, Andrew hat sich mit ihr eingelassen.«

Juliette ging langsam, beinahe vorsichtig zum Fenster zurück. Eisige Schauer überliefen ihren Rücken, und die Luft schien plötzlich zu schwer zum Atmen zu sein. Wieder sah sie Liza vor sich, in sich zusammengesunken und weinend, und eine namenlose Furcht stieg in ihr auf.

»Andrew ist ein gesunder, kräftiger junger Mann, Fred. Und Liza ist von ausgesprochener Schönheit.« Max betrachtete Juliettes tizianrotes Haar, das ihr in schweren Wellen auf die entblößten Schultern fiel. Er trank einen Schluck, bevor er fortfuhr. »Andrew wäre wohl kaum der erste Mann, der seinem Drang nachgibt und die Befriedigung seiner Bedürfnisse in den Sklavenhütten sucht.«

»Das stimmt. Aber meine Sorge gilt nicht der körperlichen Seite dieser Beziehung.« Fred stellte die Füße auf den Boden und beugte sich vor. »Gerüchte besagen, dass Andrew ein ungesundes Maß an Zuneigung für diese Frau hegt.«

»Und wer verbreitet diese Gerüchte?«

»Horace Carrington!«, verkündete Hazel und stand so plötzlich auf, dass ihr der Stickrahmen und die Garnknäuel vom Schoß rutschten. »Er hat sie zusammen gesehen. In dieser schäbigen Hütte, in der dein Aufseher seine freien Tage verbringt und in der Tylor Chantz Boudreaux mit ihr erwischte.«

Sie zeigte mit dem Finger auf Juliette. »Glaubst du denn, wir wüssten nicht von dem schamlosen Treiben, das hier vor sich geht. Selbst Juliettes Mutter hat sich mit ihren Liebhabern in dieser Hütte herumgetrieben. Ich werde es nicht zulassen, dass mein Sohn ebenfalls von einer so skrupellosen Frau verdorben wird. Ein solches Verhältnis würde ihn ruinieren. Wir könnten uns nie wieder in der Stadt blicken lassen.«

»Ich bin der Meinung«, sagte Fred, »dass wir diese Entwicklung im Keim ersticken müssen. Offensichtlich drückt dein Aufseher beide Augen zu, wenn Liza sich nachts davonschleicht. Ich würde sogar behaupten, er unterstützt diese Beziehung zwischen Andrew und Liza. Die Tatsache, dass er deine Sklaven offenbar kommen und gehen lässt, wie es ihnen gefällt, ist empörend und außerdem ein gefährliches Vorbild.«

»Man sollte ihn gleich mit Liza zusammen auspeitschen«, erklärte Hazel aufgebracht. Sie hob das Kinn und stampfte mit dem Fuß auf. »Ich will, dass sie verschwindet, Maxwell. So bald wie möglich. Bevor diese schmutzige kleine Affäre womöglich ausufert.«

Juliette stürzte auf Max zu. »Das würdest du nicht wagen! Sage mir sofort, dass du Liza nicht verkaufen wirst, Maxwell. Schwöre es mir!«

»Was geht denn hier vor?«

Phyllis betrat den Raum. Ihre Augen waren gerötet und geschwollen, und sie umklammerte ein spitzenbesetztes Taschentuch. Mit einem bedeutungsvollen Blick auf Juliette ließ sie sich in einer Wolke aus blauem Taft auf dem Boden nieder und suchte Hazels Stickzeug zusammen.

»Mama, du hast dich schon wieder zu sehr aufgeregt. Du bist so rot wie eine Erdbeere. Soll ich Rosie nach etwas Limonade schicken?«

»Ich will keine verdammte Limonade«, blaffte Hazel und riss Phyllis das Stickzeug aus der Hand. »Ich will, dass Maxwell seine Pflicht tut!«

Langsam stand Phyllis auf. Jeglicher Hauch von Farbe war aus ihrem Gesicht gewichen.

»Wovon sprichst du, Mama?«

»Von dem Verhältnis deines Bruders mit Liza.«

Phyllis trat an die offenen Flügeltüren und blickte in die Dunkelheit hinein, auf die winzigen Lichtpunkte, die aus den Fenstern der Sklavenhütten drangen. »Andrew ist erwachsen. Warum lasst ihr ihn nicht zufrieden? Er ist glücklich. Ist das ein Verbrechen?«

»Andrew trägt eine große Verantwortung. Es ist an der Zeit, dass er sich mit einer angemessenen jungen Dame irgendwo niederlässt und eine Familie gründet. Dein Vater ist schließlich kein junger Mann mehr.«

»Ich weiß. Möge Gott verhüten, dass ein Mitglied dieser Familie tatsächlich aus Liebe heiratet, statt aus finanziellen Erwägungen.«

Mit einem bitteren Lächeln wandte sich Phyllis zu ihrer Mutter um. »Wäre es dir lieber, wenn er eine kleine, unscheinbare Maus heiratet – wie hieß sie doch gleich? Myra Howell? Sie sieht aus wie ein Zaunpfosten und verfügt über die Intelligenz eines Schweinebandwurms. Aber das macht selbstverständlich nichts, denn schließlich hat Ralph Howell keine Söhne. Eines Tages wird also Myras Ehemann seine dreizehntausend Morgen Land erben. Warum lasst ihr Andrew nicht in Frieden? Er ist ein kluger Mann und kennt seine Pflichten. So wie ich sie kenne.«

Mit diesen Worten machte Phyllis kehrt und ging durch die Balkontür hinaus.

Hazel plusterte sich auf und bedachte Fred mit einem

finsteren Blick. »Du hast sie zu sehr verwöhnt, Frederick. Sie sind ungehorsam, frech und haben keinen Respekt vor uns. Das kommt davon, wenn man Kinder zu sehr verzieht. Du hast Andrew gestattet, sich mit diesem gewöhnlichen, nichtsnutzigen Chantz Boudreaux abzugeben – und das haben wir nun davon.«

Drohend hob sie den Zeigefinger. »Wenn du nicht gleich etwas unternimmst, dann …«

»Schweig!«, herrschte Fred sie an.

Hazel schloss den Mund, und ihre Augen weiteten sich.

»Großer Gott, Frau, du gackerst wie ein verdammtes Huhn. Ich tue, was ich kann. Deine Tiraden helfen uns auch nicht weiter.«

Außer sich, mit rauschenden Röcken und knarrendem Korsett warf Hazel ihren Stickrahmen und das Garn zu Boden und stürmte hinaus.

Fred schüttelte den Kopf und drückte die Zigarre aus. Dann stand er auf und zupfte seine Jacke zurecht, während er sich anscheinend seine nächsten Worte überlegte.

»Wir sind seit vielen Jahren befreundet, Max, und haben einander in Notlagen immer beigestanden. Ich habe dich und deine Familie damals bei mir aufgenommen, als die Flut so hoch stieg, dass eure Möbel aus dem Haus gespült wurden. Glaube mir, ich verstehe dein Zögern, was Liza angeht. Aber Andrew ist mein einziger Sohn. Ich möchte erleben, dass er eine junge Dame aus gutem Hause heiratet und sich mit ihr niederlässt. Und das wird nicht geschehen, solange sein Herz an dieser Frau hängt.«

Max leerte sein Glas und stellte es auf dem Tisch ab. Er wich Freds Blick aus und nickte. »Ich verstehe. Morgen früh werde ich mit Liza sprechen.«

Als Fred den Salon verließ, wandte sich Maxwell Juliette zu. Die laue Nachtluft spielte mit ihrem Haar, und ihre Wangen leuchteten rosig im warmen Schein der Lampen. Sie zitterte vor Wut und Empörung.

»Du brauchst nicht so entsetzt auszusehen«, sagte Max. Er stand auf, schwankte und stieß gegen den Tisch. »Geschäft ist Geschäft, und Fred ist einer meiner besten Freunde.«

»Ich werde mit ihr sprechen.« Juliette war bemüht, sich ihre Verzweiflung und ihren Zorn nicht anmerken zu lassen. Es schien ihr nicht ratsam zu sein, Max in diesem Augenblick Widerstand entgegenzusetzen, der alles nur noch schlimmer machen würde. »Ich werde ihr sagen, dass die Beziehung zu Andrew beendet werden muss, und erkläre ihr auch die Konsequenzen.«

»Sie kennt die Konsequenzen.«

Max trat auf den Balkon hinaus.

Er hatte die Hände auf die Hüften gestützt und blickte hinaus auf die Sklavenhütten. Juliettes Rock flüsterte sanft, als sie zu ihm ging und beobachtete, wie er langsam und tief Atem holte.

»Heute Abend siehst du wie deine Mutter aus, Juliette. Voller Feuer und dazu bereit, es mit dem Teufel persönlich aufzunehmen. Jack hat stets gesagt, dass Maureen die einzige Frau wäre, die Luzifer gegenübertreten und ihn zum Rückzug zwingen könnte.«

»Ich möchte nicht über meine Mutter sprechen, sondern über das Leben und Glück einer Frau.«

Schwankend drehte er sich um und sah ihr in die Augen. Juliette drehte sich der Magen um, als sie den Geruch des Bourbons wahrnahm, der aus jeder seiner Poren zu dringen schien.

»Dein Haar – eine feurige Mähne, die nach Blüten duftet, nach Jasmin, nicht nach Magnolien. Du siehst so rosig und erregt aus wie eine Frau, die sich durch die Nacht schleichen und mit ihrem Geliebten treffen würde. Was ist das?« Max berührte ihre Wange und betrachtete dann seine Fingerspitzen. Er lächelte kühl und wich Juliettes Blick aus. »Der Blütenstaub von Jasmin. Ich glaube, ein großer Jasminstrauch wächst vor Chantz' Schlafzimmerfenster … nicht wahr?«

Er hob den Kopf und lächelte nicht mehr. »Du hältst das alles vermutlich für überaus romantisch.«

Juliette wich zurück und ballte die Fäuste. »Wir sprachen von Liza. Wir reden gerade von einem menschlichen Wesen, das du den Fluss hinunter zum Markt schaffen willst, als sei sie nichts als ein Eichenfass voller Zuckersirup.«

Sie straffte die Schultern und fügte hinzu: »Du bist ihr Vater. Wie kannst du dich gegenüber deiner eigenen Tochter so unmenschlich verhalten?«

Max zuckte zurück, als hätte sie ihn geohrfeigt. »Ich begrüße deine Bemühungen um Holly House. Dennoch gibt es einige Dinge, die dich nichts angehen, wie zum Beispiel das Geschäft mit meinen Sklaven.«

»Geschäft? Großer Gott, du bist wahrhaftig herzlos. Es wundert mich nicht, dass Tylor zu einer so gewissenlosen Schlange geworden ist. Du bist so kaltblütig und grausam wie eine Natter.«

Er ohrfeigte sie so heftig, dass ihr Kopf zur Seite flog und die Nacht plötzlich von winzigen, schmerzenden Blitzen erhellt zu werden schien; Juliette stolperte gegen die Säule, während ihr Verstand sich zunächst zu weigern schien anzuerkennen, was sich soeben ereignet hatte. Tränen stiegen ihr in die Augen, die sie jedoch ebenso unterdrückte wie die Wut, die ihr den Atem raubte.

Schließlich blickte sie in sein Gesicht und glaubte, einen flüchtigen Augenblick lang so etwas wie eine menschliche Regung auf seinen Zügen zu entdecken. Erschrecken? Bedauern? Was auch immer es war, das Gefühl verschwand sogleich wieder hinter dem Vorhang der Trunkenheit.

Wie eine Marionette, mit steifen, abgehackten Bewegungen stolperte Max davon und bedeckte das Gesicht mit den Händen. »Ich habe dir gesagt, du sollst dich von ihm fernhalten, Juliette, und doch sehe ich dich dort draußen in der Dunkelheit. Nun stehst du hier, nach Jasmin duftend und mit dem Gesichtsausdruck einer Frau, die soeben noch in den Armen ihres Geliebten gelegen hat.«

Mit leiser, zitternder Stimme lallte er: »Ich sorge mich nur um deinen Ruf, verstehst du? Eine Frau wie du darf nicht mit einem Mann wie ihm gesehen werden. Du darfst dich einfach nicht mehr so schamlos aufführen, Maureen.«

»Mein Name ist Juliette.« *Und ich bin nicht meine Mutter!* Hätte sie am liebsten geschrien. Doch die Erkenntnis traf sie so heftig wie Maxwells Handrücken. Sie war zu ihrer Mutter geworden, als sie Chantz' Hände auf ihrem Körper gespürt hatte, und war es leid, noch länger dagegen anzukämpfen.

Max schloss kurz die Augen und schüttelte den Kopf. »Natürlich. Natürlich bist du Juliette.«

Als er die Hand nach ihr ausstreckte, wich sie zurück und begegnete seinem Blick mit all dem Zorn und Trotz, den sie aufzubringen vermochte.

»Wie kann ich es wieder gutmachen, Juliette?«, fragte er rau.

»Lass Liza in Ruhe. Gestatte mir, die Angelegenheit in Ordnung zu bringen, bevor du etwas unternimmst.«

Maxwell nickte müde. Ohne ein weiteres Wort ging er ins Haus zurück, während Juliette gegen die Säule sank. Ihr Gesicht brannte, und sie spürte den Geschmack von Blut in ihrem Mund. Lieber Gott im Himmel, dieser Tag konnte wirklich nicht mehr schlimmer werden.

»Ich bewundere Ihre Hartnäckigkeit«, erklang eine weibliche Stimme in der Dunkelheit. Dann trat Phyllis ins Licht.

Juliette blinzelte. Sie richtete sich auf, hob das Kinn und tat ihr Möglichstes, den Schmerz zu ignorieren, der sich über ihr Gesicht und ihren Hals ausbreitete.

Phyllis trat auf sie zu und reichte ihr ein Taschentuch. »Ihre Lippe blutet. Da, am Mundwinkel.« Sie deutete auf ihren eigenen Mund und blickte Juliette mitfühlend an. »Es wird anschwellen und einen Bluterguss geben. Ich habe einen Puder in meinem Zimmer, der das überdecken wird.«

Juliette presste das Tuch gegen ihre Lippe und runzelte die Stirn. »Sie tun so, als ob eine derartige Brutalität an der Tagesordnung wäre.«

»Überrascht es Sie etwa, dass ein Mann, der ohne zu zögern ein Kind auspeitschen würde, auch nicht davor zurückschreckt, eine Frau zu schlagen? Unsere Haut mag vielleicht weiß sein, und wir leben im Herrenhaus, doch das sind die einzigen Unterschiede zwischen ihnen und uns.«

Mit einem Kopfnicken deutete sie auf die Reihen der Sklavenhütten. »Wir sind alle nichts als Vieh, Juliette. Gewiss, sie stecken uns in hübsche Kleider und stolzieren mit uns über die Boulevards, als wären wir edle Vollblüter. Doch wir haben im Leben keine andere Aufgabe, als ihnen Söhne zu schenken, denen sie dann all ihre Aufmerksamkeit widmen, die sie eines Tages auf die besten Schulen schicken und denen sie ihren gesamten Besitz vererben.«

Phyllis neigte den Kopf zur Seite. »Können Sie sich vorstellen, was geschieht, wenn Max stirbt und Tylor die Plantage erbt? Er würde es zwar nie zugeben, doch ich wette, dass Max nachts zitternd im Bett liegt und darüber nachdenkt. Alles, was sein Vater und er im Schweiße ihres Angesichts aufgebaut haben, wird entweder im Fluss versinken oder auf den Feldern verrotten.«

»Chantz würde das nicht zulassen.«

Chantz wird dann schon längst nicht mehr hier sein.« Phyllis senkte die Stimme während sie einige Schritte in die Dunkelheit hinein machte. »Es überrascht mich, dass er überhaupt so lange auf Holly geblieben ist. Er wartet, das ist alles. Er spart jeden Dollar, den er verdient, und träumt davon, eines Tages selbst ein Stück Land zu besitzen. Und das wird ihm auch gelingen. Chantz beginnt niemals etwas, das er nicht auch beenden kann – auf die eine oder andere Weise.«

Phyllis hielt inne. Sie blickte auf ihre Hände und seufzte tief. »Er hängt mit so viel Leidenschaft an seinen Träumen.«

»Sie haben ihn wohl sehr gern.«

»Ich bewundere ihn. Es gibt niemanden flussauf und flußab, der Chantz Boudreaux nicht bewundert.«

»Sie lieben ihn.«

Schweigen. Langsam wandte sich Phyllis um und blickte Juliette eindringlich an. »In drei Monaten heirate ich Horace Carrington.«

»Aber Sie lieben Horace Carrington nicht.«

»Nein«, sagte Phyllis, »ich verabscheue ihn.«

Sie trat dichter an Juliette heran. »Wenn ich stärker wäre und nicht an meine Familie denken müsste, würde ich alles darum geben, den Rest meines Lebens mit Chantz Boudreaux zu verbringen.« Sie schluckte und holte tief Atem. »Es gibt nichts, das eine starke Frau an seiner Seite nicht erreichen könnte. Und wenn er sie auch liebt . . . Mein Gott, er würde Himmel und Erde bewegen, um ihre Träume zu erfüllen.«

10

Die Küchenwände bestanden aus *bousillage*, einer Mischung aus Moos und Lehm, die der Hitze besser Stand hielt als Holz – an Wintertagen mochte das zwar äußerst angenehm sein, aber an einem Tag wie diesem konnte selbst das Fegefeuer nicht heißer sein als dieser Raum.

Außerdem hatte Juliette die ganze Nacht kein Augen zugetan. Ihr Gesicht schmerzte, und ihre Lippe hatte immer wieder angefangen zu bluten. Bei Tagesanbruch hatte sie in den Spiegel gesehen und zu ihrer Erleichterung festgestellt, dass die Schwellung nur gering und von dem Bluterguss kaum etwas zu sehen war. Flüchtig hatte sie darüber nachgedacht, Chantz zu warnen, dass Max vermutete ...

Was vermutete?

Dass sie tiefere Gefühle für seinen Aufseher hegte, als es sich für sie schickte? Wie sollte sie das anstellen, ohne Chantz einzugestehen, dass sie mehr für ihn empfand als nur verbotene Leidenschaft.

Sie hatte ihn geradeheraus nach Phyllis gefragt, doch er war der Antwort ausgewichen. War es nun schlimmer, die Gewissheit zu haben, dass er Phyllis liebte, oder aber weiterhin mit der Ungewissheit leben zu müssen?

Während die Sonne langsam am östlichen Horizont aufstieg, wartete Juliette ungeduldig auf Liza. Sie brauchte ihre Vertraute. Gemeinsam würden sie einen Weg aus ihrer

Zwangslage finden. Alle Wege schienen jedoch an dasselbe Ziel zu führen.

Belle Jarod.

Juliettes Laune verfinsterte sich, als Rosie ihr das Frühstück brachte und erklärte, man habe Liza zur Arbeit auf die Felder geschickt.

Da sich Liza in den vergangenen Tagen so schwach gefühlt hatte, würde die schwere Arbeit in der glühenden Sonne ihren Zustand sicher nur noch verschlimmern. Andererseits, versuchte Juliette sich zu beruhigen, waren die Felder immer noch besser als die Sklavenauktion. Jedenfalls bis sie einen Weg gefunden hatte, um Liza zu helfen – um ihnen beiden zu helfen.

Sie musste unbedingt mit Andrew sprechen. Allein.

Juliette stand mit schweißnassem Kleid und brennenden Augen am Herd vor dem großen Kupferkessel und rührte in der zähen, Blasen werfenden Pralinenmasse aus Butter und Zucker. Rosie goss einen Schuss Bourbon hinein. Little Clara wartete auf Rosies Zeichen und leerte dann eine Schüssel mit Pecanstücken über dem Kessel aus.

Rosie schloss die Augen, schnupperte und lächelte dann strahlend. »Chantz wird heute Abend ein sehr glücklicher Mann sein. O ja, er liebt Pralinen über alles.«

»Er wird wieder Bauchschmerzen bekommen«, sagte Little Clara und schüttelte den Kopf, sodass ihre Zöpfe flogen. »Bei Pralinen weiß er einfach nicht, wann er aufhören muss.«

Rosie scheuchte Juliette freundlich beiseite. »Gehen Sie lieber dort drüben hin, Miss Julie, wenn wir den Topf auf den Tisch stellen. Sie können ja schon die Zwiebeln in die Schildkrötensuppe geben und nach meinem Maisbrot sehen. Fred Buley mag sein Maisbrot nicht, wenn es braun wird. Hat man so etwas schon gehört? Dieser Mann ist eigensinnig und gemein.«

Juliette warf die Zwiebelstücke in die leise köchelnde Schildkrötensuppe, während Rosie und Little Clara den Kupferkessel vom Herd hievten und auf den großen Küchentisch stellten, dessen Fläche gebuttert und mit Zucker und Stücken von Pecannüssen bestreut war.

In der Hoffnung auf eine kühlende Brise trat Juliette an die Tür des Küchenhauses und beobachtete, wie Rosie mit einer Schöpfkelle die zähflüssige Masse in kleinen Häufchen auf dem Tisch verteilte, die sogleich zu goldfarbenen Kreisen zerliefen. Sie versuchte, sich Chantz vorzustellen, wie er *la cuite* aß, bis er davon Bauchschmerzen bekam. Es fiel ihr schwer, ihn als kleinen Jungen zu sehen, obwohl sie wusste, dass er nicht immer der geheimnisvolle, leidenschaftliche Mann gewesen sein konnte, der unstillbares Verlangen in ihr erweckte.

Sie blickte auf die Felder hinaus. Die Aufregung über die bevorstehende Alligatorenjagd schien beinahe greifbar in der Luft zu liegen. Seit dem frühen Morgen hatte man in der Nähe der Sümpfe Holzhaufen für die Lagerfeuer aufgeschichtet, die Boote zum Flussufer geschafft und die Waffen vorbereitet.

Little Clara hielt Juliette lächelnd eine Praline unter die Nase. »Feinere Pralinen gibt es nicht, Miss Julie. Hier, probieren Sie mal. Chantz wird bestimmt vor Freude die Augen verdrehen.«

Juliette lächelte und nahm die warme, weiche Süßigkeit. Sie biss hinein, und sogleich legte sich ein verzückter Ausdruck über ihre Züge.

»Sehen Sie?« Clara strahlte. »Niemand zwischen Holly und New Orleans macht so feine Pralinen wie wir.«

Rosie deutete auf einen großen gegarten Schinken mit Zuckerkruste. »Clara, schneide das Fleisch auf. Beeile dich. Chantz wird bald hier sein und sein Essen haben wollen. Herr im Himmel, der Mann kann Unmengen verschlingen. Ein Wunder, dass er nicht so breit wie ein Haus geworden ist. Mach schon, ich habe nicht den ganzen Tag Zeit. Dieses Kind ist wirklich so langsam wie kalter Zuckersirup.

Juliette nahm sich noch eine Praline vom Tisch und verließ die Küche. Sie ließ sich draußen auf den Stufen aus Zypressenholz nieder und streckte die Beine aus. Dann biss sie genießerisch in die süße Praline.

Sie sah ihn den Pfad hinauf kommen, Andrew an seiner Seite. Beide Männer waren verschwitzt und mit Schlamm bedeckt von ihrer Arbeit an der Befestigung der Felder. Samstags wurde die Arbeit bereits um die Mittagszeit beendet. Die Sklaven durften sich den Rest des Tages und am Sonntag ausruhen und sich um ihre eigenen Gemüsegärten kümmern.

Während die Praline in Juliettes Mund schmolz, holte sie tief Atem und lehnte sich zurück, die Ellenbogen auf die oberste Treppenstufe gestützt, die Beine ausgestreckt und den Saum des dünnen Baumwollkleides bis über die Waden hinaufgezogen. Hazel waren beim Frühstück förmlich die Augen aus dem Kopf gesprungen, als sie Juliette sah, die nicht nur kein Korsett trug, sondern auch keinen Unterrock. Das Haar hatte sie mit einem von Rosies Kopftüchern zurück gebunden, sie war schweißgebadet und gab mit Sicherheit nicht das Bild einer wohlerzogenen jungen Dame ab. Aber sie genoss es in vollen Zügen.

Chantz und Andrew gingen zu einem Wassertrog, der beim Milchhaus in der Nähe der großen Zisterne stand. Little Clara schoss aus der Küche, Handtücher in der einen,

Pralinen in der anderen Hand. Sie rannte den Pfad entlang, so schnell ihre dünnen Beine sie trugen, und scheuchte dabei die Hennen auf, die im Staub nach Käfern scharrten.

Während Chantz sich das Hemd auszog, wandte sich Andrew um und lächelte Little Clara zu. Spielerisch griff er nach ihr, doch sie wich ihm lachend aus und warf sich Chantz in die Arme.

Zwar konnte Juliette nicht hören, was er sagte, doch das machte nichts. Sie hatte inzwischen herausgefunden, dass man Chantz immer am Gesicht ansehen konnte, was er dachte. Als das Kind ihn anlächelte, schmolz seine finstere Miene dahin wie die Praline in Juliettes Mund.

Sie hatte einmal gehört, dass man den wahren Charakter eines Mannes daran erkennen konnte, wie sich Kinder und Tiere ihm gegenüber verhielten. Wenn das zutraf, musste sich unter der rauen, einschüchternden Fassade von Chantz Boudreaux ein Heiliger verbergen.

Little Clara steckte zuerst Chantz eine Praline in den Mund, dann Andrew, und deutete auf Juliette. Beide Männer wandten sich um und sahen sie an.

Während Chantz Kopf und Oberkörper in den Trog tauchte, um sich abzukühlen, schlenderte Andrew lächelnd zu Juliette hinüber, die Daumen in den Hosenbund gesteckt. »Sieh einer an, Miss Julie, ich hätte Sie beinahe nicht erkannt.«

»Das kann ich mir vorstellen«, antwortete sie.

Er blickte auf ihre bloßen Füße und hob eine Braue. »Die Pralinen sind sehr gut. Man sagt ja, dass der Weg zum Herzen eines Mannes durch seinen Magen führt.«

Sie blickte an ihm vorbei zu Chantz, der sich gerade abtrocknete.

Andrew ließ sich neben ihr auf der Treppe nieder. Er machte ein ernstes Gesicht und senkte die Stimme. »Sie wissen also von meiner Beziehung zu Liza?«

»Ja.« Sie nickte und zwang sich dazu, den Blick von Chantz und Little Clara zu wenden. »Ich muss unbedingt mit Ihnen sprechen. Allein.«

Andrew beugte sich vor, stützte die Armen auf die Knie und beobachtete Chantz und Clara beim Tauziehen um das Handtuch. »Geht es um Liza? Sie müssen wissen, dass ich mir durchaus der Gefahren bewusst bin …«

»Ihre Eltern wissen von Ihren Gefühlen für Liza. Sie verlangten von Max, dass er sie nicht mehr im Haus arbeiten lässt, sondern auf die Felder schickt.«

Er wandte sich langsam zu ihr um und hielt ihren Blick mit dem seinen.

Dann richtete Juliette ihr Augenmerk wieder auf Chantz, der sich das Handtuch über die Schulter geschwungen hatte und auf sie zuging. »Allmählich begreife ich«, sagte Juliette leise, »dass besseres Wissen oft von etwas Stärkerem verdrängt wird.«

»Und das wäre?«

»Verlangen, das nichts mit dem Verstand zu tun hat.«

Andrew betrachtete seinen Freund. »Mir scheint, dass dieses Verlangen im Augenblick allenthalben zu finden ist.«

Chantz trug eine tief sitzende Hose, die seinen Nabel entblößte, der von seidigem schwarzem Haar umgeben war, dass in einer dünnen Linie in seinem Hosenbund verschwand. Er trug kniehohe, abgewetzte Stiefel. Seine Brustwarzen wirkten wie Kupfermünzen, und sein Bauch war flach und so gerippt wie ein Waschbrett. Das schwarze Haar fiel ihm in feuchten Locken in die Stirn.

Lächelnd blickte er Juliette an, wie sie so mit bloßen Füßen und Waden im Schatten saß und an einer Praline knabberte. Ohne etwas zu ihr zu sagen, ging er in die Küche.

Andrew bedachte sie mit einem amüsierten Seitenblick, als wüsste er genau, was in ihr vorging. Natürlich wusste er es, schließlich hatte sich seine eigene Schwester von Chantz bezaubern lassen. Wenn sich schon eine so anständige junge Dame wie Phyllis Buley nicht zu bezähmen vermochte, wie sollte dann eine Frau wie sie, Juliette, Chantz widerstehen können?

»Finger weg von den Pralinen!«, rief Rosie. »Es gibt keine Süßigkeiten, ehe du etwas Vernünftiges gegessen hast. Nimm den Schinken und das Maisbrot und verschwinde. Ich kann heute niemanden in meiner Küche gebrauchen. Fred Buley will heute Schildkrötensuppe essen, und diese verdammte Schildkröte ist so zäh wie Leder. Himmel, der Mann wird sich wieder aufregen! Er ist eines Tages noch Schuld daran, dass mein Haar schlohweiß wird. Hinaus mit dir!«

Chantz lief lachend aus der Küche, die Hand voller Pralinen.

Rosie folgte ihm, legte Andrew und Juliette Stoffbündel mit Schinken und Maisbrot in den Schoß und warf dann Chantz ein ebensolches Bündel zu.

Sie stemmte die Hände auf die Hüften und blickte überaus finster drein. »Wenn ihr nicht gleich verschwindet, lasse ich euch allesamt Seife kochen. Sieh mich nicht so an, Chantz Boudreaux. Ich habe dich schon für weniger versohlt, als du noch ein Junge warst. Jetzt magst du mich vielleicht überragen, aber ich kann noch immer mit der Bratpfanne umgehen. Dir ziehe ich eins über, bevor du weißt, wie dir geschieht.«

Juliette richtete sich auf und warf Rosie einen Blick über die Schulter zu. »So, du hast ihn also versohlt, Rosie?«

»Allerdings, mindestens zweimal am Tag. Er war ein Lausejunge. Pralinen stibitzen, Marmelade naschen, Streiche spielen. Immer wieder Streiche spielen. Und frech war er! Einmal in der Woche musste ich ihm den Mund mit Seife auswaschen. Es wundert mich, dass er überhaupt noch eine Zunge hat.«

Sie schüttelte den Kopf und schürzte die Lippen. »Du bist immer noch ein Lausejunge, Chantz Boudreaux. Nichts als Streiche und ein freches Mundwerk. Und du stibitzt auch noch immer Pralinen.«

»Aber du liebst mich trotzdem, nicht wahr, Rosie?« Chantz zwinkerte ihr zu.

Rosie blies die Backen auf und wandte den Blick ab. »Ich habe da wohl keine Wahl. Ich muss ja doch mit dir leben, ob ich nun will oder nicht.«

Mit diesen Worten ging sie in die Küche zurück und begann lauthals zu singen.

Chantz ging zu der alten, moosbewachsenen Eiche hinüber. Andrew half Juliette auf die Beine, und sie folgten Chantz auf dem Maultierpfad, während die Sonne auf sie nieder brannte und der Dampf des warmen Maisbrots den Stoff des Bündels dunkel und feucht werden ließ. Juliette bemerkte, dass Andrew zum Herrenhaus hinüber sah, und ein Schatten schien sich über seine Züge zu legen.

Als sie sich im Schatten niederließen und Rosies Schinken und Maisbrot verzehrten, verkündete Juliette: »Andrew hat mir versprochen, mich morgen Nachmittag nach Belle Jarod zu bringen.«

Sie blickte auf und stellte fest, dass beide Männer sie verblüfft anstarrten.

Sie zuckte die Schultern. »Es ist nicht gefährlich. Max und die Buleys wollen morgen einige Nachbarn besuchen und bereits morgens aufbrechen. Maxwell wird nichts davon erfahren.

Chantz' Miene verfinsterte sich, und er richtete seine durchdringenden blauen Augen auf Andrew, der trocken schluckte und fieberhaft nach einer Erwiderung suchte.

Juliette legte ihr Mittagessen zur Seite. »Ich weiß, dass du glaubst, es würde mich zu sehr aufregen, Chantz, und ich weiß deine Besorgnis zu schätzen. Aber es ist an der Zeit, dass ich mein Leben selbst in die Hand nehme und herausfinde, welche Aufgabe mich erwartet.

»›Aufgabe‹ dürfte wohl kaum beschreiben, was dir bevorsteht«, erwiderte Chantz verärgert, »wenn du Belle Jarod wieder aufbauen willst. Ein solches Unterfangen grenzt an Wahnsinn. Es ist unmögliche, Juliette, zumindest für eine ledige Frau ohne Vermögen. Dein Vater hat einmal über dreihunderttausend Dollar in die Plantage gesteckt ...«

»Aber das waren doch die ursprünglichen Kosten«, unterbrach sie ihn. »Er musste das Land erwerben und das Haus und die Mühlen bauen lassen. Dann kamen noch die Ausstattung und die Sklaven dazu. Ferner verfügte meine Mutter offenbar über einen erlesenen Geschmack, was Kleider und Möbel anbetraf. Mir bedeuten derlei Dinge nichts, Chantz. Wenn nur das Haus bewohnbar ist ...«

»Das Haus ist abgebrannt. Größere Teile davon wenigstens. Die Mühlen sind verfallen und überwuchert. Außerdem würdest du mindestens hundert Sklaven brauchen, um die Felder vorzubereiten, bevor du im Januar überhaupt die Setzlinge pflanzen kannst.«

Er betrachtete das Maisbrot in seinem Schoß. »Suche dir einen wohlhabenden Ehemann, dann wird die Belle in kürzester Zeit wieder das Juwel des Mississippi sein.« Dann fügte er mit einem Seitenblick auf Andrew hinzu: »Aber vielleicht ist ja gerade das deine Absicht.«

»Ich würde lieber den Boden mit bloßen Händen umgraben, als einen Mann seines Geldes wegen zu heiraten«, erklärte Juliette und legte ihr Mittagessen zur Seite.

Sie streckte sich im Gras aus und blickte hinauf zu den knorrigen Ästen der alten Eiche, von denen zarte Moosstränge herabhingen. Zwischen den dichten grünen Blättern war hin und wieder ein Stück blauen Himmels zu sehen. Die zerdrückten Gräser unter ihren Händen verströmten einen frischen Duft.

»Als junges Mädchen lag ich nachts oft wach und stellte mir vor, wie wohl mein künftiges Zuhause aussehen würde. Wahrscheinlich erinnerte ich mich, ohne es zu wissen, an Belle Jarod. Ich sah mächtige dorische Säulen und eine große, schattige Veranda. *Parterres*, in denen unzählige Blumen blühten, Jasmin, der in goldenen Kaskaden an den Bäumen wuchs. Silberne Türgriffe und weite Wendeltreppen, Deckenfresken und Mosaike, die französische Landschaften darstellten. Von meinem Fenster aus konnte ich einen Teich sehen, auf dem Schwäne schwammen. Zwölf weiße Schwäne, die anmutig über das Wasser glitten, dessen Wellen im Sonnenschein funkelten.

Manchmal ging ich früh morgens im Klostergarten spazieren, wenn die Luft noch kühl und frisch war. Wenn ich dann den Wind in meinem Gesicht spürte und das Rauschen der Bäume hörte, blieb ich stehen. Es war, als würde der Wind längst vergessene Erinnerungen zu mir tragen.«

Zögernd sah Juliette zu Chantz hinüber. Er schien das Maisbrot vergessen zu haben, lehnte am Stamm der alten Eiche, sodass die Schatten der Blätter seinen Zügen Bewegung zu verleihen schienen, und blickte Juliette so durchdringend an, dass es ihr den Atem verschlug. Wieder stieg die Sehnsucht in ihr auf, die er in der vergangenen Nacht in ihr entfacht hatte und die sich jetzt zu einer wahren Feuersbrunst in ihrem Innern auszubreiten schien.

Chantz griff nach dem Tuch, das sie um ihr Haar geschlungen hatte, und strich dabei flüchtig mit den Fingerspitzen über ihre Wangen. Er zog an dem blauen Stoffstück, bis es sich löste und zu Boden flatterte, sodass Juliettes schwere rote Locken ihr ungebändigt über die Schultern fielen.

Sie verlor sich in diesem Moment – verlor sich in den blauen Tiefen seiner Augen und in der Hitze, die ihren Körper durchströmte. So schmerzlich sehnte sie sich nach ihm, dass ihr Tränen in die Augen stiegen.

Ich liebe dich, dachte sie, und das Eingeständnis fegte die letzten Überreste ihres inneren Widerstandes hinweg.

Juliette sprang auf und rannte in Richtung der Sklavenhütten davon.

Sie saß mit gekreuzten Beinen im Staub zwischen zwei Reihen mannshohen Zuckerrohrs. Sie hatte die Arme auf die Knie gestützt und das Gesicht in den Händen verborgen, die staubig und tränenfeucht waren. Das Zirpen der Zikaden vibrierte in der Luft, scheinbar im Rhythmus der Hitze, die in Wellen von den Zuckerrohrpflanzen auszugehen schien.

Sie kam sich töricht vor und empfand tiefe Verzweiflung. Auch wenn sie von Holly House floh und über den Ozean zurück nach Frankreich schwamm, würde sie sich doch nie der Tatsache entziehen können, dass sie sich in Chantz Boudreaux verliebt hatte.

Ein Schatten fiel über sie, und als sie aufblickte, stockte ihr der Atem vor Aufregung und Furcht. Sie hatte gespürt – oder zumindest darum gebetet –, dass er ihr hierher folgen würde.

»Oh.« Juliette schluckte und senkte den Blick. »Was tust du denn hier?«

Er trat näher, sodass seine breiten Schultern einen Moment lang die Sonne verdeckten. Wie stattlich er wirkte, selbst neben dem hoch aufragenden Zuckerrohr. Wie üblich, nahm seine bloße Anwesenheit ihr den Atem.

Chantz ließ sich auf die Knie nieder und musterte Juliette. »Du hast geweint. Warum?«

Sie zwang sich zu einem Lächeln. »Ich wage es nicht, das zu verraten, denn ich fürchte, du würdest mich dann für überaus unanständig halten.«

»Das tue ich ohnehin schon.« Sein charmantes, leicht schiefes Lächeln ließ ihn bezaubernd jungenhaft aussehen. Er setzte sich dicht neben Juliette, wischte sich den Staub von den Händen und pflückte einen Grashalm vom Fuß einer Rohrpflanze. »Alles an dir ist unanständig. Dein hübsches Gesicht. Dein wildes Haar. Dein Körper. Die Tatsache, dass du hier barfuss umherläufst und ohne Unterröcke ...«

»Es ist zu heiß, um einen Unterrock zu tragen.«

»Dass du dich um Mitternacht zu meiner Hütte schleichst ...«

»Ich habe dir erklärt ...«

»Ja, aber du hast gelogen.« Chantz neigte den Kopf zur Seite, um sie besser ansehen zu können. »Und die Tatsache, dass du aufs Feld läufst und wie ein kleines Mädchen im Staub spielst.« Er deutete auf Juliettes Malereien im Sand. »Aber du scheinst mir nicht zu den jungen Damen zu gehören, die leicht zum Weinen zu bringen sind.«

»Ich verabscheue Tränen.« Juliette wandte sich ab, doch die verachteten Tränen liefen ihr dennoch ungehindert über die Wangen. All die zurückgehaltenen Gefühle erschöpften sie. Am liebsten hätte sie sich in ein Loch verkrochen wie die winzigen Käfer, die sich zu ihren Füßen im Sand eingruben. »Tränen verraten Geheimnisse.«

Chantz fing eine Träne mit der Fingerspitze auf und betrachtete sie eingehend. »Ich kann kein Geheimnis entdecken.«

Sie bedachte ihn mit einem finsteren Blick. »Behandle mich nicht wie ein Kind, Chantz, das ertrage ich nicht.«

»So, wie du hier sitzt, mit tränenüberströmten Wangen und staubigen Zehen, erinnert mich dein Anblick daran, wie jung du tatsächlich noch bist, Darling. Du bist viel zu unschuldig, um zu begreifen, was dein Anblick in einem Mann auslösen kann.«

Juliette blickte zu ihm auf. »Was meinst du damit?«

Seine Züge verfinsterten sich, und er sah sie so durchdringend an, dass sie zu zittern begann. Doch er antwortete nicht. Regungslos saß er da, die Hände auf die Knie gestützt und zu Fäusten geballt. Juliettes Herz begann, schneller zu klopfen. Sie streckte die Hand aus und legte sie auf seine.

»Möchtest du mich berühren?«, fragte sie leise. »Ich wünschte, du würdest es tun. Berühre mein Gesicht, mein Haar.« Sie hob seine große, kräftige Hand und legte sie an ihre Wange. Langsam schloss sie die Augen. »Du duftest nach Sonnenschein«, flüsterte sie. »Und fühlst dich an wie ...« Sie schmiegte sich an seine Handfläche und spürte, dass seine Fingerspitzen auf ihrer Haut zitterten. »Hart, so hart. Und doch sanft. Nachts, wenn ich wach liege, erinnere ich mich daran, wie sanft du mich berührt hast. Und deine Lippen? So warm und feucht und mit dem Geschmack von

Bourbon. Mein Herz klopft schneller, wenn ich daran denke … so wie jetzt. Dann umarme ich mein Kissen und stelle mir vor, du wärst es. Manchmal küsse ich es auch und stelle mir vor, du wärst es. Wenn du mich wieder küssen würdest, wüsste ich bestimmt besser, was ich tun muss.« Sie öffnete die Augen und sah ihn an. »Ich wurde nämlich noch nie zuvor geküsst, weißt du.«

Ohne Chantz aus den Augen zu lassen, kniete sich Juliette hin, umfasste sein Gesicht mit den Händen und blickte forschend in seine Augen, in denen sich ein wahrer Gefühlssturm widerzuspiegeln schien. »Ich glaube, ich muss sterben, wenn du mich nicht bald noch einmal küsst, Chantz.«

Nichts. Keine Regung. Nur die Hitze, die auf sie nieder brannte und das Zirpen der Zikaden. »Möchtest du mich küssen, Chantz?«, fragte Juliette schließlich.

»Ich will …«, begann er mit rauer Stimme, schluckte dann und sah aus, als wolle er aufspringen und davonlaufen. »Dich«, flüsterte er dann.

Sie schmiegte sich an ihn und presste ihre Lippen auf die seinen. Es war kein heißer, leidenschaftlicher Kuss, nur eine zarte Berührung seiner Lippen, die sich überraschend weich anfühlten. Noch einmal, ihre Lippen aneinander ruhend, sein Atem ein sanfter Hauch auf ihrer Wange. Dann stöhnte Chantz leise auf, öffnete die Lippen und presste sie ein wenig stärker auf Juliettes, bis auch sie den Mund öffnete und seiner Zunge erlaubte, sie zu liebkosen – salzig und süß, heiß und feucht – oh, oh, es fühlte sich so gut an – wie in ihrer Erinnerung – sie presste sich an ihn, die Arme um seine Schultern geschlungen, während seine Hände über ihre Taille glitten, dann ihren Rücken hinauf, die Finger ausgebreitet, sein fester Griff ein Zeichen seiner kaum noch zu bändigenden Leidenschaft.

Schließlich wandte Chantz den Kopf zur Seite. Er hatte die Augen geschlossen, und auf seinem Gesicht lag ein Ausdruck schmerzlichen Begehrens, welches Juliette gerade erst zu verstehen begann. Auch sie spürte es, in ihrem ganzen Körper – etwas Ursprüngliches, das allmählich von ihr Besitz ergriff, so mächtig und fordernd wie die Liebe zu Chantz, die sie in sich trug.

»Berühre mich«, hörte sie sich flüstern, während sie den Kopf zurücksinken ließ und in den Himmel hinaufblickte.

Er umfasste ihre Brust, und der sanfte Druck seiner Hand schien Hitzewellen durch ihren Körper zu senden. Chantz hob sie ein wenig an, senkte den Kopf und barg sein Gesicht zwischen ihren Brüsten. Sein Atem ging in kurzen flachen Zügen und fühlte sich warm und feucht auf Juliettes Haut an.

Sanft ließ sie ihre Finger durch sein dunkles Haar gleiten, dann hob sie seinen Kopf an und sah ihm in die Augen, die so blau wirkten wie das Herz einer Flamme. »Ich mag es, wenn du mich berührst«, gestand sie atemlos. »Ich mag es, deine Hände auf meinem Körper zu spüren, deine Lippen, deinen Körper. Bin ich deshalb verdorben, Chantz?« Sie wartete die Antwort nicht ab, sondern küsste ihn erneut. Er zog an ihrer Bluse, bis sie sich aus dem Rockbund löste, und ließ dann die Hände unter den dünnen Stoff gleiten. Dann schob er die Bluse an Juliettes Körper empor, um ihre Brüste zu entblößen, die kaum noch von dem zarten, spitzenbesetzten Unterhemd bedeckt wurden.

Zärtlich, unendlich zärtlich presste er seine Lippen auf ihre Haut.

Sie seufzte.

Dann hauchte er seinen Atem über die sanfte Rundung.

Sie stöhnte.

Chantz zog das Hemd hinunter, sodass er seine Lippen um die zarte Knospe legen und sie mit seiner Zungenspitze liebkosen konnte.

»Oh.« Juliette seufzte. Sie spürte die sengende Sonne auf ihren geschlossenen Lidern und die noch viel größere Hitze in ihren Körper. »O ja.«

Chantz hob ihren Rock an. Mit den Fingerspitzen strich er spielerisch über ihre Schenkel und den weichen Stoff ihrer Unterwäsche, bevor er seine Hand darunter gleiten ließ, über Juliettes seidige Haut und in ihren Körper hinein. Sie spürte überwältigende, beinahe schmerzliche Lust. Weiß glühende Hitze und eine Spannung, als würden Chantz' Hände Blitze durch ihren Körper senden.

»Großer Gott, Juliette«, flüsterte er, streichelte sie, küsste sie, liebkoste sie sanft mit den Zähnen, bis sie gänzlich in Flammen zu stehen schien.

»Ich liebe dich«, wisperte sie, obgleich ihr im selben Moment bewusst wurde, dass dieses Geständnis ein Fehler gewesen war. Chantz zuckte zusammen und hielt die Hände still. Juliette klammerte sich an ihn und hielt seinen Kopf fest an ihre Brust gepresst, sodass sie das Kratzen seines Bartschattens auf ihrer Haut spürte.

»Ich liebe dich«, wiederholte sie und richtete den Blick auf die hohen Zuckerrohrpflanzen, die in der Sonne glänzten. »Ich weiß, dass es falsch ist, dass ich es nicht tun darf. Und wahrscheinlich wirst du mir erklären, ich sei noch zu jung, um zu wissen, was Liebe ist. Außerdem hätte ich mich gerade in dich nicht verlieben dürfen. Damit hast du Recht. Ich möchte dich auch nicht verletzen oder dir schaden. Ich dachte nur, du solltest es wissen.« Sie blickte hinunter auf sein dunkles Haar, das in glänzenden, wilden Wellen auf ihrer blassen Haut lag. Angesichts seines Schweigens stieg ein Gefühl schmerzlicher Enttäuschung in Juliette auf. »Ich dachte nur, du solltest es wissen«, wiederholte sie und schloss die Augen.

11

Gespannte Erwartung schien so schwer in der Luft zu liegen wie die Feuchtigkeit, wie der Rauch der Zypressenholzfeuer, deren Hitze die warme Sommernacht inzwischen in eine Vorahnung der Hölle verwandelte. Er hätte sich innerlich auf die Jagd vorbereiten sollen, stattdessen jedoch blickte Chantz immer wieder zum Herrenhaus, dessen Lichter durch die Dämmerung schienen, und bemühte sich, nicht daran zu denken, was am Nachmittag geschehen war. Er versuchte, sich nicht daran zu erinnern, wie süß Juliette geduftet hatte ... oder wie sehr ihr Liebesgeständnis ihn aufgewühlt hatte. Selbst jetzt, da Rum durch seine Adern floss und in seinem Kopf zu pulsieren schien, besaß die Erinnerung an Juliettes Worte die ernüchternde Wirkung eines Faustschlags in den Magen.

»Ich habe Angst, Chantz«, sagte Emma, während sie sich neben ihn stellte und seinem Blick folgte. »Du willst heute Nacht einen Menschenfresser jagen und bist halb betrunken. Geh nicht, Chantz, mein Liebling. Geh nicht auf die Jagd, wenn du in dieser Stimmung bist.«

Er dachte daran, ihr zu sagen, dass es nicht der Alligatorbulle mit der Vorliebe für Menschenfleisch war, der ihn aus der Ruhe brachte – er hatte sich von Juliette Broussards Körper verführen lassen. Nein nicht nur von ihrem Körper, sondern auch von ihrem Herzen und ihrer Seele, und nun fühlte er ...

Ja, was genau fühlte er eigentlich?

Verzweiflung. Er sehnte sich verzweifelt danach, sie wieder in seine Armen zu halten, ihre süßen Lippen zu schmecken, die Sonne auf ihrer Haut und den Blumenduft in ihrem Haar zu riechen, ihr in die leuchtenden Augen zu sehen und sich in ihrem verführerischen und doch so unschuldigen Lächeln zu verlieren. Und er wünschte sich verzweifelt, des Nachts wieder von Zuckerrohr zu träumen anstatt von ihrem seidigen Haar, das wie ein sanfter Windhauch über seine Haut streifte.

Er wünschte sich verzweifelt, sie nicht zu lieben.

Ohne Emmaline noch einmal anzusehen, verließ Chantz die Hütte, blieb auf der Veranda kurz stehen und bedeckte das Gesicht mit den Händen. Verdammt, er konnte noch immer ihren Duft riechen und spürte noch immer den Geschmack ihrer Haut auf der Zunge, trotz des Rums, den er getrunken hatte, damit er die Erinnerung an Juliette aus seinem Körper fort wusch.

Jemand kam durch die Dunkelheit auf ihn zu. Liza. Chantz drehte sich um und ging den Pfad zum Fluss hinunter. Sie rannte, um ihn einzuholen, sagte jedoch eine Weile nichts. Ihr Schweigen war beredter, als es ihre Worte je hätten sein können.

Schließlich sagte Chantz: »Wenn du mir etwas zu sagen hast, dann sprich.«

Nichts.

»Ich nehme an, dass du Juliette gesehen hast?«

»Allerdings. Was, zum Teufel, hast du dir dabei gedacht, Chantz? Was willst du jetzt tun? Dieses Mädchen ist schlichtweg verrückt nach dir, und bilde dir ja nicht ein, man würde es ihr nicht anmerken. Sie schwebt durchs Haus, als hätte sie Flügel an den Füßen. Was ist dir eingefallen, sie dort im Zuckerrohr zu küssen? Wenn euch nun Max gesehen hätte? Oder schlimmer noch, Tylor. Lieber Himmel, mit Miss Julie und Miss Phyllis in einem Raum zu sein ist, als säße man auf einem Fass Schießpulver. Juliette wirft Phyllis Blicke zu, und Phyllis gibt sie zurück. Beim Abendessen saßen sie einander gegenüber und fauchten sich an wie zwei Katzen, die um eine Maus balgen. Ich fürchtete, sie würden aufspringen und sich mitten in Rosies Ingwerkuchen die Augen auskratzen. Es will mir einfach nicht in den Sinn kommen, wie du dich von dieser jungen Frau verführen lassen konntest.«

Chantz blieb stehen und wandte sich zu Liza um, sah, wie sie erschrocken vor ihm zurückwich. »Willst du mir eine Predigt halten, Liza? Erspare dir die Mühe, ich habe das alles schon oft genug gehört. Ferner bist du wohl kaum ein so gutes Beispiel, wenn es um Herzensangelegenheiten geht. Wenn deine Affäre mit Andrew nicht darin enden soll, dass du verkauft wirst und er enterbt wird, müsste schon ein Wunder geschehen.«

Er bereute seine Worte augenblicklich. Selbst in der Dunkelheit war der Schmerz in Lizas Augen deutlich zu erkennen. »Du weißt genau, was dich erwartet, wenn du dich mit Julie einlässt«, sagte sie. »Nur eines hat Maxwell in seinem Leben mehr begehrt als Maureen Broussard – und das war Belle Jarod. Er wird nicht dulden, dass du seine Pläne durchkreuzt. Wenn er dich dazu von hier fortjagen muss, wird er es tun.« Sie trat näher an Chantz heran und senkte die Stimme. »Es macht keinen Unterschied, dass er dein Vater ist, Chantz. Er hat nur einen Sohn im Sinn, Tylor, diesen armseligen Taugenichts. Ich will nicht einmal daran denken, was aus uns wird, wenn du Holly verlassen müsstest.«

Chantz wusste, dass sie Recht hatte. Doch das machte seine Lage nicht weniger schwierig. Er setzte seinen Weg fort, und Liza folgte ihm. Der Rauch der Lagerfeuer brannte ihm in den Augen, und der Rum in seinem Blut ließ seinen Kopf im Takt seines schnellen Herzschlags pochen. Als er den Lagerplatz erreichte und die versammelten Männer ihn begrüßten, sah er ihren Gesichtern an, dass er nicht der Einzige war, der die besondere Spannung spürte, die in der Luft lag. In anderen Nächten hätten sich die Jäger miteinander unterhalten, Geschichten erzählt, gesungen und getanzt. Doch in dieser Nacht herrschte Stille bis auf das Knacken und Zischen der brennenden Holzscheite. Die Luft flirrte vor Hitze, und als Chantz die vielen ernsten Gesichter vor sich sah, gezeichnet von Feuer und Furcht, war ihm, als habe er soeben das Tor zur Hölle durchschritten ...

Da entdeckte er auch schon den Teufel persönlich, der an einem Baum lehnte und Chantz beobachtete. Tylor. Der Lump hatte sich doch tatsächlich blicken lassen. Doch man konnte ihm anmerken, dass auch er nicht erfreut über sein Erscheinen war.

Louis trat auf Chantz zu. »Boss, wir meinen alle, dass wir vielleicht auf eine andere Gelegenheit warten sollten. Meine Tessa hat im Kaffeesatz gelesen und sagt, dass wir Ärger bekommen werden. Heute Nacht gehen Geister um, ich fühle es.«

»Du bist viel zu groß, um so abergläubisch zu sein, Lou.« Andrew trat aus der Dunkelheit und grinste. Nach einem kurzen Blick auf Liza und Tylor verschränkte Andrew die Arme vor der Brust und fügte leise hinzu: »Nur die Lebenden treiben heute Nacht auf Holly ihr Unwesen. Phyllis hat mich vorhin ohne Umschweife gefragt, ob etwas zwischen dir und Juliette vorgefallen ist.«

»Das geht Phyllis gar nichts an«, sagte Liza so zornig, dass Andrew das Lächeln verging. Verblüfft sah er sie an. »Man kann nicht alles haben, Andrew Buley. Entweder man liebt einen Menschen oder nicht. Phyllis hat ihre Wahl getroffen. Meine Mama würde sagen, Phyllis hat sich ihr Bett gemacht, nun muss sie auch darin schlafen – mit Horace Carrington, Gott sei ihr gnädig. Erinnere sie daran, Andrew. Und wenn du schon dabei bist, würde es nicht schaden, wenn du auch darüber nachdenken würdest. Wir alle müssen unsere Entscheidungen treffen und dann mit den Folgen leben.«

Liza machte auf dem Absatz kehrt und marschierte davon. Andrew blickte ihr staunend nach. »Auch wenn ich fünfhundert Jahre alt würde, blieben mir die Launen einer Frau doch immer ein Rätsel.«

Louis schüttelte den Kopf und sagte leise: »Tylor wird uns Unglück bringen, Boss. Und der Ausdruck in deinen Augen gefällt mir auch nicht. Du scheinst auch mehr im Sinn zu haben als die Jagd.«

Der Schwarze legte Chantz die Hand auf die Schulter und flüsterte: »Jetzt ist nicht der Augenblick, in dem dir deine Gefühle für Tylor in die Quere kommen sollten, Boss. Wir haben etwas zu erledigen.«

Natürlich hatte Louis Recht. Chantz wusste, dass er sich jetzt konzentrieren und klar denken musste. Es war immer eine seiner Stärken gewesen, selbst in schwierigen Zeiten einen kühlen Kopf zu bewahren, logisch zu denken und ein Fels in der Brandung zu sein. Allerdings hatte Logik in seinem Leben keine Rolle mehr gespielt, seit er Juliette Broussard zum ersten Mal begegnet war.

Mit zögernden Schritten kam Tylor auf sie zu, als müsse er seine unwilligen Beine zu jeder Bewegung zwingen. Trotz seiner kläglichen Versuche, seine Furcht zu verbergen, stand ihm der Angstschweiß auf der Stirn und durchnässte sein Hemd.

Gezwungen lächelnd sagte er: »Da ihr mich alle anseht, scheine ich wohl gerade Gegenstand eurer Unterhaltung gewesen zu sein.«

»Lass es mich so sagen«, begann Andrew, »Als ich dich dazu herausforderte, mit uns auf die Jagd zu gehen, rechnete ich nicht damit, dass du tatsächlich erscheinen würdest.«

Tylor kniff die Augen zusammen. »Ich bin ein ausgezeichneter Jäger, Andrew, da kannst du jeden fragen. Nichts liebe ich mehr, als meine Beute zu verfolgen, mich anzupirschen und ihr einen Schuss mitten zwischen die Augen zu setzen.«

»Du siehst doch nur Lebewesen als Beute an, die sich nicht wehren können. Hilflosigkeit weckt deine Männlichkeit, Tylor. Wehrlosigkeit verleiht dir das Gefühl, tatsächlich so etwas sie Mut zu besitzen.«

»Eines Tages werde ich dir schon noch beweisen, wie viel Mut ich habe, Andrew«, erwiderte Tylor mit einem selbstzufriedenen Grinsen. »Eines Tages wirst du bereuen, mich beleidigt zu haben.«

»Erlege den Alligatorbullen, Tylor und meine Achtung vor dir wird gewaltig wachsen.«

In verschwörerischem Flüsterton fügte Andrew hinzu: »Natürlich sind dir die Gefahren bekannt. Der Bulle hat einen ganz besonderen Sinn – er kann Schwäche wahrnehmen. Und dir, mein Freund, ist das Wort ›Köder‹ förmlich auf die Stirn gebrannt.« Er fuhr mit einem Finger über Tylors schweißglänzendes Gesicht. »Da steht es: ›Friss mich‹, in leuchtend roten Buchstaben.«

Tylor schlug Andrews Hand beiseite.

Mit erhobenen Augenbrauen sagte Andrew: »Jetzt wäre es wohl an der Zeit, darüber zu reden, was du tun musst, wenn der Bulle auftaucht und dich aus dem Boot zieht, als wärst du ein reifer Pfirsich, den man vom Baum pflückt. Selbstverständlich weißt du, wenn die Kiefer des Bullen einmal zugeschnappt sind, braucht man zwei Männer von Louis' Statur, um sie wieder zu öffnen. Wenn du Glück hast. Zuerst rollt er sich auf den Rücken, um dich zu Fall zu bringen, dann zieht er dich mit sich in die Tiefe und hält dich dort fest, bis du ertrunken bist, während er dir nebenbei den Hals oder die Wirbelsäule bricht.

Ich hörte, dass du dir keine Sorgen wegen der Schmerzen machen musst, du wirst sie nicht spüren, sondern nur einen gewissen Druck. Der einzige Weg, dich zu retten, ist es, ihm die Augen auszustechen. Sie sind seine einzige verwundbare Stelle. Du musst mit dem Daumen so kräftig du kannst gegen seinen Augapfel drücken. Aber selbstverständlich werden wir für dich da sein, falls dir etwas passieren sollte. Nicht wahr, Chantz?«

Tylor wich zurück; ein Schweißtropfen lief ihm über die Wange, als er Chantz ansah. »Wenn mir etwas passiert, wirst du dich vor meinem Vater verantworten müssen, so viel ist sicher. Denkt daran, alle beide.«

Louis schüttelte den Kopf, als Tylor davon ging. »Dieser Mann ist gemein bis auf die Knochen, Boss. Und verrückt. Er ist der verrückteste Kerl, den ich je gesehen habe.«

»Dann hast du noch nicht viel Zeit mit meinem künftigen Schwager verbracht«, bemerkte Andrew. Er zog zwei Zigarren aus seiner Brusttasche und reichte sie Chantz und Louis.

Während Chantz seine Zigarre anzündete, beobachtete

er Tylor, der am Stamm einer Zypresse lehnte, mit hängenden Schultern und vorgeschobener Unterlippe. Er sah aus wie ein schmollendes Kind. Furcht ging von ihm aus, beinahe so sichtbar wie der Feuerschein.

Chantz wusste, dass Maxwell hinter Tylors Teilnahme an der Jagd steckte. Er konnte sich genau vorstellen, wie Max die Faust geschüttelt und seinem Sohn befohlen hatte, sich endlich wie ein Mann zu verhalten und etwas Mut zu zeigen.

Er wandte sich von den Feuern und den halblauten Gesprächen ab und ging in die Dunkelheit hinein. Die Geräusche der Nacht hüllten ihn ein, und die Nachtluft kühlte sein erhitztes Gesicht. Gräser streiften seine Stiefel und Frösche platschten im schwarzen, schlammigen Wasser des Bayou. Chantz wanderte am Ufer entlang und versuchte, sich auf die Jagd zu konzentrieren, nicht auf den quälenden Gedanken, dass er Juliette unbedingt wieder sehen wollte, ja musste. Verzweifelt, als hinge sein Leben davon ab.

Die Boote lagen aufgereiht am Ufer, bereits zur Hälfte ins Wasser geschoben. Der Gestank der Köderfische, des fauligen Fleischs und des Tierbluts verursachten Chantz Übelkeit. Doch vielleicht lag es auch an dem Rum, der auf dem Grunde seines Magens zu schwimmen schien wie eine Kerosinpfütze.

Er war nicht abergläubisch, doch eine seltsame Vorahnung ergriff mit eisigen Fingern von ihm Besitz. Er schauderte, und die Schweißperlen auf seiner Stirn schienen plötzlich aus Eis zu bestehen.

Eigenartig. Es hatte nur wenige Augenblicke in seinem Leben gegeben, in denen Chantz Angst gehabt hatte. Rosie hatte ihn oft damit geneckt, dass es ein Segen für ihn war –

oder ein Fluch, je nach ihrer Laune –, keine Furcht empfinden zu können, die andere Männer zu bebenden Häufchen Elend machte, die keinen klaren Gedanken mehr fassen konnten – wie Tylor, dem dort drüben die Knie in den feinen Stiefeln zitterten und dessen Hemd von Angstschweiß durchtränkt war.

Dummkopf. Tylor hatte keine Angst vor dem verdammten Alligator, sondern vor Chantz.

Vielleicht war Tylor nicht ganz so dumm, wie es den Anschein hatte.

Louis hatte Recht.

Diese Nacht war nicht dazu geeignet, dem teuflischen Bullen ins Auge zu blicken. Es gab zu viele andere Dämonen, die Chantz im Augenblick heimsuchten.

Zu spät.

Das tiefe Brüllen des Alligatorbullen ließ die Nacht erzittern. Das Geräusch schien in Chantz zu vibrieren, und die Härchen in seinem Nacken stellten sich auf.

Da war die Herausforderung. Die Drohung. Es war, als könne der verdammte Bulle seine Gedanken lesen.

Chantz blickte in den lang gestreckten, schlammigen Bayou hinein, doch die Dunkelheit war undurchdringlich. Dann ertönte das Gebrüll ein zweites Mal, näher, tiefer. Es hallte in den Zypressen am Ufer wider, sodass Chantz die Richtung nicht bestimmen konnte, aus der das Geräusch kam.

Die Jäger gingen zu ihren Booten, jeder zweite trug brennende Fackeln in der Hand, und zu zweit stiegen sie in die Boote.

Chantz warf seine Zigarre ins Wasser und wandte sich dann Tylor zu, dessen starrer Gesichtsausdruck beinahe etwas Komisches hatte.

Als Andrew und Louis sich zu Chantz gesellten, sagte er: »Tylor kommt mit mir.«

Die beiden anderen warfen einander besorgte Blicke zu.

Chantz winkte Tylor heran, und dieser ging auf Chantz zu, als trüge er Bleigewichte an den Füßen. Louis streckte ihm eine Fackel entgegen. Mit zitternden Händen nahm Tylor sie entgegen und blickte starr an Chantz vorbei auf den Bayou.

Die Boote glitten lautlos über den Fluss. Der Schein der Fackeln warf golden schimmernde Lichtflecken auf das schwarze Wasser. Die hohen Sumpfgräser und knorrigen Zypressenstämme spiegelten das Licht wie silbrige Glasscherben. Dann stieg der Nebel auf, der seine dunstigen Finger von den Sumpfinseln aus über das Wasser streckte.

Während Chantz das Boot lautlos unter den Bäumen hindurch manövrierte, hockte Tylor am Boden, die Fackel fest umklammert und aufs Äußerste angespannt. Die Boote verteilten sich im Bayou. Die Fackeln brannten und sprühten Funken, sodass sie in der stockdunklen Nacht wie Irrlichter aussahen. Die Männer hielten ihre Speere bereit und warteten schweigend. Hin und wieder schlugen sie leicht mit den Rudern aufs Wasser, um den Bullen anzulocken.

»Was tun wir jetzt?«, fragte Tylor mit bebender Stimme.

»Halte deinen Mund geschlossen, die Augen offen und die Fackel in die Höhe.« Chantz blickte zu Tylor, der sich zusammenkauerte und so sehr zitterte, dass er das Boot zum Schaukeln brachte.

»Würdest du mir auch sagen, wonach ich Ausschau halten soll?«

»Nach einem etwa fünf Meter langen Alligatorbullen.«

Tylor schnaubte. »Du bist ein Klugschwätzer, Chantz, habe ich dir das schon einmal gesagt?«

»Ja, bei jeder Gelegenheit. Ich sagte, du sollst die Fackel höher heben. Höher!«

»Meine Arme werden lahm.«

»Vielleicht solltest du hin und wieder etwas Schwereres hochheben als ein Glas Bourbon. Höher. Das Licht wird sich in seinen Augen spiegeln. Sie leuchten dann wie zwei glühende Kohlen.«

»Vielleicht hat er sich davongemacht.«

»Nein, er ist hier.« Chantz blickte auf das Wasser. »Hörst du die Stille? Keine Zikaden, keine Frösche.« Er verlagerte sein Gewicht und stützte den Speerschaft auf seine Knie.

»Ich muss verrückt gewesen sein, mit dir ins Boot zu steigen«, murmelte Tylor. »Du würdest mich doch liebend gern tot sehen, nicht wahr, Chantz?«

Chantz starrte Tylor an und spürte, wie sich seine Finger fester um den Speerschaft legten, während er das Profil des Mannes betrachtete.

Tylor wandte sich ihm zu. »Ich kann dich verstehen. Auch deine Existenz in meinem Leben ist wie eine schwärende Wunde, die nicht verheilen will. Manchmal glaube ich, du genießt dein Leiden.«

Noch immer schwieg Chantz. Er presste sich die Hand an die Stirn und versuchte, sich nicht von der Jagd ablenken zu lassen. Es durfte Tylor keinesfalls gelingen, ihn aufzubringen. Irgendwann in den vergangenen Stunden des Wartens hatte sich eine seltsame Müdigkeit in Chantz ausgebreitet – lähmende Erschöpfung und tiefe Niedergeschlagenheit. Obwohl er sich bemühte, das Gefühl nicht zu beachten, ließ es sich nicht abschütteln. Ferner war ihm, als würde er in Treibsand versinken, wann immer er an Juliette dachte.

Tylor nahm die Fackel in die andere Hand und verlagerte sein Gewicht. Dann öffnete und schloss er seine verkrampften Finger, um sie zu entspannen. Schließlich ließ er den Blick über das Wasser schweifen, schien jedoch im Augenblick nicht besonders ängstlich zu sein.

»Eines muss ich dir lassen, Chantz, du hast es großartig verstanden, an deiner Würde festzuhalten, wenn man die Umstände deiner Geburt bedenkt. Von deiner Herkunft ganz zu schweigen.«

Wieder umklammerte Chantz den Speer fester und konzentrierte sich auf den Fluss, nicht auf seinen wachsenden Zorn.

Grinsend betrachtete Tylor ihn, und sein Blick drückte eine finstere Selbstsicherheit aus. Er hatte nichts mehr von dem ängstlichen Weichling, der zitterte und bebte, sobald Chantz ihn ansah. Tylor beugte sich vor, und sein Lächeln schwand.

»Ich vermute, als namenloser Bastard aufzuwachsen ist schlimm genug. Die Tatsache, dass deine Mama nichts anderes ist als eine Flussratte, über die Daddy eines Nachts stolperte, als er zu betrunken war, um sich auf den Beinen zu halten, würde andere Männer zu Tode beschämen. Ach, ich hatte ja vergessen, dass du glaubst, deine Mama wäre die Tochter eines reichen Bankdirektors aus Carolina.«

Wieder grinste Tylor breit. Chantz starrte ihn an, dachte in diesem Augenblick weder an den Bullen noch an Juliette, sondern überlegte nur, ob Tylor jetzt völlig den Verstand verloren hatte. Oder vielleicht hatte er sich auch missverständlich ausgedrückt, denn selbst Tylor konnte keinesfalls so dumm sein, Chantz' Mutter auf diese Weise zu beleidigen – jedenfalls nicht, wenn er an seinem Leben hing.

Dennoch wirkte Tylor seiner Sache beunruhigend sicher.

»Deine Mama ist nie in Carolina gewesen, alles, was sie je gesehen hat, war das Westufer des Mississippi. Dort hat Daddy sie getroffen. Sie lebte in einer armseligen Hütte mit ihrer Mutter und einigen rotznasigen jüngeren Geschwistern.«

»Du bist ein dreckiger Lügner.« Chantz hob den Speer und presste dessen Spitze an Tylors Hals.

Tylor wich zurück und hätte dabei beinahe die Fackel fallen gelassen. Das Boot schaukelte gefährlich. Er griff sich an den Hals und erschrak gleich darauf, als er sah, dass seine Finger blutig waren. Der Fackelschein leuchtete in seinen Augen, als er den Blick langsam wieder Chantz zuwandte.

Chantz spürte das Gewicht des Speers in seinen Händen, während er Tylor in die Augen sah. Er wollte seinen Halbbruder töten und war nur zu gern bereit, bis in alle Ewigkeit in der Hölle zu schmoren, wenn er dafür Tylor sterben sehen konnte.

Das Boot hob sich aus dem Wasser, wie von unsichtbaren Armen empor gestemmt. Tylor stieß einen Angstschrei aus und warf die Fackel von sich, sodass sie mit einem Feuerschweif durch die Dunkelheit flog und schließlich im Wasser versank. Der Alligator tauchte wieder ab, und das Boot schlug schaukelnd auf der Wasseroberfläche auf. Tylor verlor das Gleichgewicht und stürzte in den Fluss.

Die Männer in den anderen Booten ruderten so schnell sie konnten, um ihm zur Hilfe zu kommen.

Chantz sprang auf, balancierte sein Gewicht aus und suchte den dunklen Fluss nach Tylor ab, den Speer fest in der Hand. Tylor tauchte prustendend auf und schlug wild um sich, schreiend und flehend.

»Hilfe!« Der Ruf blieb ihm beinahe in der Kehle stecken, als er in Chantz' Augen sah und dessen Absicht erkannte.

Die Wirklichkeit schien vor Chantz' Augen zu verschwimmen; Erinnerungen stiegen in ihm auf, Spott und Hohn, die Steine, die von seinem Körper abprallten, und der tiefe Schmerz, der ihn all die Jahre begleitet hatte, in denen er sich gewünscht hatte, ein Teil von Max' Welt zu sein. Doch es gab nur Tylor, immer wieder Tylor, dessen Gesicht ihn bis in seine Träume hinein verfolgte.

Chantz wurde jäh aus seinen Gedanken gerissen und nahm Tylor wieder wahr, der verzweifelt die Hand nach ihm ausstreckte.

»Verdammt«, flüsterte Chantz, warf den Speer beiseite, ergriff Tylors Hand und zog ihn ins Boot.

Tylor versuchte, sich am Bootsrand emporzuziehen, sodass das Boot abermals gefährlich schwankte. Chantz taumelte, und während er noch darum bemüht war, das Gleichgewicht zu halten, rollte sich Tylor auf die Seite, wischte sich die Wassertropfen aus den Augen und trat Chantz mit aller Kraft in die Kniekehle.

Hart schlug Chantz auf dem Wasser auf, und sein Gewicht zog ihn hinab in die Tiefe, in der die Rufe der Männer gedämpft klangen und beinahe vom Rauschen der Luftblasen an seinen Ohren übertönt wurden. Er befreite sich von den Schlingpflanzen, die sich um seine Arme und Beine wickelten, und kämpfte sich zurück an die Wasseroberfläche. Die Fackeln der anderen Boote schienen unendlich weit entfernt zu sein.

Tylor starrte auf ihn hinab, die Augen weit aufgerissen, sein Gesicht leichenblass.

Chantz rang nach Atem und streckte Tylor die Hand entgegen.

Doch dieser regte sich nicht, sondern blickte seinen Halbbruder nur starr an.

Als der Alligator die Fänge um Chantz Bein schloss, war dessen erster Gedanke, dass Andrew sich geirrt hatte. Er spürte Schmerzen, und sie waren unerträglich – besonders, als sich der Bulle auf den Rücken drehte und Chantz mit sich in die Tiefe zog …

12

Bei den Hahnenkämpfen im Dorf hatte sie etwas über die Leidenschaft erfahren. Sie war zugegen gewesen, wenn die Dirnen und betrunkenen Bauern ihre Körper aneinander gerieben und so offensichtliche Freude daran gefunden hatten. Manchmal hatte sie auch die anderen Mädchen im Kloster miteinander flüstern hören, wenn sie einander ihre Geheimnisse anvertrauten. Doch nichts von alledem hatte sie auf die Empfindungen vorbereitet, die Chantz an diesem Nachmittag in ihr erweckt hatte. Das drängende Verlangen war schneidend und süß zugleich gewesen – unendliche Freude und ebensolcher Schmerz – für sie und für ihn.

Juliette schalt sich eine Närrin. Was hatte sie sich nur dabei gedacht, ihre Gefühle zu gestehen? Ihn zu verführen? Und das auch noch auf dem offenen Feld bei hellem Tageslicht. Ein Kuss. Eine verbotene Berührung – das war alles gewesen.

Ein Liebesgeständnis.

Natürlich hatte es ihn verärgert und geängstigt. Er hatte sich von ihr gelöst und war davongegangen, obwohl sie seinen Namen gerufen hatte und ihm dann nachgelaufen war, tränenüberströmt und schamrot.

Chantz Chantz Chantz.

Juliette ging unruhig auf dem dunklen Balkon auf und ab. Wenn die Hunde nicht bald zu kläffen aufhörten, würde sie gewiss noch den Verstand verlieren.

»Sie sollten sich wirklich bemühen, es nicht ganz so offensichtlich zur Schau zu tragen«, ertönte eine Stimme hinter ihr. Juliette drehte sich um und sah Phyllis in die Augen. Diese lächelte gezwungen. »Zugegeben, Chantz hat etwas Besonderes an sich, das einer Frau ins Blut geht und nicht zu vertreiben ist. Doch die meisten von uns versuchen wenigstens, es zu verbergen ... vor allem, wenn sie sich in Gesellschaft befinden.

»Ich weiß nicht, wovon Sie sprechen«, antwortete Juliette und kehrte Phyllis den Rücken zu.

»Nun gut, leugnen Sie es ruhig auch weiterhin. Vielleicht glauben Sie es sogar eines Tages selbst. Doch dazu müssten Sie schon Baton Rouge verlassen und Chantz nie wieder sehen. Sind Sie dazu bereit, Miss Broussard?«

»Ich wüsste nicht, wohin ich gehen sollte.«

Phyllis stellte sich neben sie, verschränkte die Arme vor der Brust und betrachtete den nächtlichen Garten. »Beinahe beneide ich Sie um das, was Sie sind. Ich wünschte, ich verfügte über Ihren Mut, Ihre Eigenwilligkeit und Leidenschaft – von Ihrem Stolz ganz zu schweigen. Ich wollte, ich besäße auch nur einen Funken Ihrer inneren Kraft und Güte. Dafür bewundert er Sie.« Phyllis lehnte sich an eine Säule und betrachtete Juliettes Profil. »Ich vermute, dass Sie nicht gerade auf seine Bewunderung aus sind. Zweifellos sehnen Sie sich nach seiner Liebe und ewigen Treue.«

»Sie lieben ihn«, sagte Juliette traurig. Sie spürte, dass Phyllis und sie beide etwas verloren hatten. »Nicht wahr?«

»Ja.«

»Und liebt er Sie auch?« Juliettes Stimme zitterte.

Phyllis schwieg, während die Hunde immer lauter und aufgeregter zu bellen begannen. »Und wenn ich ja sagte? Würde das Ihre Gefühle für ihn ändern?«

»Nein.«

Miss Buley lächelte. »Ist es nicht schade, dass wir unsere Gefühle nicht einfach an- und ablegen können, wie es uns gefällt? Es würde weit weniger Herzschmerz bedeuten. Wahrscheinlich würden wir unser Leben in Zufriedenheit verbringen, statt uns ständig mit der Frage zu quälen, was gewesen wäre, wenn …« Sie seufzte. »Wenn ich doch Horace heiraten würde, weil ich ihn liebe. Wenn nur Chantz' Augen nicht so blau und sein Lächeln nicht so charmant und seine Küsse nicht so zärtlich wären … dann könnte ich mich eines Tages vielleicht sogar in Horace verlieben. Wenn nur Chantz nicht die verbotene Frucht wäre …«

Zunächst klangen die Schreie wie die entfernten Rufe eines Nachtvogels.

Juliette und Phyllis blickten einander an und hasteten dann beide ans Ende des Balkons. Juliette fasste unwillkürlich nach Phyllis' Hand, als könne die Berührung ihren zitternden Knien wieder Kraft verleihen.

Wieder die Schreie. Sie kamen näher.

»Großer Gott.« Phyllis stockte der Atem. »Es muss etwas geschehen sein.«

Eine Gestalt eilte durch die Dunkelheit aufs Haus zu.

»Das ist Liza!« Phyllis schlug sich erschrocken die Hand vor den Mund.

Juliette hastete die Balkontreppe hinunter und rannte Liza entgegen, deren verzweifeltes Schluchzen sie das Schlimmste befürchten ließ.

»Liza!«, rief sie. »Liza, was ist geschehen?«

Die Schwarze stolperte und sank Juliette in die Arme. Mit den Händen klammerte sie sich an Juliettes Kleid fest, während sie auf die Knie fiel. Sie stammelte zusammenhanglose

Worte, barg dann das Gesicht in den Händen und wiegte sich vor und zurück.

Juliette kniete sich vor die Freundin und umfasste Lizas tränennasse Hände mit den ihren. »Was ist geschehen, Liza?« Ihre Stimme bebte, und eisige Furcht schien ihren Brustkorb zum Bersten zu füllen. Am liebsten hätte sie Liza geschüttelt, um sie zur Vernunft zu bringen. »Um Gottes willen, Liza, beruhige dich und erzähle uns, was geschehen ist.«

Etwas in Lizas dunklen Augen, die so voller Trauer waren, ließ Juliette den Atem stocken.

»Chantz«, stieß sie hervor. »Chantz ist etwas zugestoßen.«

Liza nickte schluchzend.

Phyllis sank neben den beiden Frauen auf die Knie und rang die Hände.

»Ist … ist er tot?«, fragte Juliette. »Nun?« Sie schüttelte Liza verzweifelt. »Verdammt, Lisa, antworte!«

»Der Bulle hat ihn erwischt«, brachte sie schließlich hervor. »Er hat ihn mit sich in die Tiefe gerissen.«

Juliette blickte die Freundin starr an, als hoffte sie, in Lizas Gesicht einen Anhaltspunkt dafür zu finden, dass alles nur ein grauenvolles Missverständnis war.

»Ist er tot?«, hörte sie sich fragen.

»Ich weiß es nicht, Louis ist gleich ins Wasser gesprungen.«

Liza wischte sich die Tränen von den Wangen und sah Juliette in die Augen. »Tylor hat tatenlos zugesehen. Chantz hat ihm die Hand hingestreckt, und Tylor saß einfach nur im Boot und ließ den verdammten Alligator gewähren.«

Einige Männer tauchten aus der Dunkelheit auf. Einer rief: »Holt den Doktor! Schnell! Chantz blutet stark!«

Juliette stand auf und sah die beiden anderen Frauen an, die noch immer reglos wie Wachsfiguren am Boden knieten, die Augen vor Entsetzen weit aufgerissen. Sie hatte nur einen Gedanken: Chantz war noch am Leben!

Ein Mann ritt in wildem Galopp an ihr vorbei und trieb sein Pferd immer wieder mit der Gerte an.

Juliette ging den Pfad entlang, der zum Bayou führte. Sie stolperte über ihren Kleidersaum, sodass sie den Rock anheben musste, als ihre Schritte immer länger wurden und sie schließlich zu rennen begann. Überall lagen kleine Steine auf dem Pfad, und immer wieder strauchelte sie über Disteln und Gestrüpp, bis sich ihre Fesseln und Waden anfühlten, als wären sie von Messern zerschnitten worden.

Der Schein des flackernden Lagerfeuers ließ sie die Männer erkennen, die am Ufer standen oder hockten. Louis blickte auf und entdeckte Juliette.

Sie blieb stehen, als er sich erhob und auf sie zuging. Seine durchnässte Kleidung klebte ihm am Körper, das weiße Hemd blutgetränkt. Auch seine Hände waren blutverschmiert. Die Furcht drohte Juliette die Besinnung zu rauben, doch sie zwang sich dazu, in Louis' gequältes Gesicht zu sehen.

»Gehen Sie zum Haus zurück, Miss Julie. Dies ist kein Ort für eine junge Lady. Ich habe Elijah in die Stadt geschickt, und sobald der Doktor eintrifft, wird alles wieder in Ordnung sein.«

»Lebt er noch?« Juliette schluckte schwer und bemühte sich, ruhig zu atmen. Die Luft flirrte von der Hitze des Lagerfeuers, so gnadenlos, dass sich Juliettes Haut anfühlte, als würde sie versengt.

Louis nickte, wandte jedoch den Blick ab.

»Ich will ihn sehen. Ich will mich überzeugen, dass ...«

»Nein, gehen Sie jetzt nicht zu ihm. Nicht bevor der Doktor...«

Juliette ging an ihm vorbei.

Andrew stand plötzlich wie aus dem Nichts vor ihr. Die Blutspritzer in seinem Gesicht verliehen ihm das Aussehen eines Wilden, als er Juliettes Schultern umfasste. Auch seine Finger waren feucht von Blut, und Juliette schauderte. Ein Schrei stieg in ihrem Innern auf, doch sie drängte ihn mit aller Kraft zurück. Die Erinnerung an die letzten Augenblicke mit Chantz im Zuckerrohrfeld überkamen sie so heftig wie die Hitze des Feuers.

Andrew zog sie in seine Arme und hielt sie fest. Erst in diesem Augenblick wurde Juliette sich bewusst, dass sie zu weinen begonnen hatte. Schluchzer schüttelten ihren Körper, und sie barg ihr Gesicht an Andrews Schulter.

»Ganz ruhig.« Seine Stimme klang rau, und die Worte bebten. »Wir müssen um seinetwillen stark sein, Julie.«

»Ich möchte ihn sehen, Andrew. Bitte.«

Nach kurzem Zögern nahm Andrew ihren Arm und führte sie zu der Gruppe von Männern, die am Ufer knieten. Einige redeten beruhigend auf Chantz ein, während andere fieberhaft sein Bein behandelten.

Chantz lag mit geschlossenen Augen auf dem Rücken, und einen entsetzlichen Moment lang hielt Juliette ihn für tot. Sie klammerte sich an Andrews Arm fest, als er sagte: »Er ist kaum mehr bei Bewusstsein, es kommt und geht. Ich glaube, er weiß nicht, was um ihn herum geschieht.«

Juliette ließ sich neben Chantz auf die Knie nieder. Sein schweißnasses Gesicht sah so bleich und glatt aus wie Wachs.

Andrew kniete sich neben sie. »Wie sieht es aus, Matthew?«

Der Schwarze schüttelte den Kopf. »Ich habe die Blutung gestillt. Aber er hat viel Blut verloren.«

Chantz stöhnte.

Sanft strich ihm Juliette über die kalte Stirn. Er öffnete die Augen, sodass sie flüchtig in deren blaue Tiefen blicken konnte. Es war, als sei er gerade aus einem tiefen Schlaf erwacht, benommen und ohne recht zu wissen, wo er sich befand.

Sie küsste ihn auf die Stirn, ließ ihre Lippen auf seiner Haut ruhen und schloss die Augen.

Andrew berührte sanft ihre Schulter. »Wir müssen ihn jetzt ins Haus tragen, Julie. Komm mit.«

Nur widerwillig ließ sie sich von Andrew auf die Beine helfen. Chantz wandte den Kopf und krallte die Hände in den Staub, als die Schmerzen seine Körper durchzuckten. Er stöhnte wieder und biss die Zähne zusammen.

Louis und Matthew legten eine Trage neben Chantz, und während die Männer ihn aufhoben, führte Andrew Juliette mit sanftem Druck zur Seite. »Sag Rosie, sie soll viel Wasser heiß machen und uns Leintücher bereitlegen. Außerdem soll sie für reichlich Bourbon sorgen. Chantz wird ihn brauchen.«

Dann wandte er sich ab und half dabei, die Trage vorsichtig anzuheben.

Juliette sah sich um und erblickte Tylor.

Es stand im Schatten, halb hinter einem Baum versteckt. Die Wange hatte er an den Stamm gepresst und die Finger in die Baumrinde gegraben, als befürchte er, in sich zusammenzusinken, sobald er losließe.

Sie ging auf ihn zu und beobachtete, wie sich seine Augen weiteten. Auf seinen Zügen spiegelten sich unterdrückte Erregung und wachsende Furcht wider. Am liebsten wäre er davongelaufen, das erkannte Juliette nur allzu deutlich. Doch stattdessen blieb er wie angewurzelt stehen, zitternd, seiner eigenen Angst ebenso trotzend wie ihrem Zorn.

Seine blutleeren Lippen öffneten sich, und er sagte heiser: »Es war ein Unfall. Das schwöre ich beim Allmächtigen. Ich wollte nicht, dass Chantz ins Wasser fällt. Das Boot schaukelte, und er verlor den Halt. Das ist alles. Ich versuchte, ihm zu helfen, aber ...«

»Du lügst! Du bist ein armseliger, nichtsnutziger Feigling, der nicht einmal verdient hat, Chantz die Stiefel zu lecken. Wenn er stirbt, Tylor Hollinsworth, sorge ich dafür, dass du wegen Mordes aufgehängt wirst.«

»Gib Acht, womit du mir drohst«, erwiderte er kläglich.

Juliette zwang sich zu einem kalten Lächeln. Tylor wich einen Schritt zurück.

»Du hast keine Freunde. Niemand liebt dich, weil du nicht einen Funken Charakter besitzt. Ich bedaure dich, Tylor Hollinsworth. Wenn du dort auf der Trage liegen würdest, gäbe es keinen einzigen Menschen im ganzen Staat Louisiana, den es kümmern würde, ob du lebst oder stirbst. Das macht dir am meisten zu schaffen, nicht wahr? Dass ein Mann wie Chantz überall geachtet ist, während man dich nur als lächerlichen Taugenichts betrachtet.«

Sie ging auf ihn zu. »Bis ans Ende deiner Tage, Tylor Hollinsworth, wirst du sein Gesicht vor dir sehen, jedes Mal, wenn du die Augen schließt.«

Mit diesen Worten rannte Juliette den Pfad entlang zu seiner Hütte, in der Licht brannte. Mit klopfendem Herzen ging sie die Stufen hinauf und hörte bereits Chantz' Stöhnen, bevor sie ihn auf dem Bett liegen sah. Er wälzte sich hin und her und zerrte an den blutgetränkten Laken, während Andrew und Louis sich bemühten, ihn ruhig zu halten.

Juliette bedeckte seinen Körper mit ihrem und brachte ihn zur Ruhe. Sie spürte seinen rasenden Herzschlag an ihrer Brust und fühlte, wie die Hitze seines geschundenen Körpers durch ihr Kleid drang.

Sie legte ihre Wange an die seine und flüsterte: »Ruhig, ganz ruhig. Du musst jetzt still liegen, Chantz.«

Chantz, mein geliebter Chantz.

Ihre Augen brannten von den Tränen, die sie so mühevoll zu unterdrücken versuchte. Ihr gesamtes Leben schien in diesem Augenblick nur in der Berührung seiner unrasierten Wange, seinen flachen Atemzügen und dem leisen Stöhnen, das sich seiner Kehle entrang, gebündelt zu sein.

Er beruhigte sich.

Sein Atem streifte ihr Ohr, und er berührte ihre Schläfe mit den Lippen, spürte die zarten Locken an ihrer Wange und schmeckte die salzigen Tränen auf ihrer Haut.

»Juliette«, flüsterte er.

Andrew zog sie beiseite, und plötzlich war Rosie bei ihr, breitete die Arme aus und drückte Juliette an ihren weichen Busen. Die Köchin umarmte sie so fest, dass sie glaubte, ihre Rippen müssten unter dem Druck zerbrechen.

»Es ist alles in Ordnung«, sagte Rosie so fest, dass Juliette beinahe glaubte, sich Chantz' schwere Verletzungen eingebildet zu haben.

»Still jetzt«, sagte Rosie beruhigend und wiegte Juliette in ihren Armen. Juliette lag an ihrer Brust und spürte Rosies unterdrücktes Schluchzen. »Er wird wieder gesund. Ganz gesund.«

Seltsam, wie sehr sie sich im Augenblick die Ehrwürdige Mutter herbeiwünschte, die ebenso fest an Wunder glaubte wie an den immerwährenden Kampf einer jeden Seele gegen das Böse.

Andrew trat aus der Hütte, leichenblass und mit sorgenvollem Blick. Er sah sich um und entdeckte Juliette, die an der Hauswand kauerte. Sie hatte die Knie an die Brust gezogen, und das rote Haar fiel ihr über Gesicht und Schultern, als hoffe sie, sich so gegen den Tumult in der Hütte abschirmen zu können. Sie sprang auf, eilte auf Andrew zu und breitete die Arme aus, als er die Hände nach ihr ausstreckte und sie an sich zog. Er hielt sie so fest, dass sie seinen Herzschlag an ihrer Brust spüren konnte. Juliette barg ihren Kopf an seiner Schulter und schloss die Augen.

»Bitte sag mir, dass er nicht tot ist, Andrew. Bitte.«

Er strich ihr lächelnd übers Haar. »Er lebt, Juliette.«

»Darf ich jetzt zu ihm?«

»Wir konnten die Blutung stillen. Er wird das Bein nicht verlieren. Doch er hat starke Schmerzen, darauf solltest du gefasst sein. Der Mann, der dort drinnen liegt, ist nicht der Chantz, den wir kennen.«

Sie löste sich von ihm und sah ihn fragend an.

Sanft strich er ihr eine Locke aus dem Gesicht. »Ich meine nur, dass die Schmerzen ... solche Schmerzen zehren an einem Mann, an seinem Geist und seinem Verstand.«

»Wo ist Emmaline?«

»Sie ist bei ihm.«

»Und die anderen? Maxwell und Phyllis?«

»Sie sind ins Bett gegangen. Du solltest dich auch ein wenig ausruhen.«

»Nicht ehe ich ihn gesehen habe.«

»Bevor du ins Haus gehst...« Andrew räusperte sich. »Emmaline ist ... verzweifelt. Nimm sie nicht allzu ernst.«

Juliette nickte und wandte sich ab. Sie war fast zu erschöpft, um sich aufrecht zu halten. Müde hielt sie sich an einem der Balken fest, die das Verandadach trugen. Sie legte die Hand auf den Mund, schloss die Augen und flehte Gott an, Er möge ihr Kraft verleihen.

Schließlich straffte sie die Schultern und ging zur Tür. Emmaline trat ihr entgegen, die Augen starr und weit geöffnet, das Kleid blutverschmiert. Ihr Haar hing in dünnen grauen Strähnen um ihr eingefallenes Gesicht.

»Ich werde nicht zulassen, dass du ihn zerstörst«, sagte sie hasserfüllt. »Ich habe ihn davor gewarnt, sich dir hinzugeben, doch er wollte nicht auf mich hören.«

»Gib mir den Weg frei, Emmaline«, forderte Juliette.

»Nur über meine Leiche. Er will dich nicht sehen.« Emmaline baute sich trotzig vor Juliette auf, die Hände in die Hüften gestemmt. »Wie hast du es geschafft, ihn gegen mich aufzubringen, Juliette?«

Juliette blickte sie erstaunt an, verwirrt von der plötzlichen Anschuldigung. »Ich weiß nicht, wovon du sprichst.«

»Er will mich nicht im Zimmer haben. Nicht einmal ansehen will er mich, und wenn er es doch tut ...« Emmaline presste sich die Fingerknöchel an den Mund, als könne sie so ihre wachsende Verzweiflung zurückdrängen. »Du hast ihn gegen mich aufgehetzt, doch das werde ich nicht hinnehmen. Hast du gehört? Er ist doch alles, was ich auf der Welt habe.«

Mit erhobenem Kopf blickte Juliette Chantz' Mutter in die Augen. »Du solltest dem wahren Schuldigen Vorwürfe machen. Tylor Hollinsworth.«

Emmaline verlor die Fassung. Sie schlug die Hände vors Gesicht und begann zu schwanken. Juliette streckte die Arme aus und hielt Emmaline fest, die sich zwar zunächst zur Wehr setzte, dann jedoch Juliette in die Arme sank. Sanft streichelte diese Emmalines Haar, während ihr Zorn verflog. Ein anderes Gefühl regte sich in ihr. Mitleid vermutlich.

Nein, stellte sie einen Augenblick später fest. Es war kein Mitleid, sondern ... Verständnis?

Die zitternde alte Frau in ihren Armen war Chantz' Mutter, ob sie einander nun mochten oder nicht.

Sie schloss die Augen und küsste Emmaline sacht auf die Stirn. »Ruhig. Sei jetzt still und hör mir zu. Ganz gleich, was du von mir denkst, Emmaline, ich sorge mich um Chantz, denn er bedeutet mir viel.«

Die alte Frau machte sich los und starrte Juliette mit neu erwachtem Zorn an. »Ich wusste, dass es Ärger geben würde. Ich fühlte es hier.« Sie klopfte sich mit der Faust auf die Brust. »Ich sah es in seinen Augen und hörte es in seiner Stimme. Seine Gedanken kreisten nur noch um dich, er dachte gar nicht mehr an den verdammten Alligator. Wenn dir mein Junge wirklich etwas bedeutet, dann lass ihn zufrieden, Juliette. Er war glücklich, bis du hierher kamst. Wir alle waren glücklich. Du hast nichts als Unfrieden über Holly House gebracht, und jeder hier wünscht sich, dass du wieder verschwindest, bevor du Chantz zerstörst, wie deine Mutter Jack zerstört hat.«

Juliette wich zurück und bekämpfte den Wunsch, die Frau zu ohrfeigen.

»Das genügt, Emmaline.« Andrew legte ihr den Arm um die Schultern und führte sie zur Seite. Ohne Widerstand ließ sich Emmaline von ihm aus dem Haus geleiten.

Juliette blickte auf die offene Tür und zwang sich dazu, einen Fuß vor den anderen zu setzen. An der Türschwelle blieb sie stehen und sah zuerst Rosie an, deren Züge von

Erschöpfung und Sorge gezeichnet waren. Dann betrachtete sie Liza, die auf einem Stuhl am Fenster saß und schlief.

Rosie räusperte sich.

Liza schreckte auf und blinzelte schläfrig.

Mit klopfendem Herzen sah Juliette von einer zur anderen.

Dann ging sie langsam auf das Bett zu, dessen Laken Chantz' Blut tiefrot gefärbt hatte. Sie griff nach seiner Hand, die so groß und schwer anmutete – so schwer, dass sie ihre beiden Hände brauchte, um die seine zu umschließen.

Sie neigte den Kopf und presste seinen Handrücken an ihre Wange. Mit geschlossenen Augen erinnerte sie sich an die Berührungen seiner Hände – so kraftvoll und doch so zärtlich.

»Julie.«

Sie öffnete die Augen und sah ihn an, bemerkte, wie eingefallen und blass sein Gesicht wirkte und wie müde sein Blick war.

»*Chère*«, flüsterte er lächelnd.

Sie strich ihm über die Stirn und versuchte, Haltung zu bewahren. Dann beugte sie sich hinunter und küsste ihn auf die Wange.

»Liebst du mich noch?«, fragte er, während er schon wieder das Bewusstsein verlor. Er schloss die Augen und verzog vor Schmerz das Gesicht.

Juliette suchte Lizas Blick. »Ist es wahr?«, flüsterte sie. »Bin ich an allem Schuld?«

Liza wandte sich ab. Juliette sah Rosie an. »Antworte mir, Rosie.«

Die alte Köchin holte tief Atem und schüttelte den Kopf. »Wer weiß schon, was in ihm vorging, Miss Julie.«

»Großer Gott.« Sie schluchzte auf und blickte wieder auf Chantz' gequältes Gesicht. Ihr war plötzlich kalt, und sie wollte nur noch davonlaufen, so weit und so schnell sie konnte. Davonlaufen und nicht zurückblicken. Flüchtig strich sie Chantz über die Wange und floh aus der Hütte, an den Sklaven draußen vorbei, die geduldig auf gute Nachrichten warteten.

Juliette rannte, bis sie nicht mehr weiter konnte, bis sie den Fluss erreicht hatte und ihre Füße im kühlen Schlamm einsanken. Sie fiel auf die Knie und betrachtete den grauen Morgennebel. Dann wandte sie das Gesicht zum Himmel empor, an dem die Sterne verloschen waren, da die Sonne langsam aufging und die ersten Lichtstrahlen den Dunst durchbrachen.

Auf dem Fluss breitete sich der goldene Schimmer der aufgehenden Sonne aus, und zwei Reiher stiegen über dem Wasser auf, jeder ihrer Flügelschläge ein leises Rauschen in der Stille. Die Jasminblüten begannen, sich zusammenzuziehen, um sich vor der Morgensonne zu schützen, und auf den Bäumen erwachten die Vögel, flatternd und singend, bevor sie sich dann in Schwärmen in den Himmel aufschwangen.

Juliette senkte den Kopf und begann zu weinen.

Maxwell schloss die Tür hinter sich und betrachtete Tylor, der nackt auf dem Bett lag. Er war schweißgebadet und zitterte so heftig, dass das Bett wieder und wieder an die Wand schlug. In seinem Zimmer roch es nach Bourbon, und der Gestank von Furcht war so stark, dass Maxwell gezwungen war, durch den Mund zu atmen.

Tylor richtete sich auf und starrte seinen Vater durch das Moskitonetz hindurch an. Er hielt es nicht für nötig, seine Blöße zu bedecken.

»Daddy«, begann er, doch Maxwell unterbrach ihn augenblicklich.

»Schweig, Tylor. Ich bin nicht hier, um mir deine Entschuldigungen anzuhören.«

»Es war ein Unfall, das schwöre ich.«

Maxwell durchquerte das Zimmer und vergrößerte die Flamme der Öllampe. Dann griff er nach dem Moskitonetz und klemmte es hinter einen der Bettpfosten.

»Das Boot schaukelte, Daddy. Immer stärker. Chantz verlor das Gleichgewicht. Es ist mir gleich, was die anderen behaupten, ich schwöre dir, ich habe versucht, ihm zu helfen. Ich streckte ihm die Hand entgegen ...«

»Ich will nichts davon hören. Du sollst endlich dein betrunkenes Maul halten und mir zuhören.«

Maxwell zog eine Zigarre aus der Tasche und zündete sie an der Flamme der Öllampe an. Mit geschlossenen Augen inhalierte er tief den Rauch und rollte die Zigarre zwischen den Lippen. Schließlich atmete er den Rauch aus und sah Tylor an.

»Weißt du, was du uns angetan hast, Tylor?« Max setzte sich auf die Bettkante, nahm die Zigarre aus dem Mund und betrachtete die glimmende Spitze. »Ich glaube nicht. Dazu bist du zu dumm. Das bist du schon immer gewesen, zu dumm, um aufrecht zu gehen. Darin ähnelst du deiner Mutter. Sie war eine überaus einfältige Frau und verfügte ausschließlich über die Gabe, mein Geld zu verprassen und im Sommer ständig in Ohnmacht zu fallen. Nicht einmal hübsch ist sie gewesen. Ihr Gesicht war ungefähr so ausdrucksvoll wie ein Alligator-Ei. Doch sie brachte eine anständige Mitgift in die Ehe – genug, um dreihundert Morgen Land trockenzulegen und fünfzig gute Sklaven zu kaufen.

Nicht einmal ein Haus voller Söhne konnte sie mir schenken. Der erste starb bei der Geburt. Ich machte ihr gleich wieder ein Kind, doch das starb, als sie gerade erst im vierten Monat schwanger war. Dann kamst du, und ich hatte so große Hoffnungen. Ich brauchte einen kräftigen, aufgeweckten Sohn, doch was ich bekam, war ein plärrender und kränkelnder Zwerg, der Tag und Nacht schrie, sodass ich schließlich in einen anderen Flügel des Hauses ziehen musste, um schlafen zu können.«

Max rauchte und betrachtete Tylors Gesicht, schlaff und tränennass. Zu viel Bourbon verschleierte seinen Blick. »Ich war fest entschlossen, einen anständigen Sohn zu zeugen. Doch deine Mutter hinderte mich daran. Sie ließ ein Schloss an ihrer Zimmertür anbringen und empfing mich nicht mehr. Sie war der Ansicht, ihre verdammte Pflicht erfüllt zu haben. Sie hatte mir einen Erben geschenkt, das genügte. Viele Monate lang saß sie in ihrem Zimmer, wiegte dich in ihren Armen und sang dir immer wieder dasselbe Kirchenlied vor: ›Jesus ist mein Licht und meine Zuversicht‹. Ist es ein Wunder, dass ich mich Maureen zuwandte?«

Max zog so tief an seiner Zigarre, dass die Spitze im Dämmerlicht rot aufflammte, während er sich im Zimmer umsah. Seine Gedanken wanderten viele Jahre zurück. »Es wurde auch nicht besser«, sagte er schließlich, »als Emmaline sich dort draußen niederließ und mich ständig an den wohl größten Fehler meines Lebens erinnerte. Nicht die Tatsache, dass ich mit ihr geschlafen hatte, obwohl ich darauf nicht stolz bin. Doch so sind Männer nun einmal.

Nein, ich spreche von Chantz. Doch was sollte ich tun? Zwar dachte ich darüber nach, den Jungen anzunehmen. Nur hätte es mir nichts genützt, denn schließlich war er unehelich. Selbst eine Adoption wäre sinnlos gewesen, denn es gab immer noch dich. Du warst mein rechtmäßiger Erbe, Tylor, da gab es keinen Ausweg. Weißt du, manchmal dachte ich daran, dich in einen Sack zu stecken und in den Fluss zu werfen, zusammen mit deiner Mama.

Doch dann trat Maureen in mein Leben, und ich bildete mir tatsächlich ein, dass sie Jack verlassen und mir den Sohn und Erben schenken würde, den ich für Holly House brauchte. Ich träumte davon, dass sie diese armselige Plantage aus der Mittelmäßigkeit emporheben und in ein zweites Belle Jarod verwandeln würde. Hin und wieder plante ich sogar, Jack umzubringen, um Maureen und seinen Besitz zu bekommen. Mein Gott, wozu die Verzweiflung einen Mann doch treiben kann. Es ist beängstigend, darüber nachzudenken, Tylor. Doch ich schweife ab …«

Er sah Tylor an, dessen Augen im Lampenschein feucht glänzten. »In den vergangenen siebenundzwanzig Jahren habe ich dich jeden Tag angesehen und bittere Enttäuschung gefühlt, weil du nicht bist wie Chantz. Es ist schon erstaunlich, wie ein Sohn sich zu einem starken, gut aussehenden Mann entwickeln kann, dessen Geist ihn dazu bringt, Überragendes zu leisten, und der andere ein charakterloser Schwächling bleibt. Doch es nützt nichts, sich damit zu befassen. So ist es nun einmal geschehen.«

»Was, zum Teufel, willst du mir damit sagen, Daddy?«

»Nur, dass du ein verdammter Narr bist, Tylor. Du hättest nicht nur beinahe Chantz getötet, sondern auch mich damit ruiniert. Nicht nur mich, uns. Die Plantage. Nun frage ich dich: Wenn Chantz mich jetzt verlässt, was soll ich dann mit meinem Zuckerrohr machen?«

»Ich kümmere mich darum.« Tylors stimme klang heiser. Er blickte Maxwell in die Augen. »Ich kann es schaffen,

Daddy. Du musst nur ein einziges Mal in deinem Leben an mich glauben.«

»An dich glauben?« Maxwell runzelte die Stirn. Er stand auf, ging zur Balkontür und blickte auf die nächtliche Plantage hinaus. »An dich glauben«, wiederholte er, ohne sich umzudrehen. »Verdammt, Tylor! Allein bei dem Gedanken, deinen Anblick weiterhin ertragen zu müssen, dreht sich mir der Magen um. An dich glauben soll ich? Wohl kaum.«

13

Der Schmerz war endlos. Wie lange hatte er schon auf dem schweißdurchtränkten Bett gelegen, wachend und schlafend, im Traum immer wieder Tylor die Hand entgegenstreckend, der starr auf ihn hinunterblickte, so reglos und bleich wie eine Porzellanpuppe. Und immer wieder die Erkenntnis, dass er verloren war ... und tot. Dann der sengende Schmerz, ein letzter verzweifelter Atemzug, bevor er in die Tiefe gezogen wurde. Es war der Schrecken in *diesem* Augenblick, der ihn aufwachen ließ, mit klopfendem Herzen und neuerlicher Pein.

Außerdem war da noch seine Mutter.

Emmaline saß steif aufgerichtet auf einem Stuhl am offenen Fenster, die abgearbeiteten Hände im Schoß gefaltet. Sie schien um Jahre gealtert zu sein – abgemagert und aschfahl –, und ihre Augen wirkten viel zu groß in ihrem eingefallenen Gesicht. In seinen klaren Momenten starrte er sie an – diese Fremde, die er seit dreißig Jahren zu kennen geglaubt hatte. Tylors Worte gingen ihm nicht aus dem Sinn und rissen ebenso tiefe Wunden wie die Fänge des Alligators es getan hatten.

»Ich weiß, was sie dir erzählt hat ... Sie war nur eine Flussratte, der Daddy begegnete, als er betrunken war ...«

Chantz wünschte sich, der Bulle hätte ihn getötet. Es war schlimm genug gewesen, all die Jahre damit leben zu müssen, dass Max ihn verleugnete. Doch immerhin hatte er seine Selbstachtung aus der Tatsache gewonnen, dass Emmaline und Maxwell einander einmal aufrichtig zugetan waren, wenn auch nur für kurze Zeit.

Wie dumm er doch gewesen war. Und wie blind. Nun ergaben viele Dinge plötzlich einen Sinn. Selbst in seinem jetzigen Zustand, halb wahnsinnig vor Fieber und Schmerz, erkannte Chantz die Wahrheit ... warum sich Max von ihr abgewandt hatte – und von seinem Sohn. Es hatte keine Zuneigung gegeben. Keinen Respekt. Nichts. Als Max am nächsten Morgen aufgewacht war, hatte er sich vermutlich kaum noch an Emmaline Boudreaux erinnern können. Chantz fragte sich, ob er Max nun verachten oder bedauern sollte.

Er blickte aus dem Fenster. Das Sonnenlicht glänzte auf den grünen Blättern des Magnolienbuschs. Die schweren Blüten begannen zu verwelken. Schon zeigten sich die ersten braunen Ränder an den weißen Blütenblättern. Doch sie dufteten noch immer süß. Chantz war wie berauscht von dem sinnlichen Duft und von den Erinnerungen, die er wachrief.

Juliette. Juliette. Juliette.

Die weiche Haut ihres Halses unter seinen Lippen. Ihr Haar an seiner Wange, dessen Duft allein seine Sinne entflammte. Chantz spürte noch immer die Wärme ihres Körpers an seinen Fingerspitzen und erinnerte sich daran, dass die Innenseite ihrer Oberschenkel so zart und weiß wie eine Magnolienblüte gewesen war.

Juliette.

Welche Ironie, dass es die wunderbarste Erfahrung seines Lebens gewesen war, dort auf dem Feld in ihren Armen zu liegen – war sie ein letztes Geschenk Gottes gewesen? Oder war sie doch der Grund für diese Tragödie? Musste er in seinen augenblicklichen Qualen die Strafe Gottes sehen, weil er der Versuchung ihrer herrlichen Augen und Lippen erlegen war?

Verdammt, selbst jetzt noch erfüllte ihn die Sehnsucht nach ihr und raubte ihm schier den Verstand.

Das Zirpen der Zikaden schien die Hitze des Tages und die Stille noch zu betonen. Dennoch war es für Chantz so beruhigend wie ein Wiegenlied.

Er ließ sich treiben in Gedanken an Juliette und an weite Zuckerrohrfelder, die im Wind rauschten. Im Traum sah er sich am Feldrain entlang gehen und die Frauen und Kinder begrüßen, die Unkraut jäteten und dabei Choräle sangen.

Wie aus weiter Ferne drangen Stimmen an sein Ohr: Juliettes und hin und wieder Maxwells, der nur darum besorgt war, wann Chantz denn seine Arbeit wieder aufnehmen würde ... dann Lizas, Rosies, Little Claras ... und Andrews.

Andrew und Juliette ... zusammen. Andrew, der Juliette in den Armen hielt, während sie lächelnd zu ihm aufblickte.

Als Chantz erwachte schien sich die Luft abgekühlt zu haben. Wie lange hatte er geschlafen? Die Sonne, die zuvor das Zimmer noch in goldenes Licht getaucht hatte, war nun grauen Schatten gewichen, die sich allmählich dem Bett näherten.

Seine Mutter wandte sich um und sah ihn an. Sie stand auf, ging zum Bett und nahm den Verband von Chantz' Bein. Offenbar war sie mit dem Anblick zufrieden. »Dem Himmel sei dank, dass du deine Stiefel getragen hast. Du wirst noch eine Zeit lang Schmerzen haben, aber dein Bein wird heilen. Vielleicht wirst du ja jetzt sogar auf mich hören, mein Sohn, wenn ich dir sage, dass die Gedanken an diese Frau ...«

»Wer bist du?«, fragte er so schneidend, dass Emmmaline errötete. »Oder besser ... was bist du?«

Sie wich vom Bett zurück. Schnell wandte sie sich von ihm ab und trat ans Fenster. »Maxwell und die Buleys sind heute Morgen nach der Kirche zu den Fairchilds gefahren, obwohl sein Aufseher schwer verletzt ist, ganz zu schweigen von seinem Sohn ...«

»Ich bin Maxwell völlig gleichgültig, und endlich verstehe ich auch, warum.« Mit zusammengebissenen Zähnen richtete sich Chantz auf und stützte sich auf die Ellenbogen. »Wir haben all die Jahre mit einer Lüge gelebt, nicht wahr, Mama? Deine Eltern stammten nicht aus Carolina. Wer war deine Mutter? Und wichtiger noch, wer war dein Vater? Oder weißt du das nicht?«

Emmaline fuhr herum und starrte Chantz wütend an. Sie öffnete den Mund, schwieg dann aber doch.

»Tylor hat es mir gesagt«, fuhr Chantz fort. »Und nun will ich es aus deinem Mund hören. Doch diesmal muss es die Wahrheit sein.«

»Er ist ein dreckiger Lügner!« Emmaline schluchzte auf und floh aus der Hütte. Chantz ließ sich stöhnend zurücksinken und blickte zur Decke. Seine Gedanken mischten sich mit dem brennenden Schmerz in seinem Bein, bis er wieder das Bewusstsein verlor.

Eine Hand legte sich auf seine Stirn. Chantz öffnete die Augen und sah in Louis' Gesicht, dass von tiefen Sorgenfalten zerfurcht war. »Bleib ganz ruhig, Boss. Das Bein darf nicht wieder bluten. Der Doktor sagt, dass du einige Tage still liegen musst, bis es dir besser geht.« Er lächelte strahlend und schüttelte den Kopf. »Ich schätze, der alte Bulle wusste, dass er verlieren würde, als ich ins Wasser gesprungen bin. Ich habe ihm mit meinem Messer die Kehle aufgeschlitzt. Das wird mir die Jagdprämie einbringen.« Er lachte leise.

Chantz blickte seinen Freund forschend an. »Wo ist Juliette?«

»Fort mit Mister Drew. Zur Belle gefahren. Gleich nachdem sich Massa Max und die Buleys auf den Weg zur Kirche machten. Ruh dich jetzt aus, Boss. Rosie hat schon das Abendessen gekocht. Je eher du etwas in den Magen bekommst, desto besser, sagt der Doktor. Mehr Essen und weniger Rum. Dann bist du bald wieder auf den Beinen.«

Chantz schloss die Augen und sagte nichts, als Louis die Hütte verließ. Er lauschte den Schritten des Vormannes, lauschte den Stimmen in der Ferne, die einen Choral sangen.

Was, zum Teufel, war in seinen Freund gefahren. Er hatte Andrew ausdrücklich verboten, Juliette nach Belle Jarod zu bringen. Wenn Maxwell davon erfuhr …

Wirst du auch eine von den Bienen sein, Drew?

Er musste ruhig bleiben.

Verdammt, eigentlich sollte er sich ganz auf den Kerl konzentrieren, der versucht hatte, ihn umzubringen. Mehr noch, er musste überlegen, was nun zu tun war. Sollte er einfach darüber hinwegsehen, dass sein Halbbruder ihn beinahe ermordet hätte? Sollte er so tun, als hätte sich nichts geändert?

Chantz erahnte eine Bewegung, öffnete die Augen und blickte in Little Claras Gesicht. Sie hielt eine Praline in jeder Hand und steckte eine davon Chantz in den Mund. Der Geschmack der Süßigkeit ließ ihn den Schmerz für einige Augenblicke vergessen.

»Warum bist du nicht beim Gottesdienst?«, fragte er.

»Ich habe meine Bibelstunde schon gehabt, Boss Chantz.

Miss Julie liest mir Verse vor, so oft sie kann. Morgens nach dem Aufstehen, nachmittags, wenn sie eigentlich schlafen sollte. Allen Kindern liest sie aus der Bibel vor.« Clara lief zur Kommode, holte Chantz' alte, abgestoßene ledergebundene Bibel hervor und trug sie zum Bett. Sie öffnete das Buch und kniff die Augen zusammen, um die Buchstaben zu entziffern.

»Und der Herr sprach ... Es werde Licht ...« Strahlend blickte sie auf. »Was sagst du nun, Boss Chantz? Erzähle aber nicht Rosie, dass ich lesen kann, sie plustert sich nur auf wie ein aufgescheuchtes Huhn.«

Chantz nahm dem Kind die Bibel aus der Hand. Little Claras Lächeln erlosch, und sie sah plötzlich so ernst aus, als hätte man sie dabei erwischt, dass sie ohne Rosies Erlaubnis Pralinen naschte. »Es verstößt gegen das Gesetz, dass du lesen lernst, Little Clara. Das weißt du genau.«

Sie schob die Unterlippe vor und zuckte die Schultern. »Miss Julie sagt, dass es ja niemand zu wissen braucht.«

Aufgebracht warf Chantz die Bibel ans Fußende des Betts. »Wenn Miss Julie nicht aufpasst, bringt man sie noch an den Galgen. Und dich auch. Es ist Sklaven verboten, lesen zu lernen. Wenn ich einen von euch mit einem Buch erwische, sperre ich ihn eine Woche lang im Hundezwinger ein. Haben wir uns verstanden?«

Das Mädchen nickte und schmollte noch mehr.

Chantz streckte die Hand nach einem ihrer Zöpfe aus und zog sie sanft zu sich heran. Trotz seiner Verärgerung und der Schmerzen in seinem Bein lächelte er und sagte leise: »Ich liebe dich, Little Clara. Und ich liebe Simon. Und Louis. Und Liza. Und Rosie. Lieber würde ich mir Arme und Beine ausreißen als mit ansehen zu müssen, wie einer von euch bestraft wird, weil er lesen kann. Verstehst du?«

Wieder nickte die Kleine und begann zu lächeln.

Er stützte sich auf einen Ellenbogen. »Und nun möchte ich, dass du mir meine Hose holst. Und die alten Stiefel, die draußen bei der Hintertür stehen. Dann lauf zum Stall und sorge dafür, dass mein Pferd gesattelt wird.«

Mit großen Augen sah Little Clara ihn an. »Was willst du denn tun, Boss Chantz? Du darfst noch nicht aufstehen, sonst fällt noch dein Bein ab.«

»Nun lauf schon«, erwiderte Chantz und ließ sich in die Kissen zurück sinken.

»Komm jetzt, Juliette. Falls Maxwell mich nicht umbringt, tut es Chantz ganz gewiss. Weißt du eigentlich, dass er mir verboten hat, dich nach Belle Jarod zu bringen? Ich muss dir sagen, dass ich mich wie ein Verräter fühle, schließlich ist er mein bester Freund. Zum Teufel, wenn ich gewusst hätte, dass es dir ernst damit ist, Belle Jarod wieder aufbauen zu wollen, hätte ich es abgelehnt, dich zu begleiten. Außerdem glaubte ich, dass dieser Ausflug dazu gedacht war, unter vier Augen über mich und Liza zu sprechen.«

»Dazu kommen wir noch«, bemerkte Juliette mit einem Blick über die Schulter, bevor sie sich wieder dem Dickicht aus wild wuchernden Weinranken und hohen Bäumen zuwandte, das ihr den Blick versperrte. »Dir muss ein Fehler unterlaufen sein, Andrew. Du hast mich an den falschen Ort gebracht. Hier gibt es doch nichts außer Wildnis.«

Enttäuscht drehte sich Juliette um und sah Andrew an, der neben der Kutsche stehen geblieben war. Er hielt seinen Strohhut in der Hand, und seine Jacke aus hellbraunem Tuch war mit Staub und Löwenzahlflocken bedeckt. Er schwieg, doch sein Blick schien beredt genug.

In einiger Entfernung glitzerte der Mississippi in der Sonne. Die Spuren des Hochwassers waren unverkennbar, denn überall lagen zersplitterte Äste und abgerissene Sträucher umher. Ein ertrunkenes Reh war ans Ufer gespült worden. Es war der Anblick einiger faulender Baumstämme, die aus dem Wasser herausragten, der Juliettes Aufmerksamkeit erregte und eine tiefe, schmerzliche Wehmut in ihr auslöste. Erinnerungen stiegen in ihr auf: eine große Veranda mit Blick auf den Fluss, auf dem Ruderboote anlegten, die mit Schnitzereien verziert waren. Männer und Frauen in bunter Sommerkleidung, Musiker, die die Gäste mit heiteren Weisen begrüßten, die zur Stimmung des Tages zu passen schienen.

Kein Zweifel, dachte sie mit wachsender Verzweiflung … Andrew hatte sie nach Hause gebracht, nach Belle Jarod. Nur dass es kein Belle Jarod mehr zu geben schien.

Schweißperlen standen ihr auf der Stirn, und ihre Arme waren zerkratzt und blutig. Juliette rang in der erdrückend schwülen Luft nach Atem. Hinter ihr kämpfte sich Andrew leise fluchend durchs Unterholz. Ansonsten waren nur das Zirpen der Zikaden und das Krächzen der Krähen zu hören, die in einer schwarzen Wolke von Baumkrone zu Baumkrone flogen. Juliette bekam Angst. Wenn nun überhaupt nichts mehr übrig war? Wenn die Überreste von Belle Jarod nun unter der Schicht verrottender Blätter begraben war, auf der sie gerade stand und die rochen wie die frisch aufgeworfene Erde eines offenen Grabes?

Juliette verfing sich mit dem Fuß in einer Baumwurzel und stürzte zu Boden. Eine bleierne Schwere breitete sich in ihren Gliedern aus. Sie schloss die Augen und genoss die kühle Erde auf ihrer erhitzten Haut. Plötzlich wollte sie nicht mehr weitergehen, sondern sich geradewegs hier zusammenrollen und schlafen. Und träumen.

»Juliette.« Andrew nahm ihren Arm

»Chantz hatte Recht, es ist hoffnungslos«, sagte sie matt.

»Steh auf, ich will nicht, dass du noch von einer Schlange gebissen wirst. Komm jetzt mit mir. Rosie wird es schwer haben, dieses Kleid zu säubern.«

Müde hob Juliette den Kopf.

Da, zwischen den riesigen Brombeersträuchern und buschigen Farnen hindurch schimmerten dorische Säulen im Sonnenlicht. Unendliche Erleichterung vertrieb augenblicklich Juliettes Müdigkeit.

Sie ergriff Andrews Hand, stand auf und bahnte sich einen Weg durch das Gestrüpp. Kaum nahm sie die Dornen und Zweige wahr, die ihr Gesicht und Arme zerkratzten. Nesseln schlangen sich um ihre Knöchel und verursachten brennenden Schmerz. Grashüpfer sprangen in Scharen vor ihr davon, und die Vögel stoben aufgescheucht aus den Bäumen zum Himmel empor.

Die Ruinen von Belle Jarod ragten plötzlich vor ihr auf. Im Zwielicht besaßen die Mauern die Farbe gebleichter Gebeine. Pflanzen hatten sich um die Säulen und in die zerborstenen Fenster hinein gerankt. Die Eingangstür war aus den Angeln gerissen.

Vorsichtig stieg Juliette die Stufen aus Zypressenholz zur Veranda empor, deren Boden von Moos und trockenem Laub bedeckt war.

Am Eingang zögerte sie, blickte in die dunklen, zerstörten Räume hinein und betrat dann langsam die Halle. Durchdringender Modergeruch lag in der Luft, gemischt mit einem Hauch von feuchter, alter Asche.

Juliettes Rocksaum raschelte in den trockenen Blättern am Boden, als sie den Salon betrat. Ihre Schuhe hinterließen Abdrücke in der dicken Staubschicht. Stille und Düsternis lasteten auf dem Raum wie ein Leichentuch.

Alles schien so zurückgelassen worden zu sein, wie es an jenem Abend gewesen war, als Juliettes Vater aus New Orleans zurückkehrte und seine Frau mit ihrem Liebhaber ertappte. Die einst so schönen Möbel waren staubig und vermodert, die Samtkissen von Mäusen zernagt. Ein Sofa stand vor dem marmornen Kamin, auf dessen Rost noch immer Holzscheite lagen. Ein großer Spiegel hing schief an der Wand.

Juliette strich mit der Hand über die Sofalehne. »Nun«, sagte sie seufzend, »ich weiß zwar nicht genau, was ich hier vorzufinden geglaubt hatte, doch es war ganz bestimmt etwas anderes, das kann ich dir versichern.«

Sie lachte auf und klopfte auf das Polster, sodass eine Staubwolke aufstieg. »Er ist einfach davongegangen, nicht wahr? Nicht einmal die Möbel wollte er mehr abholen.«

Juliette holte tief Atem, hob das Kinn und wandte sich um. Mit einem unsicheren Lächeln sah sie Andrew an, doch in ihren Augen schimmerten Tränen. »Es muss einmal sehr schön gewesen sein.«

»Das war es.« Andrew sah sich besorgt um. »Wir sollten jetzt nicht länger hier bleiben. Ich hätte dich nie hierher bringen dürfen. Max würde mich umbringen, von Chantz ganz zu schweigen.«

Die Wände des Speisezimmers waren von Moos und Flechten bedeckt, doch an manchen Stellen konnte man noch verblichene Fresken erkennen, die französische Landschaften darstellten. Es war, als blicke Juliette aus den Fenstern des Klosters, auf grüne Hügel, an deren Hängen Schafe weideten. Ihr Erkundungsgang führte sie durch den Servierraum zurück in die Halle und in den Ballsaal hinein.

Langsam drehte sie sich um ihre eigene Achse und blickte nach oben. Vom Dach waren nur noch einige verkohlte Balken geblieben, zwischen denen einige Baumkronen zu sehen waren. Von den Ästen hingen lange Moosstränge und Geißblattranken hinab. Zwei rot schimmernde Kolibris flitzten zwischen den Balken hin und her und labten sich an den Blüten.

Schließlich konnte Juliette die Tränen nicht mehr zurückhalten. Brennend liefen sie ihr die Wangen hinunter.

»Julie«, sagte Andrew so sanft, dass es ihren Schmerz nur noch verstärkte. »Du darfst dir das nicht antun. Blicke nicht zurück. Chantz hatte Recht, alle Träume und Wünsche der Welt würden Belle Jarod nicht wieder zum Leben erwecken.«

»Eigenartig, was die Liebe den Menschen antun kann, nicht wahr, Andrew? Manchmal glaube ich, dass ich in diesem zugigen, tristen Kloster glücklicher war, trotz der ständigen Prophezeiungen der Ehrwürdigen Mutter, dass meiner Seele ewige Verdammnis beschieden sein würde. Es ist mir ein Rätsel, wie ich nur glauben konnte, hier sei mein Platz.«

Juliette wischte sich mit dem Handrücken die Tränen ab und sah ihren Freund an, der noch immer in der Halle stand, den Hut in der einen Hand, die andere in die Hosentasche gesteckt.

»Liebe sollte doch eigentlich etwas Sanftes und Gutes sein, nicht wahr?«, fragte Juliette.

Andrew nickte ernst.

»Jemanden zu lieben bedeutet doch, ihm mein Herz und meine Seele zu schenken, nicht wahr?«

Andrew trat unruhig von einem Fuß auf den anderen und schluckte schwer. »Ja«, sagte er dann.

»Dann erkläre mir, warum es so schmerzlich ist, jemanden zu lieben. Warum scheint die Liebe mehr Leid zu verursachen als Krieg und Pestilenz? Warum raubt sie den Menschen die Würde, bricht ihnen das Herz und lässt Hoffnungen und Träume in Rauch aufgehen?«

»Ich weiß es nicht.« Er schüttelte den Kopf.

»Emmaline hatte Recht. Meine Anwesenheit auf Holly House hat Chantz nichts als Schwierigkeiten gebracht. Und nun ist er verwundet und leidet, weil ...«

»Tylor ist schuld daran, Juliette, nicht du.«

»Alle haben mich gewarnt, Liza, Rosie und Maxwell. Halte dich von Chantz fern, lass ihn in Ruhe. Doch ich ließ mich von den Dingen leiten, die hier vorgingen ...« Sie deutete auf ihr Herz. Dann fragte sie leise: »Liebst du Liza, Andrew?«

Verzweiflung und Zärtlichkeit spiegelten sich auf Andrews Zügen. »Ja«, sagte er mit rauer Stimme.

»Deine Eltern wissen von eurer ... Verbindung. Sie verlangten, dass Max Liza fortschickt. Sie wollen sie aus dem Weg schaffen, damit du standesgemäß heiraten und eine Familie gründen kannst. Was wirst du nun unternehmen? Antworte mir.« Juliettes Worte hallten von den Wänden wider.

Andrew erbleichte. »Was soll ich denn tun ...«

»Sie erwartet ein Kind.«

Andrews Hut fiel zu Boden und wirbelte den Staub auf. Er stand still da, im kühlen Schatten eines der Deckenbalken, und blickte hinaus auf die Bäume und Büsche und Wildblumen, die bis an die Veranda heran wucherten. Eine Libelle schwebte zwischen ihm und Juliette in der Luft, und sie beobachtete das Insekt, dessen Flügel im Sonnenschein schillerten, bis es schließlich wieder zum Fenster hinaus schwirrte. Nach langem Schweigen schloss Andrew die Augen. »O mein Gott«, sagte er … gerade als Chantz auf ihn zu trat und ihn am Kragen packte.

14

Erschrocken rief Juliette: »Chantz, was tust du hier?«

Andrew fuhr herum, stolperte und zertrat dabei seinen Hut.

Chantz umklammerte Andrews Jackenaufschläge und sagte: »Ich habe mehrere gute Gründe, dich windelweich zu schlagen. Einer dieser Gründe steht dort drüben und sieht aus, als wäre sie in eine Prügelei geraten. Wenn ich mich recht erinnere, hatte ich dir *verboten*, sie hierher zu bringen. Und dann ist da noch Liza. Du hast sie geschwängert, Drew, und jetzt will ich von dir wissen, was du zu unternehmen gedenkst.«

»Chantz, bitte ... lass ihn los«, flehte Juliette.

»Das ist in Ordnung«, beschwichtigte Andrew sie, wandte den Blick jedoch nicht von Chantz. »Er hat das Recht, mich erwürgen zu wollen. Außerdem wäre es gewiss nicht das erste Mal. Als Kinder verbrachten wir mehr Zeit damit, uns im Staub zu wälzen und einander die Nasen blutig zu schlagen, als mit Spielen oder Angeln.«

»Ich bin jetzt nicht in der Stimmung, von alten Zeiten zu schwärmen, Drew. Mein Bein brennt wie Feuer, und ich bin nur mehr einen Lidschlag von einer Ohnmacht entfernt. Doch das ist gleichgültig, denn ich werde dir jetzt sehr wehtun ...«

»Ich werde mich um sie kümmern, Chantz. Um sie und das Baby, das weißt du genau.«

»Wie?«

Er griff fester zu und zog Andrew noch näher zu sich heran. »Ihm zitterten die Hände, und die Schmerzen in seinem Bein raubten ihm einen Moment lang den Atem.

»Erkläre mir doch, wie du sie davor schützen willst, verkauft zu werden, wenn dein Vater herausfindet, dass sie ihm ein Mischlingsenkelkind schenken wird. Wie willst du das Kind davor bewahren, zurückgewiesen und missachtet zu werden und darunter zu leiden, wenn es nachts in der Hütte im Bett liegt, zum großen Haus hinüber sieht und sich fragt, wie es wohl wäre, satt zu Bett zu gehen und von seinem Vater liebevoll zugedeckt zu werden?«

Andrew schüttelte den Kopf. »Ich weiß es nicht, Chantz. Ich brauche etwas Zeit zum Nachdenken.«

»Du hättest schon längst darüber nachdenken sollen, Drew. Bevor du dich in sie verliebtest.«

»Steig von deinem hohen Ross herunter, Chantz. Du bist nicht gerade ein Musterbeispiel für kluge Entscheidungen. Eigentlich bist du doch nur hier, weil die Eifersucht deinen Verstand benebelt hat. Sieh dich doch an. Du kannst kaum stehen und siehst aus, als gäbe es in deinem Körper keinen einzigen Tropfen Blut mehr.«

Chantz ließ seinen Freund los und trat einige Schritte zurück.

Andrew strich sich die Jacke glatt und hob seinen Hut auf. Flüchtig blickte er auf Juliette, während er sich den Hut aufsetzte. Er lächelte gezwungen.

»Chantz wird Sie nach Hause begleiten, Miss Julie, falls er nicht vorher das Zeitliche segnet. Es macht Ihnen doch nichts aus?«

Er lachte trocken. »Nein, natürlich nicht. Ich fürchte, dass die Dummheit dieser Tage so weit verbreitet ist wie die

Moskitos. Und auch ebenso blutrünstig. Wenn ich schon in der Hölle schmoren muss, werde ich wenigstens nicht allein sein.«

Andrews Schritte hallten auf dem verwitterten Holzboden, als er das Haus verließ. Chantz blickte ihm nach, da er zögerte, sich in seinem Zorn wieder Juliette zuzuwenden. Andrew hatte Recht gehabt. Angesichts dessen, was sich im Augenblick in seinem Herzen und seinem Kopf abspielte – von seinem Körper ganz zu schweigen –, durfte er wohl kaum den ersten Stein auf den Freund werfen.

Auch Juliette beobachtete durch das Fenster, wie Andrew sich mühevoll einen Weg durch das dichte Unterholz bahnte. »Du warst sehr grausam«, sagte sie. »Eigentlich hattest du kein Recht dazu, wenn man bedenkt …«

»Wenn man was bedenkt?«

Sie drehte sich um und sah ihn an. Chantz konnte in diesem Moment an nichts anderes denken als an ihre Augen, die von einem so tiefen Grün waren wie der Efeu, der sich außen an der Mauer empor rankte.

»Wenn man bedenkt, dass du dein Leben und Phyllis' guten Ruf riskiert hast, um eine Affäre zu beginnen, die von Anfang an zum Scheitern verurteilt war.«

Juliette ging auf ihn zu und schritt dabei durch die Sonnenstrahlen, die durchs Fenster hereinfielen und ihr Haar zum Leuchten brachten. Schnell wandte Chantz sich ab, sodass sein erhitztes Gesicht vom Schatten gekühlt wurde.

»Ich bin zu dem Schluss gekommen, dass Liebe und Hingabe keine Fragen des Herzens sind, sondern des Verstandes«, sagte sie mit seltsam traumverlorener Stimme. »Nimm meinen Vater zum Beispiel. Hätte er eine Frau aus gutem Hause geheiratet, gehorsam, hässlich und langweilig, wäre er heute vermutlich noch am Leben. Belle Jarod wäre dann nicht nur ein trostloser Haufen Geröll.«

»Es würde kein Belle Jarod geben«, erwiderte Chantz, der sich an den Türpfosten lehnte und die Augen schloss. Die Schmerzen in seinem Bein raubten ihm den Atem. »Und auch keine Juliette«, fügte er hinzu.

Und das wäre eine verdammte Schande.

Juliette stand so dicht neben Chantz, dass sich ihre Arme berührten, als sie den Blick über die verfallene, von Laub übersäte Halle schweifen ließ. »Du wirst nicht zulassen, dass Maxwell sie fortschickt, nicht wahr?«

Chantz bedachte sie mit einem Seitenblick. »Ich kann ihn nicht davon abhalten, wenn er es tun will.«

Die Wendeltreppe führte hinauf zu einer eingestürzten Wand aus verkohltem Holz. Chantz hielt sie fest. »Das ist zu gefährlich.«

Juliette drehte sich mit funkelnden Augen zu ihm um. »Ich wünschte, ich wäre schon vor Jahren hierher gekommen, um mir anzusehen, welche Verwüstungen meine Mutter angerichtet hat. Welche Träume sie zerstörte. Offenbar genügte es ihr nicht, ihm nur das Herz zu brechen ...« Ihr versagte die Stimme. Sie wandte sich schnell ab und sah die Treppe hinauf. »Bitte, Chantz, lass mich gehen.«

Sonnenlicht fiel durch die großen Löcher im Dach, von dem nicht viel mehr als einige geschwärzte Balken geblieben waren. Vögel nisteten in den Nischen, und Geißblatt rankte sich in Kaskaden aus gelben, weißen und roten Blüten über die Mauern und von den Balken hinab. Juliette streifte eine der Ranken mit der Schulter, sodass eine Wolke von kleinen Schmetterlingen aufstob. Wie ein Geist glitt sie durch die sonnenbeschienenen Räume, bis sie schließlich an der Schwelle des Kinderzimmers stand. Hierher hatte sich Chantz vor fünfzehn Jahren vorgekämpft, um sie vor den Flammen zu retten.

Das Feuer hatte beinahe den gesamten Boden und das Holz der Wände verschlungen, sodass nun Pflanzen in den Rissen und Lücken im Pflaster Wurzeln geschlagen hatten und ihre grünen Arme der Sonne entgegenstreckten. Juliette ging zum Fenster, dessen Scheibe geborsten war, und blickte hinaus auf den mit Seerosen bewachsenen Teich.

Natürlich schwammen keine Schwäne auf dem Teich. Sie waren schon lange fort.

Chantz stellte sich dicht hinter sie, sodass er sie beinahe berührte. Alles andere wäre unklug gewesen, denn seine Selbstbeherrschung schien ihm so vergänglich wie die Geißblattranken. Eigentlich sollte er darauf bestehen, dass sie Belle Jarod auf der Stelle verließen, bevor die Dämmerung einsetzte und die Ruine in immer tiefere Schatten hüllte. Und doch vermochte er nichts anderes zu tun, als hinter Juliette zu stehen, die Wärme ihres Körpers zu spüren und mit letzter Kraft gegen den Wunsch anzukämpfen, die Arme nach ihr auszustrecken. Denn wenn er das tat ... würde er es bereuen.

Doch plötzlich lehnte sie sich an ihn, als könnte sie sich nicht länger allein auf den Beinen halten.

Nach kurzem Zögern legte Chantz ihr die Arme um die Taille und spürte, wie sehr sie zitterte. Sacht legte er die Lippen an ihr Haar, atmete den süßen Duft ein und schloss die Augen. Jeder Widerstand war sinnlos, die Kapitulation gefährlicher als seine Beinverletzung. Immerhin, wenn er dafür sein Leben lassen musste, würde er wenigstens glücklich sterben.

Juliette seufzte. »Ich war so dumm zu glauben, dass es hier noch etwas gibt, das sich zu retten lohnt. Ob sie ihn wohl geliebt hat? Meinen Vater, meine ich? Und wenn es nur für einen Tag gewesen wäre. Eine Stunde. Einen Augenblick. Welcher Wahnsinn könnte eine Frau dazu treiben, all das hier zu opfern?«

»Liebe hat nichts mit dem Verstand zu tun. Sie lässt einen Menschen glauben, nichts sei unmöglich. Man wird leichtsinnig und macht sich zum Narren.« *Er sollte das schließlich am besten wissen.*

»Ich habe mir nicht alles eingebildet, nicht wahr? Es *gab* Schwäne.«

»Ja, zwölf.« Chantz lächelte.

»Die große Hitze in meinen Träumen... Flammen. Das Feuer. Ich wünschte, ich könnte mich daran erinnern.«

»Es ist vorbei, *chère*. Die Erinnerung daran bringt weder deine Eltern noch Belle Jarod zurück.«

»Aber es gehört zu mir, Chantz, zu dem, was ich bin. Zu meiner Vergangenheit. Ich möchte die Fehler nicht wiederholen...«

Sie lehnte sich an ihn, und Chantz spürte die Wärme ihres Körpers an seinem, die sanften Rundungen unter dem dünnen Stoff ihres Baumwollkleides. Seine Lenden begannen zu pochen, und das Verlangen nach ihr schien sich wie ein heißer Lavastrom in ihm auszubreiten. »Ich werde nur einen Mann in meinem Leben lieben«, flüsterte Juliette. »Und alles, was ich bin und besitze, soll ihm gehören ... unter einer Bedingung.«

»Und die wäre, *chère*?«

Sie drehte sich um, noch immer an ihn gepresst, und hob den Kopf, sodass sie ihm in die Augen sehen konnte. Auf ihren roten Lippen lag ein sanftes Lächeln. »Dass er meine Liebe erwidert.«

Sie glitt aus seinen Armen und ging davon. Chantz sah

hinaus auf den Teich. Ein Reiher schwebte mit weit ausgebreiteten Schwingen über dem trüben Wasser, pickte eine kleine Schildkröte von einer Baumwurzel und schwang sich wieder in die Lüfte.

Juliettes Schritte hallten auf der Treppe, sodass Chantz sich beeilte, ihr zu folgen. Er stolperte und hielt sich am Türpfosten fest, während er alles daran setzte, den Schmerz in seinem Bein zurückzudrängen.

Auf der Veranda zögerte Juliette kurz und versuchte, den schnellsten Weg zum Küchenhaus auszumachen. Dann setzte sie ihren Weg im Laufschritt fort, und Chantz musste sich anstrengen, um mithalten zu können.

Mit aller Kraft stemmte sich Chantz gegen die Tür zur Küche, ehe sie aufsprang. Langsam betrat er den Raum, Juliette dicht hinter ihm. Mäuse huschten über den Boden, und ein Opossum, das an seinem Schwanz an einem der Deckenbalken gehangen hatte, blinzelte ins Licht und kletterte dann schnell in ein Versteck.

Flaschen in den unterschiedlichsten Formen standen auf den Regalen an der Wand, die Etiketten mit den Jahren verblichen. Es gab eiserne Kessel, verschiedene Kellen und Löffel und mehrere Tische, ähnlich dem, auf dem Rosie am Tag zuvor die Pralinen zubereitet hatte. Das Dach schien in einem guten Zustand zu sein, ebenso wie der große Kamin, der zusammen mit Herd und Ofen die gesamte Nordwand der Küche einnahm.

Juliette sah sich gründlich um und durchsuchte alle Winkel. »Die Küche ist großartig. Natürlich müsste man sie putzen und einige Kleinigkeiten reparieren. Auch die Mauern sollten an einigen Stellen ausgebessert werden. Die Tische brauchen eine Politur.«

Sie stellte sich neben ihn an die Tür und blickte hinaus auf

Belle Jarod. Die Wirtschaftsgebäude in der Ferne, Vorratshaus, Ställe und Räucherhaus, die Sklavenhütten, von denen nicht viel mehr zu sehen war als graue, windschiefe Dächer, die aus dem dichten Unterholz hervorlugten.

»Woran denkst du?«, fragte Chantz und umfasste Juliettes Arm, um die Dringlichkeit seiner Frage zu unterstreichen.

Doch Juliette machte sich ohne eine Antwort von ihm los und eilte zum Haus zurück. Als Chantz sie endlich eingeholt hatte, stand sie im Salon und wischte mit der bloßen Hand über die Sofakissen, sodass Farbe und Muster unter der dicken Staubschicht zum Vorschein kamen.

»Es war rot. Das Sofa. Ich erinnere mich jetzt daran. Und ich wette, der Sessel dort drüben am Fenster hat grüne Polster.« Sie versetzte dem Möbelstück einen Tritt, und eine Staubwolke stieg auf. Juliettes Augen glänzten.

»Sie sind grün! Und dort drüben stand einmal ein Tisch mit einer Platte aus rosa Marmor.« Juliette eilte ins Speisezimmer und kehrte gleich darauf zurück, einen kleinen Lampentisch hinter sich herziehend. Sie stellte ihn neben den Sessel und wandte sich dann wieder Chantz zu.

»Du bist unmöglich, *chère*.« Chantz schüttelte den Kopf. »Komm her.«

Er ging zu dem großen Wandspiegel und wischte gerade genug Staub ab, dass Juliette ihr schmutziges Gesicht sehen konnte. Auch in ihrem Haar hingen Staubflocken. Sie hob die Hand und vergrößerte den Kreis, sodass auch Chantz' Gesicht neben dem ihren zu sehen war. Wie groß und kräftig und dunkel er neben ihr wirkte. Sie war Sonnenlicht, er war Schatten.

Chantz wandte sich ab und fuhr sich mit der Hand übers Gesicht. Wieder stieg Hitze in ihm auf – nicht verursacht durch die stickige Luft im Zimmer, sondern durch die Sehnsucht, die in ihm brannte. Er fühlte sich erschöpft und gereizt.

Juliette strich ihm über den Rücken. »Chantz?«

»Das Haus ist eine Ruine«, sagte er und wich ihrer Berührung aus. »Man sollte es abreißen und wieder von vorn beginnen. Es wird viel Arbeit bedeuten und Unsummen kosten. Wobei mir wieder einfällt, was ich dir vorhin sagte.

Heirate einen reichen Mann, Julie. Es wird ein Vermögen verschlingen, das Haus aufzubauen und die Felder zu bestellen. Dein Vater besaß annähernd zweihundert Sklaven, und du würdest wohl doppelt so viele brauchen, um Belle Jarod wieder zu dem zu machen, was es einst war.«

»Das Haus ist bewohnbar«, erwiderte sie. »Wenigstens zum Teil.«

»Jetzt vielleicht.« Chantz ging durch die Halle und betrat die Überreste der Bibliothek. Sonnenlicht fiel durch die Löcher im Dachstuhl. Chantz reckte sein Gesicht den Strahlen entgegen und schloss die Augen. Die wohlige Wärme besänftigte zwar die Schmerzen in seinem Bein, nicht jedoch den Tumult in seinem Herzen.

»Du wirst anders darüber denken, wenn der Winter kommt. Eine junge Frau wie du, die nicht weiß, wie es ist, wenn man vor Kälte zittert und zusehen muss, wie der Regen durchs Dach tropft, wird es schnell Leid sein, morgens aufzuwachen und vor Kälte ihre Zehen nicht mehr zu spüren.«

Er warf ihr einen Blick über die Schulter zu. »An deiner Stelle würde ich Belle Jarod verkaufen und nach Frankreich zurückgehen, wo du hingehörst.«

»Hier ist mein Platz, Chantz. Belle Jarod ist mein Zuhause.«

Juliette trat hinaus auf die Veranda. Eine Brise raschelte im Laub, und Löwenzahnflocken stoben in die Luft und verfingen sich in Juliettes Haar, als sie die Stufen hinunter stieg und begann, Blumen zu pflücken. Inmitten des dichten Gewirrs aus Unkraut und Gräsern wuchsen blutrote, wilde Cherokee-Rosen. Vorsichtig, als könnten sie zerbrechen, berührte Juliette die zarten Blüten.

»Es *war* dein Zuhause«, erwiderte Chantz rau. »Damals, als deine Mama dir hübsche Kleidchen anzog, dein Haar mit Bändern schmückte und dich überall herumzeigte, als seiest du eine Prinzessin. Als du zwischen den Blumenbeeten Handstand übtest und Schmetterlinge fingst und glaubtest, auf den Schwänen in die Wolken hinauf fliegen zu können. Damals, als du jungen Männern Melassebonbons aus den Hosentaschen stibitztest und glaubtest, dass dir am Abend die Traumelfen Sand in die Augen streuten, damit du einschliefest.«

Langsam wandte sich Juliette zu ihm um. Ihre Wangen waren so rot wie die Rosenblüten unter ihren Fingerspitzen.

»Hast du denn noch nicht gemerkt, dass du kein Kind mehr bist, Juliette? Es wird Zeit, die Welt mit den Augen einer erwachsenen Frau zu betrachten. Du bist neunzehn Jahre alt und mittellos. Nur Maxwell Hollinsworth wird für dich sorgen, bis du einundzwanzig wirst oder heiratest. Und in zwei Jahren wird sich deine finanzielle Lage nicht geändert haben. Was willst du dann tun? Wenn du nicht dazu bereit bist, deinen Körper und deine Seele an einen Mann zu verkaufen, der über Einfluss und Vermögen verfügt, werden weder du noch Belle Jarod eine Zukunft haben. Es sei denn, du gibst dich mit der Ruine zufrieden.« Mit einer Kopfbewegung deutete er auf einen Schutthaufen.

Juliette ging auf ihn zu und wandte dabei den Blick nicht von ihm ab. »Und wenn ich mich an einen reichen Mann verkaufen würde, wäre ich keinen Deut besser als meine Mutter, nicht wahr?«

»Wer weiß, *chère*.« Sanft berührte Chantz einen Schmutzfleck auf ihrer Wange. »Vielleicht verliebst du dich in ihn.«

Er ballte die Fäuste und steckte sie in die Hosentaschen. »Ich vermute, er wird deinen Körper und deine Seele als überaus lohnende Anschaffung betrachten. Vielleicht würde er zunächst glauben, sich durch die Heirat mit dir allein ein schönes Stück Land verschaffen zu wollen, doch irgendwann wird es deine Liebe sein, die er mehr begehrt als alles Zuckerrohr der Welt.«

Juliette lächelte. »Oder aber ich ende wie meine Mutter und Phyllis Buley und heirate einen Mann, während ich jedoch einen anderen liebe.« Sie legte Chantz die Hand auf die Brust und fragte leise: »Du warst es, nicht wahr?«

Ihre Berührung schien auf seiner Haut zu brennen. Chantz blickte Juliette finster an.

»Du hast mich aus dem Feuer gerettet. Das Gesicht in meinem Traum, das niemals deutlich genug war, um es zu erkennen, ... war dein Gesicht. Weißt du, wie oft ich in meinen Träumen die Hände nach dir ausstreckte? Du hast mich getröstet, Chantz, bei dir war ich in Sicherheit. Wenn du nicht gewesen wärst ...«

Er wich vor ihr zurück und ging zurück ins Haus.

»Warum warst du auf Belle Jarod, Chantz?«, rief sie und lief ihm nach. »Du hast alles mit angesehen, nicht wahr? Du weißt, was geschehen ist ...«

»Lass die Vergangenheit ruhen, Julie.«

»Nein!« Sie packte ihn am Arm und hielt ihn auf, sodass er sich schließlich umdrehte und in ihre großen Augen blickte.

Ihr Atem ging schnell und flach. »O mein Gott«, flüsterte sie. »Warst du etwa …«

»Nein.« Er machte sich von ihr los und ging zur Treppe. »Ich habe nichts gesehen, Julie. Als das Feuer ausbrach, war ich im Küchenhaus.«

»Du lügst.«

»Es gab ein Gewitter, und ich habe mit den anderen in der Küche Schutz gesucht. Als wir den Rauch und die Flammen sahen …«

»Welche anderen?«

»Die Haussklaven.«

»Aber warum waren sie nicht im Haus?«

»Deine Mutter schickte die Sklaven fort, wenn sie ihre … Herrenbekanntschaften empfing.«

»Ich verstehe.« Juliette schluckte. »Also hatte sie viele Liebhaber?«

Erschöpft schüttelte Chantz den Kopf. »Ich weiß es nicht, Darling. Lass die Toten ruhen, Julie. Sieh dich gründlich um, damit du endlich begreifst, dass all deine Erinnerungen und Träume die Vergangenheit nicht ändern können. Geh fort von hier, bevor die Geister der Vergangenheit auferstehen und auch dich zerstören.«

Tränen glitzerten in Juliettes Augen, obwohl sie sich bemühte, sie zurückzudrängen. Sie sah Chantz an und bemerkte etwas, das ihre Verzweiflung nur vergrößerte. »O Chantz, du hast so große Schmerzen und versuchst trotzdem, dir nichts anmerken zu lassen. Und wie üblich war ich zu sehr mit mir selbst beschäftigt, um es zu sehen.« Sie wischte sich die Tränen ab und blickte hinunter auf sein Bein.

»Du blutest!«, rief sie verzweifelt. Juliette sank vor ihm auf die Knie und berührte unendlich sanft die Stelle, an der sich Blutflecke auf seinem Hosenbein zeigten. Dann legte sie den Kopf zurück und sah ihn an. Die Strahlen der Nachmittagssonne erleuchteten ihr Gesicht und ließen ihr Haar glänzen. »Ich liebe dich, Chantz, schon seit dem Moment, als ich meine Augen öffnete, nachdem du mich aus dem Fluss gezogen hattest. Nein, ich glaube, ich liebte dich schon als Kind, als du mich vor dem Feuer bewahrtest. Immer warst du für mich da, stark und mutig. Bei dir war ich in Sicherheit, und du brachtest mich zum lachen, selbst wenn ich weinte. Du warst derjenige, nach dem ich im Traum meine Arme ausstreckte – selbst in den schlimmsten Albträumen.«

Sanft strich er ihr mit den Fingerspitzen über die Wange.

»Ich will dich nicht verletzen, Chantz. *Niemals*.« Juliette schloss die Augen und schmiegte ihre Wange an seinen Oberschenkel, während sie die Arme um sein Bein legte und zärtlich darüber strich.

Schon bevor er sie berührte, wusste Chantz, dass sich sein Leben für immer verändern würde. Er zog Juliette auf die Beine und zog sie an sich. Dann küsste er sie so heftig, dass sie erzitterte und sich an seinem Hemd festhielt, wie in jener Nacht am Ufer des Mississippi. Er wollte sie verängstigen und abschrecken, sie glauben machen, dass er nicht so für sie empfand, wie sie es sich erhoffte.

In seinem Leben gab es keinen Platz für Liebe. Frauen waren nur dazu da, gewisse beiderseitige Bedürfnisse zu befriedigen. Seine wahre Liebe war das Zuckerrohr.

Und doch ... Jede andere Frau wäre bei einem so heftigen, beinahe gewalttätigen Kuss in Ohnmacht gefallen.

Nicht so Juliette.

Sie schlang ihm die Arme um den Nacken und tauchte die

Hände in seine Locken. Dann zog sie ihn noch fester an sich und schmiegte ihren Körper eng an den seinen.

Er hob den Kopf und blickte ihr in die Augen, wollte ihr eine Lektion erteilen, die sie sobald nicht vergessen würde, dass ein Mann wie er sie zerstören und in ewige Verdammnis stürzen würde.

»Was, zum Teufel tust du?«, fragte er rau und schüttelte sie. Dann küsste er Juliette abermals, zuerst zärtlich, dann immer leidenschaftlicher, während er die Hand über ihre Brust gleiten ließ, deren aufgerichtete Spitze sich ihm durch den dünnen Stoff ihres Kleides entgegenstreckte.

Sie stöhnte auf, öffnete die Lippen und gab sich den Liebkosungen seiner Zunge hin, während sie sich seinen Händen entgegenstreckte. Die Beherrschung, mit der er sein Verlangen hatte zurückhalten müssen, seit er Juliette aus dem Fluss gerettet hatte, wurde fortgespült wie Sand von reißenden Fluten.

Chantz zog Juliette mit sich hinunter auf den Boden, auf das trockene Laub und die Überreste eines rubinroten Teppichs. Er ließ die Hand unter ihren Rock gleiten, strich mit den Fingerspitzen sacht über ihre Schenkel. Ein plötzlicher Windstoß ließ das Gebälk ächzen und knarren und rauschte in den Baumkronen hoch über dem Dach. Staub wirbelte auf und tanzte in den Sonnenstrahlen, die durch das glaslose Fenster fielen. Chantz sehnte sich so sehr danach, Juliette zu besitzen, nicht nur ihren Körper, sondern auch ihre Seele, dass er ungeduldig sein Bein zwischen ihre Knie drängte und ihr den Rock bis über die Oberschenkel hinauf schob. Endlich fanden seine Fingerspitzen ihr Ziel und liebkosten die zarte Haut des Mittelpunkts ihrer Weiblichkeit.

Juliette stöhnte auf und legte Chantz die Arme um die

Schultern, die Finger in den Stoff seines Hemds geklammert.

»Verdammt«, flüsterte er, als Juliette ohne Scham ihre Schenkel öffnete, ganz den Empfindungen hingegeben, die seine Zärtlichkeiten in ihr erweckten. In diesem Moment schien die Welt nur noch aus Juliettes Augen zu bestehen, so grün wie die Blätter der Bäume, die ihre Schatten auf den Boden warfen; aus ihren leicht geöffneten sinnlichen Lippen und ihrem blassen ebenmäßigen Gesicht, umgeben von den wilden, unbezähmbaren Locken.

Chantz schob sein Bein über Juliettes Körper und presste sie an sich, sodass sie sein Gewicht und seine Erregung deutlich spüren konnte. Er musste ihr zeigen, wie sehr er sie begehrte, dass all seine Selbstbeherrschung scheinbar mit seinem Lebensblut aus der klaffenden Wunde an seinem Bein gelaufen war. Er wünschte, ihr sagen zu können, dass er in jenen letzten Augenblicken des Bewusstseins und der Todesangst allein an ihr Gesicht gedacht hatte. Nur eines hatte er bereut, dass er die Zeit nicht zu jenem Nachmittag auf dem Feld zurückdrehen konnte. Ein zweites Mal wäre er nicht voller Furcht davongelaufen, sondern hätte Juliette auf die warme, fruchtbare Erde gelegt und sie geliebt. So gern hätte er ihr gesagt, dass er sich sogar mehr nach ihr sehnte als nach Maxwells Anerkennung.

Juliette seufzte auf, als er ihren Hals, ihr Gesicht und ihre Lippen mit Küssen bedeckte, während er ungeschickt an den Knöpfen seiner Hose zerrte. Als er sich endlich aus dem Gefängnis aus Baumwollstoff befreit hatte, führte er ihre Hand, die sich nach kurzem Zögern um ihn schloss. So süß, so erregend war die Berührung, dass Chantz unwillkürlich die Augen schloss und Schauer der Lust seinen Körper erbeben ließen. Wieder glitt seine Hand zwischen Juliettes

Schenkel, die Liebkosungen zärtlich, dann immer leidenschaftlicher. Sie schrie leise auf, verblüfft von der Ekstase, in die seine Hände sie zu versetzen vermochten. Doch sie wandte den Blick nicht von seinem Gesicht. Leidenschaft und Sehnsucht spiegelten sich in ihren grünen Augen – keine Spur von Scham oder Schüchternheit, doch das hatte Chantz auch nicht anders erwartet. Juliette öffnete die Schenkel weiter und hob einladend die Hüften, als er sich vor sie kniete. Chantz bemühte sich, sein Verlangen im Zaum zu halten – schließlich war sie noch Jungfrau – und drang sanft in sie ein, ließ ihrem Körper Zeit, sich ihm allmählich zu öffnen. Er spürte es deutlich, als der Augenblick gekommen war – Juliette schrie leise auf, und auf ihren Zügen lagen Schmerz und Verwunderung, als sie von einem Leben in ein anderes überging.

Doch dann klammerte sie sich an ihn, die Lippen leicht geöffnet, Leidenschaft und Liebe in ihrem Blick. »Wie ... wie wundervoll.«

Wundervoll, dachte er, während er tiefer in sie eindrang und sich von der Leidenschaft treiben ließ. Juliettes Duft entflammte ihn, und ihre Worte gingen ihm nicht aus dem Sinn. Wundervoll, wundervoll ... wäre es ihren warmen, weichen Körper nie wieder verlassen zu müssen.

»Welch ein reizender Anblick«, ertönte Tylors Stimme aus der Richtung der Tür.

Juliette zuckte erschrocken zusammen, und ihre Augen weiteten sich.

Chantz erstarrte.

Sanft zog er sich aus ihr zurück, strich ihren Rock glatt und knöpfte seine Hose zu. Als er auftrat, fuhr ein stechender Schmerz durch sein verletztes Bein. Zornig, mit geballten Fäusten wandte er sich zu Tylor um, der grinsend den Raum betrat und sich mit seiner Reitgerte rhythmisch an den Stiefel klopfte.

»Ich muss schon sagen, Chantz, es wird allmählich langweilig, dich immer wieder dabei zu erwischen, wie du deine Hände nicht von der jungen Dame lassen kannst.«

Chantz richtete sich auf und stellte sich schützend vor Juliette. »Wenn du etwas zu sagen hast, Tylor, dann sage es und verschwinde.«

Tylor neigte den Kopf zur Seite und grinste hämisch. »Juliette, dir ist sicher bewusst, dass ich jedes Recht hätte, Genugtuung zu fordern. Für gewöhnlich würde das ein Duell bis zum Tode bedeuten, doch scheinen mir Pistolen bei Morgengrauen mehr dazu geeignet zu sein, eine solche unangenehme Angelegenheit unter Gentlemen zu bereinigen. Für eine Flussratte wie Chantz Boudreaux dürfte es ausreichen, ihn an den Pfahl zu binden und auszupeitschen, bis er verblutet.«

Juliette wollte aufbegehren, doch Chantz schüttelte nur kurz den Kopf.

Tylor trat dicht an ihn heran. »Ich werde dafür sorgen, dass du bereust, jemals geboren worden zu sein ... mehr, als du es ohnehin schon tust.«

Chantz sah ihn verächtlich an. »Fahr zur Hölle, Tylor.«

15

»Was hast du getan, Chantz? Sieh mich an, mein Sohn. Etwas Schreckliches ist geschehen.«

Chantz schenkte sich Rum ein und überlegte, wie er es wohl seiner Mutter beibringen sollte, dass er sich zu einem ebensolchen Narren gemacht hatte wie Jack Broussard, Max Hollinsworth und unzählige andere – geblendet von der Schönheit einer Frau und so außer sich vor Sehnsucht nach ihr, dass er nicht einmal die Folgen seines Handelns fürchtete.

»Wie kommst du darauf?«, fragte Chantz. Er war sich des rauen, gepressten Klangs seiner Stimme bewusst, konnte jedoch nichts dagegen tun.

Emmaline trat hinter ihn und legte ihm die Hand auf die Schulter. »Du kannst mir ja nicht einmal in die Augen sehen. Sie verraten dich jedes Mal, Chantz, du hast mich noch nie belügen können. Außerdem ist das dein drittes Glas innerhalb einer Stunde. Du bist kein Trinker, Chantz, und würdest nicht in Rum schwimmen, wenn dir nicht etwas auf der Seele lasten würde.«

Sie nahm ihm die Flasche aus der Hand und stellte sie auf den kleinen Tisch neben Chantz' Rasierzeug, seiner Bibel und dem Glas mit den bunten Steinen, die ihm die Kinder manchmal schenkten. Emmaline sah ihren Sohn besorgt an, erfüllt von dem Wunsch, ihn beschützen zu wollen. Chantz kannte diesen Blick gut. Mochte er auch alle Welt belügen, sich selbst eingeschlossen, bei seiner Mutter würde es ihm nicht gelingen.

»Du bringst es nicht fertig«, sagte sie. »Du kannst mir nicht offen in die Augen sehen. Ich sehe dir doch an, dass du ein schlechtes Gewissen hast. Nein, es sind nicht nur Schuldgefühle, sondern etwas viel Schlimmeres. Es geht um sie, nicht wahr? Um Juliette? Es gab Gerede, Chantz. Man sagt, Andrew hätte sie heute nach Belle Jarod gebracht. Als du davon erfuhrst, sollst du aus dem Bett gesprungen und ihnen wie ein Wahnsinniger nachgeritten sein. Andrew kehrte allein zurück. Was ist dort geschehen, Chantz?«

»Lass gut sein, Mama.«

Chantz wandte sich ab und nahm einen Schluck Rum. Sein Bein brannte wie Feuer, und er befand sich nur noch wenige Schlucke davon entfernt, sturzbetrunken zu sein. Sei's drum, wenigstens würde es ihm der Rum leichter machen, dem Unausweichlichen entgegenzusehen. Es würde nicht mehr lange dauern ... vermutlich nur noch wenige Minuten.

Am Türpfosten lehnend, schwenkte er den Rum im Glas und blickte zum Herrenhaus hinüber, dessen Lichter hell durch die Dämmerung leuchteten. Die Zikaden hatten zu zirpen begonnen, begleitet vom gelegentlichen Quaken der Ochsenfrösche.

Am liebsten hätte er Juliette die Hände um den schönen Hals gelegt und sie dafür erwürgt, dass sie ihn zu einem Mann gemacht hatte, der weder über Verstand noch über Selbstbeherrschung verfügte. Viel mehr noch wünschte er sich aber, mit Juliette im weichen Gras zu liegen und zu beenden, was sie auf Belle Jarod begonnen hatten. Dieser Gedanke ärgerte ihn maßlos.

Chantz trat hinaus in die Dunkelheit. In einem hatte seine

Mutter Recht gehabt. Es befand sich eindeutig zu viel Rum in seinem Blut.

Die Glocke läutete.

Die Türen der Sklavenhütten öffneten sich, sodass der Schein der Talglichter auf die steilen Treppenstufen fiel. Louis eilte als Erster den Pfad entlang, gefolgt von den anderen Sklaven, die mit besorgten Mienen zum Herrenhaus liefen. Louis sah Chantz flüchtig an, als er vorbeiging. Für gewöhnlich wäre er stehen geblieben und hätte mit Chantz über den Grund für die Zusammenkunft gemutmaßt, doch an diesem Abend wussten beide Männer, was geschehen würde.

Little Clara schoss aus dem Eingang des Herrenhauses und rannte durch den dunklen Garten. Die Männer machten ihr Platz und beobachteten bekümmert, wie die Kleine laut schluchzend auf Chantz zu stürzte und seine Taille umklammerte. Simon folgte ihr, so schnell ihn seine verkrüppelten Beine trugen. Dann kam Liza.

Selbst in der Dunkelheit waren Verzweiflung und Schmerz deutlich in Lizas Zügen zu erkennen.

»Was geht hier vor?«, fragte Emmaline, die an die Tür getreten war. »Chantz? Warum weint das Kind? Chantz …«

»Still!«, unterbrach er sie schroff. Chantz blickte auf Little Clara hinunter und legte ihr beruhigend die Hand auf die Schulter. »Mama, ich möchte, dass du in deine Hütte gehst und die Tür schließt. Unter keinen Umständen möchte ich dich hier draußen sehen. Hast du mich verstanden?«

Emmalines Schritte klangen dumpf auf der Verandatreppe. »Großer Gott, mein Sohn …«

Chantz wandte sich um und blickte in das schmale, sorgenzerfurchte Gesicht seiner Mutter. Ein wenig sanfter sagte er: »Bitte streite jetzt nicht mit mir, Mama. Mache es mir nicht schwerer, als es ohnehin schon ist.«

Emmaline erbleichte und sah Chantz fragend an. Dann verstand sie, und die Erkenntnis schien so schwer auf ihr zu lasten, dass sie den Rücken beugte.

»Verdammt sollst du sein«, flüsterte sie, während ihr die Tränen über die Wangen liefen. »Du warst schon immer zu eigensinnig. Ich warnte dich …« Ihre Worte verebbten in einem unterdrückten Schluchzen. Emmaline wandte sich ab und ging mit schweren Schritten zu ihrer Hütte.

Liza marschierte mit geballten Fäusten auf Chantz zu. Sie trug noch das Kleid, das sie bei der Feldarbeit angehabt hatte, und das ausgeblichene Kopftuch, mit dem sie ihr Haar bändigte, wenn sie die Zuckerrohrpflanzen von Unkraut befreite.

Little Clara blickte auf und lächelte zaghaft unter Tränen. »Sieh nicht hin, Boss Chantz, aber ich glaube, du bekommst Ärger.«

»Du wusstest genau, was dir blüht, wenn du dich mit Julie einlässt!«, rief Liza zornig. »Aber du sturer Dickkopf musstest es trotzdem tun, nicht wahr?«

Liza zitterte so heftig, dass ihre Zähne aufeinander schlugen. Sie machte Little Clara sanft von Chantz los und scheuchte sie zu den Sklavenhütten. »Fort! Nimm alle anderen Kinder mit und macht, dass ihr hineinkommt. Ich will keinen von euch auch nur dabei erwischen, dass er die Nase aus der Hütte streckt. Hörst du, Little Clara? Wenn ich eure Gesichter heute Nacht hier draußen sehe, dann setzt es eine Tracht mit der Rute.«

Sie barg das Gesicht in den Händen und rang vergeblich um Fassung. Schließlich schüttelte sie verzweifelt den Kopf und rief: »Er wird dich auspeitschen, Chantz! Tylor. Er wird es wirklich tun!«

Chantz nickte und sah an Liza vorbei. »Wo ist Juliette?«

Zorn blitzte in ihren dunklen Augen auf. »Hast du gehört, was ich sagte? Tylor ist mit der Peitsche auf dem Weg hierher. Er will dich bluten sehen ...«

»Geht es ihr gut, Liza? Wenn einer der beiden ihr etwas antut ...«

Liza fuhr sich mit der Hand über die bebenden Lippen und versuchte, ruhig zu atmen und das heftige Schluchzen zu unterdrücken, das ihr die Kehle zuzuschnüren schien. Dann streckte sie die Hände nach Chantz aus und klammerte sich an seinem Ärmel fest. »Es ist alles vorbei, nicht wahr? Für dich, mich und Miss Julie. Was soll nur aus uns werden, Chantz?«

Die Glocke läutete unaufhörlich, wie seinerzeit das Totengeläut für Schwester Eve, bis Juliette glaubte, sich wie damals entweder die Ohren mit einem Kissen bedecken oder aber schreien zu müssen.

Sie ging unruhig im Zimmer auf und ab, während Rosie auf der Ottomane saß, den Rock bis über die Knie hinaufgezogen, um ihre Beine abzukühlen. Sie verschränkte die Arme über ihrer üppigen Brust, blickte zur Zimmerdecke und bewegte stumm die Lippen, als führe sie ein Gespräch mit den himmlischen Heerscharen.

Schließlich blieb Juliette vor Rosie stehen, die Hände in die Rockfalten geklammert. »Lieber Himmel, wirst du endlich damit aufhören, vor dich hin zu murmeln, und mir erklären, was hier vor sich geht? Warum sind die Buleys so überstürzt abgereist? Und wieso hat man mich in meinem Zimmer eingeschlossen wie eine Verbrecherin ...«

»Weil Sie Unrecht getan haben, Miss Julie.« Rosie schürzte die Lippen und schüttelte traurig den Kopf. »Sie hätten Andrew nicht überreden dürfen, Sie nach Belle Jarod zu bringen. Sie wussten, dass es Massa Max und Tylor ganz und gar nicht gefallen würde. Tylor hat nur auf eine Gelegenheit gewartet, um Chantz Schwierigkeiten zu bereiten.«

Juliette sank vor Rosie auf die Knie und nahm Rosies dunkle, raue Hände in die ihren. »Tylor hat es doch nicht ernst gemeint, dass er Chantz auspeitschen will...«

»Chantz wusste, worauf er sich einließ, als er nach Belle Jarod ritt. Ich selbst habe zu ihm gesagt, dass er bestraft würde, wenn sie es herausfänden. Und richtig, kaum hatte Chantz Holly House verlassen, kam Tylor aus der Kirche zurück, als hätte er geahnt, dass etwas geschehen würde.«

Rosie erhob sich schwerfällig und ging leicht schwankend zum Balkon. Die Flügeltüren waren verschlossen, die Vorhänge zugezogen. Sie spähte zwischen den Stoffbahnen hindurch und begann dann, leise eine Melodie zu summen. Tränen standen ihr in den dunklen Augen und hingen in winzigen Tropfen an ihren Wimpern.

Juliette eilte zu ihr und zupfte mit zitternden Fingern an Rosies Ärmel. »Was ist denn, Rosie?«

»Ich denke, es wird wohl schon alles vorüber sein.«

Verzweifelt blickte Juliette sich um und fegte dann entschlossen einen Blumentopf von dem kleinen Beistelltisch mit der Marmorplatte.

»Herr im Himmel!«, rief Rosie und griff sich ans Herz. »Was tun Sie denn nur, Miss Julie...«

»Ich werde herausfinden, was hier vor sich geht!«

Juliette hob den Tisch an und schleuderte ihn so fest sie nur konnte in die Flügeltüren, deren Scheiben mit solcher

Wucht zerbrachen, dass sich die Scherben über den gesamten Balkon verteilten.

In ihrer Eile rutschte Juliette auf den Glassplittern aus und fiel, sodass ihr die scharfen Kanten der Scherben tief in die Knie und Unterarme schnitten. Vage dachte sie darüber nach, ob sie wohl an diesen Verletzungen verbluten könnte, kam jedoch zu dem Schluss, dass es sie nicht im Geringsten kümmerte, zumindest nicht, wenn sie Chantz in irgendeiner Weise geschadet haben sollte.

Die Hunde heulten in dieser Nacht nicht klagend den Mond an, sondern kläfften wie besessen, als sie den Geruch von Blut witterten. Als Juliette durch den Garten lief, mischte sich entferntes Weinen und Klagen mit dem Lärm der Hunde. Sie zog den Rock bis an die Knie hoch und rannte den Pfad entlang zu den Sklavenquartieren. Die Schwarzen standen vor den Hütten in Gruppen beieinander und blickten Juliette nach, als sie an ihnen vorüber lief, erleuchtet vom Lichtschein, der aus den offenen Türen und Fenstern drang. Auf dem Sammelplatz bei den Hütten hatten sich etliche der Männer zusammengefunden.

»Aus dem Weg!«, rief Juliette und bahnte sich ihren Weg an den Sklaven vorbei, die sie erschrocken ansahen. Juliette stolperte auf den offenen Platz und erstarrte.

Liza ging auf sie zu, umfasste ihre Schultern und blickte sie eindringlich an. »Dies ist kein geeigneter Ort für eine junge Dame, Miss Julie. Gehen sie lieber wieder ins Haus, bevor …«

»Sage mir, dass der Mann dort drüben nicht Chantz ist!« Ungläubig schüttelte Juliette den Kopf und konnte nur mit Mühe einen Aufschrei unterdrücken. »Sage mir, dass es nicht Chantz ist, der dort am Pfahl angebunden wurde und dessen Rücken …«

»Ich habe Ihnen gesagt, was geschehen würde, wenn Sie Chantz nicht in Ruhe lassen, Miss Julie.«

Juliette wich zurück. O Gott, großer Gott …

»Es gibt nichts, das Sie hier tun könnten, also gehen Sie jetzt, bevor Maxwell etwas merkt …«

Sie stieß Liza beiseite und ging auf den grauenvollen Anblick zu, der sich ihr bot, obwohl ihr beinahe die Knie versagten. Dann bemerkte sie plötzlich Louis, der an Chantz' Seite stand. Er blickte sich zu Juliette um, und in seinen Augen spiegelte sich der Schein des Lagerfeuers auf dem Platz. Seine Tränen hielten Juliette auf.

Tylor ging im Salon auf und ab. Noch immer trug er die zusammengerollte Peitsche in der Hand. Sein Hemd war blutverschmiert, und der Schweiß stand ihm auf der Stirn, sodass ihm das Haar in feuchten Strähnen auf der Haut klebte. Sein Gesicht schien vor freudiger Erregung zu leuchten, doch er lächelte so freudlos und gekünstelt wie eine Marionette, als er sich Max zuwandte.

»Bist du zufrieden, Daddy?«, fragte er. »Bist du stolz auf mich? Ich glaube, ich habe die Angelegenheit so bereinigt, wie es sich für einen Hollinsworth geziemt.«

Maxwell wandte sich ab und blickte über die Veranda auf den dunklen Fluss. Der Mond stand hoch am Himmel und spiegelte sich in dem stillen, bräunlichen Wasser. Eine Brise strich ihm übers Gesicht und kühlte seine erhitzten Wangen.

Tylor stellte sich so dicht hinter ihn, dass Max das Gesicht verzog, als ihm der Geruch nach Schweiß und Bourbon in die Nase stieg. Tylor legte Max klatschend die Hand auf die Schulter, und dieser warf einen Blick auf die blutbefleckten Hände seines Sohnes. Dann betrachtete er wieder den Fluss, noch angestrengter als zuvor.

»Du hättest warten sollen ...«, begann er.

»Warten? Worauf denn, Daddy? Bin ich denn kein Hollinsworth? Bin ich denn nicht dein Sohn und damit während deiner Abwesenheit für die Plantage verantwortlich? Lass mich dein Gedächtnis auffrischen. Erst kürzlich sagtest du mir auf dem Balkon vor meinem Zimmer, ich sollte mich endlich wie ein Hollinsworth benehmen. Waren das nicht genau deine Worte? Du wolltest, dass ich den Namen Hollinsworth Ehre mache, und das habe ich getan. Sollte ich etwa darüber hinwegsehen, dass sich dieser Abschaum an der jungen Dame vergriffen hat?

Was hast du denn, Daddy? Du bist ja leichenblass. Ich frage mich, ob es daran liegt, dass ein anderer Juliette vor dir hatte oder dass ich einen Mann ausgepeitscht habe, dessen Existenz du aus irgendeinem merkwürdigen Pflichtgefühl heraus tolerierst.«

Tylor beugte sich vor, sodass sein Atem über Maxwells Wange strich und seine Lippen das Ohr des Vaters streiften. »Weißt du, was ich außerdem getan habe, Daddy? Ich sagte diesem Bastard, dass wir mit ihm fertig sind. Er soll von Holly House verschwinden und seine Mutter gleich mitnehmen.«

Max wandte den Kopf und sah Tylor in die Augen. »Wie bitte?«

»Ich habe bereits mit Boris Wilcox gesprochen. Er wird für die Hälfte des Lohns als Aufseher auf Holly House arbeiten, den du Boudreaux bezahlt hast.«

»Boris Wilcox? Dieser verdammte Fledderer, der den letzten Pflanzer, für den er arbeitete, praktisch in den Ruin trieb?«

Maxwell legte die Hand um Tylors Kehle. »Falls du es noch nicht gemerkt haben solltest, es gibt nur einen Mann, der Holly davon abhält, von dem verdammten Fluss davon gespült zu werden, und dieser Mann ist Chantz. Wenn er der Plantage den Rücken zukehrt, wird das mein Ende sein. Verstehst du mich, Tylor? Es gibt keinen anderen Aufseher in diesem Staat, der so viel vom Zuckerrohr versteht oder der so gut mit den Sklaven umzugehen weiß wie Chantz.«

Tylor war blass geworden. Er griff nach Max' Handgelenk, machte sich los und stolperte einige Schritte zurück. Er hustete und rang nach Atem.

»Was, zum Teufel, willst du eigentlich, Daddy?«, rief er dann wütend. »Willst du dein verdammtes Zuckerrohr oder die Belle? Beides wirst du nicht bekommen. Juliette wird die Plantage keinem von uns überlassen, solange Chantz in der Nähe ist. Es tut mir Leid, dich enttäuschen zu müssen, aber sie wird sich nicht so willig in dein Bett legen, wie Maureen es tat.«

Juliette stand an der offenen Verandatür, eine Weidenrute in der Hand. Sie blickte an Tylor vorbei geradewegs in Maxwells Augen.

»Du warst es«, flüsterte sie. »Aber natürlich, jetzt weiß ich auch, was meinem Vater das Herz gebrochen hat. Er verlor nicht nur seine Frau, sondern auch seinen besten Freund. Du warst es, den er mit meiner Mutter ertappte, nicht wahr?«

Sie betrat den Raum. »All die Jahre habe ich mich gefragt, warum mich mein Vater in diesem weit entfernten, schrecklichen Kloster einsperrte. Ich glaubte, er hasste mich und könne meinen Anblick nicht ertragen, doch er wollte mich nur beschützen, nicht wahr? Mich verstecken. Vor dir.«

Tylor ließ sich in einen Sessel fallen und begann, schallend zu lachen.

»Deinetwegen ist meine Familie ausgelöscht und mein

Zuhause nur noch Schutt und Asche. Und nun bin ich eine mittellose Waise ...«

»So muss es aber nicht bleiben ...«, sagte Max mit tonloser Stimme.

Juliette versetzte ihm einen Streich mit der Weidenrute. Er zuckte nicht einmal zusammen, sondern blickte sie nur starr an, ohne eine Regung zu zeigen, während sich eine blutige Strieme auf seiner blassen Wange abzeichnete.

Wieder und wieder hieb Juliette auf ihn ein, beinahe blind vor Tränen und halb wahnsinnig vor Wut. »Du verabscheuungswürdige, erbärmliche Kreatur! Du Ungeheuer! Ich würde mir eher eine Kugel in den Kopf jagen, bevor ich zulasse, dass du auch nur einen Fuß auf Belle Jarod setzt!«

Die Rute schnitt in Max' Gesicht und Hals, bis sein Hemdkragen blutdurchtränkt war. Tylors Lachen hallte durch den Raum und fachte Juliettes flammenden Zorn zu einem wahren Inferno an.

»Ich sollte dich umbringen«, flüsterte sie hasserfüllt. »Doch ich will dich leiden sehen, dich und deinen abscheulichen, grausamen Sohn. Ich will dich verzweifeln sehen an jedem Tag deines armseligen, ehrlosen Daseins – wie mein Vater verzweifelt ist, von seinem Kummer in den Wahnsinn getrieben. Und wenn es meine letzte Tat auf Erden wäre, Maxwell Hollinsworth, ich werde dich in die Knie zwingen und alles zerstören, das dir etwas bedeutet.«

»Und wie willst du das anstellen?«, fragte er. »Ich bin ein angesehener Mann in diesem Staat, Juliette. Kein Mann, der in diesem Staat etwas darstellt, wird dich auch nur ansehen, wenn ich verbreite, dass du dich mit meinem Aufseher herumgetrieben hast.«

»Ich hörte, dass Meesha frisches Blut für ihr Bordell

sucht«, rief Tylor lachend. »Oder besser noch, es gibt ein Lager von Flussratten in der Nähe. Nach dem Blick, den ich darauf erhaschen konnte, was du unter deinem Rock hast, bin ich davon überzeugt, dass es sicher die eine oder andere Ratte geben wird, die dir ein Nachtlager anbietet.«

Mit wehenden Röcken ging Juliette auf Tylor los und holte mit der Weidenrute aus, deren Spitze sein Gesicht zerschnitt wie eine Rasierklinge, sodass sich sein Gelächter in einen Schmerzensschrei verwandelte. Er versuchte, aus dem Sessel aufzuspringen, stürzte jedoch zu Boden. Er hielt sich die blutende Wange und blickte so entsetzt zu Juliette auf, als sei ihm der Todesengel erschienen.

Wieder und wieder schlug sie zu, während Tylor sich am Boden zusammenkrümmte und den Kopf zum Schutz in den Händen barg, die bald blutig waren. »Das ist für Chantz!«, rief Juliette. »Das ist für jede Strieme auf seinem Rücken, für jeden Augenblick grausamen Schmerzes, den er erleiden musste. Und für die Demütigung, ihn an den Pfahl zu binden. Und dafür, dass du ihn ins Wasser gestoßen hast, sodass der Bulle ihn beinahe getötet hätte.«

»Lieber Himmel, Daddy, halte sie zurück!«

»Chantz hat nicht um Gnade gebettelt, Tylor«, sagte Juliette höhnisch und hieb noch fester auf ihn ein. Die Rute pfiff durch die Luft, und schon bald erschienen dünne rote Striche auf Tylors Hemd. »Nicht einen Laut hat er von sich gegeben, sagte Louis. Hast du ihn darum so gnadenlos geschlagen? Wolltest du seinen Willen brechen? Ihn zu dem machen, was du bist, ein weinerlicher, würdeloser Feigling? Chantz Boudreaux könnte auf den Knien liegen und um Gnade flehen und wäre dennoch niemals so schwach und weichlich wie du.«

Die Rute zerbrach. Das eine Ende lag um Tylors Nacken, während Juliette das andere noch fest umklammert hielt.

Maxwell umfasste ihr Handgelenk, und seine Finger schienen wie die stählernen Zähne eines Fangeisens zu sein, sodass Juliette ein stechender Schmerz durch den Arm schoss.

»Mag auch dein Zorn gerechtfertigt sein, Juliette, ein kaltblütiger Mord ist es nicht. Du bist viel zu hübsch, um gehängt zu werden, und außerdem … Ich bin sicher, du würdest nicht wollen, dass Belle Jarod nach deinem Tod an den Staat fällt. Wer weiß, wer die Plantage dann besitzen würde … eines Tages.«

Er ließ sie los, und Juliette wich zurück.

»Ich weigere mich, auch nur noch eine einzige Nacht unter diesem Dach zu verbringen.«

»Das ist ganz allein deine Entscheidung.«

Maxwell richtete seinen Blick auf Tylor, der Juliette ängstlich ansah, noch immer die blutigen Hände vors Gesicht gepresst. »Ich darf dich jedoch daran erinnern, dass du nichts besessen hast, als du nach Holly House gekommen bist, das heißt, nichts außer den schäbigen Lumpen, die du am Leib trugst. Du verfügst über keinerlei Vermögen und solltest lieber in Ruhe nachdenken, bevor du übereilte Entschlüsse fasst.«

»Lieber verhungere ich, ehe ich noch ein Stück Brot von dir annehme.« Juliette zog sich die Kämme aus dem Haar und warf sie Max vor die Füße. »Ich würde es vorziehen, den Rest meines Lebens in der Hölle zu verbringen, als dieselbe Luft atmen zu müssen wie du.«

Juliette verließ das Haus auf dem Weg, auf dem sie es betreten hatte, durch die Flügeltüren und über die Veranda. Sie ging die Außentreppe hinunter und hielt sich mit einer Hand am Geländer fest, während sie sich die andere vor den Bauch presste, als könne sie so die Wut und Abscheu zurückdrängen, die ihr den Magen umzudrehen schienen.

In der Ferne schimmerten die Lichter aus den Sklavenhütten, und Glühwürmchen schwirrten durch die Luft wie winzige Feuerfunken. Juliette rannte den Pfad entlang und streifte mit dem Rocksaum über die niedrigen Hecken und die Beete mit Lavendel und Primeln. Den Blick hatte sie auf Chantz' Hütte gerichtet und auf die vielen Sklaven, die sich davor versammelt hatten und angestrengt durch die Fenster in den Raum spähten, in den Louis Chantz getragen hatte.

Liza löste sich aus der Dunkelheit und trat ihr in den Weg. Sie umfasste Juliettes Arme und blickte ihr in die Augen.

»Hören Sie mir zu«, sagte Liza, deren Stimme Juliette über das Dröhnen in ihrem Kopf hinweg kaum verstehen konnte. »Gehen Sie jetzt nicht hinein, Miss Julie. Emmaline kümmert sich um Chantz. Lassen Sie es im Augenblick auf sich beruhen.« Liza zwang sich zu einem schwachen Lächeln und fügte sanfter hinzu: »Er ist ein starker Mann, Miss Julie, aber er will gewiss nicht, dass Sie ihn in diesem Zustand sehen. Verstehen Sie, was ich meine?«

Juliette wich zurück, machte sich von Lizas Händen los und ging in die Dunkelheit davon. Die warme Nachtluft umgab sie und schien sich in einer dünnen, doch bleischweren Schicht auf ihre Haut zu legen. Die Feuchtigkeit sammelte sich zwischen ihren Brüsten und rann an ihrem Körper hinunter.

Als sich Juliette von den Hütten und den vielen besorgten Menschen entfernte, nahm sie die nächtlichen Geräusche wahr. Vögel riefen in die Dunkelheit hinein, und das vielstimmige Quaken der Frösche hätte unter anderen Umständen sicher wie Musik geklungen. Doch nun, da ihre Sinne aufgepeitscht und überempfindlich waren, zerrten die Laute an ihren Nerven. Juliette eilte den Pfad entlang und hielt sich die Ohren zu. Ihre Sehnsucht nach Rache schien so unendlich zu sein wie der Sternenhimmel über ihr, und ihr wurde bewusst, dass sie nur ein einziges Mal zuvor in ihren neunzehn Lebensjahren von einem Gefühl derartig überwältigt worden war.

Schließlich blieb Juliette stehen, barg das Gesicht in den Händen und fragte sich verzweifelt, was nur über sie gekommen war. Sie fühlte sich hilflos ihren Gefühlen ausgeliefert, unfähig, ihre Gedanken oder Handlungen zu beeinflussen. Sie schien in ihrem eigenen Körper eine Fremde geworden zu sein, beinahe so, als sei sie besessen. O ja, die Dämonen, welche die Ehrwürdige Mutter immer wieder heraufbeschworen hatte, waren nun zweifellos endlich in sie, Juliette, gefahren. Sie fühlte Lust und Hass. Juliette stand inmitten des hohen Grases unter den Bäumen und kam sich so wild und ungebändigt vor, wie es die Kreaturen waren, die zweifellos im dichten Unterholz lauerten und sie im Schutze der Dunkelheit anstarrten.

Wirre Erinnerungsfetzen gingen ihr durch den Sinn – Bilder von Chantz Boudreaux –, als hätte sie überhaupt nicht existiert vor jenem stürmischen Tag, an dem sie ihre Augen geöffnet und in sein Gesicht geblickt hatte. Ein Lidschlag, und ihre Welt hatte nur noch aus den Empfindungen bestanden, die sie durchflutet hatten, als sie den Duft seiner Haut wahrnahm, der ihr Blut in Wallung brachte, als sie mit zitternden Fingern eine Strähne seines dunklen Haars berührte, die auf seiner sonnengebräunten Stirn lag.

Jetzt verstand Juliette, dass sie bis zu diesem Augenblick nicht wirklich gelebt hatte, dass ihr die wahre Natur der Leidenschaft verborgen gewesen war. Die heimlichen Ausflüge ins Dorf zu den Hahnenkämpfen, die Abende mit den betrunkenen Bauern waren nichts als Ausdruck ihrer kindlichen Neugier gewesen. Wahres Verlangen jedoch ließ sich nicht mehr auslöschen, wenn es erst einmal entfacht war. Trotz der schrecklichen Geschehnisse der vergangenen Stunden loderte es noch immer in ihr. Wenn sie jetzt zuließe, dass die Sehnsucht die Herrschaft über sie erlangte, würde sie ebenso von den Flammen verzehrt werden wie einst Belle Jarod.

Juliette schluckte schwer und nahm die Hände vom Gesicht. Sie dachte an den Augenblick, in dem sie erkannt hatte, dass sie für Chantz viel mehr als nur verbotene Leidenschaft empfand. Ihre Liebe zu ihm schien in ihrem Innern zu vibrieren und erfüllte sie mit neuer, ohnmächtiger Verzweiflung.

Juliette erreichte den Fluss – und den stillen, weit verzweigten Sumpf, dessen Arme von Schilf und Seerosen überwuchert waren, deren Blätter silbrig das Mondlicht widerspiegelten. Sie stand still am Ufer, zitternd und mit Schweißperlen auf der Stirn, und lauschte dem Surren der Moskitos. Wie winzige Dornen spürte sie die Stiche auf ihrer Haut, als die Insekten sich auf ihre Schultern und Armen niederließen, um ihr Blut zu saugen, doch sie verscheuchte sie nicht, sondern stand nur unter der alten Eiche und blickte zwischen den herabhängenden Ranken des Spanischen Mooses hindurch auf eine verfallene Hütte in der Nähe.

Chantz. Seine Umarmung, seine Küsse, sein Körper in ihrem. Welch eine süße, überwältigende Freude war all das gewesen.

Der Modergeruch des Sumpfes ließen das Atmen beinahe unmöglich erscheinen. Doch dann verstand Juliette, dass es weder die Furcht noch die Gerüche des Bayou waren, die ihre Lungen wie mit eisernen Fingern zusammenzupressen schienen.

Lieber Himmel, wie sehr wünschte sie sich doch, ihn noch einmal in den Armen zu halten und mit ihren Küssen seine Schmerzen zu lindern. Sie allein hatte dieses Unheil über ihn gebracht.

Fühlt es sich so an, wenn man ertrinkt, fragte sich Juliette im Stillen. Das verzweifelte Bedürfnis, einen Atemzug zu tun – so verzweifelt, dass sich alles um sie herum zu drehen begann, als sei sie in einem Wirbelsturm gefangen, der sie hin und her warf, bis sich die Welt um sie herum in einem wahren Rausch der Bewegung aufzulösen schien.

Mit unsicheren Schritten setzte Juliette ihren Weg fort, unwiderstehlich angezogen von der alten Hütte, deren verwittertes Holz im Mondlicht schimmerte. Die Moosranken fielen ihr über die Schultern und verfingen sich in ihrem Haar.

Endlich erreichte sie die Stufen, die zu der kleinen Veranda der Hütte hinauf führten. Es gab kein Geländer, an dem sie sich hätte festhalten können, und Juliette fragte sich beklommen, was wohl in dem pechschwarzen, überwucherten Hohlraum unter der Hütte versteckt sein mochte. Wenn das morsche Holz der Veranda unter ihrem Gewicht nachgeben sollte, welche Schrecken lauerten dann in dem Morast, der darunter lag?

Gleich einer Antwort auf ihre bange Frage ertönte das dröhnende Gebrüll des Alligatorenbullen in der Ferne.

Im Gebüsch raschelte etwas. Juliette machte auf dem Absatz kehrt und floh. Sie rannte davon, so schnell sie konnte, sodass die hohen Gräser ihre Arme mit winzigen Peitschenhieben traktierten. Mit dem Fuß blieb sie an einer

Baumwurzel hängen und fiel zu Boden. Ein stechender Schmerz durchfuhr sie, und plötzlich war ihr abermals der Augenblick gegenwärtig, in dem Maxwell sie geohrfeigt hatte. Heiß brannten ihr die Tränen in den Augen, und ihr war, als sei sie zu traurig und erschöpft, um wieder aufzustehen. Vielleicht würde sich diese Nacht als ein Alptraum entpuppen – nur eines der vielen Hirngespinste, die sie in all den Jahren gequält hatten, die sich aber gottlob bei Tagesanbruch in Nichts auflösten.

Ein Insekt kroch über Juliettes Wange, und sie schlug danach und erhob sich. Zuerst schien sich die Welt um sie herum zu drehen, dann aber gelang es Juliette, das Gleichgewicht zu finden. Langsam und vorsichtig ging sie zurück zu den Sklavenhütten. Noch immer standen alle Türen offen, und im Lampen-schein, der nach draußen fiel, saßen Kinder, die sie schläfrig anblinzelten.

Wie aus dem Nichts stürzte plötzlich Little Clara auf Juliette zu und warf sich ihr in die Arme. Das magere kleine Mädchen umklammerte Juliette so fest, dass sie glaubte, von der Umarmung zerdrückt zu werden. Little Clara hob den Kopf und blickte Juliette flehend an, während ihr die Tränen über die braunen Wangen liefen. Ihre Lippen zitterten.

»Er wird streben«, schluchzte sie und klammerte sich an Juliettes Kleid fest.

Juliette umfasste das Gesicht der Kleinen sanft mit den Händen und bemühte sich, ihre Stimme ruhig und fest klingen zu lassen. »Nein«, sagte sie, von ihrer eigenen Entschlossenheit überrascht.

Little Clara barg das Gesicht in Juliettes Rockfalten und schluchzte laut. Plötzlich spürte Juliette mehr dünne Ärmchen, die sie umfassten, und mehr kleine Hände, die sich in ihrem Rock festkrallten. Ein halbes Dutzend Kindergesichter blickte zu ihr empor, in der Hoffnung, bei ihr Trost zu finden.

Juliette ging auf die nächstgelegene Hütte zu und stieg die Stufen hinauf, ehe sie sich vom Gewicht der Kleinen hinunterziehen ließ. Sie setzte sich auf die Treppe, und die Kinder kletterten auf ihren Schoß, lehnten sich an ihre Schultern oder umfassten ihre Knie. Juliette wollte den Kleinen ein Halt sein, doch sie spürte abermals Furcht in sich aufsteigen, die ihr die Kehle zuzuschnüren schien.

Nur nicht an Belle Jarod denken und an die schreckliche Leere und Enttäuschung, die sie empfunden hatte, als sie durch das dichte Gebüsch vorgedrungen war, nur um dann sehen zu müssen, dass von ihren Hoffnungen und Träumen nur mehr Ruinen übrig geblieben waren. Nicht darüber nachsinnen, welch unendlichen Schmerz ihr Vater empfunden haben musste, als er seine Frau in den Armen seines besten Freundes ertappte. Und schon gar nicht daran denken, dass ihre Sehnsucht nach Chantz seine Zukunft und vielleicht sogar sein Leben zerstört hatte.

Kleine, kühle Hände pressten sich an ihre Wangen. Juliette öffnete die Augen und erblickte Little Clara, die unter Tränen lächelte. Einer ihrer Zöpfe, der von einem blauen Band gehalten wurde, hüpfte über ihrer Stirn auf und ab.

»Sie müssen sich ausruhen, Miss Julie. Sie sind ja schon so weiß wie eines von Rosies Laken.«

»Nein.« Juliette schüttelte den Kopf und versuchte aufzustehen. Sie musste dabei helfen, Chantz gesund zu pflegen, falls Emmaline es zuließ. Sie musste ihre Gedanken ordnen und einen Plan schmieden, wohin sie gehen und was sie jetzt tun sollte, um zu überleben.

Doch ihre Beine schienen sie kaum tragen zu wollen.

Die Kinder versammelten sich um Juliette. Sie fassten

ihre Arme und ihr Kleid und hoben sie auf die Füße, um sie anschließend mit vereinten Kräften in die Hütte hinein zu bugsieren, in der zwei Laternen brannten. Der Raum war nur klein, aber es gab einen Kamin an einer Wand, in dem die Glut des heruntergebrannten Feuers noch immer eine schier unerträgliche Hitze abgab.

An den hohen Deckenbalken hingen Kleidungsstücke und Kräuterbündel zum Trocknen, und es waren einige wenige Küchengeräte zu sehen. Zwar gab es keine Betten, doch auf dem Boden lagen einfache Matratzen, die mit Spanischem Moos ausgestopft waren.

Ein kleines Mädchen, das Sally hieß, wie sich Juliette erinnerte, lief geschäftig voraus und schüttelte eine der Matratzen auf. Sallys magere Schultern zeichneten sich deutlich unter dem dünnen Baumwollnachthemd ab, doch sie lächelte fröhlich, und ihre Augen glänzten. Juliette ließ sich auf die Matratze sinken, und eines der Kinder zog ihr eifrig die Schuhe aus, während zwei weitere ihr die schweren und müden Beine rieben.

Juliette blickte starr an die Decke und bemühte sich, nicht über Chantz nachzudenken und über die grauenvollen Schmerzen, die er erleiden musste – durch ihre Schuld. Doch die Anstrengungen blieben vergeblich, ebenso wie die Versuche, ihre Gefühle für Chantz zu leugnen.

Juliette fragte sich, was sie tun sollte – und was wohl aus ihr werden würde, wenn sie ihn nie wieder in den Armen halten durfte.

16

Staub lag träge in der Luft, nur gelegentlich aufgewirbelt durch eine heiße Brise, die in den Blättern der Eichen raschelte und die Moosfäden wie blassgrüne Marionetten tanzen ließ. Seit zwei Tagen schon drohte ein Unwetter.

Zwar schämte sie sich für ihre Niedertracht, doch Juliette betete täglich darum, dass der Herr eine neue Flut schicken und Holly House für immer davon spülen möge. Sie stellte sich vor, wie Maxwells prächtiges Haus in sich zusammensackte und in den Fluss glitt, auseinander gerissen von den Fluten. Sie wünschte sich, ihn auf den Knien liegen und weinen zu sehen, so wie es ihr Vater bei der Beerdigung ihrer Mutter wohl getan haben musste. Und als er mit ansehen musste, wie sein Heim, das er in Jahren schwerer Arbeit aufgebaut hatte, von den Flammen verschlungen wurde, während all seine Träume in Rauch aufgingen. Mit jedem Donnergrollen und Regentropfen sollte der Fluss anschwellen, sodass die Wassermassen schließlich alle Zuckerrohrpflanzen mit sich nehmen und nichts als verwüstete Felder hinterlassen würden.

Täglich flehte Juliette, der Blitz möge Maxwell Hollinsworth und seinen wertlosen Sohn treffen.

Doch das wäre ein zu schnelles und gnädiges Ende. Sie wollte, dass Maxwell ihre Rache zu spüren bekam, die ihn so schmerzen sollte wie die Peitschenschläge, mit denen

Chantz gemartert worden war, und die ihn zerstören sollte wie die Kugel, mit der ihr Vater sich erschossen hatte.

Aber wie? *Wie?*

Außer dem dürftigen Dach über dem Kopf und dem zerschlissenen Sofa, auf dem sie nachts schlief, besaß Juliette nichts. Bis auf die grimmige Genugtuung, dass Maxwell wenigstens Belle Jarod niemals in die Hände bekommen würde.

Oder doch?

Hier lag sie nun, halb verhungert und mit quälendem Durst, und wähnte sich an der Schwelle des Todes.

In den Tagen, seit sie Holly House verlassen und nach Belle Jarod zurückgekehrt war, hatte sie von den Pecannüssen gelebt, die überall im Laub verstreut lagen, die jedoch so trocken und ranzig waren, dass Juliette sie kaum hinunterbrachte. Außerdem hatte sie noch von grünen, bitteren Beeren gekostet, die jedoch so heftige Magenkrämpfe verursacht hatten, dass sie sich nachts auf dem Sofa herumgewälzt und laut in die Dunkelheit hinein geflucht hatte.

Mit wachsender Besorgnis stellte Juliette fest, dass sie bereits ebenso scheu und wild geworden war wie die Tiere, die sich in der Nacht durch das Haus schlichen und ihre Nester im Kamin und in den Zimmerecken bauten. Sie kam sich nicht länger ... menschlich vor.

Juliettes Sinne waren geschärft, sodass sie selbst das leiseste Rascheln der Blätter und das Piepsen der Feldmäuse wahrnehmen konnte, und hin und wieder sogar das Brüllen des Alligators in der Ferne. In der Abenddämmerung roch sie den Rauch der Feuer in den Sklavenhütten und das feuchte Moos, das an der Nordseite der riesigen Bäume wuchs.

Die Sonnenstrahlen wurden zu gleißenden Lichtblitzen,

die von den Blättern der Bäume, dem Wasser des Mississippi und der dunklen Erde zurückgeworfen wurden. Selbst aus den Augenwinkeln nahm Juliette noch die kleinste Bewegung eines Zweiges wahr.

Der Geschmack von Nahrung verursachte Juliette inzwischen gleichermaßen Ekel und Verlangen.

Wenn sie hier in der Wildnis umkäme, würde Maxwell triumphieren. Mit ihrem Tod könnte er endlich das Land an sich reißen, das Juliettes Vater so sehr geliebt hatte.

Allein aus diesem Grund würde sie bis zum letzten Atemzug kämpfen, um endlich zu erleben, wie Maxwell samt seiner Gier vernichtet wurde.

Juliette ruhte auf dem zerschlissenen Sofa und ließ den Blick durch den Salon schweifen. Dank vieler Stunden geduldigen Putzens besaßen die Wände nun wieder die Farbe frischer Butter. Sie leuchteten im Sonnenlicht, das durch die Fenster hereinfiel, und Juliette stellte sich vor, dass ihre Mutter sich einst auf eben diesem Sofa ausgestreckt haben mochte, das offene Haar über die Kissen gebreitet. Juliette erkannte, dass sie einen weiten Weg zurückgelegt hatte. Noch vor kurzem war ihre der Gedanke an Maureen verhasst gewesen, nun verglich sie sich schon mit ihr.

Hatte Chantz wirklich durch ihre Handlungsweise leiden müssen, nur weil sie sich wie einst ihre Mutter nicht bezähmen und ihre Gefühle nicht zurückhalten konnte?

Sie verdiente es zu sterben!

Man hätte sie an den Pfahl binden und auspeitschen sollen! Doch keine körperliche Qual, die sie sich selbst hätte zufügen können, wäre Juliettes Wunsch nach Buße gerecht geworden.

Trotz allem jedoch sehnte sie sich noch immer nach Chantz.

Bei Tag arbeitete sie, bis ihre Finger bluteten, als könnte sie die Erinnerungen an seinen Mund und seine Hände einfach ausschwitzen. Doch nachts lag sie allein in der Dunkelheit und war hilflos der Wildnis und ihren unbezähmbaren Gefühlen ausgeliefert, die sie gleichzeitig quälten und beglückten.

Verzweifelt versuchte sie ihre Gedanken darauf zu lenken, in welchem Zustand sich Chantz befunden hatte, als sie ihn zuletzt gesehen hatte, blutend und ohne Bewusstsein, und auf ihren Zorn über Maxwells Betrug und Tylors Grausamkeit. Alles war besser, als dieses brennende Verlangen nach Chantz zu spüren.

»Miss Julie?«

Juliette öffnete die Augen.

»Großer Gott, Mädchen, Sie sehen ja fürchterlich aus«, flüsterte Liza und strich Juliette über die Wange. Diese empfand Freude und unendliche Erleichterung und hätte die Schwarze am liebsten fest in die Arme geschlossen.

Doch sie war zu schwach, um sich zu bewegen.

»Können Sie sich aufsetzen?«, fragte Liza sanft.

»Liza, bist du es wirklich?«, wisperte Juliette und war von der Schwäche ihrer eigenen Stimme entsetzt. »Oder träume ich wieder?«

Ein Windstoß fegte durch den Raum und wirbelte das Laub am Boden auf. In der Luft lag der Geruch des herannahenden Regens; Juliette erschauerte, jedoch nicht vor Kälte, sondern durch die Lebenskraft, die plötzlich in ihren erschöpften Körper zurückzukehren schien. Ein Gewitter braute sich zusammen, dessen drohende Gewalt Juliette gleichzeitig erschreckte und erfrischte.

»Bist du es?«, wiederholte sie.

Liza nickte und umfasste Juliettes Schultern, um sie aufzurichten. Dann strich sie ihr das Haar aus der Stirn und musterte sie so eindringlich, dass Juliette das Blut in die Wangen schoss.

»Ich muss mich beeilen. Boris Wilcox darf nicht merken, dass ich mich vom Feld davongeschlichen habe. Ich wäre schon früher gekommen, doch Boris bewacht uns sehr streng, damit niemand versucht, die Plantage zu verlassen, um nach Ihnen zu sehen. Aber Max lässt ihn heute an den Befestigungen arbeiten, wegen des Gewitters, das heraufzieht.

Sehen Sie, Rosie schickt Ihnen etwas zu essen. Nach Sonnenuntergang kann ich Ihnen noch mehr bringen, dann hat Boris Wilcox schon so tief ins Glas geschaut, dass er kaum noch aufrecht stehen kann.«

»Boris Wilcox?« Juliette sah zu, wie Liza ihr eine Serviette auf dem Schoß ausbreitete, in der sich Schinken, Maisbrot und ein halbes Dutzend Pralinen befanden.

»Boris Wilcox? Was soll das bedeuten?«, fragte Juliette verwirrt. »Wo ist Chantz? Was ist mit ihm geschehen?« Angst stieg in Juliette auf, und sie glaubte plötzlich, an ihren Schuldgefühlen ersticken zu müssen. Seit dem Tag, an dem sie im Garten inmitten der wilden Rosen und Holunderbüsche gestanden und Chantz in die Augen gesehen hatte, war ihr bewusst gewesen, dass sie ihn immer geliebt und sich nach ihm gesehnt hatte, schon seit dem Feuer, das seinerzeit ihr Zuhause zerstört hatte.

Liza setzte sich neben Juliette und blickte mit unbewegtem Gesicht zum Fenster hinaus.

»Er und Emma haben Holly House verlassen. Tylor hatte Chantz hinausgeworfen, obwohl Maxwell nichts Eiligeres zu tun hatte, als das rückgängig zu machen. Doch Emma sagte ihm ins Gesicht, sie könne es nicht länger zulassen, dass ihr Sohn von Max oder Tylor misshandelt würde. Chantz hatte das Bewusstsein noch nicht wiedererlangt, als sie ihn in derselben Nacht von Louis auf einen Wagen laden ließ und davonzog.

Am nächsten Morgen traf Boris ein, und nun ist auf Holly House die Hölle losgebrochen. Wenn er uns nicht auspeitscht, weil wir angeblich nicht anständig arbeiten, dann beschimpft er die Kinder. Drei der Männer sind schon fortgelaufen. Boris hat ihnen seine sauberen Freunde auf den Hals gehetzt, und man wird sie wohl schon bald finden.« Liza seufzte traurig auf.

Juliette blickte starr auf das Essen in ihrem Schoß, doch sie verspürte keinen Hunger mehr. Ihre Augen brannten, und sie bedeckte das Gesicht mit den Händen.

»Es ist alles nur meine Schuld«, sagte sie zornig.

»Nein, nicht alles, Miss Julie. Tylor hat die Vorfälle zu verantworten.« Liza schüttelte den Kopf. »Es musste eines Tages so kommen, und Chantz trifft daran ebenso viel Schuld wie Sie. Er ist ein erwachsener Mann und verfügt über mehr Selbstbeherrschung als jeder andere. Wenn er sich von Ihnen hätte fernhalten wollen, wären Sie niemals in der Lage gewesen, ihn in Ihre Arme zu locken.«

»Wo ist Chantz, Liza? Wohin hat Emma ihn gebracht?«

»In seine Hütte, schätze ich. Dort wird sie ihn gesund pflegen.«

Liza blickte sich im Salon um und bemerkte die Laubhaufen, die Juliette zusammengekehrt hatte, und die Wände, die von ihren dicken Schmutz- und Rußschichten befreit worden waren. »Sie haben in den vergangenen Tagen aber schwer gearbeitet.«

Endlich zupfte Juliette ein Stück von dem Schinken ab, steckte es sich vorsichtig in den Mund und schloss die

Augen, um den Bissen zu genießen, bevor sie ihn hinunterschluckte. Ihr Magen krampfte sich zusammen, und sie zwang sich dazu, tief zu atmen.

»Es gibt vier bewohnbare Räume im Haus, den Salon, das Speisezimmer und zwei Schlafräume im oberen Stockwerk.«

»Schlafen Sie hier unten?«

»Ja, auf diesem Sofa.«

»Rosie hatte Recht, Sie müssen wirklich den Verstand verloren haben, Miss Julie. Sie sind die verrückteste weiße Frau, die ich je gesehen habe. Fürchten Sie sich denn nicht, wenn Sie nachts allein sind?«

Juliette nickte und griff nach einem Stück Brot. Ihr lief das Wasser im Mund zusammen, sodass sie erst zweimal schlucken musste, bevor sie in das süße, duftende Gebäck biss.

»Ja, jedoch nicht seit der ersten Nacht«, antwortete sie und schluckte den Bissen hinunter. Verzückt schloss sie die Augen. Rosie hatte das Maisbrot gebuttert und Honig darüber geträufelt. »Es gibt Waschbären im Haus und Vogelnester. Als ich heute Morgen aufwachte, saßen etwa zwanzig Krähen auf den Dachbalken.«

Juliette lächelte müde. »Von einem der oberen Zimmer aus kann ich das Sumpfland überblicken. Im Morgengrauen ziehen purpurfarbenen Nebelschleier darüber hin, sodass man nur die höchsten Baumkronen sehen kann. Und dann ist da der Teich, über dem die Graureiher schweben, wenn sie Frösche jagen. Wenn die Nacht hereinbricht, sitzt immer ein Königsreiher auf dem morschen Baumstamm nahe beim Ufer.«

»Sie können doch nicht ewig hier bleiben, Blätter zusammenkehren und Wände schrubben, Miss Julie.«

»Das habe ich auch nicht vor.«

»Aber was wollen Sie denn tun? Tylor und Maxwell warten doch nur darauf, dass Sie zu ihnen zurückkehren.«

Juliette zerkaute ein Stück Schinken und nahm nur den süßen und salzigen Geschmack des Fleisches wahr. Schließlich schluckte sie und sah Liza in die Augen. »Ich werde Belle Jarod wieder aufbauen.«

Abermals biss sie in den Schinken, diesmal nahm sie jedoch ein so großes Stück in den Mund, dass sie kaum zu kauen vermochte. Plötzlich verspürte sie einen schier überwältigenden Hunger, den sie so schnell wie möglich stillen musste.

»Wie bitte?«, fragte Liza verblüfft, während sie beobachtete, wie Juliette eine Praline nahm, die Pecannuss von der Oberseite abbrach und wegwarf. Sie hatte in den vergangenen Tagen so viele der verdammten Nüsse gegessen, dass es für ein ganzes Leben reichte.

Juliette steckte sich die Praline zusammen mit einem Stück Schinken in den Mund und schloss die Augen. Zucker und Salz vermischten sich auf ihrer Zunge zu einer geradezu unwiderstehlichen Melange, die ihr die Freudentränen in die Augen trieb.

»Sie können die Belle nicht allein aufbauen, Miss Julie. Zwar mögen Sie in der Lage sein, Blätter und Schutt zu beseitigen, doch wie wollen Sie zum Beispiel das Dach neu decken…«

»Ich werde die Plantage wieder zum Leben erwecken, und wenn es die letzte Tat meines Lebens ist!«

Juliette verschluckte sich beinahe an den Worten, zumal sie versuchte, gleichzeitig zu sprechen und zu essen. Ihr ärgerlicher Schwur hallte durch den Raum, und Liza wich ein wenig von ihr zurück, die Augen vor Schreck geweitet.

»Ich würde meine Seele verkaufen, wenn es sein muss, Liza, aber ich werde erleben, wie sich dieses Haus eines Tages wieder stolz über den Fluss erhebt, kräftige Zuckerrohrpflanzen auf den Feldern, die Schuppen zum Bersten gefüllt mit Zuckerfässern.«

Liza winkte kopfschüttelnd ab und lächelte bitter. »Das ist ebenso wahrscheinlich wie meine Ehe mit Andrew.«

Die Schwarze strich sich den Rock glatt und betrachtete ihren flachen Bauch. »Ich kann mir nicht vorstellen, dieses Kind ohne seinen Vater aufzuziehen, nur damit es dann verkauft wird und sein Leben damit verbringen muss, wie ein Ackergaul in der Mittagshitze zu arbeiten, gequält von Unmenschen wie Boris Wilcox und Tylor Hollinsworth.«

»Das wird nicht geschehen.«

Juliette legte eine Praline zwischen zwei Stücke Maisbrot und schob sich die Mischung genießerisch in den Mund. Aus den Augenwinkeln sah sie, dass Liza sie anblickte, als sei sie eine Entsprungene. Ja, in diesem Augenblick kam Juliette sich selbst verrückt vor. Sie erinnerte sich an eine Bauersfrau, welche die Ehrwürdige Mutter einmal im Monat für mehrere Tage im Klosterkeller einschloss, während die Schwestern für ihre gepeinigte Seele beteten.

»Du wirst Holly verlassen«, erklärte Juliette mit vollem Mund. »Ich will, dass du nach Belle Jarod kommst und hier mit mir lebst.«

Liza presste sich die Hände fester auf den Bauch und sah Juliette erstaunt an.

»Ich weiß noch nicht, wie ich es anstellen soll, Liza. Aber du kannst mir vertrauen, ich werde nicht zulassen, dass du auf Holly House bleiben und dich vor Tylor und Maxwell fürchten musst.«

»Aber ich kann die Plantage nicht verlassen, Miss Julie.

Ich muss mich um Simon kümmern. Er ist ein Krüppel und...«

»Dann kommt Simon eben auch mit. Und Little Clara und Rosie...«

Juliette wischte sich mit dem Handrücken über den Mund und blickte hinaus in die Wildnis. Donner grollte in der Ferne, und das Laub wehte über den Boden. Abermals spürte sie die Macht des heraufziehenden Gewitters, die sich wie ein glühender Funke in ihrer Brust zu konzentrieren schien. Plötzlich glaubte Juliette an die Vorsehung, die sie an den Ort ihrer Geburt zurückgeführt hatte und sie nun mit den tosenden Naturgewalten umgab, während sich ihr Schicksal entschied.

Sie wusste nicht, wie lange sie so dagesessen und das Gewitter betrachtet hatte, doch als sie sich schließlich umsah, war Liza verschwunden. Juliette schlug vorsichtig die Essenreste wieder in die Serviette ein, da ihr die Vernunft sagte, dass Liza es vielleicht nicht schaffen würde, ihr noch etwas zu bringen, falls sich das Wetter verschlechterte.

Die ersten Regentropfen fielen auf die Bäume nieder, schneller und immer schneller. Juliette ging in die Halle und beobachtete, wie sich in der ehemaligen Bibliothek ihres Vaters Pfützen bildeten.

In Juliette wurden Erinnerungen wach – schemenhafte Bilder von Rosenholzmöbeln und Bücherregalen, die bis an die Decke reichten. Ein Sessel, der am offenen Fenster stand, sodass die Strahlen der Abendsonne die Züge einer Frau erleuchteten. Tränen glänzten auf ihrem traurigen Gesicht. Sie beobachtete ihren Ehemann, der am Schreibtisch über seinen Journalen brütete. Als sie ihn ansprach, hörte er sie kaum.

»Si seulement vous ressentiez autant d'emotion pour moi

que vous eprouvez pour votre maudite canne, Jaques. Ma solitude vous émeut si peu?« Ich wünschte, deine Leidenschaft für mich würde so heiß brennen wie die für dein verdammtes Zuckerrohr, Jack. Macht es dir denn gar nichts aus, dass ich einsam bin?

Juliette hörte ein Geräusch und drehte sich um.

Einige Schwarze standen dicht aneinander gedrängt an der offenen Eingangstür. Regenwasser perlte in ihren Haaren und tropfte von ihren Kleidern. Es handelte sich um drei Männer, von denen einer ein mageres Huhn auf der Schulter trug, und um eine alte Frau, deren Pausbacken beinahe die wachsam und misstrauisch dreinblickenden Augen verdeckten.

Die vier starrten Juliette an. Angst und Neugier standen in ihren Zügen geschrieben.

Seltsam, doch Juliette empfand keine Furcht vor den Fremden, die ihr auch gar nicht so fremd zu sein schienen. Doch vielleicht setzte ihr auch nur die Einsamkeit zu.

»Gott steh uns bei«, sagte die alte Frau schließlich, gefolgt von einem lauten Donnergrollen. »Habe ich euch nicht gesagt, dass ich einen Geist gesehen habe?«

Ein junger Mann, der nur wenig älter sein konnte als Juliette selbst, ging auf sie zu. Seine abgewetzten Schuhe waren mit Bindfäden geschnürt, und in seinen Hosenbeinen klafften Löcher. Vorsichtig trat er über die Türschwelle in die Eingangshalle und näherte sich Juliette, blieb jedoch stets fluchtbereit. Langsam ging er auf sie zu und streckte die Hand aus, die Augen ängstlich geweitet und so heftig zitternd, dass die Regentropfen aus seinen Locken auf seine Schultern spritzten.

Er stieß sie mit dem Zeigefinger an und machte einen Satz rückwärts.

Juliette hob eine Braue und runzelte die Stirn.

Wieder stupste er sie, ihre Schultern, ihre Brüste.

Schließlich tat es Juliette ihm gleich, sodass er vor Schreck halb rennend, halb rutschend das Weite suchte. Seine Schuhe hinterließen schlammige Abdrücke auf dem Fußboden.

»Ist sie wirklich?«, fragte die alte Frau.

»So wirklich wie ich!«, erklärte dieser, zitternd, aber triumphierend.

»Ich bin Juliette«, sagte sie. Die vier Schwarzen erschraken und wichen zurück. Nur das Huhn flatterte von seinem Sitzplatz hinunter auf den Boden und marschierte seelenruhig und leise gackernd auf Juliette zu.

Die alte Frau drängte sich zwischen den Männern nach vorn. Mit ihrem Umfang füllte sie den Türrahmen beinahe aus, als sie dort stehen blieb und Juliette eingehend musterte, die Stirn nachdenklich gerunzelt, die Lippen geschürzt. Ihr Rock sah aus, als sei er aus einem Mehlsack genäht worden, und ihre Bluse bestand aus dünnem Baumwollstoff. Sie trug Männerstiefel mit Schnallen an den Seiten und dicke Wollstrümpfe.

»Juliette«, wiederholte sie mit einem so starken Akzent, dass Juliette sie kaum verstehen konnte. »Du bist ja so groß und schön geworden wie deine Mama. Ja, wie die Lady Maureen.« Die alte Frau lächelte strahlend über das ganze nachtschwarze Gesicht und entblößte dabei große weiße Zähne.

Plötzlich breitete sie die Arme aus, stürzte auf Juliette los und drückte sie so fest an ihren üppigen Busen, dass es Juliette schier den Atem raubte. Ihr Gesicht ruhte am weichen Hals der Alten, und sie nahm einen Geruch von Muskatnuss wahr, der von dem Anhänger aufstieg, den die

Schwarze an einem Stück Schnur trug. Juliette erinnerte sich. Wie von selbst schlossen sich ihre Arme um die Frau, und sie spürte eine übermächtige Freude, von der sie selbst verblüfft war.

»Gott steh uns bei«, wiederholte die alte Frau, und plötzlich begannen alle vier aufgeregt miteinander zu reden.

Noch immer hielt sie Juliette fest in den Armen, und diese spürte die heißen Tränen der Frau auf ihrer Wange, während sie sanft hin und her gewiegt wurde.

Sie hieß India, und die Namen ihrer Söhne waren Jasper und Custis. Die beiden waren Zwillinge, obwohl sie einander überhaupt nicht glichen, und nannten India *Mamaloi*, was in der Sprache der Westindischen Inseln die Bezeichnung für eine verehrte Voodoo-Priesterin war. Jasper war groß und hager, während Custis kaum seine Mutter überragte.

Indias Bruder hieß Gaius. Zwar war er etliche Jahre jünger als seine Schwester, dennoch zogen sich bereits Silberfäden durch sein Haar. Gaius war der stolze Besitzer des Huhns, in seiner Sprache *koklo* genannt, das auf den Namen Jesu hörte.

Juliette erfuhr, dass die vier freie Schwarze waren und ihre Freilassung Maureen zu verdanken hatten. Juliettes Vater hatte India und Gaius von den Westindischen Inseln nach Louisiana gebracht, lange bevor er Maureen kennen lernte. Bevor er den Grundstein für Belle Jarod legte und seine erste Zuckerrohrernte einfuhr – er war kaum älter gewesen als Juliette, beinahe noch ein Kind.

Während draußen der Sturm wütete, rollte sich Juliette auf dem Sofa zusammen, den Kopf auf Indias Schoß gebettet. Sie strengte sich an, um die Worte der alten Frau zu verstehen, während aus dem Nebenzimmer die leisen Gespräche der Männer zu hören waren, unterbrochen vom Rascheln des Laubes, das sie zusammenfegten. Gaius brachte einen Armvoll Feuerholz und schichtete es im Kamin auf. Dann holte er ein Streichholz aus der Tasche und entzündete die trockenen Zweige.

India erzählte, dass Juliettes Vater von dem Wunsch besessen gewesen war, das beste Zuckerrohr jenseits der Westindischen Inseln anzubauen. Von dort holte er sich seine Sklaven, die alle Geheimnisse einer ausgezeichneten Ernte kannten.

Jasper und Custis kehrten mit einigen gehäuteten Eichhörnchen zurück, die sie erlegt hatten. Sie spießten die Tiere auf und brieten sie über dem Kaminfeuer, sodass das Fett zischend in die Flammen tropfte. Der Duft des bratenden Fleisches ließ Juliettes Magen knurren.

Sie erfuhr, dass ihre Mutter keine Sklaverei auf Belle Jarod dulden wollte und Jack Broussard erst heiratete, nachdem er ihr das Versprechen gegeben hatte, den Sklaven zu gestatten, ihre Freiheit zu erkaufen, indem sie ihm den Kaufpreis zurückgaben, den er für sie bezahlt hatte. Sie erreichten dies, indem sie ihm ihre Arbeitskraft zur Verfügung stellten. Um sie auf Belle Jarod zu halten, nachdem sie freigelassen waren, bot Jack ihnen ein Stück Land an, das sie zu ihrem eigenen Nutzen bebauen durften. Einen Teil der Ernte gaben sie an die Vorratskammern von Belle Jarod ab, als Pacht für die Grundstücke.

Zu den Eichhörnchen gab es wilde Zwiebeln und Kohl, die die Männer in den alten Gärten aufgetrieben hatten. Custis hatte einen der Eisenkessel aus dem Küchenhaus geholt, ihn geschrubbt und kochte nun darin den Kohl mit den Zwiebeln. Der Duft des Gemüses mischte sich Appetit anregend mit dem Geruch des Regens und der feuchten Erde.

Offensichtlich hatte India Maureen sehr verehrt. Ihre Augen leuchteten, wenn sie sich an die frühere Herrin von Belle Jarod erinnerte, und Juliette beobachtete verblüfft, wie sich die alte Frau vor Lachen bog, wenn sie von Maureens vielen Schwierigkeiten und Missgeschicken erzählte, die ihr bei dem Versuch widerfahren waren, die größte Plantage der Gegend zu bewirtschaften. Juliette stellte fest, dass sie noch nie zuvor einen Menschen bewundernd von ihrer Mutter hatte erzählen hören. Die Erfahrung war ... seltsam verwirrend, als würde sich der feste Boden unter ihren Füßen plötzlich bewegen und zur Seite neigen. Auf einmal sahen die Dinge ganz anders aus.

Custis träufelte das aufgefangene Eichhörnchenfett über den Kohleintopf.

Maureen hatte India Lesen und Schreiben beigebracht. Die alte Frau erzählte Juliette, dass ihre Mutter einmal Harlan Carrington, Horace' Vater, dabei erwischte, dass er ein Kind schlug. Sie nahm ihm dem Stock aus der Hand und verprügelte ihn damit so heftig, dass sie ins Gefängnis gebracht wurde und Jack ein hohes Bußgeld für ihre Freilassung zahlen musste.

Ferner hatte Maureen misshandelten Sklaven dabei geholfen, ihren Besitzern zu entkommen und in den Norden zu fliehen. Hätte man sie dabei erwischt, wäre sie aufgehängt worden.

Das Eichhörnchenfleisch war zwar zäh und sehnig, schmeckte aber köstlich, ebenso wie der leicht bittere Kohl. Juliette aß beides mit guten Appetit, zusammen mit den Resten des Maisbrots, das Liza ihr gebracht hatte.

Satt und schläfrig legte sich Juliette schließlich wieder auf das Sofa und ließ den Kopf auf den Armen ruhen, während sie ihren Tränen freien Lauf ließ. Wie zarte Rauchschwaden durchzogen die Erinnerungen ihren Geist – Maureen auf der Schaukel an der alten Eiche, sie selbst auf dem Schoß ihrer Mutter, der Duft von Magnolien in der Luft, Cherokee-Rosen, Veilchen und Lavendel.

Als Juliette erwachte, war sie allein. Der Regen prasselte noch immer vom Himmel, und der Raum war von tiefen Schatten erfüllt. Hatte sie nur geträumt? Waren India, Gaius, Jasper und Custis nur Hirngespinste gewesen?

Juliette setzte sich auf und blickte zum Kamin hinüber, in dem frische Glut schwelte. Daneben standen der Kessel mit dem Kohl und die abgenagten Knochen der Eichhörnchen.

Was sollte sie nur tun? Wie sollte sie vorgehen?

Als ein heftiger Donnerschlag das Haus erzittern ließ und ein Blitz den Salon erhellte, wurde Juliette plötzlich klar, was sie zu tun hatte. Eigentlich hatte sie es von Anfang an gewusst.

17

Wieder einmal trieb ihn der Schmerz aus dem Bett.

Chantz versuchte, an etwas anderes zu denken als an das quälende Brennen in seinem geschundenen Körper. Er konnte kein Hemd tragen, und selbst die Luft verursachte ihm Pein, sodass ihm auch die Nacktheit keine Erleichterung verschaffte. Der Bourbon schien zähflüssig und heiß durch seine Adern zu fließen, und die Gedanken schwirrten ärgerlichen Bienen gleich in seinem Kopf umher.

Zweimal hatte Emmaline ihn in den vergangenen Tagen davon abgehalten, nach Holly House zurück zu reiten und Tylor endlich umzubringen – er hätte es schon tun sollen, nachdem Louis ihn aus den Fängen des Alligatorbullen befreit hatte. Doch die Schmerzen waren zu groß gewesen – nicht nur von der Bisswunde in seinem Bein oder der Tatsache, dass Tylor tatsächlich etwas so Dummes getan hatte. Nein, das war zu erwarten gewesen.

Nein, schlimmer als die Verletzungen war die Befürchtung gewesen, Tylor könnte einmal in seinem armseligen Leben die Wahrheit gesagt haben. Vielleicht war er, Chantz, wirklich nichts anderes als eine verdammte Flussratte. Einer von den Menschen, die er sein Leben lang verabscheut und gefürchtet hatte. Er verabscheute sie für ihren ziellosen und würdelosen Lebenswandel und fürchtete sie, weil Maxwell ihn und Emmaline leicht hätte davonjagen können. Dann wäre ihnen nichts geblieben, außer bei den Flussratten Unterschlupf zu suchen und fortan ihr Dasein mit Betteln und Stehlen zu fristen.

Verdammt, die Tatsache, unehelich geboren zu sein, war erniedrigend genug.

Doch Emmaline hatte auf die alte, zerlesene Bibel geschworen, dass Tylor gelogen hatte.

Und Chantz wollte ihr um jeden Preis glauben.

Nein, es war nicht Tylors Verhalten auf der Jagd gewesen, das Chantz mit diesem ohnmächtigen, blinden Hass erfüllt hatte. Jegliches Gefühl von Familienbindung und Zusammengehörigkeit, das er für seinen Halbbruder empfunden haben mochte, war ausgelöscht worden, als Tylor Louis befohlen hatte, Chantz an den Pfahl zu binden.

Er schloss die Augen, erschöpft von der Hitze des Herdfeuers, die den kleinen Wohnraum der Hütte erfüllte, und versuchte, nicht an die unendlich scheinenden Minuten zu denken, in denen er hilflos an dem Holzpfahl auf dem Sammelplatz gestanden und auf die Peitschenhiebe gewartet hatte, von denen jeder einzelne seinen Rücken mit Messerschärfe treffen würde. Schon oft war Chantz gedemütigt worden und hatte Hass verspürt, doch keine seiner Erfahrungen ließ sich mit diesen Augenblicken vergleichen. Vielleicht hatte er die Strafe verdient. Er hatte seinem Verlangen nachgegeben, Juliette die Unschuld geraubt und sich obendrein in sie verliebt. Doch selbst diese schweren Vergehen rechtfertigten nicht die Grausamkeit, mit der Tylor ihn behandelt hatte. Chantz konnte froh sein, überhaupt noch einen Rücken zu haben.

Er sah zur Schlafzimmertür hinüber. Emmaline hatte sich endlich dazu überreden lassen, ein wenig zu schlafen. Sorgen und Kummer hatten sie schier zu Tode erschöpft. Hin und wieder hörte Chantz sie im Schlaf weinen. Nicht zum ersten Mal, natürlich.

Schon als kleiner Junge hatte er nachts wach gelegen und auf Emmalines Schluchzen gelauscht. Irgendwann war er dann eingeschlafen und hatte davon geträumt, zu einem Mann aufzuwachsen, der sie beschützen und all ihre Sorgen vertreiben konnte. Er würde Not und Armut überwinden und noch reicher und mächtiger werden als Max oder Fred Buley oder Jack Broussard. Chantz träumte davon, am letzten Tag der Ernte einen dicken, saftigen Zuckerrohrstängel zu schneiden, nach altem Brauch ein blaues Band darum zu binden und ihn ihr zu Füßen zu legen. Dann würden sie mit Rum auf die gute Ernte anstoßen, und die Kinder würden zum Klang von Ziegenfelltrommeln übermütig tanzen.

Doch jetzt weinte Emma nicht vor Erschöpfung oder Hunger. Sie weinte ob der törichten Taten ihres Sohnes.

Juliette.

Chantz ließ sich auf den Stuhl aus Korbgeflecht sinken, stützte die Ellenbogen auf die Knie und barg den Kopf in den Händen. Ein Donnerschlag ließ die Hütte erzittern, und Chantz dachte daran, dass Juliette einmal auf eben diesem Stuhl gesessen hatte, in jener Nacht, als sie beinahe ertrunken wäre. Sie hatte starr und mit tränennassen Wangen ins Feuer geblickt, dessen Schein ihr Haar rotgolden aufleuchten ließ, während der Duft ihrer Haut den gesamten Raum zu erfüllen schien.

Mit wachsender Verzweiflung bemühte sich Chantz vergeblich, seine Gedanken wieder auf Tylor und Max zu lenken und seinen Hass auf sie in Sorge um Liza, Louis und Little Clara umzuwandeln – und alle anderen, die nun darunter zu leiden hatten, dass er nicht mehr der Aufseher von Holly House war. Boris Wilcox würde sie eines Tages umbringen. Seine Nachlässigkeit, Dummheit und Faulheit würden all die Arbeit und die Menschen zerstören, die Chantz so viel bedeutet hatten.

Tylor und Maxwell verdienten es, unter Boris Wilcox zu leiden.

Maxwells Sklaven verdienten es nicht.

Juliette.

Ihre Zukunft war nun ruiniert.

Das hat sie sich selbst zuzuschreiben!, hatte Emma erklärt, während sie schluchzend Chantz' Wunden versorgt und ihm zärtlich den Kopf gehalten hatte.

Doch es stimmte nicht, Juliette musste leiden, weil er schwach gewesen war.

Sie hat dich benutzt, Chantz. Tränen des Zorns hatte Emma vergossen, als Chantz selbst im Augenblick größter Pein noch Juliettes Namen rief. *Sie hat dich ebenso benutzt, wie Max es all die Jahre getan hat, in denen er deine Klugheit und Anständigkeit für seinen Erfolg nutzte. Oder wie Phyllis Buley, die dich ohne Rücksicht auf deine Gefühle benutzte, um sich Vergnügen zu verschaffen. Oder wie die anderen Plantagenbesitzer, die so oft bei dir Rat suchten, aber als Gegenleistung nie mehr für dich taten, als dich auf der Straße zu grüßen.*

Chantz stand auf und ging unruhig auf und ab. Er dachte an die noch nicht fertig gestellten Befestigungen und fragte sich, was wohl aus Max' Zuckerrohr werden würde, wenn der Fluss durch die Regenfälle anschwoll. All die Wochen schwerer Arbeit wären dann vergeblich gewesen. Vielleicht würde diesmal sogar Maxwells geliebtes Haus zerstört werden. Der Gedanke hätte Chantz eigentlich Genugtuung verschaffen sollen, doch …

Juliette.

Was war mit ihr geschehen?

Wenn Tylor ihr etwas angetan hatte ...

Wenn er ihr auch nur nahe gekommen war ...

Dann würde Chantz mit Sicherheit hängen.

Andererseits, wenn Juliette ihm in diesem Augenblick unter die Augen träte ... würde er sie vermutlich eigenhändig erwürgen.

Chantz!

Der heulende Wind dort draußen hörte sich an wie das Rufen einer Frau.

Chantz Boudreaux!

»Verdammt, lass mich in Ruhe«, flüsterte Chantz mit zusammengebissenen Zähnen und schloss fest die Augen.

Doch die Rufe wollten nicht verstummen, verlockten und reizten ihn inmitten des tosenden Sturmes. Eine übermächtige Böe drückte plötzlich gegen die Hüttentür, sodass sie aufflog und beinahe aus den Angeln gerissen wurde.

Chantz fuhr herum und blickte hinaus in die Nacht, die nur vom schwachen Schein der Laterne auf dem Tisch erhellt wurde.

Der Wind fegte in den Raum und wirbelte Laub und Grashalme um Chantz' bloße Füße herum. Doch er nahm kaum noch etwas anderes wahr als die Erscheinung, die gerade außerhalb des Lichtscheins in der Dunkelheit stand – geisterhaft, das rote Haar wie ein Banner im Wind wehend, das dünne Kleid durchnässt. In ihren großen Augen standen Angst und Wut und dasselbe Verlangen, das auch ihn in diesem Moment packte und unerträglicher war als die Wunden in seinem Rücken. Der verzweifelte Zorn, den er in den vergangenen Tagen verspürt hatte, flackerte in ihm auf wie das Feuer im Herd, genährt vom Wind, der durch die Hütte brauste.

Chantz.

Ihre Lippen bewegten sich, doch er konnte ihre Stimme nicht hören, da der Wind die Laute sogleich mit sich riss.

Als er einen Schritt auf die Tür zuging, wich Juliette zurück; ihr Gesicht war schmal geworden, doch die Entschlossenheit stand deutlich darin geschrieben. Sie hatte nichts Kindliches mehr an sich.

»Geh nicht zu ihr«, erklang hinter Chantz die flehende Stimme seiner Mutter. Er blickte über die Schulter und sah Emmaline an der Tür zum Schlafzimmer stehen, ängstlich und mit Tränen in den Augen. »Bitte nicht, sonst hat sie dich in ihrer Gewalt, Chantz. Sie wird dein Mitleid ausnutzen und an dein Gewissen appellieren. Mag sie dir auch anbieten, dich zu heiraten, und dir Liebe und Treue schwören, so hat sie doch nur Belle Jarod im Sinn. Du bist ihre einzige Möglichkeit zu bekommen, was sie will.«

Mit schweren Schritten trat Chantz aus der Hütte hinaus in den Sturm, der an seinen Wunden zerrte und ihm den Atem nahm ... doch vielleicht war *sie* es, die ihn quälte und ihm die Überreste seiner Seele entriss.

Mit letzter Kraft kämpfte Chantz gegen die Versuchung an, blickte dann jedoch in ihr Gesicht – und alles, was er je gewesen war oder je hätte sein können, erlosch in ihm mit der fürchterlichen Gewalt des Gewittersturms um ihn herum. Sie stand am Rande eines unendlichen Abgrunds, ein Engel der Finsternis, aus der Hölle gesandt, um ihn mit sich in die Tiefe zu stürzen.

Chantz rannte die nassen Stufen hinunter und erwartete, dass Juliette sich wie eine Geistererscheinung in Nichts auflösen würde, sobald er sie berührte.

Doch als er die Arme nach ihr ausstreckte, ließ sie sich gegen ihn sinken und sah mit ihren faszinierenden grünen

Augen zu ihm auf. In ihrem Blick war keine Furcht mehr zu entdecken, nur noch Stolz und Herausforderung.

»Heirate mich«, sagte sie.

Er sah sie überrascht an und presste sie noch fester an sich, während die Warnung seiner Mutter in ihm widerhallte.

»Dich heiraten«, erwiderte er mit einem bitteren Lachen. Chantz neigte den Kopf zur Seite und blickte Juliette tief in die Augen. Es wäre ihm ein Leichtes gewesen, sie in diesem Moment in seinen Händen zu zerdrücken und auszulöschen. Doch als sich ihre vollen Lippen öffneten, vergaß er alle Gedanken an Mord und Zerstörung. Seine Welt bestand nur noch aus der Erinnerung an die Süße ihrer Lippen und den Duft ihrer Haut.

»Du bist wahnsinnig«, flüsterte Chantz und küsste sie. Sein Herz begann rasend schnell zu schlagen, und die Hitze seines Verlangens nach Juliette breitete sich in seinem Körper aus wie ein Strom geschmolzenen Silbers.

Endlich gelang es ihm, sich von ihr zu lösen, bevor er gänzlich die Beherrschung verlor.

Juliettes Augen blitzten zornig und voller Trotz. »Ich werde nicht betteln!«, rief sie über das Tosen des Windes hinweg.

Laub wehte gegen ihre nackten Fesseln und Waden, deren Haut im schwachen Schein der Lampe im Haus einen goldenen Schimmer besaß. »Bleibe in der Verdammnis, wenn du es so wünschst, Chantz Boudreaux. Von mir aus verbringe dein Leben damit, dir für andere Leute die Hände blutig zu arbeiten und dabei zuzusehen, wie sie die Früchte deiner Arbeit für sich behalten. Oder aber heirate mich, und Belle Jarod wird dir gehören.«

Chantz blickte ihr durchdringend in die Augen. Dann

erfasste der Wind Juliettes Rock und lenkte Chantz' Aufmerksamkeit auf die Tatsache, dass sie keine Unterröcke trug und dass ihr dünnes Baumwollkleid schmutzig und zerrissen war.

Was, zum Teufel, war mit ihr geschehen, seit Emmaline ihn von Holly House fortgebracht hatte? Was hatten sie Juliette angetan?

»Ich verlange nicht, dass du mich liebst«, sagte Juliette. Chantz blickte wieder in ihr Gesicht und entdeckte Kratzer auf ihren Wangen. »Nur Belle Jarod wärest du verpflichtet. Ich will die Belle wieder auferstehen sehen, Chantz. Ich will, dass endlich wieder Zuckerrohr auf den verdammten Feldern steht und dass Maxwell Hollinsworth Höllenqualen leidet, wann immer er an der Plantage vorbeireitet und ihre Pracht sieht.«

»Du hast ja den Verstand verloren«, rief Chantz. »Es würde ein Vermögen kosten, allein das Haus aufzubauen ...«

»Ich will Zuckerrohr, Chantz. Wenn es sein muss, lebe ich in einer Sklavenhütte und grabe die Felder mit bloßen Händen um.«

»Und wozu brauchst du dann mich?«

»Du musst mich lehren, wie man Zuckerrohr pflanzt.«

Chantz drehte sich um und stieg die Stufen hinauf.

»Offenbar habe ich mich in dir getäuscht!«, rief sie ihm nach.

Zögernd wandte er sich um. Das überhebliche Lächeln auf ihrem Gesicht, ließ in ihm wieder den Wunsch aufkeimen, sie zu erwürgen.

»Ich hatte dich für einen ehrgeizigen, intelligenten Mann gehalten, dessen Ziel es ist, sich über das Mittelmaß zu erheben, von der Armut ganz zu schweigen. Doch stattdessen willst du lieber dein Dasein damit fristen, mit deiner Arbeit die Brieftaschen von Taugenichtsen wie Maxwell und Fred Buley zu füllen, weil du zu feige bist, eine Niederlage zu riskieren.«

Sie ging auf ihn zu und trat ins Licht. In ihren grünen Augen blitzten goldene Funken, und ihre Wangen waren gerötet.

»Ich werde es tun, Chantz, mit dir oder ohne dich.« Sie hob trotzig das Kinn. »Denke doch nur einmal daran, wie sehr Max unter unserer Heirat leiden würde. Dieses Vergnügen sollte es dir wert sein, deinen kostbaren Anstand zu opfern und Maureen Jarods Tochter zu heiraten.«

Chantz blickte ihr lange wortlos in die Augen, sein Gesicht ernst und still, und sagte dann ruhig, mit kaum merklich bebender Stimme: »Mit anderen Worten, Darling, bin ich für dich also nur ein Mittel zum Zweck. Du willst Belle Jarod besitzen und dich an Maxwell für das rächen, was er deinem Vater angetan hat.«

Fassungslos blickte Juliette ihn an und schwieg.

Langsam, erneut von den Schmerzen in seinem Bein und seinem Rücken geplagt, wandte sich Chantz wieder der Hütte zu, hielt jedoch an der Türschwelle inne. Er wünschte, sie würde ihm nachrufen und seine Anschuldigung von sich weisen. Er wünschte, seinen verdammten Stolz vergessen zu können und Juliette in die Arme zu schließen.

Doch es kam keine Antwort.

Chantz schloss die Tür, lehnte seine Stirn an das Holz und schloss die Augen.

Großer Gott, dachte er mit wachsender Verzweiflung, *was habe ich nur getan*?

India und ihre Familie kamen immer öfter nach Belle Jarod und übernachteten dann auf Matratzen, die sie mit Moos und Gänsefedern füllten. Sie spannten Schnüre von Baum zu Baum und hängten lange Ranken von Spanischem Moos zum Trocknen auf. Das trockene Moos verfärbte sich schwärzlich und konnte dann in die Polster des Sofas und der Sessel gestopft werden sowie zwischen zusammengenähte Decken, um Matratzen herzustellen. Die Fensterläden wurden repariert, die Böden und Wände geschrubbt.

Berge von Schmutz wurden von der Veranda gefegt und die Mauern von Flechten befreit. Obwohl die mächtigen, einst strahlend weißen Säulen inzwischen eine graue Farbe angenommen hatten, ließen sie doch ihre ursprüngliche Pracht erahnen, nun, da sie nicht mehr von dem wuchernden Unkraut verdeckt wurden.

Juliette saß auf den Verandastufen. Sie hatte ihr Haar mit einem Kopftuch zurück gebunden und ihren Rock geschürzt und in dem Band befestigt, das sie um ihre Taille geknotet hatte. Sie streckte die nackten Beine aus und betrachtete ihre Unterschenkel, die von Dornen zerkratzt und von Mückenstichen übersät waren.

Sie beobachtete Jasper und Custis, die ihren alten Maulesel Snapper mit Rufen und Pfiffen anzutreiben versuchten. Das Tier musste sich sehr anstrengen, um den Stamm der umgestürzten alten Eiche zu ziehen, der an der Stelle gelegen hatte, an der sich einst der Weg zum Herrenhaus befunden hatte, der mit den zerkleinerten Schalen weißer Austern bestreut gewesen war. Hin und wieder konnte Juliette zwischen den dichten Bäumen und Büschen schon Lichtblitze sehen, wenn die Sonnenstrahlen auf das Wasser des Mississippi fielen. Von Sonnenaufgang bis Sonnenuntergang hatte sie unermüdlich gearbeitet, um Belle Jarod endlich wieder der Außenwelt zu präsentieren. Inzwischen schmerzten auch ihre Muskeln nicht mehr, da sich ihr schlanker, zierlicher Körper im Laufe der Zeit daran gewöhnt hatte, Lasten zu schleppen, die jungen Damen wie Phyllis Buley die Schamesröte ins Gesicht getrieben hätten.

Obwohl India und ihre Familie ein Geschenk des Himmels gewesen waren, blieb doch die bittere Tatsache bestehen, dass schon ein Wunder geschehen musste, um Belle Jarod wieder auferstehen zu lassen. Zwar machten sie jeden Tag Fortschritte darin, die Wildnis von Haus und Garten zurückzudrängen, doch die Felder lagen noch immer brach und schrien geradezu nach Zuckerrohr. Außerdem war und blieb Belles Dach eine morsche, verkohlte Ruine. Ohne Geld gab es keine Hoffnung.

Chantz hatte mit seiner Prophezeiung Recht behalten.

Dennoch weigerte sich Juliette standhaft aufzugeben. Lieber wollte sie verhungern oder an einem Schlangebiss sterben, als nach Holly House zurückzukehren.

»Hallo, Miss Julie.«

Jäh aus ihren trüben Gedanken gerissen blickte Juliette auf und entdeckte Andrew Buley, der unter den Bäumen stand, den Hut in der Hand und die Hemdsärmel aufgekrempelt. Schweißperlen glitzerten auf seiner Stirn, während er sich ein Lächeln abrang, zweifellos von Juliettes Anblick entsetzt. Er musterte sie von Kopf bis Fuß, und sein Lächeln schwand.

Juliette griff nach ihrer Machete, stand auf und hieb wieder auf die Brombeersträucher ein, ohne Andrew eines weiteren Blickes zu würdigen.

»Ich kann es Ihnen nicht verdenken, dass Sie mir böse sind«, sagte er und ging auf sie zu. »Ich habe mich Liza gegenüber sehr schäbig verhalten, doch ich bin gekommen, um mein Unrecht wieder gutzumachen.«

Die Klinge der Machete durchschnitt den zarten Stamm eines Pappelschösslings.

Andrew räusperte sich. »Sie haben hier Erstaunliches geleistet, Juliette.« Er verscheuchte die Mücken, die seinen Kopf umschwirrten.

Sie sagte nichts.

»Ich hörte, Sie hätten einige Sklaven gefunden …«

»Nein, sie fanden mich. Und damit Sie es wissen, diese Leute sind freie Schwarze, die leben und arbeiten können, wo es ihnen beliebt, Mr. Buley.«

Juliette richtete sich auf und sah Andrew mit stolz erhobenem Kopf an.

»Meine Mutter ließ sie frei. Offenbar erbte ich auch diese Eigenschaft von ihr – ich verabscheue die Sklaverei. Und jetzt verraten Sie mir bitte, warum Sie zu mir gekommen sind. Wie Sie sehen, ist meine Zeit zum Plaudern knapp bemessen.«

Er folgte ihr tiefer ins Unterholz hinein, wich jedoch zurück, als Juliette die Machete hoch über den Kopf schwang und mit aller Kraft auf einen Baumstamm einhieb.

»Ich mache mir Sorgen um Liza«, sagte Andrew mit erhobener Stimme.

»Was Sie nicht sagen.«

»Haben Sie Liza gesehen?«

»Einige Male.«

»Und das Baby?«

Juliette drehte sich zu ihm um und legte ihm die Spitze der Machete auf die Schulter. Andrew brach der Angstschweiß aus. »Sie bekommt noch immer ein Baby, wenn es das ist, was Sie wissen wollen.«

»Ich habe lange über diese Angelegenheit nachgedacht.« Er schluckte schwer und atmete erleichtert auf, als Juliette sich abermals dem dichten Gebüsch zuwandte. »Ich beabsichtige, meinen Eltern von dem Kind zu erzählen.«

»Gewiss wird der Gedanke Ihre Eltern nicht weiter belasten. Liza selbst ist der beste Beweis dafür, dass es den Plantagenbesitzern nicht viel ausmacht, die Anzahl ihrer Sklaven durch einige Mischlingskinder zu vergrößern.«

»Ich kann Liza nicht heiraten. Sie ist eine Sklavin, eine Ehe verstieße gegen das Gesetz. Außerdem muss ich auf meine Familie Rücksicht nehmen.«

»Sie meinen, Sie müssen an ihr Erbe denken.«

»Was, zum Teufel, soll ich denn tun, Julie? Ohne mein Erbe habe ich gar nichts. Ich wurde dazu geboren, Zuckerrohr zu pflanzen, verdammt!«

»Und Sie können kein Zuckerrohr anbauen und gleichzeitig Liza lieben?«

»Kein Buley-Rohr.«

»Nun, der Verlust scheint mir nicht allzu groß zu sein.«

»Wie meinen Sie das?«

»Das Zuckerrohr Ihres Vaters ist minderwertig.«

Andrew wurde vor Zorn so rot wie die zerdrückten Brombeeren zu seinen Füßen. »Nicht jeder von uns ist ein Chantz Boudreaux.«

Juliette hielt inne, als sie Chantz' Namen hörte, und spürte, dass Andrew sie beobachtete. Zögernd blickte sie über ihre Schulter hinweg in seine dunklen Augen.

»Wie geht es ihm?«, fragte sie, verärgert über ihre zitternde Stimme. Unzählige Male hatte sie sich bereits gesagt, dass der Teufel Chantz Boudreaux holen solle. »Nicht dass es mich wirklich kümmert«, fügte sie hinzu und versetzte dem Baumstamm einen weiteren Machetenhieb.

Andrew bückte sich, um einige Brombeeren zu pflücken. Der Saft hinterließ rote Flecke auf seinen Fingerspitzen. Er steckte sich die Beeren in den Mund und wandte den Blick ab.

»Er arbeitet als Flussschiffer. Viel Geld bringt es nicht ein, aber er kann Emmaline und sich davon ernähren. Ich weiß nicht, ob Sie schon gehört haben, dass New Orleans vielleicht unter Quarantäne gestellt werden soll. Es scheint einige Fälle von Gelbfieber gegeben zu haben, zumeist in den Armenvierteln am Flussufer. Bislang konnten die Behörden den Schaden begrenzen, doch in der vergangenen Woche trat das Fieber wieder auf. Wenn New Orleans abgesperrt werden sollte, wird es keinen Verkehr auf dem Fluss mehr geben.«

Ein Machetenhieb.

»Flussschiffer! Der Gedanke allein ist doch lächerlich. Chantz sollte Zuckerrohr anbauen. Er liebt es, und es liegt ihm im Blut.«

»An Angeboten mangelt es ihm gewiss nicht«, sagte Andrew lächelnd. »Selbst mein Vater wollte ihn einstellen. Ich glaube, Maxwell und Tylor haben Chantz' Ansehen gewaltig unterschätzt. Er könnte jederzeit auf einem Dutzend Plantagen als Aufseher anfangen.«

»Und warum tut er es nicht?«

»Ich weiß es nicht. Vermutlich kann nicht mal er es sich erklären.«

Juliette schleuderte die Machete so heftig zu Boden, dass die Klinge tief in der Erde stecken blieb. Sie bahnte sich ihren Weg durch das Unterholz, sodass ein Wachtelschwarm aufstob.

Als Andrew endlich das Haus erreichte, ging Juliette bereits ruhelos in der Halle auf und ab, die die zerstörten

Räume von den bewohnbaren trennte, die in den vergangenen Wochen zu ihrem Zuhause geworden waren. India stand am anderen Ende der Halle und beobachtete Andrew misstrauisch, die Lippen geschürzt, die Hände auf die Hüften gestemmt.

»Ich verstehe ihn nicht«, sagte Juliette so laut, dass ihre Worte im Dachgebälk widerhallten. »Ich habe ihn gebeten, mich zu heiraten und ihm Belle Jarod angeboten. Dass er sich nichts aus mir macht, begreife ich. Und nach alldem, was ich ihm angetan habe, kann ich es ihm auch nicht verdenken. Doch warum lehnt er Belle Jarod ab?« Juliette breitete die Arme aus und drehte sich um die eignen Achse, bis ihr schwindlig wurde.

»Chantz besitzt viel Stolz, Julie. Mehr, als gut für ihn ist. Er hat sich seinen Besitz immer erarbeitet und wird sicher nicht seine Selbstachtung für ein wenig Zuckerrohr verkaufen. Wenn Sie ihm dieses Angebot machten, weil Sie sich für die Ereignisse verantwortlich fühlen oder gar Mitleid mit Chantz haben ...«

»Mitleid?« Juliette ballte die Fäuste und ging auf Andrew zu. »Er warf mir vor, allein aus Berechnung zu handeln, Andrew. Er glaubt, ich wolle ihn benutzen, um mich an Maxwell für den Tod meines Vaters zu rächen. Und das nach allem, was zwischen uns geschehen ist ...« Juliette schüttelte den Kopf und bemühte sich, ihre unbändige Wut zurückzuhalten. »Wie kann er es wagen zu glauben, dass ich mich prostituieren würde, um ...«

»Daran trägt Emmaline die Schuld, nicht Chantz. Sie ist eine alte, verbitterte Frau, Juliette, die fürchtet, ihren Sohn zu verlieren. Es tut mir Leid, das sagen zu müssen, doch Emma kann nicht vergessen, dass Sie Maureens Tochter sind. Sie wird Ihnen immer misstrauisch gegenüberstehen.«

Juliette ging in den Salon, kam jedoch auch dort nicht zur Ruhe. Ihr Zorn und ihre Verzweiflung wuchsen.

Andrew folgte ihr und sah sich um. India hatte einen Strauß Rosen und Geißblatt in einen Krug gestellt, dessen süßer Duft den Modergeruch vertrieben hatte. Andrew ging zu einem kleinen Marmortisch, auf dem ein Stapel Bücher lag. Er griff nach dem obersten Band und drehte ihn um, bevor er den Blick wieder Juliette zuwandte. »Wann werden Sie Liza wieder sehen?«, fragte er.

»Bald, vielleicht schon heute Abend.«

»Kommt sie hierher?«

»Wenn sie sich davonschleichen kann, ohne dass Boris Wilcox etwas davon merkt. Glücklicherweise ist er an den Abenden selten auf Holly House zu finden.«

»Ich weiß. Er und seine Fledderer-Freunde haben uns gestern einen Besuch abgestattet.«

»Tatsächlich?« Sie bedachte ihn mit einem Seitenblick. »Verstecken Sie entlaufene Sklaven?«

»Sie verfolgen keine Flüchtlinge. Es geht das Gerücht um, dass jemand in der Gegend den Sklaven das Lesen beibringt.«

»Hat man so etwas schon gehört!« Juliette verschränkte die Arme vor der Brust.

»Ich möchte lieber nicht darüber nachdenken, was sie mit der ... dem Schuldigen anstellen würden.«

Juliette hob eine Braue. »Dann denken Sie eben nicht daran.«

Sie ging zurück in die Halle und zerrte sich das Tuch vom Kopf, sodass ihr das Haar offen über die Schultern fiel.

»India!«, rief sie. »Ich brauche mein gutes Kleid, das Liza mir letzte Woche mitgebracht hat. Und dann möchte ich baden. Ob Jasper mir wohl etwas Wasser wärmen könnte?«

»Aber ja, Miss«, antwortete India lächelnd, froh darüber, Juliette diese Dienste erweisen zu können.

»Und Gaius soll das Maultier ausruhen lassen. Ich brauche den alten Snapper, um in die Stadt zu reiten.«

18

India saß hinter Juliette auf dem breiten Rücken des Maultiers, während Jasper und Gaius zu Fuß neben ihnen herliefen. Jasper hielt einen Pappelzweig in der Hand, an dessen Spitze sich noch einige Blätter befanden. Wenn Snapper wieder einmal die Hufe in den Boden stemmte und sich weigerte, auch nur einen einzigen Schritt zu tun, klopfte Jasper ihm leicht mit der Rute auf die Flanke, bis Snapper die Zähne bleckte, missmutig wieherte und weitertrottete.

Gaius hatte sich seine *macoute* umgehängt. Vor vielen Jahren hatte er den aus Palmwedeln geflochtenen Beutel von den Inseln mitgebracht und behielt ihn immer in seiner Nähe. Darin befanden sich ein Fläschchen *eau sirop*, eine *garde* und *paquett* ... und Jesu. Der Kopf des dürren alten Huhns lugte aus der Öffnung des Beutels, während es seine Umwelt mit einem beängstigend verständigen Blick betrachtete.

Zahlreiche Raddampfer waren an den Liegeplätzen vertäut, während die Stege von pfeifenden, singenden und rufenden Flussschiffern wimmelten, die Fracht löschten oder verluden: Viehfutter, Mehl, Zucker und andere Vorräte, die für die Plantagen am Flussufer bestimmt waren.

Eines der Schiffe fiel Juliette besonders auf, ein großer Dampfer mit hohen Schornsteinen und feinen schmiedeeisernen Verzierungen auf dem Dach. Der Name prangte in goldenen Lettern an der Seite des Ruderhauses:
SASSAFRAS

Andere Dampfer glitten auf dem Fluss dahin; die enormen Schaufelräder wühlten das bräunliche, schaumgekrönte Wasser auf. Schwarze Rauchwolken stiegen aus den Schornsteinen, und der beißende Geruch des Rauches trieb Juliette die Tränen in die Augen. Das Läuten der Schiffsglocken hallte über das Wasser, als die Dampfer allmählich hinter der Flussbiegung verschwanden. Snapper legte gereizt die Ohren an.

Damen in kostbaren Kleidern und mit aufwändig frisiertem Haar unter eleganten, spitzenbesetzten Hauben flanierten auf der Uferpromenade. Sie erinnerten Juliette an eine Schar bunter Pfauen, die stolz ihre hübschen Schwanzfedern spreizten. Die Frauen lachten und unterhielten sich, tauschten sicher den neuesten, belanglosen Klatsch aus, dessen Großteil sich gewiss um Juliette Broussard rankte. Im Schutze ihrer reich verzierten Fächer flirteten die Damen, jung und alt, mit den vorbeigehenden Herren, die stehen blieben und galante Komplimente machten. Besorgte Mütter hielten sich stets in der Nähe ihrer kostbaren Töchter, für den Fall, dass sich einer der Gentlemen zu viele Freiheiten herausnahm.

Allmählich jedoch verstummte das Stimmengewirr, als die fröhliche Gesellschaft auf Juliette aufmerksam wurde.

Auf den Gesichtern zeigten sich Neugier und Misstrauen. Man kannte Juliette. Ihr Ruf und vor allem der Ruf ihrer Mutter eilten ihr voraus. Die Tatsache, dass sie auf einem Maulesel durch die Straßen ritt, den Rock des blaugrauen Taftkleides bis über die Knie geschürzt, tat ein Übriges. Nicht einmal eine Haube trug sie, und hätte es auch dann nicht getan, wenn sie ein solches Kleidungsstück besessen hätte. Ferner gab es da noch ihre seltsamen Begleiter: India murmelte fortwährend halblaute Zaubersprüche, um das Böse abzuwenden, und Jesu hatte sich aus der *macoute* befreit und saß auf Gaius' Schulter.

Juliette würdigte die gaffende Menge kaum eines Blickes, sondern suchte stattdessen die lang gestreckten Straßen und die Promenade ab. Ihr Herz klopfte zum Zerspringen, als sie in die gleißende Sonne blinzelte, die von den Schaufenstern der Geschäfte gespiegelt wurde. Vom Fluss drangen die aufgeregten Rufe der Händler herauf, die an den Kais um die dargebotenen Waren feilschten. Es roch nach Flusswasser, Fisch und Tabak und nach den Hühnern und Schweinen, die darauf warteten, verladen zu werden. Der überwältigende Gestank ließ Juliette Mund und Nase mit ihrem Taschentuch bedecken.

Wo war er?

Sie musterte die Männer, die auf den Anlegestegen hin und her liefen und die Dampfer beluden, von denen einige flach und zum Transport von Baumwollballen gedacht waren, während andere mehrere Stockwerke hoch aufragten und so bunt geschmückt und bemalt waren, dass sie schwimmenden Zirkuszelten ähnelten.

Chantz. Wo steckte er nur?

Und was würde sie tun, wenn sie ihm begegnete?

Seltsam, ein einziger Gedanke an ihn ließ Juliette erbeben, während es ihr andererseits überhaupt nichts ausmachte, auf einem Maultier durch die Straßen von Baton Rouge zu reiten, während sich die feinen Damen hinter ihren Fächern bestimmt die Mäuler über sie zerrissen.

Und die Männer natürlich …

Juliette konnte sich sehr wohl vorstellen, was den Herren durch den Kopf ging, insbesondere den älteren, die sich noch an Maureen erinnerten.

Sie traten aus den Türen ihrer Läden, manche mit langen weißen Schürzen angetan, andere an den Türpfosten lehnend und Zigarre rauchend. Alle betrachteten Juliette mit ausdruckslosen Mienen. Sie spürte, wie ihr das Blut in die Wangen schoss, sie sagte sich jedoch, dass ihre plötzliche Röte von der Nachmittagssonne herrührte, davon, dass sie erahnte, mit welchen Gedanken diese Männer spielten.

Vor dem Gemischtwarenladen machte Juliette Halt. India glitt sogleich von Snappers Rücken, und Jasper streckte die Arme aus, umfasste Juliettes Taille und half ihr beim Absitzen. Auf der Promenade drängten sich die Schaulustigen dichter zusammen.

Das Aroma frischen Kaffees lockte Juliette in den dunklen und staubigen Laden. Ein Junge, der gerade den Boden fegte, hielt inne und starrte Juliette an. An den Fenstern, von denen aus man den Fluss überblicken konnte, standen einige weiß gedeckte Tische. An einem davon saß eine Frau in einem braunen Satinkleid mit geradezu gewagtem Ausschnitt. Ihre Haut schimmerte wie Bronze.

Juliette gewöhnte sich allmählich an das Zwielicht im Geschäft, und sie sah, dass die Frau ihre Kaffeetasse abstellte und sie, Juliette, leise lächelnd betrachtete. Sie trug einen Hut mit einer großen Feder, die sich bis auf ihre Schulter hinab bog. Die braunen Spitzen der Feder passten ausgezeichnet zu dem Satinkleid.

Ein untersetzter, kahlköpfiger Mann blinzelte Juliette über seine runden Brillengläser hinweg an. »Kann ich Ihnen helfen?«

In der Tat eine gute Frage. Juliette fragte sich selbst, warum sie hierher gekommen war, ohne auch nur genug Geld zu besitzen, um eine Tasse Kaffee bestellen zu können, von den Waren, die im Überfluss in den Regalen lagen, ganz zu schweigen. Juliette fühlte sich unwohl und erhitzt und fragte sich mit wachsender Verzweiflung, ob sie wohl etwas bei sich trug, das man gegen eine einzige Tasse Kaffee eintauschen konnte.

»Die junge Dame wird einen Kaffee trinken«, sagte die Frau am Tisch.

»Nein!«, erwiderte Juliette heftig – zu heftig, wie sie feststellte.

»Es ist mir ein Vergnügen, Sie einzuladen«, fügte die Frau hinzu. Mit einer anmutigen Geste ihrer Hand, an der etliche Ringe blitzten, deutete sie auf den Stuhl, der dem ihren gegenüber stand. »Ich habe ungeduldig darauf gewartet, Sie endlich kennen zu lernen, *Mademoiselle* Broussard.«

Juliette blickte den Kaufmann an, der ihr nur knapp zunickte und dann eine Tasse nebst Untertasse vom Regal hinter dem Ladentisch nahm.

India, Jasper und Gaius machten es sich draußen auf der Promenade auf einer Bank bequem und unterhielten sich in ihrer Sprache miteinander, während sie dem geschäftigen Treiben auf den Straßen zusahen. Jesu stolzierte in den Laden, legte den Kopf auf die Seite und beobachtete Juliette, hin und wieder Insekten vom Boden pickend.

Juliette trat näher und stellte fest, dass die Frau ausgesprochen bezaubernd aussah und sie an Liza erinnerte – volles, glänzendes Haar, Augen so dunkel wie der Kaffee, den sie trank. Plötzlich stand der Ladenbesitzer neben Juliette, rückte ihr den Stuhl zurecht und stellte eine kleine Kaffeetasse auf den Tisch. Nahezu starr vor Staunen blickte er Juliette an.

»Du solltest den Mund schließen, Baxter, bevor du eine Fliege verschluckst.« Die Frau lachte leise, während Baxter das Blut in die Wangen schoss.

»Verzeihung«, sagte er und wischte sich die Hände an der Schürze ab, »Aber einen Augenblick lang ...«

»Sie gleicht ihrer Mutter sehr, *oui*?« Die Frau legte den Kopf in den Nacken und lachte wieder. Die Feder streifte ihre Schulter.

»Ja.« Baxter lächelte, und Juliette entspannte sich ein wenig. »Die Ähnlichkeit ist erstaunlich. Ihre Mutter war eine gute Kundin, die mein Geschäft oft beehrte. Sie saß immer an diesem Tisch, um genau zu sein. Sie nahm gern Pfefferminz zu ihrem Kaffee. Möchten Sie ein Stück kosten?«

Juliette blickte zu dem großen Glas mit den bunten Süßigkeiten. Wie lange war es her, dass sie zuletzt den Geschmack von Pfefferminzbonbons auf der Zunge gespürt hatte. Das Wasser lief ihr im Mund zusammen, und ihr knurrte der Magen. Plötzlich nahm sie jeden der köstlichen Düfte wahr, die sie umgaben, sodass ihr davon beinahe schwindlig wurde.

Baxter strahlte. »Sie mochten die rosafarbenen Pfefferminzstangen am liebsten, obwohl Ihre Mutter Ihnen zu erklären versuchte, dass kein Unterschied im Geschmack bestand. Bitte, nehmen Sie eine, es ist mir ein Vergnügen.«

Er eilte hinter den Ladentisch. Die Frau hob ihre Tasse. »Ich erinnere mich, dass er auch immer soviel Aufhebens um Ihre Mutter machte. Doch so erging es wohl jedem Mann in Baton Rouge. Mein Name ist übrigens Virginia. Es freut mich, endlich Ihre Bekanntschaft zu machen.«

Der Kaffee war stark und schwarz und so heiß, dass Juliette sich die Zunge verbrannte. Doch er schmeckte köstlich. Sie schloss verzückt die Augen. Nicht einmal die Erwähnung ihrer Mutter vermochte den Genuss zu trüben. Doch

Juliette stellte plötzlich fest, dass der Gedanke an Maureen sie nur noch sehr selten störte.

»Ich hörte, dass Sie nach Belle Jarod gezogen sind«, sagte Virginia und blies auf ihren Kaffee, um ihn abzukühlen.

»Ja.«

»Wie kommen Sie zurecht?«

»Es geht mir gut.«

»Ja, Sie verfügen über die Zähigkeit Ihrer Mutter.«

»War das als Kompliment gemeint?« Zögernd erwiderte Juliette Virginias Lächeln.

»Allerdings. Ihre Mutter war eine hoch angesehene Frau in Baton Rouge.«

Juliette zog die Brauen zusammen und blickte auf den Kaffee in ihrer Tasse.

»Überrascht Sie das?«, fragte Virginia und sah Juliette nachdenklich an.

»Das kommt darauf an, was Sie meinen. In welcher Weise war sie ›hoch angesehen‹?«

Virginia lehnte sich auf ihrem Stuhl zurück. Sie trug ein schwarzes Samtband um den Hals, an dem eine Kamee aus Onyx und Elfenbein befestigt war.

Sie zog ein spitzengesäumtes Taschentuch aus dem Ausschnitt und tupfte sich die Wangen ab, während Juliette einen kleinen Schluck Kaffee trank. »Es gibt viele Menschen in der Stadt, die Ihrer Mama einiges verdanken. Sie verfügte über großen Geschäftssinn.«

Virginia lächelte Baxter an, der eine Untertasse mit rosafarbenen Pfefferminzstangen auf den Tisch stellte. »Nehmen Sie Baxter, zum Beispiel. Ich bin sicher, dass er nicht zögern würde einzugestehen, dass er es Maureen verdankt, Kapital aus diesem hübschen kleinen Café schlagen zu können. *Oui*?«

»Ja.« Baxter nickte. »Allerdings.«

»Es gab damals keinen Ort außer *La Madeleine*, an dem man das köstliche Gebräu genießen konnte.« Virginia hob eine Augenbraue und fragte: »Möchten Sie die Geschichte hören, wie Baxters Café entstand, Juliette?«

Juliette nickte, nahm eine Pfefferminzstange und tauchte sie in den heißen Kaffee. Jesu pickte zu ihren Füßen nach Insekten und gab dabei Laute von sich, die erschreckend menschlich klangen. Mit dem Fuß versuchte Juliette, das *koklo* sanft zur Seite zu schieben.

»Ich war damals zwölf Jahre alt«, begann Virginia gedankenverloren, »und kam gerade mit meiner Mama, die sehr krank war, aus New Orleans hier an. Es war Dezember und bitter kalt und regnerisch. Ich sehnte mich nach einer Tasse heiße Schokolade, doch meine größte Sorge war es, meine Mama an einen warmen, trockenen Ort zu bringen.«

Sie hob die Tasse an die Lippen und schloss die Augen. »Mama und ich gingen in das Hotel und setzten uns an einen Tisch am Kamin. Es war das erste Mal, dass wir nicht froren, seit wir New Orleans verlassen hatten.«

Virginia stellte die Tasse wieder ab und zögerte, bevor sie den Blick wieder hob. »Natürlich bat man uns zu gehen. Farbigen ist es nicht gestattet, sich in einem so feinen Etablissement wie La Madeleine aufzuhalten. An einem der Tische saß eine bildschöne junge Frau, nahe genug, um das Gespräch zwischen meiner Mama und dem Besitzer des Hotels mit anzuhören. Ihr war gerade das Essen serviert worden. Bis zum heutigen Tage kann ich noch den beißenden Hunger in meinem Magen spüren, wenn ich an dieses Essen denke – warmes Brot, ein großes Stück Fleisch mit Sauce und Erbsen, auf denen ein Stück Butter schmolz. Die junge Frau sah mich an, und ich dachte, dass ich noch nie solche Augen gesehen hatte, grün wie ein Zuckerrohrfeld im August.

Sie lächelte mir zu, so freundlich und süß, dass ich meine Bauchschmerzen und das kummervolle Gesicht meiner Mama vergaß. Sie legte die Gabel hin, faltete die Leinenserviette zusammen und legte sie neben ihren Teller. Dann stand sie auf und verkündete mit lauter Stimme, dass sie nie wieder einen Fuß in ein Etablissement setzen würde, in dem eine kranke Frau und ein hungriges Kind keine Zuflucht finden.

Dann brachte sie uns zu Baxter, der uns einlud, an seinem Tisch Platz zu nehmen. Ihre Mama hat danach noch oft mit uns zusammen hier gesessen und Kaffee getrunken. Soweit ich weiß, hat sie das Hotel nie wieder betreten.

Maureen und meine Mama wurden mit der Zeit gute Freundinnen, und sie kam für die Beerdigung auf, als meine Mama starb.

Mein Kind«, sagte Virginia und beugte sich zu Juliette hinüber, »Sie brauchen nicht so zornig dreinzublicken, wenn ich Ihre Mutter erwähne. Jede Geschichte hat zwei Seiten. Fragen Sie zehn Leute, was sie von einem Menschen halten, und Sie bekommen zehn verschiedene Antworten. Sie mögen Pfefferminz, ich nicht. Sie sitzen hier und trinken eine Tasse Kaffee mit mir, während es dort draußen Dutzende von Damen gibt, denen das nicht im Traum einfallen würde. Doch das macht keine von uns beiden besser oder schlechter. Verstehen Sie, was ich meine, Juliette?«

Juliette nickte und schob sich ein Stück Pfefferminz in den Mund. Virginia betrachtete sie prüfend.

»Sind Sie in die Stadt gekommen, um nach Chantz zu suchen?«

Sie dachte daran zu lügen, doch was hätte es ihr genützt? Juliettes Gefühl sagte ihr, dass Virginia alle ihre Vorwände für den Besuch in Baton Rouge schneller durchschauen würde als sie selbst.

»Ich hörte, was Tylor ihm angetan hat«, sagte Virginia. »Jedermann in der Stadt weiß es. Chantz besitzt viele Freunde in Baton Rouge. Tylor sollte gut auf sich Acht geben, er, Horace Carrington und Boris Wilcox.«

Sie berührte ihren Mund mit den Fingerspitzen, und Juliette fiel die Schnittwunde an Virginias Oberlippe auf, die jedoch so weit verheilt war, dass nur noch eine kleine rosafarbene Narbe übrig blieb. Als Virginia fortfuhr, klang ihre Stimme leise und rau, mit einem Unterton der Verachtung, der nicht einmal bei der Geschichte über *La Madeleine* darin gelegen hatte.

»Viele Leute hier sind es leid, wie diese Männer andere Menschen behandeln. Es würde mich nicht wundern, wenn sie eines Nachts mit einem Messer an der Kehle aufwachten.«

Juliette umklammerte ihre Tasse. Sie vermochte weder den Blick von Virginias funkelnden Augen abzuwenden, noch etwas zu sagen.

Virginia stand auf, und das Scharren ihres Stuhles scheuchte Jesu auf, die erschrocken zur Tür lief. Virginia griff nach ihrem Sonnenschirm, der aus demselben Stoff bestand wie ihr Kleid. Sie war sehr groß und schlank, sodass sie Juliette stehend noch viel schöner erschien.

Sie beugte sich zu Juliette hinunter und flüsterte: »Dieser Mann ist es wert, dass Sie um ihn kämpfen. Ein Mann, der Peitschenhiebe riskiert, um mit einer Frau zusammen zu sein, muss sie lieben, ob es ihm nun bewusst ist oder nicht.«

Mit diesen Worten wandte sich Virginia ab, sagte noch etwas zu Baxter und verließ das Geschäft.

Erst, als sie gegangen war, wandte sich Juliette um und blickte in Baxters freundliches Gesicht.

»Wenn ich mich recht erinnere«, sagte er lächelnd, »schuldete ich Ihrer Mutter zum Zeitpunkt ihres tragischen Todes noch Geld. Bitte erlauben Sie mir, meine Schuld in Form von Lebensmitteln bei Ihnen zu begleichen.«

Juliette blickte zur Tür.

India lugte um den Türpfosten herum und strahlte Juliette an. Diese erwiderte das Lächeln.

»Ja«, sagte sie, »das wäre sehr freundlich von Ihnen.«

Gaius warf sich den Sack mit dem Vorräten – Mehl, Salz, Käse und Kaffee, ein großes Stück gepökeltes Schweinefleisch und eine kleine, kostbare Büchse Tee – über die rechte Schulter und die *macoute* mit Jesu über die linke. Juliette verzögerte den Aufbruch. Zwar war es schön, all diese dringend benötigten Dinge zu besitzen, doch sie war nicht aus diesem Grund in die Stadt gekommen. Ein ungekanntes Glücksgefühl überkam sie, da sie allmählich begann, so etwas wie Bewunderung für ihre Mutter zu empfinden. Dennoch lastete die Enttäuschung schwer auf ihrer Seele.

Wo war Chantz?

Warum vergeudete er seine Zeit auf dem Fluss, wenn doch seine Leidenschaft dem Zuckerrohr gehörte?

So, wie ihre Leidenschaft allein ihm gehörte.

»Wen haben wir denn da?«

Juliette drehte sich um und blickte in das Gesicht eines Mannes mit wässrig blauen Augen und bleicher Haut. Er hatte sich das blonde Haar mit Pomade aus der Stirn gekämmt, was seine raubvogelgleichen Züge noch unterstrich.

Jasper und Gaius wichen zurück und blickten zu Boden, jedoch weniger aus Respekt, wie Juliette vermutete, denn aus Verachtung.

India dagegen blickte den Mann hasserfüllt an und stellte sich entschlossen an Juliettes Seite.

Er lächelte und nahm Juliettes Hand – sie trug keine Handschuhe, wie er mit erhobenen Augenbrauen feststellte. Prüfend betrachtete er ihre raue Handfläche und die kleinen Schürfwunden auf den Fingerknöcheln. Dennoch hob er Juliettes Hand an die Lippen.

»*Mademoiselle* Broussard, nehme ich an?«

Sie entzog ihm ihre Hand und wischte sie an ihrem Rock ab. In den vergangenen Wochen hatte sie genug über diesen Mann erfahren, um von dem Handkuss angewidert zu sein.

»Carrington.« Sie trat einen Schritt zurück. »Ihr Ruf eilt Ihnen voraus.«

»Merci.« Er richtete sich auf.

»Danken Sie mir nicht, ich versichere Ihnen, es war nicht als Kompliment gemeint.«

Noch immer lächelte er, umfasste jedoch mit seinen weichen weißen Fingern fest den Griff seines Spazierstocks, der die Form eines Schlangenkopfes besaß. Die Augen der Schlange waren aus geschliffenen Smaragden gefertigt, die Konturen der geschnitzten Schuppen mit Blattgold hervorgehoben. Juliette bemühte sich, nicht daran zu denken, dass sie für den Preis dieses eitlen Spielzeugs sich und die anderen vermutlich einen Monat lang ernähren könnte … wenn nicht gar länger.

»Ich hörte, dass Sie inzwischen den Besitz Ihres Vaters

bewohnen. Sie verschwenden dort Ihre Zeit, Miss Broussard. Belle Jarod ist so tot und begraben, wie die Frau gleichen Namens. Wenn Sie die Plantage also verkaufen wollen …«

»Das ist unmöglich. Ich verfüge noch nicht über das Recht, sie zu verkaufen.«

»Richtig, da gibt es noch das kleine Problem der Volljährigkeit oder Eheschließung.« Er musterte Juliette von Kopf bis Fuß. »Ich könnte mir vorstellen, Ihnen in dieser Angelegenheit behilflich zu sein … auf die eine oder andere Weise.«

»Wenn ich bedenke, dass Phyllis Buley in diesem Augenblick gerade Ihr Hochzeitsbankett plant, Mr. Carrington, glaube ich kaum, dass Sie mir bei der Frage meiner Heirat eine große Hilfe sein könnten.«

»Sie missverstehen mich. Ich dachte daran … sagen wir, Sie zu unterstützen, sodass Sie ein angenehmes Leben führen können, bis Belle Jarod in Ihren Besitz übergeht und Sie es mir verkaufen.«

»Ich würde eher zusehen, wie meine Plantage ganz von der Wildnis verschlungen wird, als dass ich sie einem Mann verkaufe, der unschuldige Menschen aufs Grausamste auspeitscht und seine Verlobte betrügt.«

Carrington verzog keine Miene. »Wie überaus scheinheilig diese Worte aus dem Munde einer Frau klingen, die noch vor wenigen Tagen von einem Mann wie Chantz Boudreaux kompromittiert wurde.«

Er setzte den Hut auf und blickte sich vorsichtig um, ehe er gelassen bemerkte: »Geben Sie auf sich Acht, Miss Broussard. Es wäre doch eine Schande, wenn Ihnen etwas zustoßen und Belle Jarod in die Hände des Gerichts fallen sollte. Man kann nie wissen, welcher Schurke die Plantage dann eines Tages besitzen würde. Auf ein baldiges Wiedersehen. *Adieu, Mademoiselle*.«

Juliette blickte ihm nach, als er die Promenade entlang ging, und die Schlangenaugen seines Stocks schienen triumphierend zu funkeln. Einige Leute waren stehen geblieben, um das Zusammentreffen zu beobachten, und auch Baxter blickte mit ernstem Gesicht aus seinem Schaufenster.

Mit klarer, lauter Stimme rief sie Carrington nach: »Wenn Sie das nächste Mal einer Dame das Angebot unterbreiten, Ihre Geliebte zu werden, und dann ihr Leben bedrohen, sollten Sie sich einen etwas weniger belebten Ort aussuchen.«

Carrington hielt zwar einen Moment lang inne, blickte sich jedoch nicht um.

»Böser Mann«, flüsterte Jasper mit bebender Stimme. Juliette sah ihm in die Augen und entdeckte dort Abscheu und Furcht, die ihr förmlich das Blut in den Adern gefrieren ließen. »Machen Sie sich Carrington nicht zum Feind, *Maîtresse*. Er ist ein böser, böser Mann.«

India murmelte etwas Unverständliches und spuckte dann in Carringtons Stiefelabdruck im Staub. Dann blickte sie starr auf seinen Rücken und flüsterte: »*Poussé allé! Poussé allé! Commère!*« Sie nahm das nach Muskat duftende Amulett ab und legte es Juliette um den Hals.

»*Arrêt*!«, rief India und legte die Hand auf das Amulett, das zwischen Juliettes Brüsten ruhte. »*Arrêt, Maîtresse. C'est bien bon. Bien bon*.«

Indias finstere Miene erhellte sich. Das strahlende Lächeln der alten Frau vermochte Juliette immer wieder aufzuheitern, selbst in Augenblicken wie diesem, in dem sie glaubte, an ihrer unbändigen Wut ersticken zu müssen.

Sie berührte das Amulett und blickte dann lächelnd auf das bunte Treiben am Fluss. »*Oui, Mamaloi*«, sagte sie leise. »Es ist sehr gut.«

Chantz hatte Juliette vom Deck der *Sassafras* aus beobachtet, als sie auf dem Maulesel in die Stadt geritten war. Er hatte die neugierigen Blicke der anderen Männer gespürt, während sich Juliette so stolz und schön einen Weg durch die gaffende Menge gebahnt hatte, als wäre sie von königlichem Geblüt. Gleich darauf war Chantz unter Deck gegangen und so lange im heißen, feuchten Kesselraum geblieben, bis er seine Gefühle wieder einigermaßen unter Kontrolle hatte.

Seine Gefühle ...

Er hatte an Deck gestanden und beobachtet, wie die Sonnenstrahlen Juliettes Haar in ein Flammenmeer verwandelten und ihr Gesicht zum Leuchten brachten – ihr Gesicht, das er vor sich sah, wann immer er die Augen schloss, und auf das er seine Gedanken konzentriert hatte, als die Peitschenhiebe seinen Rücken trafen. In diesem Augenblick war Chantz gezwungen gewesen, endlich anzuerkennen, was er so lange zu leugnen versucht hatte.

Er liebte Juliette Broussard, ihren Geist, ihre Seele, ihr Lachen und ihre Augen ...

Verdammt, mit diesen Augen hatte sie ihn so voller Leidenschaft angeblickt. Es war ihm vorgekommen, als könne er sogar vom Deck der *Sassafras* aus das feurige Funkeln in den smaragdgrünen Tiefen sehen.

Chantz galoppierte durch die Dunkelheit. Die Straße wurde zwar vom Mondschein erhellt, doch die nächtlichen Schatten ängstigten das erhitzte Pferd. Chantz presste die Stiefelabsätze in die Flanken des Wallachs, ließ sich jedoch gleichzeitig tiefer in den Sattel sinken, um zu verhindern, dass das Pferd im letzten Augenblick durchging. Neben ihm erstreckte sich der Mississippi, spiegelglatt und glänzend. Nebelschwaden schwebten über dem Wasser, die manchmal beinahe menschliche Gestalt anzunehmen schienen. Immer wieder hatte Chantz nur den einen Gedanken …

Was würde geschehen, wenn er zu spät kam? Diese Möglichkeit ließ ihn schaudern.

Nur wenige Minuten, bevor die *Sassafras* mit Kurs auf New Orleans ablegte, war die Nachricht gekommen, dass die Stadt unter Quarantäne gestellt worden war. Kein Schiff durfte in New Orleans anlegen oder die Stadt verlassen, da das Gelbfieber dort immer weiter um sich griff. Trotz der schrecklichen Ereignisse war Chantz dem Schicksal dankbar, sonst wäre er bereits auf dem Fluss gewesen, als der kleine Junge den Steg entlang lief und aus Leibeskräften rief: »Eine Botschaft für Boss Chantz!«

Nur wenige Worte hatten auf dem Stück Papier gestanden:

»Auf Belle Jarod wird es heute Nacht Ärger geben.«

Doch welche Art von Ärger?

Darauf kam es nicht an.

Auch war es nicht wichtig, wer ihm die Botschaft geschickt hatte, obwohl er einen Verdacht hegte. Chantz hatte schon viele Briefe von Phyllis Buley erhalten. Er kannte ihre Handschrift, ob die Nachricht nun ihre Unterschrift trug oder nicht. Seit langem schon vermutete er, dass Horace Carrington mit Boris Wilcox und seinen üblen Freunden gemeinsame Sache machte. Der Gedanke an Carrington ängstigte Chantz am meisten: er wusste, wie sehr dieser es genoss, Menschen zu peinigen.

Seit Chantz beobachtet hatte, wie Juliette von dem übellaunigen Maultier abgestiegen und suchend zwischen den Liegeplätzen umhergelaufen war, hatte er nur noch nach einem Anlass gesucht, die *Sassafras* zu verlassen, mochten die Gründe auch noch so fadenscheinig sein.

Besorgt, aber auch seltsam erleichtert hatte er den Brief zerknüllt, war am schwitzenden und fluchenden Schiffskapitän vorbeigegangen und hatte sich nicht einmal umgedreht.

Welche Schwierigkeiten es auf Belle Jarod auch immer geben mochte, Chantz hoffte inständig, nicht zu spät zu kommen, um Juliette beizustehen.

Er wusste, dass sich Maxwell und Tylor früher oder später gezwungen sehen würde, etwas zu unternehmen. Sie hatten damit gerechnet, dass Juliette ohne Geld und Beistand schnell den Mut verlieren und aufgeben würde. In Baton Rouge hatten sie damit geprahlt, dass sie schon bald auf den Knien zu ihnen kriechen würde, dankbar für jede Brotrinde und jedes Almosen. Sie würde einsehen, dass es unmöglich war, Belle Jarod ohne Sklaven und ohne Geld wieder aufzubauen.

Doch die Tage vergingen, und bald erzählte man sich, dass einige freie Schwarze nach Belle Jarod gekommen waren, um Juliette zu helfen.

Aber auch andere Gerüchte waren in Umlauf. Irgendjemand in der Gegend unterrichtete die Sklaven heimlich. Nicht nur auf Holly House, sondern auch die Sklaven der Buleys und der Carringtons. Das Geheimnis war entdeckt worden, als der Sohn eines Carrington-Sklaven die tägliche Liste der zu erledigenden Arbeiten zur Hand nahm und eine Bemerkung darüber machte. Der Junge hatte sich geweigert, Horace Carrington zu verraten, wer ihn gelehrt hatte, und Chantz vermutete, dass der Kleine sein Schweigen teuer hatte bezahlen müssen.

Chantz wusste dennoch, um wen es sich handelte, und die Angst um ihr Leben schienen sich so unendlich auszuweiten wie der Nachthimmel über ihm. Er trieb den Wallach zu rasendem Galopp an. Das Donnern der Pferdehufe und die Rufe der Vögel hallten durch die stille Nacht.

Endlich erreichte er das Tor, das vor nicht allzu langer Zeit noch kaum unter den wuchernden Sträuchern zu erkennen gewesen war. Doch jetzt standen die grauen Torpfosten wie steinerne Wächter im Mondlicht. Auf den Spitzen steckten bleiche Pferdeschädel – zweifellos Indias Werk: heidnische Magie der Inseln, die das Böse von Belle Jarod abwenden sollte.

Zu Pferde war der Weg zum Haus noch immer nicht zu passieren. Doch selbst wenn das Gestrüpp bereits vollständig beseitigt gewesen wäre, hätte das Pferd keinen Schritt mehr getan. Als spüre er die Gefahr, tänzelte der mächtige Wallach auf den Hinterbeinen und warf den Kopf hin und her.

Schließlich gelang es Chantz abzusitzen, und das Pferd machte einen gewaltigen Satz zurück, riss ihm die Zügel aus der Hand und preschte in die Dunkelheit davon, als seien ihm die Höllenhunde auf den Fersen.

Als das Geräusch der Hufe nicht mehr zu hören war, ging Chantz an den geisterhaften Torpfosten vorbei und betrat das Dickicht aus wild wuchernden Bäumen und Büschen. Ein dichter Teppich aus Laub und Moos schluckte das Geräusch seiner Schritte. Der süße Duft von Geißblatt und Jasmin lag in der Luft.

Chantz bahnte sich einen Weg durch das Unterholz und stand schließlich vor dem Haus, dessen Mauern von Mondlicht beschienen wurden. Er fühlte sich zurückversetzt in die Zeit, in der die Belle den Mississippi wie ein strahlender Palast überragt hatte. Als kleiner Junge hatte er zu den mächtigen Säulen und elegant geschwungenen Bögen aufgeblickt und sich vorgestellt, eines Tages auch ein so prächtiges Haus sein eigen zu nennen. Als die Säulen nun in ihrer majestätischen Schönheit vor ihm aufragten, schien es Chantz, als sei er wieder jener kleine Junge. Die Belle sah aus, als sei sie … wiedergeboren.

Doch als sich einige Wolkenfetzen vor den Mond schoben und das Licht schwächer wurde, kehrte die Wirklichkeit zurück – leere Fensterhöhlen und ein zerstörtes Dach. Nichts hatte sich verändert, nur verdeckte jetzt das Dickicht nicht mehr das Ausmaß der Zerstörung.

Chantz hörte jemanden schluchzen. Eiskalte Furcht ergriff von ihm Besitz, und er konnte nur mit Mühe seine Beine dazu bewegen, die Stufen zur Veranda emporzusteigen. Angstschweiß stand ihm auf der Stirn, als er die Eingangshalle betrat. Angestrengt lauschte er in die Dunkelheit hinein.

»Juliette?«

Seine Stimme war kaum mehr als ein raues Flüstern.

»Juliette?«

Wieder hörte Chantz das leise Schluchzen. Dann die Stimme eines Mannes. Er ging durch die Halle auf den Salon zu, aus dem schwacher Kerzenschimmer drang. Kein Geräusch war zu hören, außer dem lauten Klopfen seines eigenen Herzens.

India lag auf dem Rücken, Arme und Beine gespreizt, Mund und Augen weit geöffnet. Ein mageres Huhn saß auf ihrem Bauch und gackerte leise, während Jasper, Custis und Gaius Seite an Seite neben ihr knieten, die Hände wie zum Gebet gefaltet.

Andrew kniete ebenfalls auf dem Boden und hielt Juliette in den Armen, deren Hände reglos in ihrem Schoß lagen.

Lähmende Furcht ergriff von Chantz Besitz. Er konnte sich weder bewegen, noch Atem holen. Er ließ den Blick über Juliettes Körper schweifen und entdeckte einen Blutfleck auf ihrer Wange. Andrew hatte ihren Kopf sanft an seine Schulter gelegt. Er weinte bitterlich.

Als spüre er Chantz' Gegenwart, wandte sich Andrew langsam um und sah schließlich dem Freund in die Augen.

»Großer Gott, Chantz!«

Juliette hob den Kopf.

Chantz ließ sich gegen den Türpfosten sinken und schloss die Augen. Die Erleichterung ließ ihn schwindlig werden, und er bedeckte das Gesicht mit den Händen.

»Es waren fünf Männer«, sagte Andrew. »Sie trugen Kapuzen, die ihre Gesichter verbargen. Sie waren mit Knüppeln und Messern bewaffnet. Ich war oben ... mit Liza, als ich den Lärm hörte. Als ich die Treppe herunterkam ...«

Chantz ließ die Hände sinken und sah Juliette an.

»Was haben sie dir angetan, Julie?«, fragte er rau. Angst und Erleichterung wurden von einem wahren Sturm des Zorns vertrieben. Der Hass, den Chantz all die Jahre unterdrückt hatte, brach sich plötzlich Bahn und ließ ihn nach Rache verlangen, mehr noch, als es ihn nach Luft zum Atmen verlangte.

»Was, zum Teufel, haben sie dir angetan?«, wiederholte er mit erstickter Stimme.

»Es geht ihr gut, Chantz.« Andrew strich Juliette übers Haar. »India hat die Männer aufgehalten. Wenn sie nicht gewesen wäre ...« Er schloss die Augen und schüttelte den Kopf. »Wie eine Furie ging sie auf die Kerle los und schützte

Juliette mit ihrem Körper. Im nächsten Augenblick griff sie sich ans Herz und stürzte zu Boden. Ich glaube, sie war bereits tot, als sie fiel.«

Jasper schüttelte den Kopf und wischte sich mit dem Jackenärmel die Tränen vom Gesicht. Custis wandte sich ab, und Gaius stand auf, nahm Jesu auf den Arm und ging davon.

Chantz sah sich um. »Wo ist Liza?«

»Fort«, sagte Andrew gepresst. »Sie haben sie mitgenommen, zurück nach Holly vermutlich. Verdammt, Boris Wilcox könnte zehn Kapuzen tragen, ich würde seine Augen überall erkennen. Chantz, ich versuchte, sie aufzuhalten. Wahrscheinlich hätten sie mich umgebracht, wenn nicht …«

Andrew schloss die Augen und wandte sich ab. Tränen rannen ihm über die Wangen und tropften auf Juliettes Brust.

»Einer von ihnen war mein Vater, Chantz. Vermutlich hat er sich ebenso erschrocken wie ich, als er durch die Tür stürmte und mich sah. Boris rannte hinter Liza her die Treppe hinauf und zerrte sie dann wieder mit sich hinunter. Sie schrie und trat nach ihm. Es war entsetzlich, und ich konnte nichts tun, als dazustehen und in die Augen meines Vaters zu blicken. Mein Gott, Chantz, ich wollte ihn umbringen. Mit meinen bloßen Händen wollte ich ihn töten.«

Chantz durchquerte den Raum und vermied es, in Indias blicklose Augen zu sehen. Er entdeckte einige Bücher, die auf den Boden lagen, die Seiten herausgerissen und überall verstreut. Er kniete sich neben Juliette, die ihn teilnahmslos beobachtete.

»Darling«, sagte er leise und nahm ihre Hand. Sie fühlte

sich so kalt und schlaff an und so verdammt klein. Er hatte nie zuvor bemerkt, wie zierlich und zerbrechlich Juliette war, vielleicht weil sie sich selbst dieser Tatsache nicht bewusst war. Oder aber, weil er so sehr mit seiner Furcht und dem Verlangen nach ihr beschäftigt gewesen war, dass er an nichts gedacht hatte, außer daran, sich nicht zu verlieren – seine Ziele, seine Seele ... sein Herz.

Zärtlich nahm er Juliette in die Arme und stand auf. Sie schmiegte ihre Wange an seinen Hals, und Chantz trug sie aus dem Salon die Treppe hinauf, in den Raum, der einst ihr Kinderzimmer gewesen war. Hierher hatte er sich einen Weg durch die Flammen erkämpft und Juliette gefunden, die tapfer auf ihrem Kinderbettchen gestanden und ihm die Arme entgegengestreckt hatte.

Chantz trug sie zum Fenster, durch das helles Mondlicht ins Zimmer fiel. Dann setzte er sich auf einen umgestürzten Zypressenholzbalken und hielt sie auf seinem Schoß.

Schweigend blickten sie hinaus auf den Teich, auf dessen Oberfläche das Mondlicht schimmerte. Die Düfte der Nacht hüllten sie ein: der Modergeruch der Sümpfe und der süße Duft von Jasminblüten und wilden Magnolien.

Chantz schloss sie fester in die Arme und ließ seine Wange an ihrer Stirn ruhen. Er beobachtete einen Reiher, der sich von seinem Platz auf dem geborstenen Eichenstamm aus in die Lüfte erhob, und erinnerte sich an jene stürmische Nacht, in der der Blitz in dem Augenblick in die Eiche gefahren war, in der die Frau in seinen Armen ihren ersten Atemzug getan hatte.

»Eines Tages«, sagte er sanft, »werde ich dir ein Dutzend weißer Schwäne kaufen, große, kräftige Tiere, auf deren Rücken du in den Himmel fliegen kannst, wenn du möchtest.«

Sie hob den Kopf und sah ihn an, regte sich und schien sich allmählich zu erholen.

»Was versuchst du mir zu sagen, Chantz?«, fragte sie verwundert.

Er holte tief Atem und hielt sich am Stoff ihres zerrissenen blauen Kleides fest, das sie noch vor wenigen Stunden mit so viel Stolz getragen hatte.

Wenn er nicht so dickköpfig gewesen wäre, hätte er sich dort auf dem Anlegesteg vor ihr auf die Knie geworfen und hätte ihr vor Gott und der Welt für die großartige Chance gedankt, die sie ihm geboten hatte.

Was machte es schon, dass sie ihn nur als Mittel zum Zweck sah?

Er war noch nie etwas anderes gewesen.

»Darling«, hörte Chantz sich sagen, »ich frage dich, ob du meine Frau werden willst.«

Ein schier endloses Schweigen folgte auf seine Worte. Chantz kam es so vor, als müssten Mensch und Tier in der näheren Umgebung das Geräusch seines rasenden Herzschlages hören können.

Schließlich hob Juliette die Hand und legte sie an seine Wange. Ein Lächeln umspielte ihren wunderschönen Mund, obwohl in ihren Augen noch Tränen schimmerten.

»Ich hätte wissen müssen, dass ein Mann wie du diese Frage lieber selbst stellt«, sagte sie.

19

Maxwell schritt die Reihe von Zuckerrohrpflanzen ab, in der einen Hand einen Stock, sein schweißfeuchtes Taschentuch in der anderen. Tylor folgte ihm missmutig und stolperte über eine Unkrautranke. Das Unkraut saß tief im Boden verwurzelt und erstickte den dünnen Zuckerrohrstängel, der Maxwell gerade bis zur Schulter reichte. Mit aller Kraft schlug Max mit seinem Stock auf die Pflanze ein, bis der Stängel schließlich zerbrach und einen Schwall Zuckersaft über Max' Gesicht spritzte.

»Wertloses, armseliges Viehfutter ist das. Die gesamte Ernte ist zum Teufel, Tylor.«

Maxwell wandte sich zu seinem Sohn um, den Stock fest umklammert, und blickte wütend in Tylors vom Sonnenbrand gerötetes Gesicht.

»Die ganze verdammte Plantage ist ruiniert. Acht meiner Sklaven sind geflohen. Das Unkraut macht sich auf meinen Feldern breit und die …«

Er packte Tylor am Kragen und schüttelte ihn.

»Atme tief ein, Tylor. Riechst du es? Wonach riecht es hier, mein Sohn? Ich will es dir sagen, es riecht nach Fäulnis und Hühnerdreck und Morast. Man kann abends nicht einmal auf dem verfluchten Balkon sitzen, weil es überall von Moskitos wimmelt. Und warum gibt es so viele Moskitos, Tylor?«

Tylor wehrte sich, doch Maxwell packte noch fester zu und schüttelte ihn heftiger. »Ich verrate dir, warum, Tylor.

Seit Chantz Holly House verlassen und dieser Dummkopf Boris Wilcox seinen Platz eingenommen hat, wurden die Gräben nicht mehr gereinigt. Es gibt so viel Morast hier, dass sich jede verdammte Mücke im ganzen Staat Louisiana eingeladen fühlt, auf Holly House zu brüten. Siehst du den dunklen Schleier dort drüben in der Luft, Tylor? Das ist kein Trugbild, das sind Moskitos! Wirst du jetzt endlich zugeben, dass du ein verdammter Narr warst, Chantz gehen zu lassen?«

»Ich habe nur getan, was ich tun musste, Daddy.« Tylor befreite sich aus Max' Griff, wich zurück und rieb sich den Nacken. »Du hättest ebenso gehandelt«, stieß er wütend hervor, »wenn es jemand anderes gewesen wäre.«

Tylor schüttelte den Kopf und fuhr sich mit der Hand durch das schweißfeuchte Haar. »Du allein trägst die Schuld an diesem Fiasko. Deine Besessenheit von Belle Jarod hat sie hierher gebracht. Wärst du nicht nach Frankreich gefahren, um Juliette nach Holly zu holen, wären wir jetzt nicht in dieser Notlage.«

Max schlug nach einem weitern Rohrstängel. »Das Zuckerrohr sollte schon viel höher stehen. Es sind nur noch zwei Monate bis zur Ernte, und wir wissen beide, dass jetzt die wichtigste Wachstumsperiode anfängt. Wenn es mir nicht gelingt, bis Oktober noch mindestens einen Meter aus diesen Pflanzen herauszuholen, können wir uns von Holly verabschieden. Die verdammte Flut hat mich schon die Hälfte meiner Ernte gekostet.

Hast du dazu nichts zu sagen, Tylor?«

Tylor stemmte die Hände auf die Hüften, blinzelte sich die Schweißtropfen aus den Augen und blickte starr zu Boden. Mücken landeten auf seinem Gesicht und klebten an seiner feuchten Haut.

»Ich sage es dir jetzt zum letzten Mal, Daddy. Du verwechselst Chantz Boudreaux mit dem lieben Gott. Das Zuckerrohr wäre auch nicht besser, wenn Chantz sich darum kümmern würde. Glaubst du etwa, er geht über die Felder und verstreut Feenstaub auf den Pflanzen, damit sie besser wachsen? Diese Ernte ist schlechter als andere, und das hat nichts mit Chantz Boudreaux zu tun.«

»Nein? Dann lass mich dir etwas erklären, da du ja offenbar in den vergangenen siebenundzwanzig Jahren deines faulen, nutzlosen Lebens nichts begriffen hast. Was dort drüben in der verdammten Zuckermühle geschieht, entscheidet über mein Schicksal. Chantz könnte dieses minderwertige Rohr nehmen und den letzten Tropfen Saft herauspressen.«

Er schüttelte den Stängel vor Tylors Gesicht. »Und nun sage du mir, wie Boris Wilcox das anstellen will. Er ist ein Dummkopf, der nicht einmal sein eigenes Hinterteil findet, wenn es dunkel wird. Und was wird aus meiner Befestigung? Louis weiß nicht, wie man sie bauen muss. Bei der nächsten Überschwemmung wird diese Plantage in den Golf von Mexiko gespült werden.«

»Das wird ohnehin geschehen, ob Chantz nun hier ist oder nicht. Bei der nächsten Flut ist Holly House Geschichte. Er hat es dir selbst gesagt!« Tylor stieß Max beiseite und ging zu seinem Pferd.

»Ich will, dass Boris verschwindet, Tylor!«, rief Max ihm nach. »Dieses faule Schwein ist zu nichts zu gebrauchen.«

»Er ist dein Aufseher, also sieh zu, wie du ihn loswirst!« Tylor warf seinem Vater einen Blick zu und grinste. »Als ich das letzte Mal einen Aufseher hinausgeworfen habe, ist es mir schlecht bekommen.«

»Er soll verschwinden, und ich will Chantz zurückhaben!«

Tylor erstarrte.

Max holte ihn ein. »Hast du mich verstanden, Tylor? Du wirst Chantz aufsuchen und ihn davon überzeugen, nach Holly zurückzukehren, und wenn du ihn auf Knien darum anbetteln musst.«

»Fahr zur Hölle«, erwiderte Tylor kalt. »Chantz wird mich in Stücke reißen, wenn ich ihm unter die Augen trete.«

»Boris Wilcox wird uns Ärger bereiten. Louis erzählte mir, dass er die Frauen belästigt. Und die kleinen Mädchen auch.«

Tylor wandte sich um und kniff die Augen zusammen. »Du wirst langsam weich. Das merkt jeder in der Gegend. Wahrscheinlich hast du zu viel von deinem teuren Bourbon in dich hineingeschüttet, sodass du nicht mehr klar denken kannst. Die Nachricht, dass sich Jack Broussard mit einer Kugel das Gehirn aus dem Schädel geblasen hat, war wohl der Anlass, nicht wahr? Was ist geschehen, Daddy? Hast du plötzlich dein Gewissen entdeckt?

Wenn du noch bei Sinnen wärst, läge Juliette Broussard jetzt tot und begraben neben ihrer Mutter. Das ist deine einzige Möglichkeit, jemals Belle Jarod zu besitzen.«

»Juliette wird kein Leid geschehen, Tylor. Hast du mich verstanden?«

Tylor grinste.

Maxwell trat auf ihn zu. »Hattest du etwas mit dem Angriff auf sie zu tun? Du warst doch nicht etwa einer der Männer, die diese alte Frau zu Tode erschreckt haben? Denn wenn es so wäre ...«

»Was glaubst du denn, Daddy?«, fragte Tylor höhnisch.

Er saß auf und galoppierte zum Haus zurück. Maxwell folgte ihm und trieb sein Pferd mit dem Zuckerrohrstängel zu solcher Eile an, dass dem Tier Schweißtropfen von den Flanken stoben.

Als er das Haus erreichte, stand Tylor bereits auf der Veranda und blickte starr auf die Eingangstür, während Simon mit Mühe sein aufgeregtes Pferd beruhigte. Max entdeckte Chantz' großen braunen Wallach, der an einem Pfahl angehalftert war.

Chantz!

Max glitt aus dem Sattel, bevor sein Pferd noch zum Stehen gekommen war. Er eilte die Treppenstufen hinauf, warf Tylor das Stück Zuckerrohr vor die Füße und lief ins Haus, wo ihm Little Clara begegnete, strahlend und die Backen voller Bonbons. Ihre dunklen Zöpfe hüpften auf und ab, während sie auf Zehenspitzen durch die Halle tanzte. In der Hand hielt sie viele bunte Haarbänder. Als Max das Haus betrat, erschrak die Kleine, rannte dann jedoch aufgeregt auf ihn zu.

»Boss Chantz ist wieder da!«, rief sie.

Max erwartete, Chantz in der Halle vorzufinden – schließlich betraten die Angestellten nie die Gesellschaftsräume, bevor sie dazu aufgefordert wurden.

Doch er war nirgends zu sehen.

Stirnrunzelnd ging Max ins Arbeitszimmer und sah sich um.

Kein Chantz.

Als er wieder die Halle betrat, stand Tylor dort und blickte starr in den Salon. Unter seinem Sonnenbrand war er kreidebleich geworden. Maxwell betrat den Raum.

Ein Mann stand an den hohen, offenen Fenstern, groß und vornehm in seinem Anzug aus feinem braunen Tuch. Er trug eine Brokatweste und eine weiche, hellbraune Krawatte, die von einer Rubinbrosche gehalten wurde.

Er trank Maxwells besten Bourbon. Aus einem von Maxwells feinsten Kristallgläsern. Beides war ausschließlich besonders wichtigen Gästen vorbehalten.

Der Mann wandte sich um und sah Maxwell an. Lächelnd hob er sein Glas wie zu einem Toast.

»Guten Tag, Daddy.« Sein Lächeln weitete sich, sodass seine weißen Zähne in dem sonnengebräunten Gesicht aufblitzten. Seine blauen Augen funkelten wie Saphire. »Stimmt etwas nicht? Hat es dir die Sprache verschlagen, dass ich dich tatsächlich als meinen Vater anspreche?«

Chantz betrachtete den Bourbon. »Ausgezeichnet. Ich habe mich oft gefragt, wie wohl der Bourbon schmeckt, den du deinen Gästen servierst, im Vergleich mit dem Fusel, der immer gut genug für mich war.«

»Chantz?«

»In der Tat, Daddy. Erkennst du denn deinen eigenen Sohn nicht mehr, wenn er vor dir steht?«

Tylor stieß Maxwell zur Seite und musterte Chantz zornig. »Wo, zum Teufel, hast du den Anzug her?«

»Wenn das nicht mein Bruder Tylor ist ...«

»Halt den Mund. Was bildest du dir ein, hier im Salon zu stehen wie der König von England? Und woher stammt dieser Anzug? Er muss ein Vermögen gekostet ...«

»Ein Geschenk.«

Chantz nahm einen Schluck Bourbon. »Ich weigerte mich zunächst. Du kennst mich, ich hatte nie ein besonderes Talent dazu, die Großzügigkeit anderer Menschen anzunehmen. Ich fühlte mich dann weniger männlich. Doch schließlich bin ich zu der Erkenntnis gelangt, dass ich über mehr Stolz verfüge, als gut für mich ist.«

»Wen kümmert es, woher sein Anzug stammt«, erklärte Maxwell und trat näher. »Du bist wieder da, nun können wir uns in Ruhe zusammensetzen und über die schwierige Lage reden, in der wir uns befinden.«

Maxwell deutete auf eine Seitentür. »Lass uns in mein Arbeitszimmer gehen ...«

»Nein, wir bleiben hier ... *Daddy*. Ich darf doch annehmen, dass du wichtige Gäste in deinem Salon empfängst.«

Tylor lachte höhnisch auf. »Du bist kein Gast, Chantz, und ein wichtiger schon gar nicht, ob du nun einen feinen Anzug trägst oder nicht.«

Chantz senkte die Lider, sodass seine Augen nur noch wie scharfe Saphirsplitter wirkten, als er Tylor ansah.

Maxwell räusperte sich und ging zu einem Stuhl am Fenster. Er deutete auf einen zweiten und beobachtete, wie Chantz gelassen darauf Platz nahm und die Beine übereinander schlug. Seine Fingernägel waren sauber und gepflegt, und das Haar fiel ihm in einer schweren glänzenden Welle über die Stirn. Ein Sonnenstrahl ließ den Rubin an seinem Kragen aufblitzen.

Maxwells Blick fiel auf Chantz' linke Hand, die er auf der Armlehne ruhen ließ. Er schluckte schwer und blickte genauer hin. Das Blut stieg ihm in die Wangen, während sich winzige Schweißperlen auf seiner Stirn zeigten.

»Warum bist du gekommen?«, fragte Tylor und stellte sich neben Max.

»Aus vielen Gründen.« Chantz sah Maxwell unverwandt in die Augen und würdigte Tylor keines Blickes.

»Bring mir etwas zu trinken, Tylor«, sagte Max und lehnte sich in seinem Stuhl zurück.

Tylor bedachte ihn mit einem zornigen Blick. »Geh doch selbst, oder sehe ich etwa wie ein Sklave aus?«

»Und wenn du schon dabei bist, schenke doch auch Chantz gleich nach.«

Tylor blieb der Mund offen stehen.

»Du hast mich verstanden.« Max' Tonfall erlaubte keinen Widerspruch. »Bring uns etwas zu trinken. *Jetzt gleich*.«

Maxwell holte tief Atem. »Ich hörte, du hast als Flussschiffer gearbeitet, Chantz.«

»Ja.«

»Das kann ich mir kaum vorstellen. Dir liegt das Zuckerrohr im Blut.«

»Allerdings.«

»Ich hoffe, du bist gekommen, um deine Stelle wieder anzutreten.«

»Boris Wilcox ist jetzt dein Aufseher.«

Maxwell presste die Lippen zusammen und ballte die Fäuste. »Ich will dir nichts vormachen, Chantz. Boris ist ein Dummkopf.«

Unwillkürlich fiel sein Blick wieder auf Chantz' Hand.

»Wir wissen beide, dass ich Hilfe brauche, um diese Ernte bis zum letzten auszuschöpfen, wenn ich die Folgen der Überschwemmung überstehen will. Außerdem ist da noch die Befestigung der Felder. Bald droht uns die Tagundnachtgleiche, das bedeutet, dass ein gewaltiger Sturm vom Golf heraufziehen wird. Von Holly House wird dann nicht viel übrig bleiben.«

»Ich bin nicht hier, um über Zuckerrohr zu reden.«

Chantz trank einen Schluck Bourbon und sah Maxwell über den Rand des Glases hinweg an.

»Ich verdopple dein Gehalt, Chantz.«

»Ich will dein Geld nicht ... *Daddy*.«

»Was willst du dann?«

»Louis.«

Maxwell sah ihn erstaunt an.

»Und Rosie«, fügte Chantz hinzu, schwenkte die bernsteinfarbene Flüssigkeit in seinem Glas und beobachtete, wie das Sonnenlicht darin funkelte. »Und Liza. Wusstest du eigentlich, dass sie schwanger ist? Es würde dir nicht gefallen, was ich mit Boris Wilcox tun werde, falls sich herausstellt, dass er ihr Schaden zugefügt hat, als er sie von Belle Jarod fortbrachte. Und dann wären da noch Simon und Little Clara.«

Er begegnete Maxwells Blick. »Ich will sie alle haben. Sofort. Du wirst sie mir überschreiben … und wenn das geschehen ist, werden wir uns darüber unterhalten, ob ich dir helfe, die kommende Ernte zu überstehen.«

»Du hast ja den Verstand verloren!«, rief Tylor, doch Maxwell brachte ihn mit einer Handbewegung zum Schweigen.

»Wozu brauchst du Sklaven, Chantz?«

»Ich beabsichtige nicht, Sklaven zu halten, sondern werde sie alle in die Freiheit entlassen. Wenn sie zu uns kommen, dann als freie Schwarze.«

Maxwell umklammerte die Armlehnen seines Stuhls. »Lass mich meine Frage wiederholen: Wozu brauchst du Arbeitskräfte, Sklaven oder nicht?«

»Um auf meiner Plantage zu arbeiten, natürlich. Ein Mann kann nicht ganz allein die Felder bestellen und Zuckerrohr pflanzen, nicht wahr?«

»Ich spiele nicht gern Katz und Maus, Chantz, das dürfte dir bekannt sein. Du bist hergekommen, um mir etwas zu sagen. Tue es endlich.«

»Willst du, dass ich dir helfe, oder nicht?«

»Du hast sie geheiratet, nicht wahr?«

»Wie es im Augenblick steht, wirst du nicht einmal genügend Zucker herstellen können, um den kommenden Winter zu überstehen. Nicht, solange Boris mehr Zeit mit der Rumflasche verbringt als auf den Feldern.«

»Du hast Juliette geheiratet.«

»Ich will die Schwarzen. Jeden einzelnen von ihnen. Rosie, Louis und seine Frau Tessa, Liza, Little Clara und Simon.«

Maxwell sprang auf und packte Chantz am Jackenaufschlag. Der Bourbon aus Chantz' Glas spritzte auf Max' weißes Hemd, und das Glas zerschellte auf dem Boden, als Max seinen unehelichen Sohn aus dem Stuhl zerrte und ihm dann bebend in die kalten blauen Augen sah.

»Antworte mir, verdammt! Du hast sie dir genommen, nicht wahr? Juliette und die Belle! Du trägst seinen Ring, Chantz, Jacks Ring.«

»Ja, ich habe Juliette heute Morgen geheiratet.«

Chantz löste Max' klamme Finger von seinem Kragen und trat einige Schritte zurück. Die kühle Gelassenheit in seinen Zügen verwandelte sich in etwas Finsteres und Gefährliches, und seine Stimme klang tief und rau vor Zorn.

»Du wirst feststellen, was es heißt, mit ansehen zu müssen, wie dir all deine Hoffnungen und Träume durch die Finger rinnen. Jede Grausamkeit, die du mir oder meiner Mutter in all den Jahren angetan hast, wird dich für den Rest deines Lebens verfolgen. Man erntet, was man sät, Max, und du hast in den vergangenen dreißig Jahren nichts gesät außer Missachtung und Demütigung. Du hast meine Mutter zu Grunde gerichtet und dann dasselbe mit mir versucht. Das wird nie wieder geschehen. Du wirst nie wieder Gelegenheit bekommen, meine Würde zu verletzen.«

Tylor taumelte gegen den Servierwagen und stieß die Karaffen um, sodass sich Maxwells feinster Bourbon in einem goldenen Strom auf den Boden ergoss. Sein Gelächter hallte von den Wänden wider.

»Ich weiß wirklich nicht, was komischer ist«, sagte Tylor nach Luft ringend, während er sich den Bourbon von den Händen schüttelte, »Daddys Gesichtsausdruck oder dein Gerede über Würde, Chantz. Du besitzt keinerlei Würde mehr, denn du hast sie gerade als Preis für einen heruntergekommenen, von Unkraut überwucherten Besitz hergegeben – an eine Frau, die in dir nichts anderes sieht als einen Ackergaul. Einen besseren Aufseher. Und statt dich mit Geld zu bezahlen, wird sie ganz einfach die Beine spreizen. Ich kann mich nicht entscheiden, wer von euch beiden die größere Hure ist.«

Chantz verzog keine Miene, sondern sah Max nur unerbittlich in die Augen. »Gilt das Geschäft oder nicht, Hollinsworth? Ich will die Schwarzen und ihre Papiere. Jetzt. Sonst versinken dein verdammtes Zuckerrohr und deine Felder im Mississippi.«

»Du bist ein Hundesohn, Chantz.«

Chantz hob die Mundwinkel zu einem kalten Lächeln. »Ich gerate eben nach meinem Vater, *Daddy*. Vergiss das nicht.«

Liza sank Andrew in die Arme und bedeckte sein unrasiertes Gesicht mit Küssen. Sie standen in der Bibliothek von Belle Jarod, während draußen die Sonne unterging und den Raum in ein rötlich goldenes Licht tauchte. Andrew liefen die Tränen über die Wangen, als er Liza an sich presste und flüsterte: »Großer Gott, es tut mir so Leid, Liza. Bitte vergib mir. Ich werde dich nie wieder allein lassen.«

Chantz wandte sich ab und trat hinaus auf die Veranda. Rosie, Louis und Tessa saßen dort, während Simon und Little Clara unten vor den Brombeersträuchern standen und sich die süßen Beeren in den Mund stopften.

Wo war Juliette?

Alle Augen waren auf ihn gerichtet, als er sich an eine der grauen Säulen lehnte, die Hände in den Hosentaschen. Vielleicht konnten sie seine Stimmung besser erahnen als er selbst.

Wie war seine Stimmung, genau genommen?

Die Genugtuung, die er empfunden hatte, als er sah, wie tief Max von seinen Neuigkeiten getroffen wurde, war nicht von Dauer gewesen. Sie verschwand in dem Augenblick, als er vor den Toren von Belle Jarod von seinem Pferd absaß und sich einmal mehr der unermesslichen Herausforderung gegenübersah, einen Traum nur mit seiner Hände Arbeit wahr werden zu lassen.

Versagensängste packten ihn und ließen ihn nicht wieder los, unterstützt von der Erinnerung an Tylors hämische Worte.

Niemand sagte ein Wort, doch die verwirrten und ängstlichen Gesichtsausdrücke der Schwarzen sprachen Bände. Rosies Augen waren rot und geschwollen vom Weinen, und Tessa klammerte sich so fest an Louis, als fürchte sie, augenblicklich von einem Windstoß davon gefegt zu werden.

Endlich schüttelte Rosie den Kopf und presste sich die Hände vor die Brust. »Gott im Himmel, ich hätte nie geglaubt, den Tag zu erleben, an dem ich frei bin. Heute Morgen habe ich noch Tylor den Kaffee gebracht und mich gefragt, was ich wohl Massa Max zum Abendessen vorsetzen soll. Und nun sagst du mir, dass mir eine der Hütten dort drüben gehört und ein Stück Land obendrein – und dass ich nichts anderes dafür tun muss, als ich vorher auch getan habe.«

Tessa richtete sich mit vor Erstaunen geweiteten Augen auf. »Ich kann jetzt ein Kind bekommen, Louis. Ein Baby, das ich in meinen Armen halten kann, und von dem ich weiß, dass es aufwachsen wird, ohne je die Peitsche zu spüren zu bekommen.«

Louis wandte den Kopf und blickte Chantz in die Augen. Noch immer sagte er nichts, doch auf seinen Lippen lag ein unsicheres, eigentümlich verwundertes Lächeln, das Chantz nicht ertragen konnte. Er ging zurück ins Haus.

Liza und Andrew standen nicht mehr in der Bibliothek.

Plötzlich hörte er Lizas fröhliches Kichern aus den oberen Räumen, gefolgt von Juliettes sinnlichem Lachen.

Das Lachen seiner Frau.

Andrew trat hinter ihn.

»Ich weiß nicht, wie es dir geht, aber ich brauche etwas zu trinken.« Chantz drehte sich um, und Andrew hielt eine Flasche Champagner und zwei Gläser in die Höhe. »Außerdem ist es wohl Zeit für einen Trinkspruch.« Als Chantz zur Treppe hinüber sah, fügte sein Freund hinzu: »Dafür ist später noch Zeit genug. Wir sollten uns erst miteinander unterhalten.«

Zögernd, mit einem letzten Blick auf die Treppe, folgte Chantz ihm zur Hintertür hinaus auf die Veranda, von der aus man die verfallenen Ziegelhütten überblickte, die einst die Sklaven beherbergt hatten. Dahinter erhoben sich der hohe, efeuumrankte Schornstein der Zuckermühle und die teilweise eingestürzten Dächer der Lagerschuppen. Ein Stück darüber hinaus erstreckten sich fünfzehntausend Morgen Land, die darauf warteten, endlich wieder mit Zuckerrohr bepflanzt zu werden.

Andrew schenkte Champagner in die Gläser, reichte eines davon Chantz und lächelte ihm zu. »Auf Belle Jarod, mein Freund. Du wirst den Neid jedes Pflanzers in Louisiana auf dich ziehen.«

Chantz blickte auf die goldenen Bläschen, die übermütig in seinem Glas zu tanzen schienen. »Oder das Gespött«, erwiderte er und trank in der Hoffnung, mit dem Champagner auch den bitteren Zorn hinunterzuschlucken.

Andrew lehnte sich an eine Säule und betrachtete seinen Freund prüfend. »Ich wage es ja kaum auszusprechen, Boudreaux, doch du wirkst nicht wie ein Mann, der gerade die beste und schönste Plantage dieses Staates geheiratet hat.«

»Ich bin nicht mit der verdammten Plantage verheiratet, Drew«, Chantz blickte in die dunklen Augen seines Freundes, »sondern mit Juliette.«

»Das ist ein und dasselbe, Chantz.« Andrew setzte sich auf die Treppe und streckte seine langen Beine aus. »Weißt du noch, wie wir früher nachts auf den Fluss hinausruderten und die Belle betrachteten? Sie war ein prächtiger Anblick, und das Haus schimmerte in der Dunkelheit wie ein heller Stern. Stundenlang saßen wir im Boot und erzählten einander, was wir tun würden, wenn Belle Jarod uns gehörte. Nun ist sie dein, aber du sitzt da und siehst aus wie ein geprügelter Hund.«

Sie blickten hinaus auf die weiten Felder, die bis Januar gepflügt und bepflanzt sein mussten, wenn es im kommenden Oktober eine Ernte geben sollte. Die Unmöglichkeit dieses Unterfangens schnürte Chantz förmlich die Kehle zu. Was würde geschehen, wenn die Wahrheit erst ans Licht kam? Juliette glaubte daran, dass er ein Wunder vollbringen und den Traum ihres Vaters retten konnte. Was würde sie sagen, wenn sie erkannte, dass auch er nur ein Mensch mit menschlichen Fähigkeiten war?

»Wir sind schon ein schönes Paar.« Andrew schüttelte den Kopf und stellte sein Glas ab. »Ich habe mich von meinem

Vater abgewandt, weil er sich mit diesem Fledderer-Abschaum eingelassen hat. Zwar trägt nicht er allein die Schuld an Indias Tod, doch ich kann nicht einfach die Tatsache übersehen, dass er sich an der Verfolgung von Menschen beteiligt, die nichts anderes wollen, als das Los der Sklaven zu verbessern. Nun kann ich Liza nichts mehr bieten. Außer mir selbst.«

»Das genügt«, sagte Chantz mit einem Seitenblick auf seinen Freund. »Du bist ein glücklicher Mann, Drew. Liza liebt dich sehr.«

»Höre ich da etwa eine Spur von Neid in deiner Stimme?«

Chantz zuckte die Schultern und sagte dann: »Habe ich dir schon für den Anzug und die Brosche gedankt?«

»Ja, mehrmals.«

»Und dafür, dass du mein Trauzeuge warst?«

»Ja.«

»Zu schade, dass meine Mutter nicht anwesend war.«

»Emmaline ist dickköpfig, das weißt du, Chantz. Doch obwohl sie sich über diese Ehe ärgert und glaubt, du seiest nun zur Hölle auf Erden verdammt ...« Andrew unterbrach sich und lachte leise. »Sie wird einlenken, weil sie dich liebt. Lass ihr Zeit, Chantz.«

Schweigend beobachteten die beiden Männer, wie das graue Zwielicht der Dämmerung schwand und die Dunkelheit hereinbrach. Funkelnd erschienen die Sterne am Himmel, und hin und wieder drangen leise Stimmen aus dem Fenster im oberen Stockwerk.

Jasper, Custis und Gaius kehrten von den Feldern zurück. Sie wirkten müde, traurig und verloren ohne India. Jesu saß auf Gaius' Schulter. Sie hatte seit Indias Begräbnis keinen Laut mehr von sich gegeben.

Nach einer Weile gesellten sich auch die anderen zu ihnen, die ebenso verwirrt und verloren waren wie Indias Familie. Es kam Chantz in den Sinn, dass diese Menschen, die sich hier wie Schiffbrüchige auf einem Floß aneinanderklammerten, Holly House nie zuvor verlassen hatten, außer vielleicht zu einem kleinen Ausflug in die Stadt, wenn Max einer Anwandlung von Großzügigkeit nachgegeben hatte.

Little Clara kletterte auf Chantz' Schoß und blickte ihn mit glänzenden Augen an.

»Großmutter sagt, dass du endlich ein Baby mit Juliette machen sollst.«

Chantz hob die Augenbrauen. »Deine Großmutter redet zu viel.«

»Sie sagt auch, dass du uns freigelassen hast, dass ich jetzt nicht mehr Massa Tylors Rum holen und ihm die stinkenden Füße reiben muss. Stimmt das, oder willst du mich nur auf den Arm nehmen?«

»Es ist wahr, Little Clara. Du musst nie wieder Tylors Füße reiben.«

»Aber du wirst mir doch noch Bonbons mitbringen?«

»Ja.« Chantz nickte. »Jeden Tag, das verspreche ich.«

Little Clara blickte zu Simon hinüber, der mit seinem Ochsenfrosch unter dem Arm ein wenig abseits in der Dunkelheit stand. »Hast du das gehört, Simon? Keine Stinkfüße mehr und jeden Tag Melassebonbons. Besser kann das Leben wirklich nicht sein.«

Rosie ging an ihr vorbei und verpasste ihr eine sanfte Kopfnuss. »Sei brav. Du wirst noch immer den Kochlöffel auf deinem Hinterteil zu spüren bekommen, wenn du nicht gehorchst. Lieber Himmel, was soll nur aus dem Kind werden?«

Little Clara rutschte auf Chantz Schoß umher, bis es ihr

schließlich gelang, sein Gesicht mit ihren kleinen Händen zu umfassen. »Ich werde heute Abend ein ganz besonderes Gebet für dich sprechen, Boss Chantz«, sagte sie ernst. »Ich will den lieben Gott bitten, immer nett zu dir zu sein und dir viele Kinder zu schenken und Zuckerrohr, das bis in den Himmel hinein wächst, sodass die Engel auf den Spitzen tanzen. Kannst du dir das vorstellen, Boss Chantz? Engel, die auf den Rohrstängeln tanzen? So süß wie die Zuckerfeen, von denen Miss Julie mir erzählt hat.«

»Zuckerfeen?« Chantz lächelte.

»Ja. Dein Zuckerrohr ist so süß, weil auf deinen Schultern zwei Zuckerfeen sitzen. Das sagt Miss Julie.«

Liza trat aus dem Haus. »Nun seht zu, dass ihr Chantz in seiner Hochzeitsnacht nicht länger die Zeit stehlt. Ich vermute, dass er es kaum noch erwarten kann, endlich einen Blick auf seine Braut zu werfen.«

Mit einem strahlenden Lächeln lehnte sie sich an Chantz und schmiegte ihr Gesicht an seinen Hals.

»Mein Baby hat sich heute bewegt«, sagte sie leise. »Gleich nachdem du gekommen bist, um mir zu sagen, dass ich nun eine freie Frau bin. Ich schwöre dir, dass es mir vor Freude einen Tritt versetzt hat.«

Er küsste Liza auf die Stirn und blickte zu Andrew hinüber. Chantz frage sich, ob er wohl ebenso krank vor Liebe aussah, wenn er Juliette beobachtete. Großer Gott, was eine Frau doch aus einem Mann machen konnte ...

Liza löste sich von ihm. »Sie wartet auf dich, Chantz. Wir haben sie gebadet und mit duftendem Puder bestäubt. Sie trägt Magnolienblüten im Haar, und wir haben die Matratze mit frischem Moos und Gänsefedern ausgepolstert. Du wirst glauben, auf einer Wolke zu schweben.«

Sie nahm Andrews Hand, und gemeinsam gingen sie die

Treppe hinunter zu der alten Hütte, in der sie die Nacht verbringen wollten. Morgen dann würden sie in eines der oberen Zimmer des Hauses umziehen. Denn von morgen an würde Andrew Buley für Chantz Boudreaux arbeiten.

Es schien, als sei die Welt völlig aus den Fugen geraten.

Chantz blickte hinaus in die Dunkelheit. Im fahlen Schein des Mondlichts konnte er sich beinahe vorstellen, dass der silberne Schimmer in der Ferne von den Feldern kam, auf denen die Mondstrahlen von den hohen Zuckerrohrpflanzen zurückgeworfen wurden.

Im nächsten Jahr.

Chantz setze sich wieder auf die Treppe und griff nach seinem Champagner. Er stützte die Ellenbogen auf die Knie und fuhr mit den Fingerspitzen über den zierlichen Stiel des Glases, während er die tanzenden Glühwürmchen beobachtete und dem Zirpen der Zikaden lauschte. Der Ring an seinem Finger fühlte sich schwer und kalt an, und ihm war so weh ums Herz, dass er kaum noch atmen konnte. Warum?

Warum nur?

Chantz Boudreaux, der Bastard – der am Tag zuvor nicht mehr sein Eigen nannte als die Kleider, die er am Leibe trug – hatte die schönste Frau von ganz Louisiana geheiratet und besaß ferner nun die Plantage, die das Juwel des Mississippi war. Bald würden ihm die Leute auf den Gehsteigen Platz machen und den Hut ziehen, wenn er an ihnen vorbei ging. Von nun an würde man ihn *Mister* Boudreaux nennen.

Nie wieder verdorbenes Maismehl essen müssen …

Lieber Himmel, in den vergangenen Wochen hatte er sich mit jeder Faser seines Körpers nach Juliette gesehnt, danach, sich fallen zu lassen und sich in ihrem Duft und ihrer Umarmung zu verlieren. Die Erinnerung an die Wärme ihres Körpers unter seinen Händen hatte ihn schier um den Verstand gebracht – wenn er nachts ruhelos im Zimmer auf und ab gegangen war.

Und nun saß er in seiner Hochzeitsnacht hier auf den Stufen, mit Angstschweiß auf der Stirn, so angespannt, dass er befürchtete, nicht einmal die Treppen hinauf ins Schlafzimmer gehen zu können, und dachte nur an Tylors Worte:

»Du besitzt keinerlei Würde mehr, denn du hast sie gerade als Preis für einen heruntergekommenen, von Unkraut überwucherten Besitz hergegeben – an eine Frau, die in dir nichts anderes sieht als einen Ackergaul. Einen besseren Aufseher. Und statt dich mit Geld zu bezahlen, wird sie ganz einfach die Beine spreizen. Ich kann mich nicht entscheiden, wer von euch beiden die größere Hure ist.«

Ein stechender Schmerz schoss Chantz durch die Finger.

Er blickte auf seine Hände und entdeckte, dass sein plötzlicher wütender Griff den Stiel des Champagnerglases gebrochen hatte. Einige Blutstropfen zeigten sich auf seiner Haut, die im Mondlicht schwarz aussahen und sich so zähflüssig wie Melasse über seine Handfläche auszubreiten schienen.

Chantz warf das Glas über das Verandageländer, stand auf und ging ins Haus. Mondlicht fiel durch das offene Dach auf die Treppe. Langsam stieg Chantz die Stufen hinauf.

Überzeuge dich davon, dass es dir nur um das Zuckerrohr geht.

Dass dein Herz nicht jedes Mal bricht, wenn du sie ansiehst.

Dass es dir nichts ausmacht, dass sie dich nicht liebt. Dass auch ihre Leidenschaft das Zuckerrohr ist.

Das verdammte Zuckerrohr.

Eine Feuersbrunst.

Ein Wirbelsturm.

Ein Sirenengesang.

Liebe hatte nichts damit zu tun. Jack Broussard wusste das. Es machte ihm nichts aus.

Chantz wusste es auch.

Es hätte ihm nichts ausmachen sollen.

Er legte seine Jacke ab und hängte sie über das Geländer, während er langsam weiter hinaufstieg. Die Weste folgte, und Chantz bemerkte erst in diesem Augenblick, wie sehr ihn der Tag angestrengt hatte. Obwohl die Luft noch warm war, kühlte sie doch seine schweißfeuchte Haut, und er erschauerte. Chantz hielt inne, blickte hinauf ins Dachgebälk, durch dessen Löcher der Mond zu sehen war, und versuchte, tief zu atmen.

Herr im Himmel, er sehnte sich nach ihr.

Chantz lehnte sich an das Treppengeländer und schloss die Augen. Die Knöpfe an seiner Hose pressten sich schmerzhaft in seine empfindsame Haut. Er biss die Zähne zusammen.

Langsam stieg er die letzten Stufen hinauf.

Der Duft von Magnolienblüten stieg ihm in die Nase und entflammte seine Sinne.

Die Tür zum Schlafzimmer war nur angelehnt. Chantz öffnete sie leise und blieb an der Türschwelle stehen. Er tat sein Bestes, sowohl seine wachsende Erregung als auch die Erinnerung an Tylors hämische Worte zu vergessen. Doch sie ließ ihn nicht los, zerrte an seinem Verstand, seinem Herzen und seinem verdammten Stolz.

Mondlicht fiel durch das Fenster hinein und verlieh dem Raum einen silbrigen Schimmer. Chantz nahm Juliettes Duft wahr, süß und einladend.

Chantz begann, sich das Hemd aufzuknöpfen, während er langsam zum Bett hinüber ging. Juliette ruhte auf einem Daunenkissen und schlief. Ihre Haut wirkte im Mondlicht milchweiß und zart, und ihr schönes Haar breitete sich über das Kissen aus wie ein Strom dunklen Kupfers. Einige Blütenblätter hatten sich darin verfangen.

Bis auf ihre Schultern und Arme wurde ihr Körper von einem Laken vor seinen Blicken verborgen. Doch das dünne weiße Leinen vermochte es, jede ihrer sanften Kurven zu betonen, in einem Spiel aus Licht und Schatten.

Chantz' Verlangen wuchs. Vorsichtig beugte er sich zu ihr hinab und zog das Laken ein wenig tiefer hinunter. Er bewunderte ihre hohen, vollen Brüste mit den zarten Spitzen, ihre schlanke Taille und das verführerische Tal zwischen ihren Schenkeln.

Er stöhnte leise auf und ballte die Fäuste.

Wenn doch nur …

Wenn doch nur Juliette die Augen öffnen und ihn voller Liebe anblicken würde. Als ihren Ehemann, nicht als Plantagenaufseher. Nicht als ein Mittel zum Zweck, sondern als einen Mann, der nicht zögern würde, ihr sein Herz zu Füßen zu legen, wenn sie es nur in Ehren halten würde. Schließlich besaß er auch nichts anderes, das er ihr anbieten konnte.

Chantz fragte sich, ob er tatsächlich zu einem der Männer geworden war, die er immer so sehr verachtet hatte, weil sie sich einer Frau wehrlos auslieferten.

Was war nur mit ihm geschehen?

Das Zuckerrohr war seine Leidenschaft gewesen, es zu pflanzen, dafür zu sorgen, dass es wuchs, und schließlich die Ernte einzubringen.

Doch nun schien sich der alte Chantz allmählich aufzulösen, war nur noch ein Schatten seiner selbst. All der Widerspruchsgeist, der Trotz und die Bitterkeit, die sein Leben vergiftet hatten, waren dahin.

Dennoch ließ ihn gerade die Bitterkeit nicht los, sondern erinnerte ihn immer wieder daran, dass er nichts bedeutete. Und Juliette bedeutete ... alles.

Alles.

Langsam legte Chantz seine Kleider ab und ließ Juliette nicht aus den Augen. Auf ihren zarten Wangen waren noch immer die Spuren des Angriffs zu sehen. Selbst jetzt, da Juliette ruhig schlief, drückten ihre Züge Angst aus und Kummer über Indias Tod.

Sie trauerte um ihre Freundin und gab sich selbst die Schuld an den Vorfällen. Wenn sie nicht den Schwarzen das Lesen beigebracht hätte ...

Juliette regte sich und wandte das Gesicht zum Fenster, sodass es vom Mondlicht erleuchtet wurde. Ihre langen, geschwungenen Wimpern warfen Schatten auf ihre Wangen.

Eine schmerzliche Sehnsucht überkam Chantz in diesem Augenblick, und die überwältigende Stärke seiner Gefühle ließ ihn erschauern.

Vorsichtig legte er sich auf die Matratze neben sie. Ganz still lag er da und achtete darauf, Juliette nicht zu berühren. Zu groß war seine Sehnsucht, die seinen Körper mit beinahe schmerzhafter Spannung erfüllte.

Stattdessen betrachtete er sie, wünschte sich, dass sie die Augen aufschlug, wollte jedoch auch, dass sie nicht erwachte, damit der Augenblick nicht so schnell vorüberging.

Die Minuten vergingen, eine Stunde vielleicht.

Chantz streckte die Hände nach ihr aus und berührte zärtlich ihre Lippen mit den Fingerspitzen, spürte, wie ihr sanfter Atem über seine Haut strich. Er ließ die Hand über ihren Hals hinab gleiten, bis sie schließlich Juliettes volle Brust umschloss, deren Spitze sich unter der Liebkosung aufrichtete.

Er neigte den Kopf und küsste sie sanft. »Lieber Himmel«, flüsterte er und schloss die Augen, »ich muss wohl träumen, Darling. Immer, wenn ich auf den Ring an meiner Hand blicke … immer, wenn ich meine Hände nach dir ausstrecke, ohne dass du dich in Luft auflöst. Weißt du eigentlich, wie oft ich nachts wach lag und von diesem Augenblick träumte? Aber nie hätte ich geglaubt, dass der Traum wahr werden könnte.«

Sie seufzte lächelnd, schlug jedoch noch immer nicht die Augen auf, als würde sie sich schlafend stellen.

Chantz beugte sich tiefer hinab und nahm sanft die rosige Brustknospen zwischen seine Lippen, zunächst die eine, dann die andere, und liebkoste sie zärtlich, mit der Zunge, bis sie sich ihm entgegenreckten und Juliette einen betörenden Duft verströmte.

Er presste sich enger an sie, sodass seine Schenkel ihre Hüfte berührten. Seine harte Männlichkeit lag an ihrem Bein, und Chantz spürte, wie Juliette erschauerte. Ihr Atem ging schwer.

»Chantz«, flüsterte sie kaum hörbar, »mein Mann.«

Sie streckte sich ihm entgegen und schlang ihm die Arme um den Nacken. In ihren Augen leuchtete das Mondlicht, als sie ihn ansah. Er spürte, wie sich ihre Schenkel öffneten, einladend und voller Verlangen. Er ließ seine Hand über die daunenzarten Locken gleiten, dann in das Tal zwischen ihren Schenkeln über die seidige, feuchte Haut, an die er sich so oft voller Begehren erinnert hatte.

Begehren.

Juliette öffnete sich ihm, und er drang zärtlich in sie ein. Sie stöhnte auf und umklammerte seine Schultern, während er sich in ihr bewegte. Heißer Stahl, umgeben von einem seidigen Kokon, dessen Hitze noch viel größer war. Chantz wagte kaum sich zu bewegen, wagte kaum zu atmen.

Abermals bewegte er sich in ihr, zügelte seine Leidenschaft, die beinahe unerträglicher war als die Peitschenhiebe auf seinem Rücken. Unerträglicher, als die Jahre, in denen er seinem Vater in die Augen gesehen und erkannt hatte, dass er Maxwell nie etwas bedeuten würde.

Chantz barg sein Gesicht in Juliettes Haar und sog den Magnolienduft in sich auf.

Das Begehren wuchs.

Sie bewegte sich unter ihm, nahm ihn tiefer in sich auf, bis er schließlich ganz von ihr Besitz ergriffen hatte. Kaum hörbar drangen ihre geflüsterten Worte an sein Ohr. »Mein Geliebter, mein Leben, mein Mann. Ich gehöre dir, nur dir allein.«

»Juliette. Juliette, ich habe mich so sehr nach dir gesehnt.«

Sie bewegten sich miteinander, ihre Körper verschmolzen, und ihre Herzen schlugen im gleichen Takt, bis die Leidenschaft sie schließlich überwältigte und in den Himmel trug. Chantz ließ sich fallen, hilflos der Lust ausgeliefert, die er empfand, bis er glaubte in diesem Augenblick in ihren Armen zu sterben…

»Ich würde lieber sterben, als dich zu verlieren«, sagte er stöhnend. »Gleichgültig, aus welchem Grund.«

20

Pfiffe und Schreie ließen Juliette am Morgen aus dem Schlaf schrecken. Die Erinnerung an die furchtbare Nacht nur eine Woche zuvor ließ ihr Herz vor Angst schneller klopfen.

Little Clara stürmte aufgeregt ins Zimmer, die Backen von Süßigkeiten ausgebeult. In ihrem Haar tanzten die bunten Bänder, die Juliette ihr geschenkt hatte.

Hastig bedeckte Juliette ihre Nacktheit mit dem Bettlaken, während Little Clara durchs Zimmer hüpfte und strahlend rief: »Kommen Sie schnell, Miss Julie. Unten sind Leute mit Pferden und Maultieren und Wagen voller Sachen!«

Aus dem Erdgeschoss erklang Rosies Stimme, die Jasper und Custis Anweisungen zurief. Jesu ließ plötzlich einen gellenden Schrei ertönen, sodass Rosie schimpfte: »Herr steh mir bei, schafft mir diesen Vogel aus den Augen! Das Haus ist kein Platz für ein Huhn, und wenn ihr nicht aufpasst, landet es in der Suppe. Hinaus!«

»Wo sind Chantz und Andrew?«, fragte Juliette.

»Sie sind schon früh auf die Felder gegangen, zusammen mit Louis. Vor dem Abendessen kommen sie bestimmt nicht zurück.«

Jesu gackerte, und Rosie brach abermals in eine Schimpftirade aus, die Gaius zum Lachen brachte, während Jasper aufgeregt in der Sprache der Inseln antwortete.

Little Clara tanzte aus dem Zimmer, und Juliette zog sich schnell ein Kleid an. Dann lief sie barfuss und mit offenem Haar die Treppe hinunter.

Einige Männer standen in der Halle, unterhielten sich und deuteten auf die versengten Wände und geborstenen Dachbalken.

Juliette blieb misstrauisch stehen, als man sie entdeckte. Ernst und schweigend betrachteten die Männer sie.

Dann bahnte sich Baxter einen Weg nach vorn, rückte seine Brille zurecht und hielt Juliette eine Handvoll Pfefferminzstangen hin. »Madame Boudreaux? Erinnern Sie sich an mich?«

»Ja.« Juliette nickte und trat vorsichtig näher. Ihr Blick glitt von einem Gesicht zum nächsten, auf der Suche nach einer Andeutung von Feindseligkeit. Schließlich nahm sie die Süßigkeiten entgegen und lächelte.

»Wir haben Ihnen einige Vorräte gebracht ...«

»Aber ich habe doch gar keine Vorräte bestellt.«

»Nur das Nötigste. Bauholz, Hämmer und Nägel, Sägen, Töpfe und Pfannen.«

Juliette errötete. »Ich kann das alles aber nicht ...«

»Geschenke selbstverständlich. Zu Ihrer Hochzeit.«

»Von wem?«

»Von Freunden Ihres Mannes und Ihrer Eltern. Wie Sie sich erinnern werden, erklärte ich Ihnen bereits, dass Ihre Eltern in Baton Rouge ein hohes Ansehen genossen. Sie haben uns so manches Mal hilfreich zur Seite gestanden. Und Sie werden noch feststellen, dass die Bürger von Baton Rouge Güte und Freundlichkeit nur selten vergessen.«

Ein blonder, breitschultriger Mann trat vor. Er hielt seinen abgetragenen Hut in der Hand und senkte den Blick, als er sprach. »Chantz hat mir einen großen Gefallen getan, als meine Frau krank wurde. Mitten im Winter ritt er jeden Tag zwei Stunden lang, um meine Arbeit in der Mühle zu übernehmen, damit ich bei meiner Frau bleiben konnte, Friede ihrer Seele.«

»Mir hat er geholfen, mein Haus wieder aufzubauen, nachdem es im letzten Jahr niedergebrannt war«, sagte ein anderer Mann.

Baxter nickte und schob abermals seine Brille hoch. »Sie müssen wissen, Mrs. Boudreaux, Ihre Mama half mir mit Geld aus, als ich den Bankkredit nicht zurückzahlen konnte. Wer weiß, was ohne ihre Großzügigkeit aus mir geworden wäre. Wir alle stehen in der Schuld Ihrer Eltern oder Ihres Gemahls. Auf diese Weise wollen wir uns bedanken.«

Juliette brachte vor Rührung kein Wort heraus. Sie setzte sich auf die unterste Treppenstufe und sah zu, wie die Männer durchs Haus gingen und anpackten.

Liza ließ sich neben ihr nieder und legte Juliette den Arm um die Schultern. »Es ist wie ein Traum, nicht wahr?«

»Wenn dies ein Traum ist, Liza, möchte ich nie wieder daraus erwachen.«

»Nun wird alles gut. Du hast Chantz und die Belle. Ich habe Andrew und mein Baby, das in mir wächst. Ist die Liebe nicht wundervoll?«

Liza neigte den Kopf und musterte Juliette prüfend. »Du bist ja so still.«

Juliette blickte in die dunklen Augen ihrer Freundin. »Ich denke an Chantz, Liza. Ich glaube, er ist unglücklich.«

»Chantz? Unglücklich? Aber Mädchen, du hättest ihn heute Morgen sehen sollen, wie er in aller Frühe das Haus verließ, pfeifend wie eine Nachtigall. Ich habe den Mann noch nie so strahlend lächeln sehen.«

Juliette nahm Lizas Hand und drückte sie fest. »Ich möchte, dass er glücklich ist, Liza. Ich würde alles tun, damit er ...«

Sie senkte den Blick.

»Was denn, Julie?«

»Damit er mich liebt.«

Liza richtete sich erstaunt auf. »Dich lieben? Aber Julie, Chantz liebt dich so sehr ...«

»Nein, er liebt Belle Jarod und das Zuckerrohr. Für diese beiden Dinge brennt seine Leidenschaft. Aber ich möchte, dass er auch für mich brennt, Liza.«

Die Schwarze lächelte. »Willst du damit sagen, dass er in der letzten Nacht kein bisschen für dich gebrannt hat?«

Juliette spürte, wie ihr das Blut in die Wangen schoss. Die Erinnerungen an die Stunden in seinen Armen, so voller Leidenschaft und inniger Erfüllung, schienen in ihrem Kopf zu flattern wie bunte Schmetterlinge.

»Doch, ein wenig schon«, sagte sie lächelnd.

Zuerst erkannte sie den Mann nicht. Die Sonne schien gleißend auf die frisch gemähte Wiese, auf der welkende Sonnenblumen lagen, sodass Juliette die Hand an die Stirn legen musste, um ihre Augen vor dem Licht zu schützen und besser sehen zu können. Sie blieb wie erstarrt stehen, während um sie herum die Zikaden zirpten und die Hitze der Erde durch die dünnen Sohlen ihrer Schuhe drang.

»Tylor!« Sie holte tief Atem, um die Fassung wiederzugewinnen. »Ich kann mich nicht daran erinnern, dich nach Belle Jarod eingeladen zu haben.«

»Ich hielt es für meine Pflicht, auf meinem Weg nach New Orleans dem glücklichen Brautpaar meine Aufwartung zu machen.«

»Chantz würde es nicht gefallen, dass du hier bist. An deiner Stelle würde ich schleunigst das Weite suchen.«

»Ich fürchte mich nicht vor Chantz, Juliette. Jedermann in der Gegend weiß doch, dass du ihn gänzlich entmannt hast. Er ist etwa so gefährlich wie eine zahnlose Klapperschlange.«

»Er würde dich auf der Stelle töten, wenn er dich sähe. Und ich kann deinen Anblick auch nicht ertragen.«

Entschlossen ging sie an ihm vorbei, in der Hand den Korb mit wilden Zwiebeln, Yamswurzeln und einem Strauß Sonnenblumen, der von einem ihrer Haarbänder zusammengehalten wurde.

Tylor blieb ihr dicht auf den Fersen.

»Du brauchst gar nicht so schnippisch zu sein, schließlich stelle ich keine Bedrohung mehr für dich dar. Daddy und ich wollen Frieden schließen, zumal wir nun Nachbarn sind.«

»Wir werden immer Feinde bleiben, Tylor. Du bist nicht auf Belle Jarod willkommen, und das gilt auch für deinen Vater.«

Juliette lief die Verandastufen hinauf und betrat das Haus. Sie hörte Hämmern, Sägen und das freundschaftliche Gelächter der Männer. Die Geräusche klangen wie Musik in ihren Ohren und trugen dazu bei, ihren Zorn darüber zu besänftigen, dass Tylor Hollinsworth es gewagt hatte, einen Fuß auf Belle Jarod zu setzen.

Juliette dachte daran, wie Chantz müde und erhitzt von der Arbeit nach Hause kommen und sehen würde, dass seine Freunde dabei halfen, sein Heim wieder aufzubauen. Schon jetzt lag der Duft von frischem Holz in der Luft. Viele der Bäume am Flussufer waren bereits gefällt. Juliettes Herz schien vor Freude zu hüpfen, als sie auf der Veranda stand und über die weite Allee blickte, die einst mit Muschelschalen bedeckt gewesen war.

Krachend fiel der letzte Baum zu Boden, der den Blick auf den Fluss versperrt hatte. Vor Juliettes Augen glitzerte der weite Mississippi. Zwei Schiffe, die gerade passierten, ließen grüßend ihre Glocken und Pfeifen ertönen.

Seltsam, Juliette dachte in diesem Augenblick nicht an ihren Vater, sondern an ihre Mutter. Dieser Fortschritt hätte Maureen mit Stolz erfüllt, so klein er auch sein mochte.

Tylor stellte sich neben sie und sah sich um.

»Teufel auch«, bemerkte er leise, »als Mann, der das Glücksspiel schätzt, würde ich beinahe eine Wette darauf abschließen, dass es dir gelingen wird, die Belle wieder auferstehen zu lassen.« Er grinste spöttisch. »Doch ich bin kein Dummkopf, auch wenn mein Vater anders darüber denkt. Auch wenn du noch hundert Bäume fällst und sich noch mehr Freunde von Chantz bei ihm revanchieren, indem sie das Dach decken und die Wände der Zuckermühle ausbessern – ohne Zuckerrohr wirst du es nicht schaffen, Juliette.«

»Wir schaffen es.«

»Dein Daddy brauchte annähernd zweihundert Sklaven, um die Felder zu bestellen. Und du willst es mit einem halben Dutzend schaffen?«

»Ja, und sei es auch nur, um dir und deinem Vater zu trotzen.«

»Ich habe dich nie für eine besonders religiöse Frau gehalten, Juliette.«

»Was soll das heißen?«

»Nur ein Wunder würde die Plantage vor dem Untergang retten. Und ich kann mich nicht daran erinnern, dass der liebe Gott die Sünder besonders bevorzugt behandelt.«

Juliette wandte sich zu ihm um und sagte gefährlich ruhig: »Du darfst dich jederzeit verabschieden, Tylor.«

Sie ging ins Haus zurück und sah zu, wie einige der Männer einen Balken zum Dach hinauf hievten.

»Ich darf annehmen, dass Chantz nicht zu Hause ist?«, fragte Tylor.

»Offensichtlich nicht, sonst hätte er dich längst zum Tor begleitet.«

»Dabei hätte ich gedacht, er würde sich jetzt ganz seiner hübschen Braut widmen, wenigstens für einige Tage. Andererseits handelt es sich ja nicht eben um eine Liebesheirat, nicht wahr?«

Juliette trat aus dem Hintereingang. An einer der Säulen lehnte eine Machete, die sie im Vorbeigehen zur Hand nahm.

Little Clara und Simon hätten damit beginnen sollen, den Garten freizulegen, waren jedoch nirgends zu entdecken. Liza, Rosie und Tessa befanden sich im Küchenhaus und schrubbten die Wände und den Boden, während sie nebenbei das Abendessen zubereiteten. Der Duft von gebratenem Schweinefleisch und Zwiebeln stieg Juliette verlockend in die Nase und ließ ihr trotz ihres Zorns auf Tylor das Wasser im Mund zusammenlaufen.

Wo steckten nur Simon und Little Clara?

Sicher würden Chantz, Andrew und Louis bald nach Hause kommen. Juliette wünschte sich in diesem Augenblick verzweifelt, sie zu sehen. Tylor sollte verschwinden. Seine Anwesenheit auf Belle Jarod schien eine finstere, beängstigende Seite in ihr anzusprechen, und sie umfasste unwillkürlich das Amulett um ihren Hals.

Das Gelächter von Rosie und Liza drang aus der Küche, und Juliette dachte daran, sich zu ihnen zu gesellen, warf dann jedoch einen Seitenblick auf Tylor. Sie bemerkte seinen selbstzufriedenen Gesichtsausdruck. Er schien ihre Abscheu und ihren Zorn nicht nur zu bemerken, sondern auch in vollen Zügen zu genießen. Juliette ahnte, dass er nicht nur gekommen war, um seine Glückwünsche auszusprechen.

»Was willst du?«, fragte sie und umfasste den Griff der Machete fester. »Sage es mir und dann geh, Tylor. Du bist hier nicht willkommen. Niemals.«

»Aber meine Liebe, du solltest wirklich versuchen, die Vergangenheit ruhen zu lassen. Schließlich sind wir jetzt eine Familie.«

»Was soll das bedeuten?«, erwiderte Juliette aufgebracht. »Du wirst niemals zu meiner Familie gehören, Tylor Hollinsworth.«

Tylor hob spöttisch die Brauen und grinste. »Dann hat er es dir also noch nicht verraten?«

Juliette wandte sich langsam zu ihm um. In seinen Augen lag ein Ausdruck, der die schlimmsten Befürchtungen in ihr erweckte.

»Wir sind Brüder«, sagte Tylor und sah Juliette durchdringend an. Ihr war, als würde sich sein Blick bis in ihr Herz hinein bohren, das ihr in diesem Augenblick aus der Brust gerissen zu werden schien.

Sie sah ihm in die Augen – blaue Augen, deren Farbe von seinem vollem welligen Haar betont wurde, das nur eine Spur heller war als Chantz'.

»Lügner«, wisperte Juliette, während sich in ihrem Innern alles gegen die schreckliche, unausweichliche Wahrheit sträubte.

Großer Gott, wie hatte sie nur so dumm sein können, es nicht zu erkennen?

»Nun bist du doch mit einem Hollinsworth verheiratet, liebe Schwägerin. Wenn Chantz etwas zustoßen sollte …« Sein Lächeln schwand. »Oder wenn euch beide ein schlimmes Schicksal ereilen sollte … wer, glaubst du, erbt dann Belle Jarod?«

Chantz blickte von einer zur anderen. Lizas Gesicht wirkte schmal, und ihre Augen waren von Weinen gerötet. Rosie presste die Lippen zusammen und rührte in dem großen Kessel mit Bohnen, der über dem heruntergebrannten Herdfeuer hing. Er hätte wissen sollen, dass etwas nicht stimmte, schon, als Rosie ihn ihre frisch geputzte Küche betreten ließ, ohne zu verlangen, dass er sich vorher Schweiß und Staub abwusch. Das frische Maisbrot dampfte in seiner Hand, und wie die Dampfwolken stieg Zorn in ihm auf, als er allmählich die ganze Bedeutung von Rosies Worten erfasste.

Tylor Hollinsworth hatte sich auf Belle Jarod blicken lassen.

Chantz verließ die Küche und schleuderte das Brot so heftig er konnte auf den Boden. Die Dämmerung brach herein, und die Glühwürmchen schwirrten durch die Luft. Er schenkte den Brettern und Werkzeugen kaum Beachtung, die überall auf der Veranda und im Haus verteilt waren. Am Fuß der Treppe blieb er stehen.

»Juliette?«, rief er und scheuchte einen Schwarm Stare aus dem Dachgebälk auf, die sich in einer dunklen Wolke in die Lüfte schwangen.

Keine Antwort.

Langsam stieg er die Treppe hinauf.

Sie würde sich betrogen vorkommen und glauben, er hätte sie mit Absicht getäuscht.

Natürlich hätte er ihr vor der Trauung sagen müssen, dass er Maxwells unehelicher Sohn war. Er hätte ihr versichern sollen, dass er keine heimlichen Ziele mit dieser Heirat verfolgte, dass Maxwell ihn nie anerkannt hatte und es auch nie tun würde ...

Doch er hätte wissen müssen, dass Max am Ende obsiegen würde.

Er fand Juliette nicht im Schlafzimmer, sondern in ihrem ehemaligen Kinderzimmer. Sie saß am Fenster und blickte hinaus auf den Teich, der im Schein der Abendsonne golden schimmerte.

»Juliette«, rief er sie leise.

»Gestern Nacht«, sagte sie, ohne sich umzudrehen, »während du geschlafen hast, stand ich auf und ging in dieses Zimmer. Ich saß hier am Fenster, wie ich es schon als Kind tat, betrachtete den Teich, über dem die Glühwürmchen tanzten. Das Wasser war so ruhig und glatt, und das Mondlicht spiegelte sich darin. Ich stellte mir vor, wie unser Sohn oder unsere Tochter eines Tages hier sitzen und auf den Teich hinausblicken würden, auf die Schwäne, die du mir versprochen hast. Ich betete inständig, dass wir ein Kind bekommen würden. Ich glaube, noch nie in meinem Leben so verzweifelt um etwas gebetet zu haben ... bis jetzt.

Jetzt bete ich nur noch, dass Tylor mich nur verletzen wollte, dass er log, Chantz, als er mir sagte, Maxwell sei dein Vater.«

Er kniete sich neben sie auf den Boden und sah, dass Tränen in ihren Augen glänzten.

»Fass mich nicht an«, sagte sie ruhig, ohne ihn anzusehen. »Wenn du Maxwell Hollinsworths Sohn bist, wirst du mich nie wieder berühren.«

»Julie ...« Chantz hob die Hand, um ihr eine Haarsträhne

aus dem Gesicht zu streichen. In der vergangenen Nacht war ihr Haar wie duftendes, seidiges Wasser über seinen Körper geflossen und hatte seine Sinne betört. Doch sie wich ihm kaum merklich aus, und er zog seine Hand zurück. »Was soll ich dir sagen, *chère*? Wie soll ich einen Vater anerkennen, der mich niemals anerkannt hat?«

Sie wandte sich zu ihm um. Kummer und Zorn standen in ihren Augen. »Also wolltest du es ihm heimzahlen? Bin ich deine Rache, Chantz? Ist das alles?«

»Nein. Nein.« Er schüttelte den Kopf. »Nein.« Noch immer sah sie ihn an und schien bis auf den Grund seiner Seele zu blicken, wo der Hass und die Bitterkeit der vielen Jahre ihn noch immer quälten. Er senkte den Blick, wohl wissend, dass sie ihn durchschaute. Es hatte keinen Sinn, seine Gefühle zu leugnen.

»Wie kann ich es dir begreiflich machen, Juliette? Maxwell bedeutet mir nichts.«

»Er ist dein Vater.«

»Seit wann?«, fragte Chantz ärgerlich. »Ich habe mich zwischen dir und Maxwell entschieden, als wir uns zum ersten Mal liebten.« Chantz fuhr sich verzweifelt durchs Haar. Seine Gefühle schienen ihm die Kehle zuzuschnüren, sodass er kaum die Worte herausbrachte, die er ihr sagen musste.

Er stand auf und lief unruhig im Zimmer umher. Er rang mit der unbändigen Wut und dem Gefühl der Hilflosigkeit. Selbst jetzt noch versuchte Maxwell ihn zu zerstören und ihm alles zu nehmen.

Schließlich blieb er hinter Juliette stehen und blickte auf sie hinab. »Willst du die Wahrheit hören, Juliette? Ja, verdammt, ich wünschte mir manchmal, dass er an der Nachricht von unserer Heirat ersticken würde. Ich wollte, dass ihn die Verzweiflung packt und in ihm wächst wie ein Krebsgeschwür. Sein unehelicher Sohn, der Bastard, den er niemals anerkennen wollte und den er behandelte wie ein Stück Dreck unter seinen Schuhen, nahm ihm das Einzige, das er außer Maureen Jarod je wirklich geliebt hat.«

Chantz ließ sich wieder auf die Knie sinken und umfasste ihre Schultern fest mit seinen kräftigen, rauen und blutigen Händen. Eindringlich fuhr er fort: »Hör mir jetzt zu. Mehr noch, als ich mich nach Rache sehnte, sehnte ich mich nach dir. Du bist mir wichtiger als Stolz und Vergeltung. Von mir aus kann Maxwell Hollinsworth zur Hölle fahren, Juliette. Bitte sage mir, dass du mir glaubst, Julie.« Er schüttelte sie sanft. »Bitte lasse nicht zu, dass er unser Glück zerstört. Denn wenn das geschieht, Darling, dann hat Maxwell triumphiert. Dann hat er mir den schönsten Traum genommen, an dem ich je festhielt.«

Tränen liefen Juliette über die Wangen, und ihre Lippen zitterten. »Wenn ich dir wirklich etwas bedeute ...«

»Wenn du mir etwas bedeutest?« Er umklammerte ihre Schultern so fest, dass sie zusammenzuckte. »Ich liebe dich, Juliette. Weißt du das denn nicht? Mehr, als ich mich je nach der Liebe und Anerkennung meines Vaters sehnte, mehr als ich Belle Jarod wieder in voller Blüte sehen möchte, mehr als all das wünsche ich mir, dass du eines Tages meine Liebe zu dir erwiderst.«

Etwas von dem Schmerz und der Wut in ihrem Blick schien zu weichen, als sie ihm in die Augen sah.

Vor dem Haus ertönten Schreie. Die Reiher am Ufer des Teiches stoben erschrocken auf, sodass ihr Flügelschlag klang wie weit entfernte Pistolenschüsse. Ehe Chantz noch aufstehen und zur Tür gehen konnte, hörte er bereits Schritte auf der Treppe und im Korridor. Dann stürzte Tessa ins Zimmer, verzweifelt schluchzend und die Hände ringend.

Während Juliette aufstand, lief Chantz bereits auf Louis' Frau zu und ergriff ihren Arm. »Was ist geschehen?«, fragte er.

Sie murmelte etwas Zusammenhangloses und deutete auf die Treppe. Ohne sich nach Juliette umzublicken, verließ Chantz das Zimmer. Im Geiste suchte er nach möglichen Ursachen für Tessas Verzweiflung und erinnerte sich an den Überfall – wo steckten Andrew und Louis? Wie sollte er sich und Juliette ganz allein gegen den Pöbel verteidigen?

Einige Männer standen in der Halle und sahen Chantz ernst an, als er ihnen entgegenging. Er verlangsamte seinen Schritt. Andrew wandte sich zu ihm um, jegliche Farbe schien aus seinem Gesicht gewichen zu sein.

»Was, zum Teufel ...«

»Es ist soweit«, sagte Andrew, und die Worte schienen wie Totengeläut von den Wänden wiederzuhallen.

Juliette stellte sich neben Chantz auf die Treppe. Er zog sie an sich und meinte, sie in diesem Augenblick nicht fest genug halten zu können. Sein Gefühl sagte ihm, dass sich seine schlimmsten Befürchtungen in Kürze bewahrheiten würden.

Andrew bedeckte die Augen mit der Hand und schien ein wenig zu schwanken. Seine Stimme klang rau und erstickt. »Es gibt keinen Zweifel mehr, in New Orleans ist das Gelbfieber ausgebrochen. Schlimmer noch ...« Er sah Chantz an. »Es gibt Fälle von Gelbfieber südlich von hier.«

Chantz ging langsam die letzten Stufen hinunter, ohne Andrew aus den Augen zu lassen. »Wie weit entfernt, Drew?«

»Zehn Meilen.«

»Zehn … Großer Gott, Drew, dort liegt deines Vaters …« Chantz verstummte, als er sah, dass Andrew den Blick abwandte. »Doch nicht deine Familie?«, fragte er schließlich.

»Meine Eltern. Alle beide. Phyllis ist bei ihnen. Sie ist noch nicht erkrankt, aber ich muss trotzdem zu ihnen …«

»Nein!« Liza trat aus der Dunkelheit. Furcht verzerrte ihr schönes Gesicht. Chantz stellte sich ihr in den Weg und schloss sie in die Arme. Zwar wehrte sie sich zunächst, lehnte sich dann jedoch an ihn und barg das Gesicht an seiner Schulter. Sie zitterte.

Ein Mann trat vor. »Wir schließen die Straßen südlich von Baton Rouge und brauchen Freiwillige, die die Straßensperren bewachen, damit niemand sie durchbricht. Chantz, wir brauchen deine Hilfe. Ich weiß, du hast gerade geheiratet und …« Er bedachte Juliette mit einem mitfühlenden Blick, während sie die Treppe hinunterging. Ihr Gesicht war so bleich wie Andrews. »Aber wenn wir die Gegend nicht absperren, wird es uns schlecht ergehen. Wenn sich das verdammte Fieber hier ausbreitet, wird niemand mehr übrig bleiben.«

»Wie schlimm ist es?«, fragte Chantz. Er fürchtete sich vor der Antwort.

»In den letzten drei Tagen sind mehr als fünfhundert Menschen gestorben. Das Fieber hat die Armenviertel am Fluss überfallen wie eine Feuersbrunst. Überall fliehen die Menschen, und wir müssen Patrouillen aussenden, um sie daran zu hindern, bevor sich das Fieber in ganz Louisiana ausbreitet.« Der Fremde seufzte erschöpft auf und blickte Juliette traurig an. »Ich will sie nicht belügen. Diese Fieberepidemie ist die schlimmste seit zwanzig Jahren. Die Krankheit breitet sich schnell aus. Chantz, du wirst eine Weile von zu Hause fort sein …«

Chantz sah seiner Frau in die Augen und versuchte, die Angelegenheit vernünftig zu betrachten – ohne auf die Furcht zu achten, die sich bleischwer in ihm ausbreitete. Es war, als blicke er wieder in Tylors kalte, unbewegte Züge, gerade als der Alligatorbulle die Fänge um sein Bein zuschnappen ließ.

Verfluchtes Schicksal.

Mondlicht schimmerte durch das Zimmer und tauchte ihre Körper in Licht und Schatten. Juliette hatte sich zum Fenster gewandt, um ihre Tränen zu verbergen, und bemühte sich, ruhig zu atmen. Sie fühlte sich, als habe man ihr die Seele geraubt. So tiefe Verzweiflung hatte sie nicht mehr empfunden, seit man ihr vom Tode ihres Vaters berichtet hatte.

»Es ist ungerecht«, flüsterte sie in die Stille hinein.

Lizas Schluchzen hallte durch die Nacht. Andrew hatte Belle Jarod verlassen. Zwar hatte er sich mit dem Versprechen verabschiedet, sobald wie möglich zurückzukehren, doch die schreckliche Furcht um sein Leben ließ Liza nicht los. Falls Andrews Familie wirklich vom Gelbfieber befallen war, gab es nur wenig Hoffnung, dass er mit dem Leben davonkommen würde.

Nach einer Weile wandte sich Juliette wieder Chantz zu, der auf dem Rücken lag und an die Decke starrte. Sie schmiegte sich verzweifelt an ihn und spürte, wie sich seine Arme um sie schlossen und sich ihre Körper miteinander vereinigten. Mit geschlossenen Augen dachte Juliette an den vergangenen Tag zurück, als Chantz vor ihr gestanden hatte, in dem Anzug, den Andrew ihm geschenkt hatte. Ein unsicherer Bräutigam, der über die Worte des Ehegelöbnisses stolperte und Juliette vor lauter Glück zum Weinen brachte. Sie erinnerte sich an seine Freude, als sie ihm den Ring ihres Vaters an den Finger steckte, und an ihre eigene, als Chantz den schmalen Silberreif aus der Tasche zog, den er kurz zuvor bei Baxter erstanden hatte …

Doch dann nahm sie nur noch die Empfindungen wahr, die seine Liebkosungen in ihr auslösten, die alles auslöschende Ekstase, die sie hoch hinauf zu tragen schien, über die Wipfel der hohen Pappeln hinaus, in den Himmel hinein, sodass sie gemeinsam mit den Vögeln der Nacht zu den Sternen schwebte. Als er ihren Namen rief, während der Höhepunkt der Lust seinen Körper erbeben ließ, umfasste sie sein Gesicht mit den Händen und sah ihm in die Augen, in denen Tränen schimmerten.

»Ich liebe dich«, sagte sie. »Du glaubst mir doch, nicht wahr? Dass ich dich liebe? Sage mir, dass du daran glaubst, Chantz. Versprich mir, dass du weißt, wie sehr ich dich liebe und brauche und begehre, mehr als alles Zuckerrohr der Erde. Mehr, als mein Vater den Reichtum begehrte, und mehr, als meine Mutter sich nach Zuneigung sehnte. Ich liebe dich mehr als mein Leben …«

Er schwieg und wollte sie an sich ziehen.

»Nein!«, rief sie mit Verzweiflung in der Stimme. »Du musst es mir versprechen. Schwöre, dass du mir glaubst. Versprich mir, dass du daran denken wirst, wenn du fort gehst. Daran, dass ich dich liebe, Chantz, und dass ich auf dich warten werde. Bis in alle Ewigkeit, wenn es sein muss.«

»Ich glaube dir, Julie«, sagte er mit leiser, rauer Stimme, und in seinen Augen lag ein Ausdruck der Erleichterung … und Dankbarkeit.

Juliette schmiegte sich an ihn, ließ den Kopf auf dem Kissen ruhen und streichelte seine Wange. Doch die Verzweiflung blieb. Sie lauschte Lizas leisem Weinen und wusste, dass sie schon morgen ebenso ruhelos sein würde, wohl wissend, dass nur wenige Menschen, die der gefürchteten Gelben Pest ins Auge blicken mussten, die Begegnung überlebten. Selbst in der Stille der Nacht, die nur von dem gelegentlichen Ruf der Eulen unterbrochen wurde, spürte sie die Gefahr, als lauere dort draußen ein schreckliches Ungeheuer, das seine Klauen nach ihr und Chantz ausstreckte.

Nach einer Weile schloss Juliette die Augen und gestattete sich, in eine Traumwelt einzutauchen, in der es einen Mann gab, der sie einst aus den Flammen gerettet hatte und der sie jetzt abermals beschützend in seinen Armen hielt.

Als sie am Morgen erwachte, lag sie allein im Bett. Juliette barg das Gesicht in seinem Kissen und schluchzte.

21

Sie eilte die Verandastufen hinunter und hastete den alten Gartenweg entlang, bis dieser schließlich in einem Dickicht aus Dornenbüschen endete, die an ihrem dünnen Rock zerrten und ihr die Beine zerkratzten. An den verfallenen Sklavenhütten vorbei, den Lagerschuppen und der Zuckermühle, die unter den wuchernden Brombeersträuchern und Geißblattranken kaum mehr zu sehen war.

Weiter und weiter rannte sie, bis ihre Lungen wie Feuer brannten, bis das dichte Unterholz endlich in einer Lichtung auf einem Hügel endete, auf dem eine einzelne alte Eiche stand, deren knorrige Äste sich wie ein hohes smaragdgrünes Dach über dem Hügel ausbreiteten. Aus den Schatten des Baumes erhob sich ein aus weißem Marmor gehauener Engel, nackt, mit offenem Haar und ausgebreiteten Schwingen.

MAUREEN JAROD BROUSSARD
1817–1837
WEN DIE GÖTTER LIEBEN,
HOLEN SIE BALD ZU SICH

Juliette ging auf den Engel zu und strich mit den Fingerspitzen sanft über den glatten, kühlen Stein, zog die Konturen der Federn und der einzelnen Haarsträhnen nach, die sich zu einer wilden Lockenmähne vereinten, die der Figur wie eine Toga über die nackte Brust fiel. Juliette blickte in ihr eigenes Gesicht, in Stein gemeißelt, Augen und Lippen zum Himmel erhoben.

Nein, es waren Maureens Züge, festgehalten in ewiger jugendlicher Schönheit.

Noch vor einem Monat wäre sie entsetzt davongelaufen.

Doch nun ließ sie sich in das weiche, mit kleinen Primeln gesprenkelte Gras sinken, schmiegte ihre Wange an die kühle Erde und zog die Beine an. Großer Gott, sie fühlte sich todmüde.

»Mama, was soll ich nur tun?«, fragte sie leise. »Wie sollen wir überleben? Was wird geschehen, wenn Chantz nie wieder zu mir zurückkehrt?« Sie schloss die Augen, und der Schmerz schien ihr den Brustkorb zusammenzupressen. *Lieber Gott, lass ihn heimkommen.*

Sie ließ sich treiben.

Plötzlich entdeckte sie eine Frau, die auf einem großen weißen Pferd durch das hohe Schilf und die Reihen von schweren Sonnenblumen ritt. Ihr offenes rotes Haar wehte wie ein Banner hinter ihr her. Immer näher kam sie, bis Juliette meinte, den donnernden Hufschlag des Schimmels zu spüren, während der Wind so laut heulte, als stießen am Himmel Hunderte von Gewitterwolken zusammen.

»Mama?«, rief sie und sah sich – als kleines Mädchen – jubelnd die Arme nach der Reiterin ausstrecken, während sie so schnell auf sie zulief, dass es schien, als berührten ihre kleinen Füße kaum mehr den Boden.

»Lady? Lady, geht es Ihnen gut?«

Juliette öffnete die Augen und blinzelte.

Ein alter Mann mit langem weißen Bart und buschigen Augenbrauen blickte besorgt auf sie hinab. Ihr erster Gedanke war, sie könnte gestorben und in den Himmel gekommen sein. Welche Erklärung konnte es sonst für die Vision ihrer Mutter geben und für dieses Gesicht, das so alt wie die Welt zu sein schien, mit gütigen Augen und einem wohlwollenden Lächeln?

Nur dass der Atem Gottes vermutlich nicht roch, als wäre etwas in seinen Mund gekrochen und dort verendet.

Juliette richtete sich auf und wich vor dem Mann zurück, bis sie den Marmorengel im Rücken spürte. Hinter dem Mann tauchten andere auf, die in der Hitze des Morgens langsam durch das hohe Gras stapften, ihre Kleidung verschmutzt und zerrissen. Kinder hingen ihren Eltern an den Rockzipfeln, und ihre Augen wirkten übergroß in den schmalen, staubigen Gesichtern. Sie alle sahen Juliette neugierig und misstrauisch an, ließen die Blicke zu dem Gesicht des Engels gleiten, dann wieder zu ihr zurück.

Die Leute flüsterten miteinander, und ihre Mienen wurden ernst und still.

»Wer sind Sie?«, fragte Juliette schließlich. »Was wollen Sie auf Belle Jarod?«

Der alte Mann deutete auf den Fluss. »Wir lagern seit einem Monat dort unten am Ufer. Sind von New Orleans gekommen und konnten fliehen, bevor das Fieber ausbrach und die Leute wie die Fliegen starben. Wir suchen Arbeit.«

Juliette runzelte die Stirn und betrachtete die schweigenden Menschen. Es mochten wohl über zwei Dutzend sein, und es kamen immer mehr, junge und alte, ihre einst weiße Haut dunkel und rau, wie gegerbtes Leder. Einige der Frauen waren vermutlich nicht älter als Juliette, doch es war schwer, ihr Alter zu schätzen, da ihr hartes, karges Leben seine Spuren in ihren Gesichtern hinterlassen hatte. Selbst den kleinen Jungen war bereits ein Ausdruck des Leidens und der Qual in die kindlichen Züge eingegraben. Sie waren vor ihrer Zeit gealtert, geisterhaft wie wandelnde Tote. Der Anblick genügte, um Juliette ihren eigenen Kummer vergessen zu lassen.

»Warum seid ihr hier?«, fragte sie mit versagender Stimme. »Warum seid ihr zu mir gekommen?«

»Sie brauchen Hilfe, Lady, Arbeiter, die die Felder der Belle bestellen und das Zuckerrohr pflanzen, so wie früher.«

»Woher wissen Sie, wie Belle Jarod früher war?«

»Habe es mit meinen eigenen Augen gesehen, Lady. Zuckerrohr, mannshoch und so dick wie mein Arm. Und so süß wie kein anderes. Sarah dort drüben hat auf Belle-Rohr gezahnt.«

Juliette betrachtete die junge blonde Frau, die etwa in ihrem Alter zu sein schien.

»Ich habe kein Geld«, sagte sie niedergeschlagen und spürte, dass ihr die Tränen in die Augen stiegen.

»Aber du besitzt Land«, ertönte eine Stimme. Juliette wandte sich um und erblickte Emmaline, die im hohen Gras stand.

Erschrocken presste sich Juliette an das Grabmal, sodass sie dessen Kanten im Rücken spürte. Ihre tiefe Verzweiflung wurde von einem Gefühl äußerster Verwirrung vertrieben. Was, in Gottes Namen, wollte Emmaline hier mit diesen Leuten?

Chantz' Mutter kam näher. Ihre Augen waren rot und geschwollen, und ihre Hand zitterte, als sie mit einer weit ausholenden Geste auf die schweigenden Menschen deutete. »Hier stehen hundert Männer, Juliette. Hundert Familien, die es gewöhnt sind, mit sehr wenig auszukommen. Es gibt Leute, die dir weismachen wollen, diese Menschen seien Flussratten, nichts als wertlose Tagediebe. Doch das ist nicht wahr. Sie brauchen nur jemanden, der ihnen Vertrauen entgegenbringt und an sie glaubt. Gib jeder dieser Familien zehn Morgen Land, die sie nach eigenem Gutdünken bewirtschaften dürfen, und sichere dir damit ihre Wertschätzung und Loyalität für immer.«

Juliette blickte an den Männern, Frauen und Kindern vorbei auf das weite Land, auf dem einst das Zuckerrohr ihres Vaters gewachsen war. In all der Verwirrung und Trauer verspürte sie eine eigenartige innere Gelassenheit – vielleicht ähnlich der Ruhe, die man im Augenblick des eigenen Todes empfinden mochte, wenn man sich in das Unvermeidliche fügte. Alles schien sich auf einmal viel klarer zusammenzufügen.

Sie hatte sich aufgemacht, ihren Traum zu verwirklichen, dass sich Belle Jarod eines Tages aus den Trümmern erhob.

So würde es geschehen.

Juliette schreckte aus dem Schlaf. Sie hatte von Chantz geträumt, der den Weg vom Fluss hinauf gekommen war. Seine Augen hatten geleuchtet wie der Himmel im Frühling.

Sie bedeckte Mund und Nase mit ihrem Taschentuch und bemühte sich, den drohenden Hustenanfall zu unterdrücken. Louis glaubte fest daran, dass der beißende Gestank von brennendem Spanischem Moos das Fieber fernhalten würde. Also brannten überall kleine Feuer, deren Rauch schwer über dem Haus und den Gärten lastete. Es schien, als würde der Rauch sogar den Himmel verdunkeln.

Wovon war sie aufgewacht?

Die Schlafzimmertür öffnete sich, und Little Clara lugte in den Raum. Ihre Augen waren vom Qualm gerötet und geschwollen. »Kommen Sie schnell, Miss Julie.«

»Was ist geschehen, Little Clara? Ist Chantz …«

»Miss Phyllis ist hier. Sie sieht schrecklich aus.«

Juliette zog sich hastig an und eilte hinunter. Durch den dichten Rauch gelang es ihr kaum, die Gestalten im Salon auszumachen. Phyllis saß auf dem Sofa, den Kopf in die Hände gestützt, während Liza sie von der Halle aus beobachtete. Sie hielt sich schützend die Hände vor den Bauch.

»Was ist geschehen?«, fragte Juliette und sah Liza verwirrt an.

»Es ist schrecklich«, erklärte Phyllis schluchzend. »Meine Eltern … meine Eltern sind tot.«

Liza packte Juliette am Arm. »Lass sie.«

»Was soll das heißen?«, fragte Juliette ärgerlich und machte sich los. »Sie hat Kummer und …«

»Sie kommt geradewegs aus einem Haus des Todes und trägt das Fieber in sich.« Liza sah Phyllis wütend an und rief: »Warum mussten Sie herkommen und die Pestilenz nach Belle Jarod bringen? Und wo ist Andrew? Warum ist er nicht hier?«

»Ich wusste nicht … wohin ich mich wenden sollte.«

»Wie wäre es mit Horace Carrington. Er verdient es zu sterben.«

»Bitte«, Phyllis blickte Juliette flehend an. »Bitte, Juliette, zwinge mich nicht, zu Horace zu gehen.«

Liza versuchte abermals, Juliette festzuhalten, doch diese wandte sich ab und eilte durch den Salon. Sie blickte auf Phyllis hinab, die die Arme um sich geschlungen hatte und sich voller Gram hin und her wiegte. Die Frau, die Juliette vor sich sah, hatte nichts mehr mit der stolzen, schönen Phyllis Buley gemeinsam. Das verschmutzte Trauerkleid hing an ihrem ausgemergelten Körper herab, und das schwarze Haar umrahmte in matten Strähnen ihr blasses Gesicht.

Sie lehnte sich zurück und schüttelte erschöpft den Kopf. »Überall sterben die Menschen zu hunderten, ja tausenden.«

»Wo ist Andrew?«, fragte Juliette ruhig.

»Ich ... weiß es nicht. Nachdem Papa gestorben war ...« Wieder schüttelte sie den Kopf, während ihr die Tränen in Strömen über die Wangen liefen. »Er sagte, es würden Freiwillige gebraucht, um die Toten wegzuschaffen und die Straßen zu sichern. Er ließ mich allein ... Aber ich konnte nicht dort bleiben!«, rief sie verzweifelt. »Ich hielt es keine Minute länger aus und rannte einfach fort. Ich lief und lief, bis ich nicht mehr weiter konnte.« Sie fasste nach Juliettes Arm. »Bitte schicke mich nicht fort, Juliette. Ich weiß, dass du mich verachtest ...«

»Ich verachte dich nicht, Phyllis«, erwiderte Juliette.

»Das solltest du aber«, begehrte Phyllis in plötzlichem Zorn auf. »Du solltest es tun, weil ich dich hasste, seitdem ich hörte, dass Chantz dich geheiratet hat. Ich schäme mich, es zuzugeben, doch ich wünschte dir dieses entsetzliche Fieber an den Hals. Ich stellte mir vor, dass Chantz dann vielleicht zu mir zurück käme und ...«

Phyllis schlug sich die Hände vors Gesicht und schluchzte: »Es tut mir so Leid, Juliette, ich meinte es nicht so. Wirst du mir je verzeihen?«

Juliette setzte sich neben sie und nahm sie in die Arme. »Es gibt nichts zu verzeihen, Phyllis. Sei jetzt ganz ruhig. Ich werde Rosie sagen, dass sie dir etwas zu essen ...«

»Du wirst sie doch wohl nicht hier aufnehmen?«

Juliette wandte sich um.

Emmaline stand neben Liza, das Gesicht schweißnass und voller Ruß. »Sieh sie dir an«, sagte sie und deutete mit zitternden Fingern auf Phyllis. »Sie kommt aus einem Fieberhaus. Nun hat sie uns die Seuche gebracht, und du hältst sie in deinen Armen!«

»Liza«, sagte Juliette gefasst, »veranlasse bitte Rosie, für Phyllis etwas zu essen zu machen. Ich werde sie in meinem Zimmer unterbringen ...«

»Damit sprichst du unser aller Todesurteil!«, rief Emmaline außer sich vor Zorn.

Juliette stand auf und ließ eine Hand auf Phyllis' Schulter ruhen. »Wenn du damit nicht einverstanden bist, Emmaline, darfst du Belle Jarod jederzeit verlassen. Ich bringe dir als Chantz' Mutter Respekt entgegen, und du bist mir willkommen, doch vergiss bitte nicht, dass du ein Gast in meinem Hause bist. Ich weiß, wenn Chantz hier wäre, würde er ebenso handeln ...«

»Chantz ist aber nicht hier!«, schrie Emmaline. »Er ist irgendwo dort draußen und vielleicht schon nicht mehr am Leben ...«

»Sei still!« Emmaline wich vor Juliette zurück, die auf sie zu eilte. »Ich will das nie wieder hören! Hast du mich verstanden? Chantz wird nach Hause kommen. Es geht ihm gut, und er könnte jeden Augenblick durch diese Tür treten.«

Emmaline schüttelte den Kopf. »Nein, das wird nicht geschehen. Wir alle wissen das. Die Menschen sterben zu Tausenden dort draußen. Ich hörte die Geschichten. Leichen, die sich aufeinander stapeln wie Feuerholz, ganze Familien, die ausgelöscht und dann wie totes Vieh auf Lastkarren geworfen wurden. Der Tod ist in dieses Haus gekommen. Ich rieche ihn schon.« Sie sah Juliette an, dann Phyllis, dann Liza. »Ihr könnt alles Moos der Welt verbrennen und das Haus mit dem Qualm ausräuchern, wenn eine von uns das Fieber schon in sich trägt, ist es zu spät. Dann sind wir alle des Todes. Sie in unserer Mitte zu dulden ist Selbstmord.«

Emmaline drehte sich auf dem Absatz um und stürmte zur Vordertür hinaus.

»Sie hat Recht.« Phyllis stand auf, straffte die Schultern und zwang sich zu einem Lächeln. »Ich hätte nicht herkommen sollen, denn ich habe euch alle gefährdet. Ich gehe jetzt …«

»Nein.« Juliette ging hinaus auf die Veranda, ohne sich nach Phyllis oder Liza umzublicken. Der Qualm der Moosfeuer brannte ihr in den Augen, dennoch blickte sie auf den Fluss hinaus, auf dem längst keine Schiffe mehr fuhren. Emma hatte Recht gehabt. Eine seltsame Stille hatte sich über Belle Jarod gelegt. Auf einem Baum in der Nähe saß ein Krähenschwarm, und die krächzenden Schreie der Vögel betonten nur noch das Gefühl von Einsamkeit und Verlust.

»Miss Julie?«

Müde drehte sich Juliette um und entdeckte Louis auf der anderen Seite der Veranda. Ein kleines schwarzes Mädchen war bei ihm, und Louis hielt die Hand des Kindes in seiner mächtigen Pranke. Juliette fiel ein, dass das Mädchen Sally hieß. Nach und nach traten andere Schwarze hinter Louis aus dem Gebüsch und sahen Juliette ängstlich an. Maxwells Sklaven, erkannte sie und blickte verwirrt in die dunklen Gesichter, bis die Erkenntnis sie unvermittelt traf. Verzweifelt suchte sie Louis Blick. »Großer Gott«, flüsterte sie.

»Sie laufen davon, Miss Julie. Massa Max ist krank, sehr krank. Sie sagen, das Fieber hätte ihn gestern gepackt. Boris Wilcox ist geflohen.« Er drehte Sally in die Richtung ihrer besorgten Mutter, gab ihr einen sanften Stoß und beobachtete, wie die Kleine durch ein Wildblumenbeet an die Seite ihrer Mutter lief. Dann wandte er sich wieder Juliette zu. »Wir müssen gehen, Miss Julie, solange wir es noch können. Die Sklaven wollen nach Norden ziehen, ehe auch dort die Straßen abgeriegelt werden. Sonst müssen wir alle sterben.«

»Wo ist Tylor?«

Louis schüttelte den Kopf. »Er ist nach New Orleans aufgebrochen und nicht zurückgekommen. Nun kommt er bestimmt nicht mehr durch. Die Wachen erschießen jeden, der versucht, die Barrikaden zu überwinden.« Leise wiederholte er: »Wir müssen fort von hier.«

Juliette lehnte sich an eine Säule und schloss die Augen. Wo war die Genugtuung, die sie über Maxwells Schicksal empfinden sollte?

»Ja«, antwortete sie, ohne die Augen zu öffnen. »Rosie und Tessa sollen Proviant vorbereiten. Und benachrichtige auch die anderen. Ihr müsst die Kinder so schnell wie möglich fortbringen. Beeilt euch. Ihr müsst vor Einbruch der Nacht schon weit von Belle Jarod entfernt sein.« Als Louis gehen wollte, fragte sie: »Ist irgendjemand auf Holly House geblieben, Louis? Hat Maxwell jemanden, der ihm hilft?«

»Nein«, antwortete Louis und ging zu den anderen.

»Du willst hier blieben, nicht wahr?«, ertönte Lizas Stimme.

Juliette setzte sich auf die Verandastufen und stützte die Ellenbogen auf die Knie. Sie blickte auf den Fluss. »Ich warte auf Chantz.«

»Und wenn er nicht nach Hause kommt, Julie?«

»Er kommt.« Juliette lächelte gezwungen.

»Dann bleibe ich auch.«

»Nein, du musst gehen, Liza. Denke an dein Baby. Und Little Clara und Simon brauchen dich.«

»Er wird nicht zurückkommen, das weißt du. Und meinen Andrew werde ich auch nie wieder sehen.«

»Ich gebe nicht auf. Noch nicht. Und du darfst es auch nicht tun.«

Sie saß auf den Balken am Fenster des Kinderzimmers und blickte hinaus auf den dunklen Teich. Die Feuer waren nach und nach erloschen, nun da Louis sie nicht mehr bewachte, und der Rauch hatte sich verzogen. Nun kehrte die Vielzahl an Gerüchen zurück, die Juliette so sehr vermisst hatte. Doch mit den unterschiedlichen Düften kehrten auch die Erinnerungen zurück. Juliette war den Tränen nahe.

»O Herr, ich bitte Dich«, flüsterte sie mit geschlossenen Augen, »bitte lass ihn zurückkehren. Chantz, mein geliebter Chantz. Ich würde alles darum geben: Meine Träume, mein Heim, mein Leben, wenn Du ihn mir nur zurückbringst.«

Dann betete sie still, wünschte sich das Unmögliche mit der Kraft des Glaubens, den die Ehrwürdige Mutter in all den Jahren in Juliettes Seele genährt hatte. *Herr, ich bitte Dich*. Sie sprach im Stillen alle Gebete, an die sie sich zu erinnern vermochte. *Herr, ich bitte Dich*.

Juliette verließ das Kinderzimmer und ging die Treppe hinunter und hinaus auf die Veranda. Sie wandte den Blick nicht von der Allee, die zum Tor von Belle Jarod führte. *Herr, ich bitte Dich*.

Nichts regte sich, nicht einmal eine Brise. Die Vögel sangen nicht mehr, und kein Kaninchen raschelte im Unterholz. Little Clara bettelte nicht um Bonbons, und Simon und sein Ochsenfrosch waren nirgends zu sehen. Rosie machte sich nicht mehr lauthals Sorgen um das Abendessen, und Jasper oder Gaius führten keine langatmigen Gespräche mehr mit einer alten dürren Henne. Keine Liza, die mit verträumtem Gesichtsausdruck den Bewegungen ihres Kindes nachspürte.

Kein Chantz.

Nur die Stille und der milchig trübe Himmel, erleuchtet von einer schwachen Sonne, verhangen von Wolken, die Regen verhießen.

Sie ritt auf Snapper nach Holly House, bis an die vordere Veranda heran, auf der ein abgemagerter Jagdhund im Schatten lag und kaum den Kopf hob, um Juliette aus wässrigen Augen anzusehen. Kummervoll blickte sie sich auf dem weiten Besitz um, der sich bin zum Fluss erstreckte. Die Gärten waren verwildert. Noch vor wenigen Wochen hatte es hier einen gepflegten, üppigen Rasen gegeben. Nun scharrten die Hühner im Gras und nisteten in den Nischen der großen Veranda.

Juliette glitt von Snappers Rücken hinunter und betrat die Halle. Sie blickte die geschwungene Treppe hinauf, lauschte dem leisen Gackern der Hennen auf der Veranda und dem Ticken der Standuhr, die ein überdeutliches Zeichen der verrinnenden Lebenszeit zu sein schien.

»Hallo!«, rief Juliette.

Der Hund folgte ihr, machte jedoch an der Türschwelle halt. Er hielt den Kopf gesenkt und blickte Juliette traurig an, während Speichel von seinen Lefzen auf den Boden tropfte.

Juliette erklomm langsam die Stufen. Die Angst ließ jeden Schritt unendlich beschwerlich erscheinen. Als sie die Galerie erreichte, hielt sie inne, horchte und beobachtete, wie der Jagdhund sich am Fuß der Treppe niederließ und sie hechelnd betrachtete. Dann schlich sie sich auf Zehenspitzen zu Maxwells Zimmertür.

Die Tür stand einen Spalt offen. Juliette öffnete sie weiter und spähte in den düsteren Raum. Es brannte kein Licht, sodass das Zimmer in Zwielicht getaucht war. Jenseits aller Angst trat Juliette ein. Sogleich schlugen ihr Hitze und ein unerträglicher Gestank entgegen. Sie bekämpfte die Übelkeit. Schon einmal hatte sie diesen üblen Geruch wahrgenommen. Gleich nach ihrer Ankunft im Kloster war es eine ihrer ersten Pflichten gewesen, Schwester Margaret bei der Vorbereitung einer Leiche für die Bestattung zu helfen. Die alte Frau war monatelang dahingesiecht, und der Gestank von Fäulnis und Tod schien selbst in die Wände des Krankenzimmers eingedrungen zu sein. Juliette hatte am Bett der alten Frau gestanden, ihre wächserne Haut betrachtet und sich geweigert, die Leiche zu berühren. Mit Inbrunst hatte sie ihren Vater dafür gehasst, dass sie zu diesem schrecklichen Dasein verdammt war, überzeugt davon, nie wieder etwas so Abstoßendes zu riechen wie diesen Geruch nach ... Staub.

Nun drang der Geruch wieder an ihre Nase, so widerlich, dass sie alle Willenskraft aufbieten musste, um nicht zu fliehen. Sie hörte ihn atmen – ein mühseliges, rasselndes Geräusch.

Einige wenige Lichtstrahlen fielen durch die geschlossenen Fensterläden. Juliette sah Maxwell auf dem Bett liegen, nackt und am ganzen Körper zitternd. Seine Haut war bleich und glänzte schweißfeucht. Er wandte den Kopf und sah sie mit glasigen Augen an. Seine blassen Lippen verzogen sich zum grotesken Schatten eines Lächelns.

»Maureen? Liebling, bist du es?« Er streckte die Hand nach Juliette aus. »Meine Geliebte, meine süße Maureen, du bist schön wie eine Rosenknospe. Ich habe darum gebetet, dich wieder zu sehen.«

Ihr zitterten die Knie, dennoch trat Juliette näher. Mühsam hielt sie dem Blick seiner blauen Augen stand. Maxwells schwärzlich verfärbte Zunge war zwischen seinen leicht geöffneten Lippen zu sehen.

»Maureen ... Liebling, so hübsch, wie an dem Tag, an dem ich dich zum ersten Mal sah. Wie ein Engel. Ich habe dich so sehr vermisst.«

Sie ergriff seine heiße Hand, und Maxwell umklammerte ihre Finger mit einer solchen Gewalt, dass es Juliette schier den Atem nahm.

»Ich habe so sehr gelitten. An jedem Tag meines Lebens habe ich für meine Taten gebüßt. Ich wollte ihn aufhalten, doch er war wie ein Wahnsinniger.« Maxwell schloss erschöpft die Augen, hielt Juliettes Hand jedoch fest. Sein Griff verursachte Juliette einen stechenden Schmerz im Arm, und ihre Angst steigerte sich. »Ich versuchte, ihn zu warnen. Ich erklärte ihm, wie einsam du warst, dass du dich nach Liebe sehntest, mehr als nach dem verdammten Zuckerrohr. Ich wollte ihn ohrfeigen, damit er endlich aufwachte. Großer Gott, wenn du doch nur mein gewesen wärst ...«

Maxwell schnappte nach Luft und wand sich vor Schmerzen. Er öffnete den Mund, sodass seine Zähne und das blutende Zahnfleisch zu sehen waren. Doch für kurze Zeit schien sein Blick klar zu sein, erfüllt von Schrecken und Leid.

»Chantz«, stöhnte er, »Chantz, wo bist du?«

»Er ist nicht hier«, antwortete Juliette leise. Maxwells Hand in der ihren schien wie Feuer zu brennen.

»Ich schäme mich ... schäme mich so sehr. Ich hätte dich besser behandeln sollen. Holly ... gehört dir. Lass nicht zu, dass Tylor es zu Grunde richtet. Hörst du, mein Junge? Bitte rette die Plantage.« Maxwells Augen füllten sich mit Tränen, er sank in die Kissen zurück und ließ Juliettes Hand los.

»Maureen, Liebling ... halte mich fest.«

Juliette wich mit klopfendem Herzen vor ihm zurück.

Das Bett begann zu beben, als Maxwells Körper von den Fieberkrämpfen geschüttelt wurde. Juliette wollte davonlaufen, blieb jedoch wie angewurzelt stehen, als ihr ein erschreckender Gedanke kam. Vor ihr auf dem Bett lag nicht mehr nur Maxwell Hollinsworth, sondern Chantz. Sie konnte ihn beinahe leibhaftig vor sich sehen, seine markanten Züge, so voller Intelligenz und Scharfsinn. Lag Chantz auch irgendwo auf einem Bett, sterbenskrank und allein?

Juliette begann am ganzen Körper zu zittern, ging jedoch zum Bett zurück. Sanft befreite sie das Bettlaken, das sich um Max Beine geschlungen hatte, und breitete es über ihm aus. Sie setzte sich auf die Bettkante und strich Max die feuchten Haarsträhnen aus der Stirn.

»Maureen?«, rief er schwach und blickte starr in die Ferne. »Liebling, bist du es?«

»Ja«, antwortete sie sanft und küsste ihn auf die fiebernde Stirn.

Das Gewitter setzte ein, als es Abend wurde. Juliette trieb das störrische Maultier durch den Regen und versetzte ihm leichte Schläge mit einer Weidenrute, wenn es stehen blieb. Sie hoffte, der Regen würde den Gestank von Krankheit und Tod von ihrer Haut waschen. Sie schauderte und trieb Snapper zu größerer Eile an, da sie Belle Jarod noch vor Einbruch der Dunkelheit erreichen wollte, bevor die Wassermassen den Weg in eine Schlammwüste verwandelten. Auf den Wellen des Mississippi bildeten sich Schaumkronen, die ein sicheres Zeichen dafür waren, dass es im Norden ebenfalls regnete, sodass sich große Wassermassen auf dem Weg in den Golf befanden.

Juliette war todmüde. Ihre Arme fühlten sich bleischwer an, und ihr Kopf schmerzte vom Weinen. Sie wollte nicht mehr über Maxwells letzte Stunden und sein schreckliches Ende nachdenken, doch die Erinnerung daran wollte einfach nicht weichen und erfüllte Juliette mit Angst und Schrecken.

Endlich tauchte Belle Jarod aus dem Regen und den abendlichen Schatten auf. Aus dem Fenster ihres Schlafzimmers drang Licht.

Licht! Es war jemand im Haus.

Chantz?

Sie entdeckte ein Pferd, das vor der Veranda mit gesenktem Kopf im Regen stand. Juliette saß ab und rannte die Allee entlang, den durchnässten Rock geschürzt, über Wurzeln und Äste der umgestürzten Bäume stolpernd.

Die Eingangstür stand offen.

Juliette rutschte auf dem feuchten Boden der Veranda aus und stolperte in die Halle hinein. Dann lief sie zunächst in den leeren Salon, dann zurück in die Halle, um Atem zu schöpfen. Aus dem oberen Stockwerk hörte sie ein Geräusch. Juliette rannte die Treppe hinauf, dem schwachen Lichtschimmer entgegen.

»Chantz? Bist du es, mein Geliebter?«

Sie eilte ins Schlafzimmer, doch ihr Lächeln schwand, als

sie sich umblickte. Der Raum war leer. »Chantz?«, rief sie leise.

Nichts.

Verwirrt blinzelte Juliette in den dunklen Korridor. Dann griff sie nach der Lampe und hielt sie hoch, während sie langsam zur Treppe zurückging und nach unten sah.

»Wo ist sie?«, ertönte eine tiefe Stimme hinter ihr.

Sie fuhr so schnell herum, dass das Licht der Lampe flackerte, und blickte starr auf die dunkle Gestalt. Horace Carrington trat aus den Schatten in den Lichtkegel der Lampe. Seine Augen waren blutunterlaufen, und auf seiner Haut glänzte ein öliger Schweißfilm. Von ihm ging derselbe Gestank aus, der auch Maxwells Zimmer erfüllt hatte: Fieber und Tod.

»Antworten Sie mir, verdammt!«, schrie er. Juliette zuckte zusammen und wich vor ihm zurück. »Wo ist meine verfluchte Verlobte? Wie konnte sie es wagen, mich im Stich zu lassen? Ich weiß, dass sie hier ist, denn ich habe ihren Hut unten liegen sehen. Wo haben Sie Phyllis versteckt?«

»Sie ist fort«, antwortete Juliette und wich Horace aus, als er auf sie zu stolperte. Mühsam richtete er sich auf und wischte sich mit dem Jackenärmel das Gesicht an. »Sie hat Belle Jarod zusammen mit den anderen verlassen ...«

»Du verlogene Hure!« Horace starrte sie wütend an. Er öffnete den Mund, sodass seine schwarz verfärbte Zunge zu sehen war. »Zu schade, dass diese Flussratte Chantz Boudreaux dich in die Finger bekommen hat. Der verdammte Hundesohn. Er glaubte tatsächlich, mich daran hindern zu können, die Barrikade zu durchbrechen.«

Juliettes Herz machte einen Sprung. »Sie haben Chantz gesehen?«

»Als ob mich irgendjemand daran hindern könnte, nach

Hause zu gehen.« Horace ging auf Juliette zu. »Ich wollte nicht in dieser Todesstadt bleiben. Die Leichen stapelten sich wie Holzstöße auf den Straßen.«

Juliette versagten beinahe die Knie vor Erleichterung. Sie lehnte sich an die Balustrade der Galerie. Chantz war noch am Leben …

Sie warf einen flüchtigen Blick auf Horace. Er hatte die Fäuste geballt, zitterte, und in seinen dunklen Augen brannte das Fieber.

Er stürzte sich auf sie. Juliette schrie auf und wich ihm aus. Zu spät bemerkte sie, dass sie zu nahe an der Treppe stand und plötzlich einen Schritt ins Leere machte.

22

Regentropfen trommelten unerbittlich auf seine Schultern, als Chantz auf seinem Wallach über die Flussstraße galoppierte. In den vergangenen Stunden war der Wasserpegel gestiegen und hatte Treibholz ans Ufer getrieben. Die umgestürzten Bäume, die ins Wasser rutschten, hinterließen tiefe Furchen auf den schlammigen Wegen. Erst eine Stunde zuvor hatte die Nachricht ihn erreicht. Die Patrouillen wurden aufgelöst, und die Männer sollten zu ihren Familien zurückkehren. Das Gelbfieber hatte die Quarantäne durchbrochen und breitete sich schnell aus. Es würde auch Baton Rouge bald erreichen.

Chantz war das nur Recht. Schon lange war er seiner Aufgabe müde gewesen – Männer mit dem Tode zu bedrohen, nur weil sie ihre Familien sehen wollten, Frauen und Kinder zu begraben, die tot am Wegesrand lagen. Die vergangenen Tage waren ein Wirbel aus Rauch und Feuer, Tod und Fäulnis gewesen. Der Anblick jeder jungen Frau, deren Leiche er in eines der schnell ausgehobenen Massengräber hatte legen müssen, hatte in ihm den brennenden Wunsch geweckt, sich auf sein Pferd zu schwingen und nach Hause zu reiten, um endlich wieder seine geliebte Juliette in die Arme zu schließen und ihren lieblichen Mund zu küssen.

Er roch den Rauch, noch bevor das rot-goldene Glühen der Flammen zwischen den Bäumen hindurch leuchtete. Als das Pferd scheute und nicht mehr weiter gehen wollte, sprang Chantz aus dem Sattel und rannte auf das Haus zu. Angst schnürte ihm die Kehle zu, als er sah, dass Flammen aus den Fenstern von Belle Jarod schlugen. Dicker schwarzer Rauch quoll aus der Eingangstür, angefacht durch das alte, schwelende Holz und den Regen, der durch das offene Dachgebälk ins Haus fiel.

»Juliette!«, rief Chantz verzweifelt. *Wo, zum Teufel, steckten sie denn alle?* Er schützte sein Gesicht mit den Händen vor der Hitze und bahnte sich einen Weg zur Treppe. Dort sah er Juliette auf dem Rücken liegen. Ihr schönes Gesicht wurde vom Schein der bedrohlichen Flammen erhellt.

Chantz sprang durch die Feuerwand, fiel neben ihr auf die Knie und nahm sie in die Arme.

Rufe ertönten. Plötzlich stürzte Louis in die Halle und schlug wie wild mit nassen Mehlsäcken auf die Flammen ein. Ihm folgten Fremde, die Löschwasser in rostigen Eimern heranschleppten oder das Feuer mit anderen Mitteln zu bekämpfen suchten.

Chantz trug Juliette aus dem Haus und die Allee entlang, bis er eine Stelle erreichte, an der die dichten Baumkronen ein Blätterdach bildeten, das sie vor dem Regen schützte. Chantz ließ sich mit Juliette zu Boden sinken und presste ihren reglosen Körper an seine Brust. Er schloss die Augen, konnte den Mut nicht aufbringen, sie anzusehen und vielleicht zu entdecken, dass sie nicht mehr am Leben war …

Liza kniete sich weinend neben ihn. Sie ergriff Juliettes Hand und presste sie sich an die Wange. »Ich hätte nicht gehen dürfen«, schluchzte sie. »Ich hätte sie niemals allein lassen dürfen.«

»Was soll das heißen?« Chantz blickte sie fassungslos an.

Juliette regte sich kaum merklich in seinen Armen. Dann

seufzte sie leise, und Chantz legte sie vorsichtig auf den Boden. Er strich ihr einige wirre Haarsträhnen aus dem Gesicht. »Juliette? Darling, öffne die Augen.« Er tätschelte ihr die Wange und schüttelte sie dann sanft. Juliette holte tief Atem, hustete und öffnete die Augen. Auf ihren Zügen spiegelten sich zunächst Furcht und Verwirrung, dann aber schlang sie Chantz die Arme um den Nacken und presste sich mit einem Jubelschrei an ihn. Sie strich ihm zärtlich durchs Haar und bedeckte sein Gesicht mit Küssen.

»Träume ich etwa?«, rief sie freudig.

Chantz schloss die Augen und umarmte Juliette fest. »Nein, Liebste, du träumst nicht. Verzeih mir, ich hätte dich niemals verlassen dürfen ...«

»Küss mich«, verlangte Juliette unter Tränen. Sie umfasste sein Gesicht und presste ihre Lippen voller Leidenschaft auf die seinen. Ihr Kuss schmeckte nach Rauch und Tränen.

Liza richtete sich auf, während Juliette sich an Chantz schmiegte, als wolle sie mit ihm verschmelzen. Erst nach einer Weile bemerkte sie die Freundin und bedachte sie mit einem beinahe zornigen Blick. »Was tust du hier, Liza? Du hättest schon längst fort sein sollen ...«

»Wir brachten es einfach nicht über uns, dich zu verlassen, Juliette. Und das war auch gut so. Was ist nur geschehen?«

Juliette barg ihr Gesicht an Chantz Schulter und rang nach Fassung. »Horace«, sagte sie schließlich. »Er kam, um nach Phyllis zu suchen.«

»Dieser verdammte Lump!«

Chantz wollte aufspringen, doch Juliette hielt ihn fest. »Er ist vom Fieber befallen, Chantz. Vermutlich lebt er schon nicht mehr.«

»Was geht hier vor?«

Andrew trat aus der Dunkelheit, bis auf die Haut durchnässt. Liza sprang auf und warf sich ihm mit einem Jubelschrei in die Arme. Er schloss die Augen, hob Liza hoch und wiegte sich sanft mit ihr vor und zurück.

Louis gesellte sich zu ihnen. Er ließ sich schwer auf die feuchte Erde sinken und wischte sich mit einem angesengten Hemdsärmel über die Stirn. Lächelnd sagte er: »Ich bin sehr froh, dich zu sehen, Boss. Beinahe hätte ich befürchtet, du wärest schon über die Brücke geschritten.«

Chantz antwortete nicht, sondern hielt nur Juliette fest, spürte ihren Herzschlag an seiner Brust und versuchte, nicht daran zu denken, was geschehen wäre, wenn er Belle Jarod nicht rechtzeitig erreicht hätte.

»Chantz? Chantz, mein Liebling, bist du es?«

Er erhob sich, als seine Mutter mit ausgebreiteten Armen auf ihn zulief. Sie wirkte so zerbrechlich wie ein kleiner Vogel, als er sie an sich drückte, fester, als er es seit vielen Jahren getan hatte. In den vergangenen Tagen war ihm bewusst geworden, wie schnell ein Menschenleben ausgelöscht werden konnte. Er hatte so viele Tragödien mit ansehen müssen, dass es ausreichte, jede Nacht seines Lebens mit Albträumen zu füllen.

Er blickte auf und entdeckte Dutzende von Fremden, die schweigend dastanden und Laternen und Fackeln in den Händen hielten. Er spürte, dass Emmaline sich in seinen Armen versteifte.

»Wer sind diese Leute?«, fragte er, obwohl ihn im Innersten eine Ahnung beschlich. Er ballte die Fäuste und wartete auf eine Antwort.

Emmaline löste sich von ihm und öffnete den Mund, um zu sprechen, doch Juliette kam ihr zuvor. Sie stand auf und umfasste Chantz' Arm.

»Ich habe diese Leute eingestellt. Sie arbeiten schwer, Chantz, und verlangen nichts als zehn Morgen Land, die sie für sich bestellen dürfen, solange sie auf Belle Jarod bleiben wollen. Chantz…« Sie schmiegte sich an ihn und blickte lächelnd in sein Gesicht. »Ich habe Gott um ein Wunder gebeten, und Er hat mir diese Menschen geschickt. Sie werden uns dabei helfen, das Haus aufzubauen und die Felder zu bestellen.«

Chantz sah seine Mutter an, die seinem Blick erhobenen Hauptes standhielt. Flussratten. Die Erkenntnis, wie sie nach Belle Jarod gekommen waren, verursachte ihm Übelkeit.

Als könne sie seine Gedanken lesen, sagte Emmaline unter Tränen: »Es tut mir Leid, dir Schande zu bereiten, mein Sohn. Doch ich kann mich nicht länger vor meiner Vergangenheit verstecken. Ich habe diese Leute hergebracht, damit du und deine Frau eure Träume verwirklichen könnt. Man sollte die Menschen nicht für ihre Herkunft verurteilen, Chantz. Du hast dein Leben lang unter dieser Art von Heuchelei und Doppelmoral leiden müssen. Aus eigener Kraft bist du zu dem Mann geworden, der heute vor mir steht, doch wer weiß, was aus dir und mir geworden wäre, wenn Maxwell nicht seinerzeit ein wenig Mitgefühl gezeigt hätte.« Sie wandte sich an Juliette und lächelte unsicher. »Ich sollte wohl manchmal auf meinen eigenen Rat hören.«

Emmaline ging mit den anderen und verschwand in der Dunkelheit. Liza und Andrew folgten, ebenso wie Louis.

Juliette strich Chantz liebevoll über die Wange, und er blickte in ihr Gesicht, das in der Dunkelheit wie eine Perle schimmerte. Die Tage der Angst und Verzweiflung holten ihn ein und schlugen über ihm zusammen, so heftig wie die wilden Wasser des Mississippi, getrieben von einer unsichtbaren, zerstörerischen Macht. Chantz zog Juliette an sich und barg sein Gesicht in ihrem Haar. Er hielt sie fest, während der Regen auf das Blätterdach über ihnen prasselte, sodass winzige Tropfen ihre Gesichter und Schultern benetzten.

Mit geschlossenen Augen versuchte Chantz zu schlucken. Er presste Juliette noch fester an sich und spürte, wie sie erbebte. »Ich habe dich so sehr vermisst«, flüsterte er. »Julie, ich hatte solche Angst, dich nie wieder in die Arme schließen zu können. So viele Menschen sind gestorben. Ganze Familien wurden ausgelöscht, Männer, Frauen und kleine Kinder. Wir haben sie in riesigen Gruben beerdigt, weil es keine Särge mehr gibt. Nach der letzten Zählung gibt es inzwischen zehntausend Tote. Kannst du dir das vorstellen?«

»Ganz ruhig.« Sie küsste ihn auf die Wange und löste sich aus seinen Armen. Als er die Hände nach ihr ausstreckte, wich sie zurück.

»Was ist denn?«, fragte er. »Bist du mir böse, weil ich dich verließ ...«

»Nein.« Juliette schüttelte den Kopf und ging zur Veranda zurück, da der Regen inzwischen stärker fiel. In der Ferne grollte Donner, und vom Flussufer war das Geräusch von berstendem Holz zu hören. Juliette setzte sich auf die Bank, die Louis aus einigen alten Brettern gezimmert hatte, faltete die Hände im Schoß und blickte auf den nächtlichen Garten hinaus.

Chantz kniete sich vor sie und umfasste ihre warme Hand mit der seinen. »Bist du sicher, dass der Sturz dir nicht ...«

»Mein Kopf schmerzt ein wenig«, sagte sie und berührte

ihre Schläfe. »Eigentlich ... schmerzt er sehr. Doch das ist nicht von Bedeutung angesichts des Leids, das andere Menschen im Augenblick ertragen müssen.« Sie verstummte und saß schweigend da, mit gesenktem Kopf und seltsam schmal wirkenden Schultern.

Chantz strich ihr sacht übers Haar und legte ihr dann einen Finger unter das Kinn. Er hob ihren Kopf ein wenig an, sodass er ihr in die Augen sehen konnte. »Liebst du mich noch?«, fragte er lächelnd.

»O Chantz, ich fürchte, du wirst niemals wirklich wissen, wie sehr ich dich liebe.«

»Dann wirst du es mir wohl zeigen müssen.«

Er lächelte schelmisch.

Juliette tat es ihm gleich.

Dann stützte sie plötzlich den Kopf in die Hände und begann zu zittern. Chantz setzte sich neben sie und legte ihr den Arm um die Schultern. Juliette sprang auf und wich vor ihm zurück.

»Julie, was hast du denn?«

»Chantz, dein Vater ist gestorben.«

Donner grollte, und ein Blitz zuckte am Himmel. »Maxwell ist tot?«

»Ich war bei ihm. Ich konnte ihn einfach nicht allein sterben lassen. Er war so ... Mitleid erregend. Und einsam.«

»Wo ist Tylor, zum Teufel ...«

»New Orleans.«

»Großer Gott.« Chantz lehnte sich an die Wand und blickte in die Nacht hinaus. »Weiß meine Mutter es schon?«

»Nein.«

Chantz schloss die Augen. Schmerz und Wut brannten heiß in seinem Innern. Er stand auf, ging ans Ende der

Veranda und blickte auf den Teich hinaus. Winzige Regentropfen sprühten ihm ins Gesicht, doch er nahm sie kaum wahr. Er schüttelte die Fäuste. »Du verdammter Hund«, sagte er gepresst. »Alles, was ich je von ihm wollte, war ein einziges Zeichen der Anerkennung, aber du hast dich einfach davongestohlen …«

»Ich habe ihn dort in seinem Zimmer zurückgelassen«, sagte Juliette erschöpft. »Er muss beerdigt werden, Chantz.«

Er nickte und fuhr sich durchs Haar. Dann lachte er bitter. »Nun, vermutlich ist ein Begräbnis das Mindeste, das ich für ihn tun kann. Schließlich hat mich seine *Großzügigkeit* vor einem Leben als Flussratte bewahrt.«

Juliette legte ihn die Hand auf den Rücken. »Vergib ihm, Chantz. Ich habe es auch getan. Er starb allein, ängstlich und um Vergebung für seine Sünden bettelnd. Er hat auch nach dir gerufen, weinte um dich und sagte, dass er es bereue, dich nicht wie seinen Sohn behandelt zu haben. Vergib ihm«, wiederholte sie sanft, »sonst wirst du niemals Ruhe finden.«

Chantz drehte sich langsam zu seiner Frau um. Wie zierlich sie doch war, kaum mehr als ein kleines Mädchen mit ihren großen grünen Augen und der wilden Mähne. Vor vielen Jahren hatten sie schon einmal so dagestanden. Sie war gerade vier Jahre alt gewesen und hatte ihn um Bonbons angebettelt. Er hatte sie als eine lästige Plage angesehen. Später hatte sie dann im Garten inmitten der Cherokee-Rosen gespielt, während Schmetterlinge um ihre Schultern tanzten.

Sie schwankte.

Chantz streckte die Arme aus und fing sie auf. Eine lähmende Furcht beschlich ihn.

»Julie … was fehlt dir?« Er küsste ihre heiße, trockene Stirn.

»Ich bin nur müde«, sagte sie leise. »Und traurig. Max' Tod war … entsetzlich.«

Er trug sie ins Haus, die Treppe hinauf ins Schlafzimmer und legte sie dort sanft auf der Matratze nieder. Die Lampe auf dem Tisch tauchte ihr Gesicht in goldenes Leich und bläuliche Schatten. Ihre Züge wirkten eingefallen, und ihre Haut schien zu glühen.

Juliette lächelte und nahm seine Hand. »Sieh mich doch nicht so ängstlich an. Es geht mir gut. Ich habe mich nur so sehr um dich gesorgt, und als dann noch dein Vater … Versprich mir, dass du ihm verzeihst, Chantz. All meine Gebete würden uns nichts nützen, wenn du nicht den Zorn und die Bitterkeit ablegst und mit Maxwell Frieden schließt.«

Chantz beugte sich zu ihr hinunter und küsste sie auf die Stirn. Er ließ seine Lippen einen Augenblick lang auf ihrer Haut verweilen und atmete tief den schwachen Magnolienduft ein, der sie umgab. Juliette berührte mit den Fingerspitzen zärtlich seine Wange. »Geh«, flüsterte sie, »bestatte deinen Vater. Ich werde mich ausschlafen. Und wenn ich aufwache, beginnen wir damit, Belle Jarod wieder aufzubauen. Geh jetzt«, wiederholte sie sanft, »und komm schnell wieder zurück zu mir. Ich habe dich lange genug vermisst.«

Sie schloss die Augen und war schon eingeschlafen. Chantz küsste sie auf den Mund und die geschlossenen Lider, dann zwang er sich dazu, zur Tür zu gehen. Dort hielt er jedoch inne und drehte sich noch einmal zu ihr um. »Julie«, sagte er leise.

Sie antwortete nicht.

»Darling, ich liebe dich.« Chantz verließ das Schlafzimmer und schloss die Tür.

Die anderen warteten mit ernsten Gesichtern am Fuße der Treppe. Andrew hielt Liza in den Armen, die leise weinte. Rosie trat vor und rang die Hände.

»Sie ist krank, nicht wahr?«, fragte sie mit zitternder Stimme.

»Nein.« Chantz schüttelte den Kopf und ging zur Tür.

»Bist du sicher?«, fragte Liza.

Chantz fuhr herum. »Sie ist nicht krank! Nur müde und erschöpft, das ist alles. Zum Teufel, sie ist schwer gestürzt...«

»Ich werde bei ihr wachen.«

Phyllis trat aus dem Salon und blieb an der Türschwelle stehen, als sich die anderen zu ihr umwandten und sie schweigend ansahen. Bis auf zwei rote Flecken auf ihren Wangen war ihr Gesicht schneeweiß. Chantz hätte sie kaum wieder erkannt, wenn er ihr auf der Straße begegnet wäre. In dem düsteren Trauerkleid, das sie trug, wirkte sie selbst wie eine Tote.

Sie sah Chantz in die Augen und tat ihr Bestes, sich aufzurichten und charmant zu lächeln. »Sie wird sich besser fühlen, wenn jemand in ihrer Nähe ist. Außerdem ist es das Mindeste, das ich für sie tun kann. Sie hat mir ihr Haus geöffnet, als ich Hilfe brauchte.«

Phyllis ging an Chantz vorbei und stieg bereits die Treppe hinauf, als sie sich umdrehte und sagte: »Rosie, bring mir bitte eine Schüssel frisches Wasser und einige Leintücher.«

»Sie ist nicht krank!«, erklärte Chantz aufgebracht.

Andrew trat auf ihn zu. »Nein, natürlich nicht. Du kennst doch die Frauen. Es wird Juliette gleich besser gehen, wenn sie frisch gewaschen ist.«

»Sie ist nicht krank, Drew!«, wiederholte Chantz tonlos.

Andrew lächelte gezwungen und blickte seinem Freund tief in die Augen.

Der Fluss rauschte ohrenbetäubend, und der Regen prasselte auf Chantz nieder, während er durch den Schlamm watete. Als er das Haus erreichte, schleuderte er den Spaten von sich, der sogleich in einer Pfütze versank. Chantz blieb auf der Veranda stehen und sah sich um. Der Morgen dämmerte. Überall auf der Plantage hatte der Regen bereits tiefe Gräben und Risse im Erdreich hinterlassen, und der Mississippi schwoll weiter an. Ohne die Befestigungen hätte das Wasser bereits die unteren Felder erreicht und fortgespült. Chantz musste sich bald auf den Weg nach Belle Jarod machen, wenn er nicht vom Wasser eingeschlossen werden wollte.

In der Halle traf er auf Tylor.

Durchnässt und zitternd starrte Tylor Chantz an. »Wen haben wir denn da? Ich hatte schon geglaubt, dich endgültig los zu sein.«

Chantz fuhr sich mit dem Ärmel über die Stirn und musterte seinen Halbbruder. Tylor hatte blutunterlaufene Augen, und seine Haut besaß einen beängstigenden gelblichen Schimmer. »Wie, zum Teufel, ist es dir gelungen, die Barrikaden zu durchbrechen?«, fragte er.

»Was glaubst du denn, Bruder? Wenn Tylor Hollinsworth etwas will, dann bekommt er es auch. Oder doch fast alles. Ich habe dich immer tot sehen wollen. Nun, nicht alle unsere Gebete können erhört werden.«

Tylor ging schwankend in den Salon zu dem Tisch, auf dem die Kristallkaraffen standen. Ungeschickt stieß er gegen die

Flaschen von Maxwells bestem Bourbon und Rum. Chantz beobachtete ihn, und plötzlich verwandelte sich sein brennender Hass in ein anderes Gefühl. Mitleid. Es schien wie ein kalter Stein in Chantz' Magen zu liegen.

»Wo ist Daddy?«, fragte Tylor, während er sich ein Glas Bourbon einschenkte. »Vermutlich steht er draußen auf dem Feld und versucht den Fluss zu überreden, sein geliebtes Zuckerrohr zu verschonen. Ihm schlottern sicher die Knie vor Angst.«

Chantz schluckte. »Maxwell ist tot.«

Langsam hob Tylor das Glas und nahm einen tiefen Zug.

»Hast du mich verstanden, Tylor? Maxwell ist …«

»Du bist ein verdammter Lügner, Chantz.«

»Ich habe ihn eben begraben.«

Tylor drehte sich um und sah Chantz wütend an. Er begann zu zittern. »Du Hundesohn hast ihn umgebracht, nicht wahr?«

»Er starb am Fieber.«

»Deshalb bist du also gekommen. Du glaubst, du könntest Daddy und mich umbringen und dann endlich Holly House erben.«

»Du bist wahnsinnig, Tylor. Und krank.«

Tylor schleuderte das Glas von sich und taumelte aus dem Salon. »Daddy!«, schrie er. »Daddy, wo bist du? Wo, zum Teufel, seid ihre denn alle?«

»Fort«, erklärte Chantz. »Sie flohen, als Max erkrankte.«

»Daddy!«, rief Tylor die Treppe hinauf. »Komm her. Dein Bastard will uns hinters Licht führen.«

Es herrschte Stille. Nur das Prasseln des Regens auf dem Dach und das Grollen des Donners waren zu hören.

Tylor runzelte die Stirn und schloss die Augen. Er schwankte, taumelte auf die Wand zu, hielt sich dann jedoch am Treppengeländer fest und richtete sich mühsam auf. Zornig wandte er sich Chantz zu, und als er den Mund öffnete, waren seine Zähne und sein entzündetes, schwärzlich verfärbtes Zahnfleisch zu sehen. »Ich werde nicht zulassen, dass du Holly House in die Hände bekommst, Chantz. Eher töte ich dich! Hast du mich verstanden?«

»Ich will Holly nicht haben. Ich brauche es nicht mehr.«

Chantz drehte sich um und ging zur Eingangstür. Das Wasser reichte bereits an die unterste Treppenstufe heran. Der Regen fiel in einem dichten grauen Schleier, sodass der Mississippi in der Ferne kaum noch auszumachen war. Doch das Rauschen war deutlich zu hören, und die Veranda bebte.

»Komm zurück, verdammt!«, schrie Tylor. »Wie kannst du es wagen, dich gegen mich zu wenden, Chantz? Was bildest du dir ein? Wo willst du denn hin?«

»Nach Hause, Tylor.«

Chantz stieg die Treppe hinunter und versank beinahe bis zu den Knien im Wasser, als er zu seinem Pferd ging, das unter einem Schuppendach angebunden war.

»Nach Hause?«, rief Tylor ihm erbost nach. »Zu deinem Haufen Geröll und Unkraut? Zu deiner Frau, der Hure?«

Das Wasser umspülte Chantz' Stiefel, als er seinen Wallach losband und aufsaß. Das Pferd schnaubte und tänzelte unruhig. Chantz warf einen letzten Blick auf Holly House, das durch die Regenschleier beinahe geisterhaft wirkte. Tylor stand noch immer auf der Veranda, kreidebleich und ängstlich. Chantz konnte ihn nicht länger hören. Der Regen und der Fluss übertönten seine Rufe.

Little Clara und Simon lagen zusammengerollt auf dem Boden vor dem Kamin. Das kleine Mädchen hielt Juliettes bunte Haarbänder fest an ihre Brust gepresst. Liza saß auf einer umgedrehten Holzkiste und starrte gedankenverloren ins Feuer, während ihr die Tränen über die Wangen liefen. Chantz musterte die Kinder, dann Liza, und auf einmal schien es im Zimmer unerträglich heiß zu sein. Er spürte, wie das Blut schmerzhaft in seinen Schläfen pochte. Er schloss die Augen, während Furcht und Schmerz ihm den Atem zu rauben schienen. *Julie, Julie. Nicht du. Lieber Gott* … Es musste ein Albtraum sein.

»Phyllis ist bei ihr«, sagte Andrew, dessen Stimme wie vom Grunde eines Brunnenschachts an Chantz' Ohr zu dringen schien.

Unsicher ging Chantz an ihm vorbei und verfluchte im Stillen seine Beine, die ihm den Dienst zu versagen drohten.

Andrew hielt ihn zurück. »Nicht, Chantz. Erspare dir diesen Anblick.«

»Nimm deine Hände von mir, Drew.«

»Du tust ihr keinen Gefallen, wenn du auch noch krank wirst.«

»Wenn ich das Fieber hätte bekommen sollen, dann wäre es längst soweit.«

»Chantz …«

Er versetzte Andrew einen so heftigen Stoß, dass er zu Boden taumelte. Liza sprang auf und lief zu Andrew hinüber. Ihre Augen funkelten zornig.

Chantz ging mit schweren Schritten die Treppe hinauf ins

Schlafzimmer. Phyllis saß an Juliettes Seite und kühlte ihr die fiebrige Stirn mit einem feuchten Leintuch. Sie erschrak, als Chantz eintat.

»Es tut mir Leid«, sagte sie traurig.

Chantz ging zum Bett, während Phyllis aufstand. »Sie ist seit Tagesanbruch bewusstlos.«

»Lass uns allein.«

»Chantz …«

»Geh, Phyllis. Mein Platz ist bei meiner Frau.«

Phyllis legte das Tuch zusammen und gab es Chantz. Sie ging zur Tür, hielt dort jedoch inne und wandte sich noch einmal um. In ihrem Blick lagen Trauer und Besorgnis. Nach einer Weile verließ sie schweigend das Zimmer.

Er war sich noch nie im Leben so nutzlos vorgekommen und hatte sich nie zuvor so sehr gefürchtet. All das Leid, das er in den vergangnen Tagen gesehen hatte, war doch keine Vorbereitung gewesen auf das Fieber, das Juliettes zierlichen Körper mit grausamer Gewalt peinigte.

Er legte sich zu ihr aufs Bett und nahm sie in die Arme. Stunde um Stunde hielt er sie fest und kühlte ihre fieberheiße Stirn. Er wusch ihr den Schweiß vom Körper, deckte sie zu, wenn sie fror, und riss ihr das Laken vom Leib, wenn das Fieber sie zu verbrennen schien.

Zweimal ging die Sonne auf. Sobald das trübe Tageslicht durch die Regenwolken brach, nahm Chantz seine Frau zärtlich in die Arme und strich ihr übers Haar. »Ein neuer Tag, Darling. Noch ein Tag. Du schaffst es, Julie. Du bist eine Kämpferin. Halte dich an mir fest, meine Liebste, so sehr du nur kannst. Ich liebe dich, Juliette. Ohne dich höre ich auf zu leben …«

Tylor schreckte aus dem Schlaf auf. Das Feuer, das seinen Körper in den vergangenen Tagen zu verschlingen gedroht hatte, war erloschen. Er lag auf dem Bett, inmitten der schmutzigen Laken, blickte starr an die Decke und lauschte der ... Stille. Der Regen hatte aufgehört.

Er begann zu lachen, schrie förmlich vor Gelächter, bis sich sein Körper zusammenkrampfte und seine Lungen schmerzten. Teufel auch, er hatte es tatsächlich überwunden.

»Was sagst du jetzt, Daddy?«, schrie er aus Leibeskräften und schlug mit der Faust auf die Matratze. »Ich bin noch immer am Leben! Und wo bist du?«

Tylor hustete, und ein stechender Schmerz durchzuckte ihn. Stöhnend wälzte er sich im Bett hin und her, die Hände auf den Bauch gepresst. Er kam beinahe um vor Hunger und dachte daran, nach seinem Frühstück zu rufen.

Unmöglich, erkannte er und seufzte. Die Sklaven waren geflohen, hatten sich kopflos davon gemacht wie ein Schock Hühner, die von einem Fuchs verfolgt werden. Er würde es ihnen schon zeigen. Jeden einzelnen würde er verfolgen und nach Holly House zurückbringen. Dann würde er sie an den Pfahl binden und auspeitschen, bis sie um Gnade flehten. Sie würde es sich von nun an gut überlegen, ob sie Holly House noch einmal verlassen wollten. Der neue Herr von Holly House war aus anderem Holz geschnitzt als sein verweichlichter, wahnsinniger Vater.

Tylor ließ sich aus dem Bett rollen und versank im Wasser.

»Verdammt«, fluchte er und blickte auf die schlammige Brühe, die ihm bis an die Knie reichte. Voller Furcht stapfte er zum Fenster und blickte erschrocken auf die Wassermassen, die sich bis zum Horizont erstreckten.

Er unterdrückte einen Aufschrei, zuckte jedoch zusammen, als eine Wasserschlange um sein Bein herum schwamm. Rasend vor Furcht blickte er sich im Zimmer um. Kein Zweifel, er befand sich in seinem eigenen Schlafzimmer, nicht auf einem sinkenden Schiff. Ohne ein Boot gab es kein Entrinnen. Er hatte weder etwas zu essen, noch Trinkwasser …

»Hilfe!«, schrie er aus dem Fenster. »Hilfe!«

Der Hühnerstall schwamm an ihm vorbei und wippte auf den Wellen, während sich die Hühner ängstlich gackernd auf dem Dach aneinander drängten.

Mit einem Wutschrei rammte Tylor die Faust gegen die Wand. »Verdammt, Chantz Boudreaux, das ist allein deine Schuld. Du und deine kümmerlichen Befestigungen …« Wieder drosch er auf die Wand ein und watete dann in den Korridor hinaus zur Treppe, die gänzlich in der bräunlichen Brühe versunken war. Als eine Schildkröte vorüber schwamm, hätte Tylor sie am liebsten erschlagen. Der Hunger war kaum mehr auszuhalten. Er konnte sich nicht einmal mehr an seine letzte Mahlzeit erinnern.

»Das sollst du mir büßen, Chantz. Ich werde es dir heimzahlen. Wahrscheinlich hast du es mit Absicht getan, du gierige, neidische Flussratte.«

Tylor ging in sein Zimmer zurück und nahm eine Dose mit Streichhölzern vom Kaminsims. Das dritte Holz gab endlich eine Flamme her, sodass er die Lampe auf dem Tisch neben dem Bett anzünden konnte. Dann kletterte er wieder auf seine Matratze, zog die Beine an und beobachtete, wie das Wasser stieg, während die Nacht hereinbrach.

Erschöpft schlief Tylor nach einiger Zeit ein.

Er erwachte plötzlich mit klopfendem Herzen. Der Gestank des Flusswassers stieg ihm in die Nase. Das Petroleum in der Lampe war beinahe verbraucht, sodass sie nur noch einen schwachen Lichtschein abgab.

Aufstöhnend bemerkte Tylor, dass sein Bett nass war. Das Wasser schwappte auf die Matratze und umspülte seine Beine.

Ein dumpfer Schlag war zu hören.

Mondlicht fiel durch das Fenster herein und spiegelte sich im Wasser, und es schien, als treibe Tylor in einer friedlichen Lagune.

Ein weiterer Schlag.

Mit zitternden Händen ergriff Tylor die Lampe. Er drehte an der Dochtschraube, sodass die Lampe für kurze Zeit taghell aufflammte und das Zimmer erleuchtete. Etwas plätscherte am Fuß des Betts. Mit weit aufgerissenen Augen beobachtete Tylor, wie zwei Katzenwelse kurz im Lichtkegel an seinen Füßen auftauchten, dann jedoch mit einem Flossenschlag wieder verschwanden. Die Vorstellung, dass die Tiere gerade über die kostbaren Perserteppiche seines Vaters schwammen, entlockte Tylor ein hämisches Lachen.

Die Lampe flackerte und wurde schwächer.

Noch ein Schlag.

Zögernd richtete Tylor den Blick auf die Tür.

»Was, zum Teufel, ist das?« Er sah zwei kleine glühende Kohlen, die gerade über der Wasseroberfläche zu schweben schienen. Sie kamen auf ihn zu.

Und Tylor begriff.

Die Erkenntnis überfiel seinen Verstand ungleich schmerzhafter als das Fieber, peinigte ihn mit Qualen, die er kaum mehr zu erfassen vermochte.

»Nein.« Tylor sprang auf, stieß sich den Kopf am Bettpfosten, stolperte und hielt sich verzweifelt am Moskitonetz fest, das sogleich zerriss.

Der Kopf des Alligatorbullen erhob sich aus dem Wasser, die Fänge weit aufgerissen, während er mit mächtigen Schwanzschlägen auf das Bett zu schwamm.

Tylor blickte fassungslos in die Augen des Bullen und ließ die Lampe fallen. Ein scharfes Knacken hallte durch den Raum, als das heiße Glas der Lampe ins Wasser eintauchte. Nun gab es nur noch das Mondlicht, das durchs Fenster schien. Gänzlich von Sinnen vor Angst stieß Tylor einen gellenden Schrei aus, als der Bulle zubiss, sich auf den Rücken drehte … und ihn mit sich zog.

Das Fieber erreichte seinen Höhepunkt und schien Juliettes Körper zu verbrennen. Sie zitterte, bebte und schlug im Delirium so wild um sich, dass Andrew und Chantz sie an Händen und Füßen ans Bett fesseln mussten.

Weinend flehte sie, endlich sterben zu dürfen.

Weinend flehte er, sie möge leben.

Selbst die leichteste Berührung von Kleidung auf ihrer Haut verursachte ihr quälende Schmerzen, also zog Chantz sie aus und fächelte ihr unermüdlich Kühlung zu. Ihre Haut war von Blutergüssen übersät. Dann begann Juliette, schwärzliche Flüssigkeit zu erbrechen. Wie eine Besessene kämpfte sie gegen ihre Fesseln an.

Phyllis betete für sie. »Allmächtiger und ewiger Gott, Erlöser all derer, die da gläubig sind, erhöre unsere Gebete für Deine leidende Dienerin Juliette, für die wir Deine Gnade erflehen, auf dass sie genesen und Dir in Deiner Kirche danken möge. Amen.«

Chantz legte sich zu Juliette aufs Bett und hielt sie in den Armen. Erschöpft schlief er ein, und als er erwachte, stand die Sonne bereits hoch am Himmel. Eine Drossel saß auf dem Fenstersims und musterte ihn aufmerksam. Unzählige

Vögel saßen draußen in den Bäumen, und ihr Gesang drang in den Raum wie Melodien der himmlischen Heerscharen.

Chantz schloss die Augen und glaubte einen Moment lang, es sei wider der Morgen nach seiner Hochzeitsnacht. Doch als er die Augen öffnete und sich zu Juliette umwandte, holte ihn die schreckliche Wahrheit unerbittlich ein.

Juliette lag reglos in seinen Armen.

Stöhnend löste er sich von ihr und bedeckte das Gesicht mit den Händen.

Die Tür öffnete sich, und Andrew trat an Chantz' Seite. »Du musst dich ausruhen und etwas essen. Es hilft Juliette nicht, wenn du vor Erschöpfung zusammenbrichst.«

»Ich habe Angst«, erwiderte Chantz mit leiser, rauer Stimme, aus der seine Müdigkeit deutlich herauszuhören war. Er sah hinaus auf den Teich. »Ich fürchte, dass sie sich davonstiehlt, während ich fort bin.« Er räusperte sich und senkte den Blick. »Ich will nicht, dass sie allein gehen muss.«

»Einer von uns wird bei ihr wachen. Bitte.« Andrew legte Chantz die Hand auf die Schulter. »Ich weiß, wie hilflos du dich fühlst. Ich musste meine Eltern sterben sehen, Chantz... Ich rufe dich, sobald sich eine Änderung einstellt.«

Chantz nickte.

Er ging die Treppe hinunter, verließ das Haus und setzte sich auf die Treppenstufen. Am Ende der Allee hatte das Hochwasser die Straße überschwemmt, sodass Belle Jarod beinahe wie eine Insel wirkte. Die einzigen Anzeichen von Land waren einige Baumkronen, die aus den Fluten hervorschauten. Zum ersten Mal seit Tagen dachte Chantz an Holly House und an Tylor. Er dachte auch an die Befestigung, die er nicht fertig gestellt hatte. Doch selbst in Vollendung hätte sie das Wasser nicht aufhalten können. Mitleid überkam ihn, das er jedoch schnell zurückdrängte. Jetzt war nicht der geeignete Zeitpunkt, um über seine Gefühle für Maxwell nachzusinnen – den Zorn, die Enttäuschung … und die Trauer. Seine Frau lag im Sterben. Seine geliebte Frau. Juliette, deren Augen so übermütig blitzten. Die seine Seele berührt hatte wie noch kein Mensch zuvor. Die ihm Hoffnung gab, ihn an Wunder glauben ließ … und an sich selbst.

Chantz lehnte sich an eine der Säulen und reckte das Gesicht der Sonne entgegen. In den vergangenen Tagen hatte er sich verzweifelt an ihre gemeinsamen Pläne für Belle Jarod geklammert. Felder voller Zuckerrohr, ein Haus voller lachender Kinder. Er wollte sie nach Baton Rouge ins *La Madeleine* führen und den feinsten Champagner mit ihr trinken. Die schönsten Kleider wollte er ihr kaufen und Smaragde, die zu ihren Augen passten. Er wollte dafür sorgen, dass Juliette es nie bereuen musste, den Sohn einer Flussratte geheiratet zu haben.

Jemand berührte seine Schulter. Erschrocken drehte er sich um und blickte in Louis' Gesicht.

Lächelnd deutete Louis auf den Teich. »Sieh nur, Boss. Sind sie nicht schön? Sind sie nicht so schön wie ein Traum?«

Langsam stand Chantz auf, wandte jedoch den Blick nicht vom Teich ab, der im Schein der Morgensonne golden funkelte. Auf dem Wasser schwammen zwei weiße Schwäne.

»Julie«, flüsterte er, obwohl er ihren Namen vor Schmerz kaum aussprechen konnte. Er fuhr herum, stieß Louis beiseite und rannte ins Haus zurück. Auf der Treppe hielt er inne, als er seine Mutter erblickte, die ihm weinend entgegenkam.

»Schnell«, schluchzte sie, »ich glaube, es geht zu Ende.«

Alle waren um Juliettes Bett versammelt. Liza und Rosie hielten ihre zitternden Hände, während die anderen vor dem Bett knieten, die Hände zum Gebet gefaltet. Andrew legte Juliette die Hand auf die Stirn und schloss die Augen.

»Allmächtiger und ewiger Gott, Erretter der Seelen, der Du die züchtigst, die Du liebst, wir bitten Dich, O Herr, sei gnädig der Seele Deiner Dienerin in der Stunde, da sie ihre sterbliche Hülle verlässt …«

»Nein!« Chantz schüttelte den Kopf und ballte die Fäuste. Er bebte vor Zorn.

Phyllis wandte sich um. »Er gibt ihr die letzte Ölung, Chantz.«

»Zum Teufel damit!«, schrie er und bahnte sich einen Weg zum Bett. Er band Juliette los und trug sie auf seinen Armen aus dem Zimmer. Ihr Kopf ruhte an seiner Schulter, als er die Treppe hinunterging, und er spürte jedes Beben ihrer Glieder.

»Bleib bei mir, Darling, halte nur noch ein wenig länger aus.«

Er verließ das Haus und eilte in den Garten, vorbei an Geißblattbüschen, die ihren süßen Duft verströmten, vorbei an den Magnolien und Cherokee-Rosen, vorbei an den grau-grünen Moosranken, die von den Bäumen herabhingen, bis zum Teich, auf dem die Schwäne schwammen.

Er watete in den Teich hinein, tiefer und tiefer, bis das kühle Wasser Juliettes fieberheißen Körper umspülte und sich ihr wunderschönes Haar wie ein feuriger Fächer um ihren Kopf herum ausbreitete. Sie rang nach Atem und stöhnte auf. Plötzlich begann sie, wie von Sinnen um sich zu schlagen, und öffnete die Augen weit.

»Kämpfe«, sagte Chantz gepresst und tauchte sie tiefer ein, bis ihr das Wasser bis ans Kinn reichte. Erschöpft ließ Juliette den Kopf an seine Schulter sinken und schloss die Augen.

Nichts regte sich, bis auf die beiden majestätischen Vögel mit den anmutig geschwungenen Hälsen und den schwarzen Bändern um die Augen. Die Schwäne glitten um sie herum und reckten die Hälse gen Himmel als ob sie ... beteten.

... *Als du zwischen den Blumenbeeten Handstand übtest und Schmetterlinge fingst und glaubtest, auf den Schwänen in die Wolken hinauf fliegen zu können.*

Juliette zitterte nicht mehr. Ein leises Seufzen entrang sich ihrer Brust, und sie lag still und schwer in seinen Armen.

Die Schwäne breiteten ihre mächtigen Schwingen aus und erhoben sich anmutig in die Lüfte.

Chantz hielt Juliette fest an sich gepresst und blickte den Schwänen nach, die bis zu den Wolken hinauf flogen. »Geh nicht«, flehte er und spürte, wie sich sein Herz vor Schmerz zusammenzukrampfen schien. Tränen stiegen ihm in die Augen, und er rief voller Verzweiflung: »Geh nicht ohne mich, Julie!«

Sie regte sich.

Benommen öffnete sie die Augen.

»Chantz«, sagte sie leise und legte lächelnd die Hand an seine Wange, »ich träumte davon, zu fliegen.«

EPILOG

Oktober

Mit jedem Tag wurde sie kräftiger. Juliette saß abends auf einem Stuhl auf der Veranda und hielt nach Chantz Ausschau – zählte die Minuten, bis er von der Feldarbeit zurückkehrte, und wünschte sich, ihm und Andrew und den vielen anderen dabei helfen zu können, die Felder für die Pflanzung im Januar vorzubereiten. Bald, tröstete sie sich, sehr bald.

An diesem Abend jedoch erwartete sie seine Rückkehr mit besonderer Ungeduld, obwohl sie sich immer wieder dazu ermahnte, sich zu entspannen. Ruhelos ging sie auf und ab, kehrte immer wieder ins Arbeitszimmer zurück. Dort lag der Brief auf dem Schreibtisch. Sie nahm ihn zur Hand und barg ihn überglücklich an ihrer Brust.

Wie sollte sie es ihm sagen?

Immer wieder flüsterte sie die Worte. »Holly House gehört dir, Chantz. Maxwell hat dich schon vor vielen Jahren als seinen Sohn anerkannt und dich in seinem Testament bedacht. Auch für deine Mutter hat er gesorgt . . .«

Juliette strich die Papiere glatt und lehnte sie an die Lampe. Sie hatte ihre Entscheidung getroffen. Er sollte den Brief allein lesen, zu persönlich und lang ersehnt war die Nachricht. Sie würde auf ihn warten, bis er dazu bereit war, sie in die Arme zu schließen. Dann würden sie einander festhalten, sich küssen und lieben und von der Zukunft träumen. Sie würde noch einmal versuchen, ein Kind zu zeugen, und diesmal würde es gelingen. Juliette spürte es deutlich in ihrem Körper und in ihrem Herzen.

Sie verließ das Haus und lief in den Garten hinaus. Juliette genoss den kühlen Hauch der herbstlichen Luft auf ihren Wangen, den frischen Geruch des feuchten Grases und das reiche Aroma der schweren, dunklen Erde. An Belle Jarods Tor blieb sie stehen und blickte zum Himmel empor, an dem sich die ersten Sterne zu zeigen begannen. Der Mond ging auf, bleich und verwischt von den dahin ziehenden Wolken.

Plötzlich schwebte das Schwanenpaar über die Baumkronen heran, ihre Flügelschläge ein verhaltenes Rauschen, und gingen anmutig auf dem Teich nieder.

Juliette lächelte. Der Abend war kühl, doch das machte ihr nichts aus. Das Haus, der Fluss, die Schwäne und die Liebe ihres Mannes schenkten ihr Kraft und Hoffnung. Alles, alles würden sie erreichen, solange sie nur zusammen waren. Juliette hielt sich an diesem Gedanken fest, der ihr Herz mit wohliger Wärme erfüllte.

Chantz. Chantz. Chantz. Mein geliebter Chantz.

Sie spürte seine Anwesenheit, drehte sich um und entdeckte ihn auf der Veranda, in sanftes Abendlicht getaucht, den Brief noch in der Hand haltend. Eine unendliche Freude erfüllte Juliette – für Chantz, für ihren Vater und ihre Mutter, deren Träume nun endlich wahr wurden, und für Belle Jarod, das Juwel des Mississippi.

»Chantz«, flüsterte sie, als er die Stufen hinunter schritt und auf sie zu lief, während der Brief ihm aus der Hand fiel und zu Boden flatterte. »Zusammen werden wir Wunder vollbringen, du und ich.«

Mit leichtem Schritt und voller Hoffnung für die Zukunft lief Juliette Chantz entgegen, die Arme weit ausgebreitet.

ENDE

Eine große Liebe zwischen Yorkshire und Wales – in einer Zeit der höfischen Intrigen und Gefahren

England, 15. Jh.: Heloise Ballaster hat besondere Fähigkeiten: Sie kann in die Zukunft sehen – doch deshalb möchte ihr Vater sie loswerden. Er zwingt sie und den Waliser Miles Rushden zur Heirat. Als Heloise Miles mit ihren seherischen Fähigkeiten im politischen Kampf zur Seite steht, beginnt Miles seine elfengleiche Frau mit anderen Augen zu sehen – Augen voller Bewunderung und Verlangen ...

3-404-18649-4

BASTEI LÜBBE